北京开放大学人文教育丛书

总主编 胡晓松

世界华文文学经典欣赏

主编 赵小琪 王宁宁
副主编 张晶 刘云 徐旭

中国人民大学出版社
· 北京 ·

总　序

十年树木，百年树人，人的成长与成才是一个漫长的过程。进入21世纪以后，随着高科技和全媒体时代的到来，人文与科学的冲突日益彰显，人的成长面临着新的更复杂、更严峻的局面，对科技的崇拜带来的是人文情怀的流失和人文素养的下降，人的精神、心理、人格的病态开始成为一种普遍的现象。这无疑为当今大学的人才培养和人文教育提出了新的课题。事实上，提高人文素养和强化专业能力都是培养高素质人才不可或缺的重要组成部分。21世纪的人才不仅需要具有较高的专业能力，更需要具有较强的人文素养。因此，无论从职业定位还是社会需求来看，加强高校人文教育，提升学生人文素养，都既是一项迫切的课题，又是时代发展的长远需要。

人文教育分专业教育与通识教育，是各类高校教育的一项基础工程。人文通识教育以所有专业的学生为对象，着重于普适性的审美教育、道德教育、社会认知教育，目的在于陶冶其情操，开拓其视野，训练其思维，最大限度地提升人文素养，使其既成才又成人。因此，人文教育在整个国民教育体系中有着无可替代的重要性，任何时候，任何阶段，都不应弱化。但是，长期以来，我国高校人文教育的现状却很令人忧虑。不仅各高校与之相配的师资队伍及教材建设明显滞后于高校发展的速度和扩张的规模，而且由于各类高校的性质、规模、层次、办学理念存在巨大的差异性，现有一刀切、统一模式的有关人文科学方面的教材也很不适应各高校人文教育的实际。因此，如何因地制宜、灵活多样地编写适合本地区或本学校的专业读本或通识教材就成为提升高校人文教育水平的重要一环。

基于此，北京开放大学结合本校实际，组织人文科学领域内的专家、学者编写了本套人文教育丛书，在高校人文教育教材的编撰方面进行了开创性的尝试。开放大学的特点就是它无可比拟的“开放性”，即对学习者开放、学习地点开放、学习方法开放、学习观念开放，而且办学方式灵活多样，真正把教育伸展到社会和家庭。学习者可以根据自己的实际情况灵活选择学习地点、时间、课程，可以合理规划自己的人生，自主学习，终身学习，真正成为学习的主导者、受益者。这样的办学理念及学习特点，自然决定了开放大学的人文教材在编写理念、体例、内容、风格等方面，都具有不同于普通高校教材编写的特征。这套丛书包括《20世纪外国文学经典导读》、《20世纪中国散文经典选读》、《20世纪西方思想经典选读》、《中国新诗讲稿》、《世界华文文学经典欣赏》、《跨文化交际初阶》六本书。丛书作为北京开放大学的通识课程用书，致力于学校文化品牌建设，充分考虑到开放大学教与学的实际情况。教材编写将知识性、指导性、趣味性结合起来，倡导以点带面、举一反三的阅读方法，吸收近些年来人文学科最新研究成果和高校同行的教学经验，将学术发展的前沿信息、学者独创性的观点与本学科的基本理论、知识、问题相融合，力求理论新颖、思想深刻、雅俗共赏。同时，文字风格亲切平易，最大程度地保留教学用语，既适合教师教学，也适合学生自学。

本丛书的六部著作各有特色，特别突出了文学经典教育在教与学中的价值、意义。古今中外的文学经典是全人类优秀的文化遗产。丛书在选用经典作品时，对之作了严格的筛选，其标准是：艺术上具有独创性，风格上具有代表性，影响上具有广泛性。《20世纪外国文学经典选读》以20世纪外国文学史上脍炙人口的经典作品为鉴赏对象。在鉴赏时，既注重阐释文学作品的审美特点和规律，又注重揭示欣赏经典的理论和方法；既注重作品内容和艺术的分析，又注重将这种分析纳入“作者—作品—读者”的动态系统中，将作品、文学史知识与作品赏析结合起来，阐明作品的文学价值，揭示其在文学史中的地位和影响。《20世纪中国散文经典选读》以20世纪中国文学史上脍炙人口的经典散文为选读对象。在选读时，注重散文作品的文学独创性与价值性，在简要梳理创作背景和作者创作情况的同时注重对散文经典的导读和作品的赏析。《世界华文文学经典欣赏》以跨文化的比较视野，侧重于对20世纪世界华文文学史上具有独创性、前沿性和审美性的作品进行鉴赏。在鉴赏时，注重知识性与审美性、历史性与现代性、学术性与通俗性的结合。以上3部著作所选篇目基本由“作者简介”、“精彩阅读”、“作品简析”、“作者自白”、“名家点评”、“文献目录”等栏目组成，非常适合于教学与学生自学。《20世纪西方思想经典选读》定位于20世纪的西方思想史，阐述更为专业、细致，对20世纪的主要思潮进行了详细梳理，并精选了代表人物的经典作品，非常具有可读性，当为本学科领域独辟蹊径的教科书。对于人文前沿问题的关注，对于最新学术成果的介绍，在《中国新诗讲稿》一书中得到了最为集中的呈现。该书尝试用新的历史观念和艺术尺度揭示中国新诗的历史进程，对既往学术观念多有突破，受到了学界的高度重视。《跨文化交际初阶》选用材料接近交际实际，具有普遍性意义。教材运用广泛的、有典型性的例证说明问题，具有实际操作的导引作用，对于阅读者提高交际能力非常有帮助。

总之，这套人文教育丛书不仅可以让广大学生大量阅读和接触中外文学经典、系统掌握文学鉴赏的基本理论和方法，而且会为他们将来成为真正具有较高审美感受力和审美鉴赏能力的欣赏主体打下坚实的人文基础。丛书编者们采用新的风格、新的体例、新的方法来进行人文通识教材的编写，不仅有效地彰显了学校的品牌建设理念，而且对全国成人高校人文教材的建设也起到了很好的促进与示范作用，必将会对高校的教育改革以及高校人文教育水平的提升产生重要的影响。

是为序。

吴义勤

2013年6月于中国现代文学馆

目录/世界华文文学经典欣赏

第一部分　世界华文诗歌经典欣赏

第二部分　世界华文小说经典欣赏

第三部分　世界华文散文经典欣赏

第四部分 世界华文戏剧经典欣赏

第一部分

世界华文

诗歌

经典欣赏

四十的狂徒

作者：纪　弦
类型：诗　歌

一、作者简介

纪弦（1913—2013年），原名路逾，笔名路易斯、青空律，祖籍陕西，生于河北。1933年，纪弦毕业于苏州美术专科学校。1936年，他与戴望舒、徐迟等合办《新诗》月刊。1948年，他由上海赴台湾。1953年2月，他发起组织“现代诗社”，同年独资创办《现代诗》季刊，是台湾现代主义诗歌运动的开拓者与旗手。1976年，纪弦移居美国。他已出版的诗集有《行过的生命》，《在飞扬的时代》，《摘星的少年》，《饮者诗抄》，《槟榔树》甲集、乙集、丙集、丁集、戊集，《晚景集》等；并有诗论集《纪弦诗论》、《新诗论集》、《纪弦论现代诗》等面世。

二、精彩阅读

四十的狂徒

自从纪弦在20世纪50年代初组建现代诗社和发起现代诗运动以来，他就一直处在各种明枪暗箭的攻击之中。面对外在的重重压力，纪弦毫不屈服，这首写于他40岁生日的诗就以幽默、调侃的笔调表现出他对自我特立独行、桀骜不驯个性的坚持和欣赏。

狂徒——四十岁了的，
还怕饥饿与寒冷，嫉妒与毁谤吗？
叫全世界听着：
我在此。
我用铜像般的沉默，
注视着那些狐狸的笑，

穿道袍戴假面的魔鬼的跳舞，
下毒的杯，
冷箭与黑刀。
我沉默。

刚下了课，拍掉一身的粉笔灰，
就赶到印刷所去，拿起校对的红笔来，
卷筒机一般地快速，卷筒机一般地忙碌。
一面抽着劣等纸烟，喝着廉价的酒，
欣欣然。

仅仅凭了一块饼的发动力，
从黎明到午夜，不断地工作着，
毫无倦容，也无怨尤，
曾是你们看见了的；

而在风里，雨里，常常是
淋得周身湿透，冻得双手发紫，
这骑着脚踏车，风驰电掣，
出没于"现实"之千军万马，
所向无敌的生活上的勇士，
也是你们鼓掌叫过好的。

然而捕狮子的陷阱
就设在我的座椅下，
纸包的定时炸弹，
就藏在我的抽屉里：
你们好狠！

你们在我的户外窥伺；
你们在我的路上埋伏；
你们散布流言，到处讲我的坏话；
你们企图把我整个地毁灭：
你们好狠！

甚至还要寄匿名信来侮辱我，
画一只乌龟，写上我的名字；
还要打神秘的电话来恐吓我，
叫我小心点，否则挨揍：
你们好坏！

我既贫穷，又无权势，
为什么这样地容不得我呢？
我既一无所求，而又与世无争，
为什么这样地容不得我呢？

哦哦，我知道了：
原来我的灵魂善良，
而你们的丑恶；
我的声音响亮，
而你们的喑哑；
我的生命树是如此的高大，
而你们的低矮；
我是创造了诗千首的抹不掉的存在，
而你们是过一辈子就完了的。

那么，让我说宽恕吧。

我说：来吧！
一切肉体上的痛苦，
要来的都来吧！
我宽恕。
一切精神上的痛苦，
要来的都来吧！
我宽恕。

而这，就是一个人的尊严：
一个四十岁的狂徒的写照。

三、作品简析

这首诗之所以吸引我们，首先源于作品中为理想执著追求的狂徒形象。在漫漫的人生路上，狂徒总是在不停地走呀走，走向那个神秘的彼岸。其次，则源于狂徒的那种深刻的孤独感。狂徒作为“真的猛士”，以灵魂的拯救与重塑为己任，怀着“普度众生”的宏愿，却成为世俗的敌人。最后，则源于诗人的一种对“独特话语方式”的建构，他憎厌流行的“他人话语方式”，为了表现自己独特的生命体验，创造了一个与“他人话语”对立的“陌生的世界”。

诗中的“狂徒”是一个象征性人物，他概括和表现了纪弦一生对“意义”执著、坚韧的“追问”精神。在人生路上，困顿、倔强的狂徒“在风里，雨里，常常是/淋得周身湿透，冻得双手发紫”，然而，他却“骑着脚踏车，风驰电掣，/出没于‘现实’之千军万马，”“卷筒机一般地快速，卷筒机一般地忙碌。”“从黎明到午夜，不断地工作着，/毫无倦容，也无怨尤”。因为，在前方，有“高大”的“生命树”在“催促”和“叫唤”他。在这里，“高大”的“生命树”作为“意义”的发源处的一种召唤，鼓舞着狂徒战胜了“饥饿与寒冷，嫉妒与毁谤”以及“冷箭与黑刀”的折磨，推动着狂徒达到一种“抹不掉的存在”的境界。

诗中的狂徒既是执著的意义的追问者，也是孤独者。在一个周围人“灵魂丑恶”，而“我的灵魂善良”，周围人声音“喑哑”，而“我的声音响亮”的世界，狂徒与周围人格格不入，“一直是扮演被口诛笔伐的对象”①。“你们在我的户外窥伺；/你们在我的路上埋伏；/你们散布流言，到处讲我的坏话；/你们企图把我整个地毁灭：/你们好狠！//甚至还要寄匿名信来侮辱我，/画一只乌龟，写上我的名字；/还要打神秘的电话来恐吓我，/叫我小心点，否则挨揍：/你们好坏！”身处这样一个四面是敌的环境中，狂徒不仅不以孤独为哀伤，反而以孤独为自豪。这是因为，孤独意味着自我对存在的观照和领会，意味着个体对存在的一种神秘的超验性的感受。人之所以为人而不是物，就在于他能意识到我就是我而不是他人，而走向孤独、创造寂寞，正是个体存在走向自觉的标志。因而，“我用铜像般的沉默，/注视着那些狐狸的笑”一句，展现了狂徒傲视一切的心态。正因为超越于世俗性和非自然性生存之上，狂徒才能视孤独为美而不颓丧。

不过，狂徒的那种深入骨髓的孤独感毕竟给这首诗带来了一种忧伤的情调。“我既贫穷，又无权势，/为什么这样地容不得我呢？/我既一无所求，而又与世无争，/为什么这样地容不得我呢？”这些诗句淋漓尽致地表现了坦率耿直的狂徒

① 李瑞腾：《新诗学》，121 页，台北，骆驼出版社，1997。

“被阴险的小人昏庸的群众迫压排挤倾陷放逐杀戮”（鲁迅，《集外集拾遗补编·寸铁》）时泣血捶膺的天问。

这首诗的基调虽然是忧伤的，却并不使人绝望。而这在很大程度上要归功于纪弦的一种幽默的智慧。他借助于审美的眼光，以嬉戏和旷达的态度审视人生和社会，对这首诗忧伤的情感进行着控制和缓解。如此，这种幽默就在近人情的同时，往往也渗透着简朴的思想。在这首诗中，这种思想又主要表现为中国道家的无己、无名、无荣辱等。狂徒面对外在异己力量对自己的种种伤害，已达到毫不动心的程度：“我说：来吧！/一切肉体上的痛苦，/要来的都来吧！/我宽恕。/一切精神上的痛苦，/要来的都来吧！/我宽恕。”这种对伤害的宽恕正源于“我”的“无荣辱”观。在世人看来，“嫉妒与毁谤”和“冷箭与黑刀”会给自己的名誉带来极大的负面影响，然而，狂徒不仅没有以怨报怨，反而以一种出人意料的平静的态度面对这一切：“狂徒——四十岁了的，/还怕饥饿与寒冷，嫉妒与毁谤吗？/叫全世界听着：/我在此。/我用铜像般的沉默，/注视着那些狐狸的笑，/穿道袍戴假面的魔鬼的跳舞，/下毒的杯，/冷箭与黑刀。/我沉默。”而这种平静的态度正是源于“无名”观。然而，在这首诗中，不管是“无荣辱”还是“无名”，它们的最终指向都不是听天由命，而是寄寓着诗人的忧患意识和反抗情怀。它们不但表现了“我”作为“狂徒”的自我欣赏的胜利，而且表现出自我对冷酷无情的现实进行超越的胜利。这样，这首诗从根本上说，就是幽而不默、闲而不适之作。表面上，纪弦潇洒飘逸，但在他对人对事的嬉戏态度中，又始终贯注着他对生命乃至人类前途的关怀。

四、作者自白

我的风格，既非豪放，亦非婉约，而系阳刚里带点儿阴柔，阴柔里带点儿阳刚。我的文字，有时明朗，有时朦胧。但我总会展现幅画面，让你可以看得见；指示一种境界，让你可以走进去。所以说，我的诗，一点也不难懂……我创办《现代诗》季刊，我组织“现代派”，我宣扬“新现代主义”，我领导“中国新诗的再革命运动”，但我从未鼓励青年朋友去写“难懂”的诗。把诗写得含蓄点，留几分给读者去想想，那本来就是读者的权利嘛。但是故意扼杀主题，故弄玄虚，弄得莫知所云，那就不足为训了。

——纪弦：《〈纪弦精品〉自序》，载《诗刊》，1995（2）。

而我们的新现代主义，则尤其不是法国的超现实主义之同道，但在我们的诗人群中，就颇有一些人在啃着法国的超现实主义的面包干而自以为颇富营养价值，这是很不对的。因为这是模仿，而非创造。而由于误解了现代诗，误解了法国的现代主义，也误解了中国的现代主义，他们以为空无所有，便是新的表现，结果在不知不觉中，乃走上了虚无主义的绝路。在这里，我们有责任向他们大喝一声：回头是岸！要晓得，一切文学是人生的批评；诗也不能例外。无论是传统诗或现代诗，都是为人生的。游离现实，藐视人生，出之以不严肃的态度，则不管你是何等的有才能，你写的东西轻飘飘的，那就毫无价值之可言了。

——纪弦：《从自由诗的现代化到现代诗的古典化》，载《现代诗》，1961(35)。

五、名家点评

纪弦诗无敌，矫然诗不群。他的诗跟谁的都不同。这些诗狂歌奔放，同时也是真诚之歌、天真之歌。他是与众不同的、独一无二的，从他的诗里可以看到他的独特风格，别人是学不来，也无法冒充的。这风格他是用生命换来的，自我的生命，自己的风格。

——徐迟：《台湾诗人纪弦和他的诗》，载《文史杂志》，1989 (6)。

纪弦在台湾诗坛虽声誉甚隆，但却处境艰难。他曾创作了慷慨激昂、穿透力极强，几乎一击即可置对手于死地的《四十的狂徒》和显示精神强者状貌的《狼之独步》。这两首诗皆是疾恶如仇的佳作，精短凝练，如匕首，似投枪，但表现方法却非常含蓄……纪弦是个性格孤傲、宁折不弯的汉子。他时时以笔直挺拔的槟榔树自喻。到台湾后，他以槟榔树为题，一连出版了《槟榔树》甲、乙、丙、丁、戊五部诗集。一提起纪弦，就让人想起槟榔树；一提起槟榔树，就让人想起纪弦。槟榔树的笔直挺拔和纪弦的刚毅正直，已融合到了一起。纪弦虽然正直强悍，但却并不目中无人，也不以精神贵族自居。遇到不同见解，他不急不躁，坚持平等交流，一派宽容的长者风度。

——古继堂：《纪弦，诗坛的槟榔树》，载《中国社会科学报》，2011-12-21。

一颗不肯认输的灵魂面临着不得不认输的现实，却又要强打精神支撑自己，悲剧的内涵以喜剧的形式出现，其中有调侃，也有辛酸。这正是纪弦诗歌的难堪之处，也是他生命精神的难得之处……命运不能抗拒，命运也无可规避，于是只有以“宁静”来和“命运”相处。不是完全割舍，也不再沉迷其中，而是顺乎自然，不即不离的“止于微醺而不及于乱”。这是人生态度的一种超越，其执著人生的一面是儒，而超拔人生的另一面是道。

——刘登翰：《〈晚景〉论纪弦》，载《诗探索》，1995 (2)。

六、文献目录

古远清：《台湾诗人纪弦的诗路历程》，载《武汉文史资料》，2001（12）。

纪弦：《纪弦诗选》，北京，中国友谊出版公司，1993。

纪弦：《纪弦回忆录》，台北，联合文学出版社，2001。

李瑞腾：《新诗学》，台北，骆驼出版社，1997。

罗青：《俳谐论纪弦》，转引自张汉良、萧萧：《现代诗导读》，台北，故乡出版社，1979。

赵小琪：《台湾现代诗与西方现代主义》，武汉，长江文艺出版社，2004。

章亚昕：《诗艺结构之道——读台湾诗人纪弦的〈过程〉〈狼之独步〉》，载《名作欣赏》，1989（4）。

章亚昕：《纪弦的“三级跳”》，载《山西大学学报》，2000（8）。

张曦：《诗人档案——从路易士到纪弦》，载《书屋》，2002（1）。

石室之死亡

作者：洛　夫
类型：诗　歌

一、作者简介

洛夫（1928—　），原名莫洛夫，出生于湖南衡阳。1948 年高中毕业后考入湖南大学外文系，次年赴台湾，1951 年进入台湾政工干校。1954 年，洛夫与痖弦、张默共同发起成立创世纪诗社。在台湾现代诗运动中，洛夫无论是在对西方现代主义文学的接受方面，还是在对于中西不同文化和文学视野的融合方面，都做出了别人难以替代的贡献。在诗歌的接受取向上，前期，洛夫的接受眼光集中投注在超现实主义、象征主义等西方现代主义流派的文学上；后期，洛夫则较为注重对中西文学视野的融合。可以说，无论是前后期的诗观还是接受取向，洛夫在台湾现代诗运动深化期的诗人中都极具代表性。从某种意义上说，洛夫的前后期诗观、接受取向的不同表征和变化，从一个侧面揭示了台湾现代诗自身运动发展的特点和规律性。他的作品主要有诗集《灵河》、《石室之死亡》、《无岸之河》、《魔歌》、《漂木》等，诗论集《诗人之镜》、《诗的探险》等。

二、精彩阅读

石室之死亡　（57）

《石室之死亡》发表于《创世纪》诗刊 1959 年第 12 期。像《石室之死亡》这种对焦虑、情欲与死亡等进行深入思索的由 64 首诗组成的长诗，不仅在二十世纪五六十年代的台湾现代诗中极为罕见，而且在二十世纪三四十年代的大陆现代主义诗歌中也很少见。它不但标志着洛夫现代主义诗风的真正形成，而且也推进了台湾二十世纪六十年代诗注重潜意识探索的倾向。下面所选的第 57 首诗以直觉思维和即兴式的意象的超常组接，表现了诗人死亡意识的复杂性。

从灰烬中摸出千种冷千种白的那只手
举起便成为一炸裂的太阳
当散发的投影仍在地上化为一股烟
遂有软软的蠕动，由脊骨向下溜至脚底再向上顶撞
——一条苍龙随之飞升

错就错在所有的树都要雕塑成灰
所有的铁器都骇然于挥斧人的缄默
欲拧干河川一样他拧干我们的汗腺
一开始就把我们弄成这副等死的样子
唯灰烬才是开始

三、作品简析

洛夫被称为“诗魔”，《石室之死亡》是这个“诗魔”前期最具代表性的作品，也是当代中国诗坛上“魔幻性”表现最为突出的作品。而在我们所选的《石室之死亡》第57首诗中，这种魔幻性主要表现为死亡意识的复杂性和语言的张力性。

首先，是死亡意识的复杂性。洛夫之所以特别执著于生与死的问题，一方面，与他的人生经验有关。洛夫开始写《石室之死亡》时，“身在金门，前数首‘乃于金门炮弹嗖嗖声中完成’，石室很可能是指前线的碉堡，而战争对生命的威胁便使作者对生与死冥想”①。另一方面，与超现实主义文学的影响也有关。正是源于对超现实主义文学以心眼去透视人与事物的方法的认同，在《石室之死亡》中，洛夫更多地注重表现的是生与死的同一性关系。“从灰烬中摸出千种冷千种白的那只手/举起便成为一炸裂的太阳。”在这里，个体生命的死亡并不意味着生命旅程的结束，而是生命旅程的延续和发展。当死神以再生和永恒的自由来召唤现实世界中不自由的生命时，个体生命对再生和永恒自由的渴望显然远远高于对死神的恐惧。于是，在诗人幻化的心理图式中，死亡被进行了幻美化，而幻灭幻美化的终极指向则在于将生命伸展到无限的循环之中，因为，“唯灰烬才是开始”。这样，诗人在消除了生与死之间的时间性界线之时，也使生命自由获得了一个可以进行无限扩展的空间。

但我们也不能不看到，洛夫又是一个吸纳了科学技术知识的现代中国人，他

① 张汉良：《论洛夫后期风格的演变》，载《中外文学》，1981（10）。

既不可能像布勒东等西方超现实主义诗人那样完全迷醉在死亡的天国中，也不可能完全相信佛教的来世观。而弃绝了形而上的天国和来世的支撑，死亡便意味着生命在现实世界中完完全全的消亡，从这个意义上看，死亡又是令人焦虑的。这种焦虑导致了洛夫在这首诗中有时又对死亡充满着“烦”和畏惧。“错就错在所有的树都要雕塑成灰”，写的是死亡的这种先在性在他心灵上涂上的浓重的阴影。这种浓重可怖的死亡意识，像幽灵般如影随形地纠缠着诗人，使他感觉到永恒流动的时间就像永恒变化着的事物一样是令人伤感的。对于人来说，未来有时不仅不是可以把握的，而且因为它与死亡的联系，总是在不经意中摧毁了我们对于它的想象。“欲拧干河川一样他拧干我们的汗腺/一开始就把我们弄成这副等死的样子”，写的是人作为有限的生成是无法超越时间的限制而存在的大悲伤和大痛苦。无论人们如何挣扎，他们都摆脱不了死亡的纠缠，注定成为“等死的样子”。而从视死如归到视死如敌，这不是洛夫生命力的怯弱和倒退，而是求生欲的勃发和张扬。可以说，洛夫越是对死亡感到“烦”和畏惧，他就越是对现存的生命感到亲近和留恋。毋庸讳言，洛夫对死亡的这种辩证性认识，显示了中国当代作家死亡意识中的中西不同文化的深厚积淀，象征了洛夫生活的那个时代国人对于死亡的理性思考开掘的最大深度。

其次，是语言的张力性。在这首诗中，诗人常常巧妙地运用矛盾语、矛盾意象，将多种多样相互关联的对立、相反和矛盾的东西同置于统一的语境中，借此形成诗的整体结构中的一种强大的张力。这种张力生成的第一种方法是，使诗的语境的前后结构形成一种对峙关系，造成一种迥然不同的情境，第一段、第二段的开始部分都是写死亡的恐怖，语言在总体上给人一种沉滞、清冷的感觉，而这两段的后半部分，诗人笔锋陡转，“遂有软软的蠕动，由脊骨向下溜至脚底再向上顶撞/——一条苍龙随之飞升”，“唯灰烬才是开始”，展现了生命在人与自然同一世界中再生和循环的情境。情境的逆转和对比，既显示了诗人对人与自然对立的文明世界的批判和否定，又表现了诗人对人回归原初世界的向往和肯定。肯定和否定意念在两个情境之间的反弹，使诗的整个语境形成了一种强大的审美张力。这首诗生成张力的第二种方法是，自始至终不断地以矛盾性的意象和语言构成对比关系，以此来强化诗中的内在节奏的紧张感和意念的复杂层次。如象征衰老和死亡的意象“灰烬”、“冷”、“蠕动”等就始终与象征希望和新生的意象“太阳”等构成对比和冲突关系，象征理性的“挥斧人”、“拧干”意象也总是与象征感性、欲望的“苍龙”、“飞升”意象构成对比和冲突关系。正是在这种对比和冲突的关系中，事物最复杂的关系——死亡对于新生的意义、感性对于人性的丰富性意义得到了更为充分而又辩证的揭示。

四、作者自白

揽镜自照，我们所见到的不是现代人的影像，而是现代人残酷的命运，写诗即是对付这残酷命运的一种报复手段。

二十世纪心理学家分析现代人迷惘失落的原因主要有三：一为一八五九年达尔文的物种原始观暴露了人的原性，破坏了人的尊严，而导致信仰的幻灭。一为弗洛伊德的心灵剖析，发现人的潜意识是一切行为的主宰，而使人转而去追求历来被理性主义者视为恶之源的自然本能，遂引起人类对道德价值的怀疑。一是近代科学物质文明的发达，使许多构成价值判断的基本原则被彻底否定，且由于人的主观经验受制于科学法则的客观性，故人成了集体组织与机械的奴隶，使生命降至科学的物质化与机械化中，因而导致精神的全部崩溃。姑不细究这些分析与论断具有多少真实性，但人的价值与希望确是在历经两次惨酷大战之后为之粉碎殆尽，而在核子菌状云的笼罩下，人类更紧迫地面临生存的威胁。于是，现代人在思想上便产生了一种反叛性的人生哲学——存在主义，而现代的整个文学艺术也无不在其影响下产生质的变异。

——洛夫：《诗人之镜》，转引自洛夫：《石室之死亡》，2页，台北，创世纪诗社，1965。

我一直相信，人与神共为一体，没有神，人是孤独而残忍的，与兽无异，没有人，神性无法彰显，神根本就不存在。

——洛夫：《关于〈石室之死亡〉——跋》，转引自侯吉谅：《洛夫〈石室之死亡〉及相关重要评论》，台北，汉光文化事业股份有限公司，1988。

五、名家点评

洛夫是一个反传统者，他常常忙于打破“自我”的囚牢，摆脱灵魂小心的监视。但他并非要摆脱尘世和宇宙，正相反，他需要空间和时间，过去和未来，爱欲和青春，天界的广大、荒凉和空虚，以及追踪在“愤怒后面”那些光芒炫目的奇遇和震耳欲聋的寂静。由于他的这种对世界和生存的超现实的诗情，洛夫找到了他创作的原动力，并因此而获得了一种可惊的存在。很少有像洛夫那样更是属于我们这个时代的。的确，他的诗是不折不扣的现代产物，而且是悲哀和愤怒的儿子。

——痖弦：《诗人札记》，转引自侯吉谅：《洛夫〈石室之死亡〉及相关重要评论》，台北，汉光文化事业股份有限公司，1988。

林亨泰在《现代诗的基本精神》一书中有关“大乘的写法”一章，曾专门讨论到《石室之死亡》，他把该诗集喻为“隐喻如硬壳”，这一见解确实精辟之至。但是从《石室之死亡》到《外外集》（虽然《外》集有不少作品是与《石》集同时创作的），显然作者在精神和境界上都作了大弧度的跳跃。

——张默：《飞腾的象征》，台北，水芙蓉出版社，1976。

在《石室之死亡》创作的年代……各种主义并陈对立，势同水火，而《石》诗的出现，使原已激烈的局面更见火爆，但也因此加速了争论的结束，并使现代诗得以较“平顺”的成长。

——李英豪：《论洛夫〈石室之死亡〉》，转引自侯吉谅：《洛夫〈石室之死亡〉及相关重要评论》，台北，汉光文化事业股份有限公司，1988。

六、文献目录

费勇：《洛夫与中国现代诗》，台北，东大图书公司，1994。

简政珍：《洛夫作品的意象世界》，载《中外文学》，1987（181）。

李瑞腾：《洛夫诗中的古典诗》，载《联合文学》，1988（50）。

林明德等：《中国新诗赏析》，台北，长安出版社，1985。

萧萧：《洛夫著译书目及作品评论索引》，载《台湾文学观察》，1990（2）。

萧萧：《诗魔的蜕变》，台北，诗之华出版社，1991。

叶维廉：《洛夫论》，载《中外文学》，1989（200）。

赵小琪：《台湾现代诗与西方现代主义》，武汉，长江文艺出版社，2004。

都市之死

作者：罗　门

类型：诗　歌

一、作者简介

罗门（1928—　），海南文昌人，原名韩仁存。空军飞行官校肄业，曾任职民航局。曾加入纪弦领导的现代诗社，后脱离现代诗社入盟蓝星诗社，主编过《蓝星》季刊等，是蓝星诗社中最具先锋意识和哲学意识的诗人。罗门被称为“重量级诗人”、“台湾现代诗的守护神”、“都市诗与战争诗的巨擘”，他的诗歌曾荣获菲律宾总统奖、马可仕金牌奖等，出版的诗集有《曙光》、《第九日的底流》、《都市之死》、《死亡之塔》、《隐形的椅子》、《旷野》等。

二、精彩阅读

都市之死（节选）

罗门被称为“都市诗与战争诗的巨擘”，而《都市之死》则是他对于分裂、荒谬的都市世界批判得最具力度和最为彻底的都市诗。在这首诗中，罗门以自由自在的感觉和缤纷的意象创建了一个令人震撼的异化了的都市世界。这个都市世界的“异化”使我们在震惊之余情不自禁地生发出强大的悲悯之情，悲悯诗中的都市人和都市世界，也悲悯生活在都市世界中的我们和我们生存的都市世界。

三

在搅乱的水池边注视

摇晃的影子是抓不住天空的云
急着将镜击碎　也取不出对象
都市　在你左右不定的摆动里

所有的拉环都是断的
所有的手都垂成风中的断枝
有一种声音总是在破玻璃的裂缝里逃亡
人们慌忙用影子播种　在天花板上收回自己
去追春天　花季已过
去观潮水　风浪俱息
生命是去年的雪　妇人镜盒里的落英
死亡站在老太阳的座车上
向响或不响的　默呼
向醒或不醒的　低喊
时钟与轮齿啃着路旁的风景
碎絮便铺软了死神的走道
时针是仁慈且敏捷的绞架
刑期比打鼾的睡眠还宽容
张目的死等于是罩在玻璃里的尸体
人们藏住自己　如藏住口袋里的票根
再也长不出昨日的枝叶　响不起逝去的风声
一棵树便只好飘落到土地之外去

四

都市　白昼缠在你头上　黑夜披在你肩上
你是不生容貌的粗陋的肠胃
一头吞食生命不露伤口的无面兽
啃着神的筋骨
你光耀的冠冕　总是自缤纷的夜色中升起
而跌碎在清道夫的黎明
射击日　你是一头挂在假日里的死鸟
在死里被射死再被射死
来自荒野的饿鹰　有着慌急的行色
笑声自入口飞起　从出口跌下
风起风落　潮来浪去
谁能在来回的践踏中救出那条路

谁能在那种隐痛中走出自己撕裂的伤口
谁能在那急躁的河声中不卷入那涡流
沉船日　只有床与餐具是唯一的浮木
挣扎的手臂是一串呼叫的钥匙
喊着门　喊着打不开的死锁

三、作品简析

罗门是一个以充分现代的哲学和诗学意识为思想支撑的诗人，强调诗的“现代感”、“前卫性”与个人“独创性”。他拒绝操作明显的道德话语进行写作，但对生命和人类充满着人文关怀。在他的都市诗中，他总是以理性的烛照与感性的透视表达着对于分裂、荒谬的都市世界的批判，这首诗就最为突出地体现出了罗门都市诗的这种特征。

在主题上，这首诗表现了诗人对都市现代文明的虚伪和堕落的厌恶。古代的美是素朴的和谐美。在古希腊，当人们将感性生活神化为美神时，他们在有意无意中也就将自己命名为美神的子民。于是，在主客体的平衡和谐中，古典的美体现出了其单纯性。至近代，这种延续了几千年的和谐美，在工业化的风暴中被摧残得七零八落。工业化的分工一方面使人与客体的矛盾、分裂日趋激烈和尖锐：“都市　你织的网密得使呼吸停止/在车站招喊着旅途的焦急里/在车胎孕满道路的疲惫里……人们伏在重叠的底片上　再也叫不出自己”。另一方面也使人日趋异化为社会机器的齿轮和螺丝钉：“都市　白昼缠在你头上　黑夜披在你肩上/你是不生容貌的粗陋的肠胃/一头吞食生命不露伤口的无面兽……你是一头挂在假日里的死鸟/在死里被射死再被射死。”在这个丑陋不堪、死气沉沉的世界里，人们丧失了尊严感和道德感，内心犹如一片荒漠，“沉船日　只有床与餐具是唯一的浮木”。而食色只能满足他们的生理需要，却无法将他们从精神的绝境中解救出来：“挣扎的手臂是一串呼叫的钥匙/喊着门　喊着打不开的死锁。”于是，个体徘徊在一片没有地界的莽原之中，个体的想象力在权力之网的监禁、吞没之下化为一个空壳，完全丧失了创造和再创造的空间。

在艺术上，前卫性与独创性是这首诗最为突出的特色。罗门非常重视诗歌的前卫性与独创性。在罗门看来，现代诗人不应该拘泥于千百年来固有的事物之间的联系，而应该寻求更为新奇和出人意料的组合，做出“不合法的配偶和离异”。

这种前卫性与独创性的表现之一是语言组合程序的异常。“美丽的兽　便野成裸开的荒野”。“野”是由形容词转换为动词，是词性的转换。这种转换虽然不合乎汉语的语法规范，但这种超常的组合，却凸显了欲望的膨胀已使人沦为一种被物欲奴役的非存在的可怕、可悲的现实。“所有的拉环都是断的/所有的手都垂成风中的断枝”，“谁能在来回的践踏中救出那条路/谁能在那种隐痛中走出自己撕裂的伤口/谁能在那急躁的河声中不卷入那涡流”。这些诗句都违背了组句的一般习惯，它们或通过堆积并置的限制语，或通过铺陈与穷举来拉长句子，加大了读者感受的难度，造成了读者对荒原化的都市世界中个体生命的破碎化、绝望化的心理感受的绵延和空间化。

前卫性与独创性的表现之二是对惯常的语言逻辑的超越。“生命是去年的雪，妇人镜盒里的落英/死亡站在老太阳的座车上/向响或不响的 默呼/向醒或不醒的 低喊/时钟与轮齿啃着路旁的风景/碎絮便铺软了死神的走道/时针是仁慈且敏捷的绞架。”为了加强诗的哲理，表现自己对人生和命运独特的思考，罗门大胆地违背语言的逻辑，不再以单一的、真实的客体性形象去表现主观性的情感，而是以多样的、零碎的、奇特的具体形象去表现抽象的概念。他不仅让“生命”与“死亡”这两个势不两立、不能并存的东西并置在一起，而且在处理“死亡”这一理念时，运用了奇特的想象能力，以一系列的实体概念“站”、“默呼”、“低喊”、“时钟”、“轮齿”等对死亡进行了大面积的视觉化和听觉化。伴随着罗门令人心悸的笔触，我们真切感受到的是都市世界中人的精神深处的绝望和都市的荒诞、死寂。

四、作者自白

我的语言是我的生命通过“现代”的时空位置，对人存在于“都市”与“大自然”两大生存空间所遭遇到的“生死”、“战争”、“性”与“永恒”等重大生命主题予以沉思默想，所发出一己的独特的声音，同时也更企求这声音，必须与人类原本的生命相呼应。

——罗门：《我的诗观》，转引自罗门：《罗门诗选》，台北，洪范书店，1984。

在一切都被人类怀疑与重新估价的现代世界中，我怀疑以一般人那近乎迷信的绝对信仰，能确实成为上帝优秀的信徒，我深信只有进入诗人与艺术家所开发的“第三自然”，使一切存在与活动于完美的结构与形式中，方可能认明上帝……我这样说，很明显的，是想重新确定诗人与艺术家在过去、现在与未来所占住的位置及其工作重心——一个诗人与艺术家，当他唤醒万物与一切潜在中的美的形象与内容，他便是人类内在世界的另一个造物主了，像上帝造天国一样，他造了另一个内心的天国——那无限容纳“美”的“第三自然”。

——罗门：《诗人艺术家创造了人类存在的第三自然》，转引自罗门：《时空的回声》，台北，大德华出版社，1981。

时空在他们的心目中，如是一只装满了“死亡与虚无”的巨瓶，他们便是在这预期的死的威胁下无可奈何地活着，但不必以自杀来解除痛苦，他们解除痛苦的唯一方法，便是不去想它，让它在一种几乎完全失去联想的“连续行动”中被埋起来，使审视“永恒、希望与理性”的价值世界冷下去，使煽动“人”本能的物欲世界热起来。

——罗门：《现代人的悲剧精神与现代诗人》，转引自罗门：《罗门论文集》，北京，中国社会科学出版社，1995。

1. “现代感”所含有的“前卫性”，正是使诗人在创作中机敏地站在靠近“未来”的最前端，去确实地预感新的一切之“来向”，而成为所谓的“未知者”，去迎接与创造一切进入新境与其活动的新的美感形态与秩序。

2. “现代感”所含有的“创新性”，便是一直在查验与检定诗人的“创作生命”是否有效与存在。如果诗人在“心像”以及“语言”与“技巧”的活动缺乏“创新性”，便势必于不知不觉中陷入残旧与僵化的创作状态，而失去创作者在创作上的实质身份。这也就是大多数创作者常常提到的“自我突破”，所谓突破便是不断地超越，以抓住创作上不断成长的新的机能。

3. “现代感”所含有的“震惊性”，是一直刺动诗人的创作生命，呈现其超越以往的独特与新异的面貌。这也是给读者感受的心灵不断带来新的激动与满足感，它包括了作品形态与内涵力双方面，对现代人内心所引起新异、迅速且强大的感应力。

——罗门：《打开我创作世界的五扇门》，转引自罗门：《罗门论文集》，北京，中国社会科学出版社，1995。

五、名家点评

本质上原就是不由自主的城里人，虽然一直在批评现代的大城市，却一天也离不了台北。他那些“住在城里反城里”的批判兼玄想之作，二十年前未免早熟，今日写来，对于新台北忽然切起题来了。

——余光中：《现代诗的一种读法》，转引自陈幸蕙：《七十六年文学批评选》，19页，台北，尔雅出版社，1988。

罗门写的大量优秀的城市诗，奠定了他在台湾诗坛上的基础，为他赢来了城市诗人的桂冠，也使台湾有了专门描写城市的“城市诗”这一品种。

——古继堂：《台湾新诗发展史》，北京，人民文学出版社，1981。

罗门对物质文明的过度膨胀，都市文明的忙乱匆遽，金钱至上的社会观，以及宗教精神的没落、人道情操的沦丧等，均一而再、再而三的予以吟咏及讽刺，有时甚至不惜出之以斥责的口吻……个人的死亡之外，还有集体死亡，介乎写实与超现实之间的死亡。《都市之死》之五的末七行，是罗门对此最沉重最精彩的写照……我一向以为罗门的现代诗中，比多于兴，而且往往因想象力过于丰富而显得意象和比喻过分拥挤，这当然是过犹不及的现象。但到了后期，这种现象已有了显著的改善。

——张健：《论罗门诗的二大特色》，载《海南师院学报》，1993（4）。

以各种艺术手法来表现都市与人的丰富内涵，则是罗门城市诗的形式特征。由于强调艺术表现的多向性，使其作品丰富多姿、五彩缤纷。时而以景显境，时而情景交融，时而透过抽象再现具象，有时则用“比”、“象征”、“超现实”等表现手法乃至电影、绘画、雕刻、建筑等艺术技巧来加以表现。这样一来，在诗人笔下就有人和事物在时空活动的种种美感。诗人透过都市人的追踪，除了在现实之中，也可以上天入地，既有现实的场景，也有超越现实的内心场景。

——王一桃：《论罗门的城市诗》，载《海南师院学报》，1993（4）。

六、文献目录

蔡源煌：《罗门论》，北京，中国社会科学出版社，1995。
罗门：《罗门长诗选》，北京，中国社会科学出版社，1995。
罗门：《罗门短诗选》，北京，中国社会科学出版社，1995。
林耀德：《罗门论》，台北，师大书苑，1993。
谢冕：《从诗中走过来——论罗门蓉子》，台北，文史哲出版社，1997。
朱徽：《罗门诗精选百首赏析》，成都，四川文艺出版社，1994。
周伟民、唐玲玲：《日月的双轨》，北京，中国社会科学出版社，1995。
张艾弓：《罗门论》，台北，文史哲出版社，1998。
赵小琪：《台湾现代诗与西方现代主义》，武汉，长江文艺出版社，2004。

贝多芬

作者：张　默
类型：诗　歌

一、作者简介

张默（1931—　），原名张德中，生于安徽无为襄安镇。1949年赴台湾，1950年加入海军行列，开始从事文学创作活动。1954年，张默在台湾高雄市北部的左营与洛夫、纪弦等创建创世纪诗社。他出版的诗集主要有《紫的边陲》、《上升的风景》、《无调之歌》、《张默自选集》、《陋室赋》、《爱诗》、《光阴·梯子》、《张默·世纪诗选》等；诗论集主要有：《现代诗的投影》、《飞腾的象征》、《单一与丰繁》、《台湾现代诗笔记》等。他的诗歌曾获中山文艺奖新诗奖、“中国”文艺协会荣誉文艺奖章等。

二、精彩阅读

贝多芬（节选）

在这首载于1964年1月出版的《青年杂志》的诗中，张默将个体生命置放在宇宙这个宽阔的时空中去展现其存在、追求以及价值。由此，诗中生命的宇宙化，就既意味着生命在时空扩展中获得宇宙的永恒性的物质特性，也指生命在与世界的融合中获得宇宙的自在性的精神特性。

几个世纪前，你乘和声的梯子到达
极薄极薄的心脏地带
作一次小小的驻足
音符们跳跃着，雪崩似的跳跃着
为着欢迎你，为着亲昵一下你的眼眸的美学
为着在你胡须的阴影里采集一些咸

它们都一窝蜂地赖着不走了
你能容纳下好些个没有幅度的从前

天太大了荒野太大了令我们无所适
你却忘记了自然的安息，转身向
奥德赛，而且也啃着奥德赛
细细描着七种星的线，抖着天体调和的哲理
你的脑后是拖着，一条光芒的海洋
你亢奋，你蹬足
你的弓弦一擦，你的思维耸起
所有者都将淹没了，一瞬就是千千个自己
没有规律，一切虚乏的颤音，都在你的
阔大的掌叶下轻轻逃遁
…………
为了不要把黑暗，以及不要把虚弱
永久撒满这宇宙
你推动自己，像茹勒的新生的女孩
你推动整个的内里
且把无穷的饥馑抛出去
你在敲门，敲着暴风雨的门
门啊，我们的重量是合成的

许是栽植在人们心灵的盐碟里
一株旋转的仙人掌
它们没有一张面孔是来自去年的
那些芽，嫩惯了且盼念早日长大的，那些芽
总得让判然的火把他们熏熏
在缕缕如水的烟雾里
穿透赤裸裸的自负，全然不驯服的形式
灵奇的幻象必将攀升似双重的太阳
我们不是诞生每个土地，我们不是没有界域
万籁所拥有的亲密的回响
永远是那么广袤
以手指把泥土的主题升起吧

那时刻，竟是一个没有年轮的钟鼓
猛力在捶着，一个豁达的灵魂

而露德薇格，终于
终结了昏暗，终结了晦黄
而莱蒙柏斯基的巨大的刻刀，竖着
在年年的门缝里
将为你闩住永恒和不朽

三、作品简析

人类心智的发展经历了数千年，如果仅从认识论方位考察，人类审视世界的眼光不外乎两种，一为功利的，一为诗的。张默审视世界时，采用的就是一种诗意的眼光。在张默看来，在具体、现实的客观世界背后，存在着一个超感觉的神秘世界。诗人的任务，则在于以有限的存在方式的语言，去“表现宇宙之隐秘面”①。只有这样，有限的个体才能实现对现实的超越，最终超越自身，与无限广大的、神圣的宇宙融为一体。这种自觉的审美追求，自然生成了张默诗的独特的艺术风貌，即生命的宇宙化倾向。在这首诗中，这种生命宇宙化倾向主要表现在以下三个方面：生命时空的扩展性、生命存在的自然性、生命境界的理想性。

在这首诗中，生命宇宙化的生成，首先得力于张默对世间万物观照的一种“无时间感”。在诗中，诗人将时间的特性认同为“一个没有年轮的钟鼓”。这样，在沉重的物理现实重压下的人类经过“诗的点触”，便进入一个超越于物理现实和时空局限的无限世界。在这个世界中，日常经验意义上的时间顿然消失，历经磨难而坚强不屈的贝多芬与古希腊荷马史诗中百折不挠的奥德赛在进行着心与心的对话：“你却忘记了自然的安息，转身向/奥德赛，而且也啃着奥德赛。”在这种超时间的心灵对话中，贝多芬深刻地察觉到不同历史时空中各式各样的强者精神上的同一状态，即苦难—挣扎—新生。这种察觉使贝多芬有限的生命在趋近无限的宇宙时间时，获得了更为广阔的存在时空：“所有者都将淹没了，一瞬就是千千个自己”。这里，永恒不是无所凭借的永恒，而是由个体的“自己”构成的永恒；个体的“自己”也不是游离永恒的“所有者”的“自己”，而是体现了“所有者”的永恒精神的个体的“自己”。

---

① 李英豪：《从〈拜波之塔〉到〈沉层〉》，转引自张默，《张默自选集》，244页，台北，黎明文化事业公司，1978。

随着生命时空不断趋近宇宙时空，个体生命也就愈来愈认识到，世上的事物之间总是各以其自身的现象互相反映其他事物的本质。对于宇宙来说，它的本质则是人或人的意识。如此，在很大程度上，人对于宇宙本质的认识，也就取决于人对自身本质的认识。

在这首诗中，人的本质常常被张默看做一种人的自然性。这种人的自然性意味着，在审美活动中，作为个体生命追求的自由境界只能以个体为本位，有赖于对主体自由个性的坚持和弘扬。我们看到，贝多芬个性的弘扬，既源于一种对现实生活的厌倦："为了不要把黑暗，以及不要把虚弱/永久撒满这宇宙"；也源于对"怔忡地"、"忧虑正缠绕他的周身"的个体生存状态的不满。此外，个性的弘扬，也源于对自然神力的仰慕："万籁所拥有的亲密的回响/永远是那么广袤/以手指把泥土的主题升起吧"。自然，只有自然才能为个体的生命提供取之不竭的能量。凭借着自然神力的支撑，个体生命可以摆脱现实性的梦魇，它永不畏惧、永不满足，陶醉在一次次追求自由的活动中："你亢奋，你蹬足/你的弓弦一擦，你的思维耸起"。这种生命的燃烧，这种生命的律动，这种生命的喷射，带来的是生命的腾升、生命的扩张、生命的陶醉。这样，张默以个体的强烈、奔放的个性为动脉，使他诗中的贝多芬的生命飞腾如自然的精灵，他的诗因而也气韵生动。

经过生命存在时空的扩展和生命存在的自然化追求，这首诗中生命的存在时空越来越悠长和开阔了，它为在更深沉的内涵上实现生命宇宙化的理想境界创造了优越的条件。

所谓生命境界的理想性，是指生命存在进入宇宙，并与宇宙完美地融合的一种境界。

在这首诗中，生命理想的归宿存在于从天人感应到天人同一的境界中。天人感应是现实存在的贝多芬与宇宙万物的呼应、沟通："几个世纪前，你乘和声的梯子到达/极薄极薄的心脏地带/作一次小小的驻足/音符们跳跃着，雪崩似的跳跃着/为着欢迎你，为着亲昵一下你的眼眸的美学/为着在你胡须的阴影里采集一些咸/它们都一窝蜂地赖着不走了。"这种人与万物的呼应、沟通，促使贝多芬的个体生命从现实的困境中解脱出来："穿透赤裸裸的自负，全然不驯服的形式"，在不断的精神超越中与宇宙精神相融相渗。当贝多芬、"雪崩似的音符"、"心脏地带"、"旋转的仙人掌"等以生命的同位关系组合在一起之时，贝多芬、音符就与"心脏地带"、"旋转的仙人掌"等在宇宙中相互交流、相互统一。此时，旧的生命形式将会发生裂变："灵奇的幻象必将攀升似双重的太阳。""旋转的仙人掌"之所以被幻化为"双重的太阳"，是因为贝多芬在"细细描着七种星的线，抖着天体调和的哲理"时与生命本原的宇宙合体了。如此，即使贝多芬生命有形的实体在现实时空消失了，它的精神却因与自然的同一而获得了永存。“而莱蒙柏斯基的巨大的刻刀，竖着/在年年的门缝里/将为你闩住永恒和不朽”，于是，贝多芬的死就是最高潮的生，而他的生也是最高潮的死，贝多芬的个体生命在这种与宇宙万物相互转化、相互渗透的关系中，达到了生命之树常青的境界。

四、作者自白

大至宇宙，小至砂砾都可以入诗，在表现方面，是不应该加以限制的。每个诗人的生命历程都不一样，如仅限定诗必须表现人生，恐将导致诗的生命窒息。大多数诗人都是喜欢云游四海，不愿意把自己的生命局限于一隅，换言之，题材愈广阔，表现愈自由。

——张默：《张默自选集》，台北，黎明文化事业公司，1978。

它们看似包罗万象，实则也单纯至极，它有多元的技巧，但也可以说没有，它或许是现实与梦想的纠结，抽象与具象的拔河，它是难以界说的某些朦胧的状态，不时穿行个人澄明的心境，让它像蛱蝶一样，与摸不着看不尽的时间，一起飞翔！

——张默：《张默诗选》，北京，作家出版社，2007。

五、名家点评

时下某些人，哪怕只写过一两首诗，便自命不凡，飞扬跋扈起来，张默则永远平易近人，自然率真，做事向前冲，做人往后退，这是他一贯的人生哲学，也是一种了不起的德行，他永远站在幕后默默地奉献自己。

——洛夫：《无调的歌者——张默其人其诗》，载《幼狮文艺》，1979（304）。

张默诗中的语言操作，乍看起来好像飘忽游走，捉摸不定，但细细体察，你会发现他在尝试一种流动的语言风格，一种类似音乐的形式……通常，他的诗自点而线而面并作球状的扩张，像音乐的赋格一样采两路进行，一路是接近散文的自由形式，另一路是属于韵文的格律形式，前者俚俗，后者儒雅，一虚一实，一阴一阳，作者就以这两种力量的相斥、相争、交汇、融合，来控驭他作品的张力，此种运作方式与围棋中的黑白子，钢琴上的黑白键，中国书艺的黑白结构，原理是相通的。

——痖弦：《为永恒服务——张默的诗与人》，转引自萧萧：《诗痴的刻痕——张默诗作评论集》，台北，文史哲出版社，1994。

张默是这岛上的红尘中极少数能把诗当做动词，而不只是名词的人。对他而言，诗是巨大的引擎，可以装在任何东西的身后，启动它、转动它，将它带离习惯的位置，因而发现了诗的无数可能。

——白灵：《山的叠彩，水的乐音——张默的旅游诗》，转引自张默：《独钓空濛》，台北，九歌出版社，2007。

张默诗歌的时空诗学在另一层面上，同样突显了所谓共时性的空间特质，他有时往往通过天马行空般想象的旅行，既超越了历史和现实，同时思接千载，视通万里，上下古今，天地事物，在一瞬间聚合在同一的空间里，从而达至最高的艺术境界，也即“一瞬即永恒”……这种共时性的空间诗学，在艺术上则具体体现为散点透视的一种意象组合方式，即将不同时空里的事物集聚在同一的诗歌空间里，但它不是散点的平面的拼贴，而是始终聚焦于一种内在的主体性，或者说是诗人的知性。

——孙基林：《一种时间、空间视界中的当代诗学——以张默诗歌为例》，载《中国海洋大学学报》，2010（5）。

六、文献目录

李元洛：《“为永恒服役”的选手——台湾诗人张默诗作欣赏》，载《名作欣赏》，1990（3）。

萧萧：《诗痴的刻痕——张默诗作评论集》，台北，文史哲出版社，1994。

熊国华：《闩住永恒和不朽——重读张默的名诗〈贝多芬〉》，载《世界华文文学论坛》，1995（1）。

赵小琪：《台湾现代诗与西方现代主义》，武汉，长江文艺出版社，2004。

朱寿桐、傅天虹：《张默诗歌的创新意识》，北京，中国文史出版社，2009。

火　浴

作者：余光中
类型：诗　歌

一、作者简介

余光中（1928—　），祖籍福建永春，生于南京。1947年，余光中从南京青年会中学毕业后考入金陵大学外文系，1949年转入厦门大学，同年经香港去台湾。1952年，余光中毕业于台湾大学外文系。大学毕业后，他在军队做过三年翻译官。1954年，余光中与覃子豪等创立蓝星诗社。1958年，余光中赴美国，在爱荷华大学获取文艺学硕士学位。1961年后，他先后在伊利诺伊、密西西比、纽约等州立大学任教。1966年至1985年，他先后在台湾师大、台湾政治大学、香港中文大学任教。1985年返台后，他一直担任台湾中山大学文学院院长及外文研究所长至退休。

在台湾现代诗的发展过程中，余光中是一位地位极为重要、影响力极为广泛的诗人。香港学者黄维梁认为，在台湾诗坛，“论作品之丰富，思想之深广、技巧之超卓，风格之多变、影响之深远，余光中无疑是成就最大者之一。”① 余光中之所以被视为“艺术上的多妻主义者”，一个非常重要的原因就在于他从不放步自封，而是敢于正视自己的不足，不断地朝着不同方向探索诗歌艺术上的创新路径。他的诗题材广泛、风格多变，既有狂放飞扬的豪放式作品，也有委婉柔绵的婉约式作品。结集出版的主要有《舟子的悲歌》、《蓝色的羽毛》、《钟乳石》、《万圣节》、《莲的联想》、《五陵少年》、《天国的夜市》、《敲打乐》、《在冷战的年代》、《白玉苦瓜》、《天狼星》、《与永恒拔河》等。

① 黄维梁：《火浴的凰：余光中作品评论集》，台北，纯文学出版社，1984。

二、精彩阅读

火　浴

这首刊载于《纯文学》1967 年第 1 期的诗，探讨的是生命的再生和永恒。在诗中，诗人围绕着时间、生与死、历史和永恒进行着顽强而又充满炽热的理想主义情怀的追问，试图通过对时间与永恒之间的内在联系的整体性揭示，使人们的生命活动方式重新从对立、分裂回到融洽、整合的状态，从黯淡无光的有限生命世界步入澄明、透彻的无限世界。

一种不灭的向往，向不同的元素
向不同的空间，至热，或者至冷
不知该上升，或是该下降
该上升如凤凰，在火难中上升
或是浮于流动的透明，一氅天鹅
一片纯白的形象，映着自我
长颈与丰躯，全由弧线构成
有一种向往，要水，也要火
一种欲望，要流濯，也需要焚烧
净化的过程，两者，都需要
沉淀的需要沉淀，飘扬的，飘扬
赴水为禽，扑火为鸟，火鸟与水禽
则我应选择，选择哪一种过程？

西方有一只天鹅，游泳在冰海
那是寒带，一种超人的气候
那里冰结寂寞，寂寞结冰
寂寞是静止的时间，倒影多完整
曾经，每一只野雁都是天鹅
水波粼粼，似幻亦似真。在东方
在炎炎的东方，有一只凤凰
从火中来的仍回到火中
一步一个火种，蹈着烈焰

烧死鸦族，烧不死凤雏
一羽太阳在颤动的永恒里上升
清者自清，火是勇士的行程
光荣的轮回是灵魂，从元素到元素

白孔雀，天鹅，鹤，白衣白扇
时间静止，中间栖着智士，隐士
永恒流动，永恒的烈焰
涤净勇士的罪过，勇士的血
则灵魂，你应该如何选择？
你选择冷中之冷或热中之热？
选择冰海或是选择太阳？
有洁净的灵魂啊恒是不洁
或浴于冰或浴于火都是完成
都是可羡的完成，而浴于火
火浴更可羡，火浴更难
火比水更透明，比水更深
火啊，永生之门，用死亡拱成

用死亡拱成，一座弧形的挑战
说，未拥抱死的，不能诞生
是鸦族是凤裔决定在一瞬
一瞬间，咽火的那种意志
千杖交笞，接受那样的极刑
向交诟的千舌坦然大呼
我无罪！我无罪！我无罪！烙背
黥面，纹身，我仍是我，仍是
清醒的我，灵魂啊，醒者何辜
张扬燃烧的双臂，似闻远方
时间的飓风在啸呼我的翅膀
毛发悲泣，骨骸呻吟，用自己的血液
煎熬自己，飞，凤雏，你的新生！

乱曰：

我的歌是一种不灭的向往
我的血沸腾，为火浴灵魂
蓝墨水中，听，有火的歌声
扬起，死后更清晰，也更高亢

三、作品简析

生命的再生与永恒的问题，在余光中的诗歌中自始至终是一个重要的课题。诗人抓住这个万古难灭而又充满诱惑的问题苦苦思索、层层掘进，其百折不挠的执著和深入精神，在中国当代乃至古代诗人中，都是非常罕见的。

这首诗的主题，就是探讨生命的再生和永恒。自古以来，人类就为时间与永恒的问题所困扰。作为人，站在地上的世界，望着的却是那夕阳西下的地平线，想着的是那死后的归宿。他无论如何也不会满足于生命这种有限的存在，不能不对生命的永恒充满憧憬。所以，此诗一开始，诗人就表现了对生命“一种不灭的向往”。接着，诗人展示了两种使生命获得再生的途径，一种是“上升如凤凰，在火难中上升”；另一种是“天鹅”，“浮于流动的透明”。凤凰，是古老东方埃及神话中的永生鸟；天鹅，则是西方希腊神话里的不朽禽，这两种象征再生和永恒的禽鸟各有特点。凤凰的特点为：“上升”、“焚烧”、“扑火”、“飘扬”，天鹅的特点为：“纯白”、“长颈”、“丰躯”、“沉淀”、“赴水”。前者更多地表现为一种内在美，后者更多地表现为一种外在美。诗人难以取舍这两种美，因而既“要水，也要火”，“要洗濯，也需要焚烧”，这显示了诗人在选择再生之途时的困惑。

在诗的第二节，诗人用对比的方法，比较了天鹅的“冰浴”和凤凰的“火浴”两种生命的净化、再生过程。从净化、再生的背景来看，天鹅的冰浴发生在“水波粼粼，似幻亦似真”的“冰海”，凤凰的火浴发生在“一羽太阳在颤动的永恒里上升”的“炎炎的东方”。从净化和再生的运动态势来看，天鹅的冰浴呈现为一种静止的形态：“那里冰结寂寞，寂寞结冰”；凤凰的火浴则呈现为一种不断行进的循环运动：“从火中来的仍回到火中/一步一个火种，蹈着烈焰”。

有比较才有鉴别，第三节就是诗人在比较了“火浴”和“冰浴”的发生背景和运动态势后显现出的情感和价值评判。在诗人看来，虽然“浴于冰或浴于火都是完成”，都可使生命获得再生和永恒，但相较而言，“火浴更可羡”。因为，“火浴”的凤凰是个在“永恒流动，永恒的烈焰”中奋进的“勇士”，而“冰浴”的天鹅则是个在“时间静止”中摇着“白扇”的“隐士”。

从日常逻辑上看，“更透明”和“更深”的应该是“水”，诗人在这里却有意背离日常经验，说火较之水更深、更透明。为了使这种独特的心理感受更具说服力，诗人在第四节又用了一大段文字来显现凤凰艰难曲折而又壮怀激烈的“火浴”图景。在诗人笔下，火浴是“一座弧形的挑战”。一个真正的“勇士”，“黥面”、“千杖交笞”的坏运和死亡的“极刑”也无法阻挡他“咽火的那种意志”，反而更激发他生命进击和创造的激情，他“张扬燃烧的双臂”。于是，“勇士”立于绝境却用不屈的意志和不断的行动将绝境送上了绝境，他在充满活力的奋斗、拼搏和燃烧过程中，实现了生命的“飞”和“新生”。

香港评论家钟玲在谈到《火浴》时说：“在形式上，《火浴》是圆熟的，在意境上，《火浴》是高旷的。”① 这在很大程度上揭示了这首诗在形式、意象经营上的特点。在形式上，这首诗整齐中又有变化。全诗五节，前四节均为十三行，呈现出一种对称的美；后一节是结尾，只有五行，言简意赅。新的文字秩序的引入，不仅使诗的发展避免了单调，保持了新鲜感，而且随着文字秩序的变化，诗歌的内蕴也得到了提升。在意象经营上，这首诗将再生原型作为意象母系统，凤凰和天鹅两种生命意象作为再生原型的子系统。这两个子系统尽管在表现形式上呈现出阴与阳的对立形态，但在这种表面的对立形态背后，它们却达到了阴阳对抗中的统一，共同组成了震撼人心的再生和永恒的生命意境。

四、作者自白

那时的我，常在诗中担任一个乐观的失散者。这角色常被一种力量否定，却反身奋战，对否定再做否定，也就是说，有所坚持，有所肯定。因此那时的诗也往往始于否定而终于肯定，例如《有一个孕妇》，或者始于彷徨而终于固执，例如《火浴》。

——余光中：《余光中诗歌选集》（第2辑），长春，时代文艺出版社，1997。

当一些灵魂如星般升起，森森然，各就各位，为我们织一幅怪冷的永恒的图案，一些躯体像经霜的枫叶，落了下来。人类的历史就是这样：一些躯体变成一些灵魂，一些灵魂变成一些名字。好几克拉的射着青芒的名字。称一称人类的历史看，有没有一斗名字？就这么俯践枫叶，仰望星座，我们愈来愈寂寞了。

——余光中：《余光中散文》，长春，吉林文史出版社，2008。

表面上，人和自然是对立的，因为人要拉住风筝，而风要推走风筝，但是在一拉一推之间，人和自然的矛盾竟形成新的和谐。这种境界简直有点形而上了。但这种经验也是诗人的经验，他想。一端是有限，一端是无垠。一端是微小的个人，另一端是整个宇宙，整个太空的广阔与自由。你将风筝，不，自己的灵魂放

① 钟玲：《文学评论集》，123页，台北，时报出版事业公司，1984。

上去，放上去，上去，更上去，去很冷很透明的空间，鸟的青衢云的千叠蜃楼和海市。最后，你的感觉是和天使在通电话，和风在拔河，和迷迷茫茫的一切在心神交驰。这真是最最快意的逍遥游了。而这一切一切神秘感和超自然的经验，和你仅有一线相通，一瞬间，分不清是风云攫去了你的心，还是你掳获了长长的风云，而风云固仍在天上，你仍然立在地上。你把自己放出去，你把自己收回来，你是诗人。

——余光中：《焚鹤人》，台北，纯文学出版社，1974。

五、名家点评

这首诗的主题涉及一种过程——“净化的过程”。“一种向往”形成这种过程的推动力，而过程本身则始于灵魂的“选择”，终于永生的“完成”……“火浴”就是写一个作家对自我存在的肯定，和写他在高度清醒之下，所捕捉的心路历程……这位诗人自己知道他对永生的向往本身就是“不灭”的。其后，这发言的诗人自我一直在高亢的状态，企图作一种超越自我的伟大选择。

——钟玲：《文学评论集》，台北，时报出版事业公司，1984。

大家都知道，郭沫若写过一首著名的长诗《凤凰涅槃》，也是以凤凰“集香木自焚，复从死中更生，鲜美异常，不再死”的故事做骨架而写成的……比较一下，这两首诗却有很大的不同。首先是意象与主题内涵的不同：郭诗“向外”，着力于表现社会、民族、时代、世界，也有自我，但主要是经由自我扩张而依附、交融于前者的“大我”……而余诗则“向内”，着力于抒写自我在“冰浴”与“火浴”间进行选择的过程，着力于表现自我在自焚净化中身心所遭受的磨难与痛苦……其次，从艺术表现和创作方法上看，郭诗是激情倾吐与总体象征相叠合，奇幻的构思、袒露的胸襟、急骤的节奏，烘托出一种雄浑豪放宏朗的壮美；余诗则是对比剖析与深情思索的交融，冷峻的笔耕、意象的联结、气氛的营造，展示出一派冷中有热、沉郁中显高亢、痛楚中见骨力的崇高美来。

——黄曼君：《余光中现代诗学品格论》，载《华中师范大学学报》，2001(2)。

余光中先生在今日诗坛的领导地位，得归功于几项特殊的因素。其一，余光中是诗人兼学者的身份。学者素养对余光中作为现代诗坛的祭酒，极为重要。中国现代诗是中国文学发展史上一个新运动，一个新局面……现代诗试图建立自己生存的理念与机遇。它一方面要对抗外来的抨击，另一方面又要从内部的争议中找到一条或数条可行的道路。这些工作不是仅凭诗人的创作功能可以担当的，而是需要文学理论与文学素养的造诣，从学理予以辨明或辩答。余光中在中西文学双方的素养，在文学理论的涵泳，使他有能力作为现代诗的代言人，从文学史的发展上与文学理论的内省上，肯定中国现代诗。假使余光中只写诗而不能谈诗，他就不能担当这个角色。

——颜元叔：《诗坛祭酒余光中》，转引自黄维梁：《璀璨的五彩笔——余光中作品评论集（1979—1993）》，台北，九歌出版社，1994。

六、文献目录

古远清：《余光中评说五十年》，北京，文化艺术出版社，2008。

黄维梁：《火浴的凰：余光中作品评论集》，台北，纯文学出版社，1984。

黄维梁：《璀璨的五彩笔——余光中作品评论集（1979—1993）》，台北，九歌出版社，1994。

余光中：《余光中：与永恒拔河》，长沙，湖南大学出版社，2001。

简政珍：《余光中：放逐的现象世界》，载《中外文学》，1992（236）。

李瑞腾：《透视桂冠诗人——余光中的感性世界》，载《文坛》，1981（251）。

林明德等：《中国新诗赏析》，台北，长安出版社，1985。

王良和：《余光中、黄国彬论》，香港，汇智出版有限公司，2009。

王尧：《“与永恒拔河”的人——隔岸妄论余光中》，载《当代作家评论》，2000（2）。

徐学：《火中龙吟：余光中评传》，广州，花城出版社，2002。

杨宗翰：《与余光中拔河》，载《华文文学》，2005（2）。

赵小琪：《台湾现代诗与西方现代主义》，武汉，长江文艺出版社，2004。

陀　　螺

作者：杜国清

类型：诗　歌

一、作者简介

杜国清（1941— ），著名诗人、学者、文学翻译家，台湾台中县丰原人。1963年毕业于台湾大学外文系，后在日本关西学院获得日本文学硕士，继赴美国斯坦福大学攻读中国文学博士，现任美国加州大学圣塔芭芭拉分校东亚系教授兼台湾研究中心主任。杜国清曾担任台湾《现代文学》编辑，也是《笠》诗刊创办人之一。已出版的诗集有《蛙鸣集》、《岛与湖》、《雪崩》、《望月》、《心云集》、《殉美的忧魂》、《情劫集》、《勿忘草》、《玉烟集》、《对我，你是危险的存在》、《爱染五梦》等，爱情诗在杜国清诗歌作品中占多数。此外，他还著有《日本现代诗鉴赏》、《西胁顺三郎的诗与世界》、《诗情与诗论》、《李贺》（英文）等专著；并翻译了艾略特的《荒原》、《艾略特文学评论选集》，波德莱尔的《恶之花》，刘若愚的《中国诗学》、《中国文学理论》等。他曾获中兴文艺奖、诗笠社翻译奖、文建会翻译成就奖。

二、精彩阅读

陀　　螺

《陀螺》是杜国清《童年忆影》组诗十二首之一，写于20世纪70年代初，是诗人对童年生活的追忆，也是能够体现出《笠》诗刊诗歌创作理念的作品。这首诗诗风平易、清新、朴实，贴近生活，是对以台湾创世纪诗社为代表的台湾现代派诗歌晦涩诗风的有力反驳。

抽一个陀螺
在外婆家的拍掌声中转着转着

最后草率地扭一下就拉倒了

抽一个陀螺
在家庭作业簿上转着转着
最后草率地画了一笔就算了

像个大头少年
交抱手臂，蹑着脚尖
在风中，旋成
少年时代的一幅活动景

童年就像五彩的陀螺
以人生的长绳
在回忆里转成白色

三、作品简析

对于以爱情诗著称的一个诗人来说，《童年忆影》组诗是杜国清诗歌作品中非常少见的反映现实生活的作品。《陀螺》这首诗意象单纯，语言简洁、明快，口语化气息较重，与作者后来所创作的那些精妙繁复的意象诗有明显差别。

这首诗的题眼，即它唯一一个意象——陀螺，虽然单纯，却内涵丰富。如诗中作者所说，“童年就像五彩的陀螺”，陀螺是童年的象征。的确，陀螺这一个意象最能表现孩子们童年至少年时期的生活情趣，尤其是男孩子们的情趣。作者以陀螺旋转的不同特点来表现童年及少年的成长特点。童年时期，我们处于外婆的陪伴中，刚刚学会认识世界，可能还不会很熟练地抽动陀螺，这个小玩具就只能“草率地扭一下”，“扭”这个动词把童年的欢快、可爱惟妙惟肖地表现了出来。到了少年时期，陀螺“在家庭作业簿上转着转着”，意味着少年时期的我们不得不面对学业的煎熬，但即使如此，少年依然是贪玩的，“草率地画了一笔”把少年应付课业的贪玩心态表现得活灵活现。这首诗的前两段以整齐的诗句带我们重温了美好的童年，充满温馨，使人眷恋。

但童年的欢快表象掩饰不住这首诗所弥漫的淡淡忧伤，童年转瞬即逝，陀螺“像个大头少年”，“在风中，旋成/少年时代的一幅活动景”。“旋”意味着快速地转，意味着时光易逝，意味着美好的一切都已成为过去，成为墙上的画，成为我们回味与观赏的对象。而“人生的长绳”并不会就此停止，生命的陀螺会越转越快，快得使我们根本来不及回味与欣赏人生的风景，在“回忆里转成白色”既是陀螺急速旋转时所展现出的形态，也是人生如白驹过隙、往事已遥远朦胧的形象表达。

诗的最后一段，作者设置了两组对比：一组是比较明显的“五彩”与“白色”，来突出童年生活的五彩缤纷。童年的快乐美好与成年的单调乏味形成鲜明对比，使人更为怀念童年的时光。另一组是潜在的相对时间的对比，“人生的长绳”所对应的是“童年的短暂”，作者表达了美好时光的易逝带给我们“无可奈何花落去”的伤感。

这首诗从总体上已初步体现出杜国清后来所提倡的“瞬间美”、“距离美”、“永恒美”的诗歌审美体系。所谓瞬间美并不是时间的固定长短，而是在相对意义上表达出美的易逝或易逝的美。人生如白驹过隙，美的瞬间无法永存，就像童年终将从我们生命中消失，而消失的童年却在我们心中留下永不磨灭的记忆，具有永恒的美，因此瞬间也可以化为永恒。距离美则是指诗中所表现的时间距离、空间距离或者心理距离。在这首诗中，时间距离与心理距离都比较突出，从童年到成年，从瞬间到永恒，都是时间距离的展现。而从童年的无忧无虑到成年的忧伤回忆之间所出现的心理变化也是巨大的，成长的过程即一步步远离那份天真烂漫，即慢慢懂得叹息，诗的格调从开始时的欢快到结尾时的惆怅，让我们体验到丰富的心理层次、情感韵味。

四、作者自白

我认为诗，尤其是抒情诗的本质，在于表现出存在于某一时空亦即宇宙之间的生命的感受，或者表现出与这种感受有关的精神活动。换句话说，诗是存在于无限的宇宙间具有有限生命的诗人之灵魂的呼声及其回响。写诗只不过是在记录灵魂的受难或欢欣，在捕绘或描述沉浮在七情六欲中的灵魂的万态千姿，而给予同样浮沉的灵魂以安慰和同情而已。

就诗的感染性而言，哀愁是人性中最深切最普遍最容易引起共感的情绪，所谓人生中不如意事十常八九，而一切生命中大限存焉。面对着恒古长存的无限宇宙，有谁不觉得人生如朝露去日苦多？浮沉在这万物流转的五常世界，有谁不怆然而念天地之悠悠？因此，我认为哀愁在人性中具有最大的感染性，而表现人之存在的哀愁感的诗具有最大的感动力。诗中的哀愁是诗人基于感谢所捕捉与塑造的艺术情绪；这种诗情表现出万人共通万物交感的生哀死愁，正是诗的极致。

——杜国清：《心云集》，台北，时报出版事业公司，1983。

五、名家点评

主人公是童年时代的诗人，本来是纯主观的，但因这些诗撰写于长大成人，客居异国他乡之际，又注入了客观因素，因此，诗中以“少年”代替“我”，揭示集个性和共性于一身的心态。

——汪景寿：《寻美的旅人——杜国清论》，北京，北京大学出版社，1994。

（杜国清）最早曾崇拜过西方现代派大师波特来尔，后又推崇过日本的超现实主义诗人西胁顺三郎，最后归向象征主义之路。他虽然是《笠》诗刊的创办人之一，但他的诗观和诗的风格和大多数笠诗社同人很不相同。笠诗社所积极倡导的，其同人所孜孜追求的新即物主义、乡土情怀、社会意识等，在杜国清的诗中表现得十分淡薄。

…………

在杜国清的作品中，爱情诗占绝大多数，占着中心位置。从《蛙鸣集》到《心云集》，展示了一条爱的河流。他的《岛与湖》诗集，便是采撷男人的凸出和女人的凹入为整体意象的。因此把杜国清称为爱情诗人或许是较为贴切的。

——古继堂：《台湾新诗发展史》，北京，人民文学出版社，1989。

六、文献目录

白舒荣：《殉美的忧魂——诗人杜国清》，载《世界华文文学论坛》，1992（1）。

古远清：《“寻美的旅人”——记旅美台湾作家杜国清》，载《阅读与写作》，2007（12）。

汪景寿：《论杜国清的诗观》，载《中国文化研究》，1994（2）。

王宗法、计壁瑞、汪景寿：《爱的秘图——杜国清情诗论》，哈尔滨，北方文艺出版社，1994。

王宗法：《昨夜星辰昨夜风 ——〈玉烟集〉综论》，合肥，安徽大学出版社，1998。

王宗法、计壁瑞：《玉烟集：锦瑟无端五十弦》，台北，台湾大学出版中心，2009。

没有影子的

作者：温任平

类型：诗　歌

一、作者简介

温任平（1944—　），马来西亚著名诗人兼诗评家，原籍广东梅县。1972年，温任平率领天狼星诗社成员积极倡导现代诗。已出版散文集《风雨飘摇的路》、《黄皮肤的月亮》，诗集《无弦琴》、《流放是一种伤》、《众生的神》，诗论集《精致的鼎》，主编过《大马诗选》和《马华当代文学选》。

二、精彩阅读

没有影子的

将死亡的幻象与死后的世界植入诗歌中，这在西方现代主义诗歌中颇为常见，如波德莱尔的《恶之花》，随处可见的死亡讯息昭示着人类精神的颓废不堪和主体的自我迷失。《没有影子的》以黑色的意象和逼仄的空间呈现出死亡的另一种“枯寂无助”的状态，在这样的极限境遇中，没有影子的灵魂是否还有再生的可能？

野餐着祭酒和黑色
我是没有面孔的人
我的棺材里藏着太多无效的哭泣
泥泞愈来愈重
啊，它正向我压迫而来
山风喧哗，墓碑崩塌
而我将化作无助的春泥
无助地点缀着滋养着
寺庙石阶前的藓苔

三、作品简析

孔子说过："未知生，焉知死。"这表明中国儒家历来有注重现实层面的倾向。关注世俗伦理和人类的此在活动，不将思维的触角抵达对于死亡及彼岸世界的描述，这是中国文学的一大特征。"五四"以来，伴随着新文化启蒙运动，中国诗歌开始突破传统的审美视域，在倡导"人欲"的基础上，将文学作为人类自身开化与进步的明证，开始向多领域、多层面进发。其中，新诗在死亡书写维度的扩展和死亡主题的纵深挖掘方面做出了很大的贡献。温任平的《没有影子的》就是马华文学中死亡书写的一个典型代表。

不同于波德莱尔笔下的《腐尸》通过一种审丑艺术展现丑陋与生命的强烈反差，温任平在诗歌中更强调寻求死亡之后灵魂的一种超度与再生。而这首先是从对死亡空间的"窒息性"特征的描绘开始的。"野餐着祭酒和黑色"，诗歌一开始便将死后的世界给予触目惊心的勾勒，灵魂的处所是一个"黑色"的空间，并伴随着无尽的孤苦与凄凉。"没有面孔的"表现了灵魂在肉身缺失后的无以附着，被悬置在一个极限境遇中。

接着，诗歌更进一步突出死亡空间的逼仄和突发情势的陡转。在"哭泣"宣布"无效"后，"泥泞"压迫而来，"山风"与"墓碑"也构成了对灵魂的另一重侵袭与灾难。至此，灵魂该何去何从？是再次选择死亡还是其他？仿佛已经无处遁逃，抵抗也宣告无效。在由黑色空间和外在灾难构成的双重胁迫下，情势令人心惊胆战。但恰在此刻，灵魂终于宣布了这种抵抗"失败"的抉择——"而我将化作无助的春泥"。"无助"既描述了灵魂在重重围困中的焦灼感，也透射出主体以另一种微弱的生命形态获得"再生"而非再次"死亡"。而这个出路对于灵魂来说，也仿佛是他身处"死刑台"时早已做好的打算，因此这一选择在诗行中的承接虽然显得自然通畅，但事实上却经过了灵魂的苦苦思虑与挣扎。最后一句"寺庙石阶前的藓苔"是本诗的点睛之笔。如果说，"寺庙石阶"隐喻的是现实世界森严的等级秩序与道德体系，那么"藓苔"便是突破森严的等级秩序与道德体系而艰难生长的生命。因此，虽然"春泥""无助地点缀"，其力量纵然微薄，但依然以另一种生命形态保持着灵魂最初的操守与信念，也正是这样的信念支持着它获得了"再生"。藓苔本身是一种极富韧性的植物，诗人正是让灵魂化作春泥"滋养着""藓苔"来表达灵魂的强大，哪怕面对毁灭性的打击，灵魂都无悔于坚持最初的自我。因此，诗人笔下的灵魂既像是一个从容就义的烈士，又像发现真理而向旧制度和旧社会勇敢开刀的掘墓人，即使化作灰烬，也不忘选择另一种方式成全自己的信仰。

该诗塑造了死后“灵魂”的全新形象。“没有影子的”灵魂在气节上始终如一，他始终坚持着自己认定的道路与方向，哪怕经受“炼狱”的苦楚与折磨，也没有改弦易辙，这便是坚持的力量。灵魂的“受难”实相常常是时代“异数者”的宿命，耶稣、苏格拉底、布鲁诺莫不是这样的牺牲品。但是人类也正是通过对受难的超度和再生的憧憬，才得以在真理的路途中汲取力量，不断前行。在艺术上，诗歌选取了与死亡相关联的一系列意象，在短小的诗行中“蓄情造势”，而将饱满的情感潜隐在文字的背后。同时，诗歌以死亡后“没有影子的”灵魂为对象，既富有图像感，又充满着浓郁的表现主义色彩。

四、作者自白

我写诗倾向借物起兴，让感性的触须自己延伸，《几乎是真空的虚空》写的是自然界与现实世界的“空性”；《白鸟飞不起来的夜》，诗思随情思转折，写了许多看来与诗的题旨无关宏旨的外景、外物、外象。这些看来不相干的景象、动作，它们互相应和，自然蔚为一种气氛，题旨反而隐藏，近乎暧昧。写这样的诗，内心毫无罪感，商隐不是也写过无题诗，令人遐想和可作多方面的诠释吗?古人能做的事，今人何尝不可。

——温任平：《自序》，载《扇形地带》（双语诗选），吉隆坡，千秋事业社，2000。

与文化的乡愁心态相应的是对传统的孺慕。我们甚至可以说对传统的孺慕即是此股愁绪的心理反射或补偿。

——温任平：《文学观察》（序文集），吉隆坡，天狼星出版社，1980。

五、名家点评

温任平是写实的。他的现代精神的怀疑性促使他去揭开现实的面纱，勇敢而真挚地表现了当代社会的风貌。他不无病呻吟，他的感触也非空穴风。他的诗为什么恁般低沉悲愤？这个问题最好由这时代来回答。

论者每读温任平的诗，常会有泫然欲泣之感。我并非感情泛滥。我想，令我戚然心动的是他诗中的时代感、使命感。而这种时代感、使命感是，我觉得，每一位有良知的马华现代诗人所应具备的。

——谢川成：《现代屈原的悲剧——论温任平诗中航行意象与流放意识》，转引自谢川成：《马华文学大系：评论（1965—1996）》，吉隆坡，彩虹出版有限公司、马来西亚华文作家协会，2004。

六、文献目录

陆卓宁：《和而不同：第十五届世界华文文学国际学术研讨会论文集》，南宁，广西人民出版社，2008。

陆士清：《马华文学的双重传统》，载《文艺报》，2012－07－20。

罗正文：《当代马华文存》，吉隆坡，马来西亚华人文化协会，2001。

温任平：《戴着帽子思想》，吉隆坡，大将出版社，2007。

温任平：《流放是一种伤》，吉隆坡，天狼星出版社，1978。

谢川成：《论温任平诗文中的中国性》，载《华文文学》，2008（1）。

谢川成：《那一方褐红色的古印——论温任平散文〈暗香〉的主题与语言策略》，载《华文文学》，2005（4）。

谢川成：《马华文学大系：评论（1965—1996）》，吉隆坡，彩虹出版有限公司、马来西亚华文作家协会，2004。

叶啸：《当代马华作家百人传》，吉隆坡，马来西亚华文作家协会，2006。

赵宪章：《汉语文体与文化认同研究》，北京，中华书局，2008。

昙 花

作者：古苍梧
类型：诗 歌

一、作者简介

古苍梧（1945— ），原名古兆申，号苍梧，广东茂名人，曾用笔名傅一石、蓝山居等。1969 年在香港中文大学取得文学硕士学位，曾先后担任《盘古》、《文学与美术》、《文美》、《八方》等刊物的执行编辑。著有诗集《铜莲》（1980）、《古苍梧诗选》（1987）、《备忘录》（1995）和剧本《奔月》等。

二、精彩阅读

昙 花

以诗性的语言将一种人格魅力与昙花相互映射，将昙花的自然属性提升为一种人类品质，从而在短小的诗行间实现了哲学层面上的飞跃与提升，这便是古苍梧的《昙花》带给我们的启悟。

在没有阳光的都市
我们都要像昙花
在最深沉的黑夜
绽开最灿烂的嫣红
哪怕就只有那么
一晚
哪怕没有什么人会
知道

三、作品简析

古典诗词中很多诗人都喜爱以花来寄托情怀，屈原以兰花自喻，陶潜以菊花传达内心的高洁，梅尧臣以梅花记取一种孤高的志趣，花作为意象或者景物在诗词中有着重要的隐喻和象征之义。而昙花只在夜深人静时展现美姿秀色，且花期极为短暂，实谓花中的罕见之物。短诗《昙花》描绘了昙花以瞬间的灿烂绽放来抵抗黑暗世界，从而突破生命的极限，让其意义在瞬间实现。

诗人选取自然界中的意象或者风景都不是随意为之的，而是别有一番用意。昙花的花期极短，甚至来不及被人发现，它就枯萎凋谢了，但却将最为璀璨美丽的一面留给了“黑夜”。诗人敏锐地发现了昙花极为罕见的自然属性，“在没有阳光的都市/我们都要像昙花”，本诗的绝妙之处就在于将昙花和人的精神品格糅合于一处。

城市中充满着种种物质化的诱惑和挤压。置身于都市化的喧嚣空间中，人们常常自我迷失，在由人与人、人与世界构成的一张网状地图中，人们很难明确自己的位置。伴随着前工业化社会的远逝，现代社会中的“异化”现象逐渐增多，“田园式”诗意性生存被快节奏的“数字化”生存取缔，人们不得不参与到各种竞争、攀比的队伍之中，甚至眼睁睁地陷入精神上的困厄，却依然不放弃对各种“眼球利润”的争夺与追逐，而最大的悲哀也莫过于身处于这样的“迷魂阵”中却浑然不觉。海德格尔说：“贫乏的时代往往会隐藏存在和遮蔽存在，诗人的职责在于认识时代的贫乏，进而让存在敞开。”[①] 诗人处在一个“贫乏”的时代和“没有阳光的都市”中，困顿和迷惘情绪是必然会产生的。但是昙花以其自身的“嫣红”照彻“最深沉的黑夜”，这与诗人于困窘中寻求超越的勇气有着一种天然的契合。昙花不奢求欣赏，不计较生命的短暂，“哪怕就只有那么/一晚”，在刹那间独放光彩，它也不惧这一残酷现实，用一种飞蛾扑火的意志刺向“黑暗”的最深处，留给宇宙的是消失于黑暗中的那片嫣红。昙花在瞬间的绽放呈示着自身的勇气与价值。这种勇气是积极抗争、突破自我的象征，这种价值更是于有限时间之内实现生命意义的一种方式。而诗人作为存在的发现者和命名者，敏锐地发现了昙花所具有的宝贵品质，在象征层面，这一品质可以被迁移到对一个人的生命价值的思考。如果人类不具备敢于面对黑暗的勇气和敢于承受孤独的耐心，真理的大门又如何被叩开？有限的生命价值又怎能被一一命名？昙花与人类在大地上的身份在诗中被巧妙地“聚合”，二者对于自身价值的共同开掘引发着美学、哲学上的关联性思考，在同一种视域中，展开两种生命形态：昙花——人的生存样态的思考，进而抵达形而上的哲学高度。

“哪怕没有什么人会/知道”显示出诗人忠实于自己的内心，不受外在世界的

① ［德］马丁·海德格尔：《诗·语言·思》，85页，郑州，黄河文艺出版社，1989。

困扰。在追求梦想的途中，他不愿随波逐流，一味攀附比照，只求无愧于心，这是一种美好的品质，也是一种境界，同时也潜含着一种悲壮的情绪。首先，在实践层面，个人抗拒诱惑需要极大的决心与勇气，甚至作出牺牲。其次，昙花生命周期的短暂也暗合着生物本身的生成演化规律，而从美学上来看，美的事物的短暂和衰亡必然生成一种伤逝的情感效应，悲剧便是这种艺术化的充分表达。因此，诗歌在昙花"嫣红"的照射中也凸显着一种悲壮的情怀。全诗颇具泰戈尔《飞鸟集》中的风格，于短小的诗行间既隐喻了昙花寿命的短暂，又显出深厚的哲理和饱满的情感。昙花在一瞬间花开花落，整个过程悄无声息，与本诗精致的结构形成了形式上的对应和契合，共同衬托出这种品格的高贵。

四、作者自白

某些台湾诗人不是因为有感而写诗，而是为写诗而写诗。这关乎对诗的看法如何。有些人把写诗看成一种生活，为写而写，把它当做工艺品去雕琢；另外有些人是有感而发，我自己较近这个主张。当时台湾的某些诗人，看到外国流行的某些观念，如存在、虚无、失落、远征人的意识等由外国评论家从现代派文学作品总结出来的普遍观念，他们便写这种观念，不管有没有这种感觉或感受。至于语言形式方面的实验，我不是不赞成这样做，我认为它只是一个过程，不是目的。写一首诗不是一定要求可解，但一定要可感，能够将感觉传达给读者。我认为先要有强烈的感觉，然后有写诗的需要。这种感觉，如果是真实的，而又能准确地表达的话，应该是可以传递给读者的。

——古苍梧语，转引自郑植：《龙蛇走笔——郑植笔耕录》，北京，中国文联出版社，2002。

香港文学的创造，从整个历史来考察，归根到底，还是要回归到民族文化的母体，成为整个中华文化的一支。

——古苍梧语，转引自古远清：《香港当代文学批评史》，武汉，湖北教育出版社，1997。

五、名家点评

全诗就是一句话，却是多色多姿，余香不绝。这也是香港社会的现实中来，生活中来，一定也会或迟或早，或直接或间接，作用于现实生活，不限于香港的现实生活。

——卞之琳：《莲出于火——读古苍梧诗集〈铜莲〉》，载《读书》，1982(7)。

古苍梧的诗多为短章，继承“五四”新诗清新的抒情传统，常将中国古典诗歌的意境经营融入现代电影的空间创造之中，从而拓展了单纯意象的复杂意蕴。

——刘登翰：《香港文学史》，北京，人民文学出版社，1999。

古苍梧是从写影评而开始他的文学生涯的，可以看到现代电影艺术对他诗歌的影响，他不喜欢晦涩难解的诗，在70年代初，他曾写过《走出文字的迷宫》，痛陈台湾极端现代主义的种种弊端。他的诗清畅、明丽，如澄澈水面上的莲花，莲叶摇曳多姿，脉络清晰可循。

——王剑丛：《香港作家传略》，南宁，广西人民出版社，1989。

六、文献目录

古苍梧：《古苍梧集》，北京，三联书店，2003。

古苍梧：《铜莲》，香港，素叶出版社，1980。

黄维梁：《香港文学初探》，北京，中国友谊出版公司，1987。

司徒杰：《台港抒情短诗精品鉴赏》，郑州，河南文艺出版社，1996。

李保初、周靖：《世界华文作品鉴赏：诗歌卷》，北京，中华工商联合出版社，1997。

田锐生：《台港文学主流》，开封，河南大学出版社，1996。

姜耕玉：《20世纪汉语诗选（第3卷）（1950—1976）》，上海，上海教育出版社，1999。

潘亚暾、汪义生：《香港文学概观》，厦门，鹭江出版社，1993。

王景山：《台港澳暨海外华文作家辞典》，北京，人民文学出版社，1992。

周良沛：《香港新诗》，广州，花城出版社，1986。

楚霸王

作者：淡　莹

类型：诗　歌

一、作者简介

淡莹（1943—　），原名刘宝珍，新加坡华人女作家，祖籍广东梅县，生于马来西亚。初中时，她开始在马来西亚华文报纸上投稿，高中时与陈慧桦合办《海天诗页》。大学就读于台湾大学外语系，大学四年级时与王润华、陈慧桦、林绿等合办《星座诗刊》。1967 年赴美国威斯康星大学东亚系攻读硕士学位，毕业后在加州大学任教。1974 年随丈夫王润华返回新加坡，执教于新加坡国立大学华语研究中心直至退休。淡莹是新加坡作家协会和五月诗社的主要成员，创作以诗歌和散文为主，已出版诗集《千万遍阳关》（1966）、《单人道》（1969）、《太极诗谱》（1979）、《发上岁月》（1993）等，是新加坡文化奖首位也是 20 世纪唯一一位华人女性获得者，还曾获得东南亚文学奖、万宝珑文学奖。

二、精彩阅读

楚霸王（节选）

20 世纪 70 年代初，正在美国加州大学教授中国古典文学的淡莹在讲到中国历史上著名的楚汉之争时提笔写下了《楚霸王》、《虞姬》和《乌骓》三首诗。这三首诗后都选入她在 1979 年出版的诗集《太极诗谱》。《楚霸王》以西楚霸王兵败垓下、自刎乌江的历史典故入诗，用女诗人特有的细腻情思和少有的刚健之笔将一代枭雄项羽英雄末路、壮志未酬的历史情怀书写得荡气回肠、豪气干云。

行至乌江
他的脸
如初秋之花

一片一片坠下
江上的粼光
是数不尽的镜台

此岸
敌军高举千金万邑的榜告
他那颗漆黑的头颅
没有比这时
更闪烁
更扎眼

彼岸
妇孺啼唤八千子弟的魂魄
纵使父老愿再称他一声
西楚霸王
他的容貌
已零落成黄昏

乌江悠悠
东渡
无船载得动昨日的霸气
身后
天兵的旌旗卷起风跟云

他把宝剑舞成数百道
人鬼隔绝的路
倏地张大嘴
一口咬住那股寒锋
三十一岁的鲜血
直冲青天
终于跌入逆流

大江东去
他的头颅跟肢体

价值千金万邑
　及五个封诰
浪淘尽千古风流人物
他的血在乌江呜咽

三、作品简析

初读《楚霸王》，你可能很难想象这首诗出自一位女诗人之手，更想不到这位女诗人竟生长在中原大地千里之外、蕉风椰雨的南洋岛国。诗如其名，被誉为“新加坡第一女诗人”的淡莹的确写过不少淡雅婉约、清新玲珑的抒情小诗，但也有《楚霸王》这般雄浑刚健、阳刚豪气的诗作。正因为如此，淡莹才成为海外华文诗坛上少有的亦秀亦豪、能文能武、浓妆淡抹总相宜的女诗人。

诗歌《楚霸王》取材于中国历史上著名的楚汉之争的典故，按照历史线性发展的时间顺序简略回顾了西楚霸王项羽传奇的一生，逐一再现了火烧阿房宫、鸿门宴、垓下之战、乌江突围等与项羽相关的历史传奇。从《楚霸王》一诗的篇幅构成来看，诗人只用了两节文字将火烧阿房宫和鸿门宴的历史一笔带过，却用了七节的笔墨集中想象项羽在垓下被围、兵败乌江时那种落草为寇、英雄末路的历史悲情。诗歌一面用“雷声”、“风声”、“雨声”等自然现象渲染四面楚歌、兵临城下的紧张气氛，一面用“此岸”、“彼岸”的鲜明对比来烘托项羽悔恨无奈、犹豫不决的矛盾心理。“他的脸/如初秋之花/一片片坠下”，“他那颗漆黑的头颅/没有比这时/更闪烁/更扎眼”、“他的容貌/已零落成黄昏”……西楚霸王那张被战火熏黑、被失意笼罩的脸庞立刻在这些意象生动、色彩鲜明的诗句里栩栩如生地凸现出来。“倏地张大嘴/一口咬住那股寒锋/三十一岁的鲜血/直冲青天/终于跌入逆流”，对项羽拔剑自刎场景的描述使一代枭雄悲壮慷慨、豪气慑人的形象瞬间照亮全诗。

《楚霸王》这首诗最大的魅力便在于诗人以强烈的历史代入感构建诗歌的内在结构，从而呈现出笔法粗放、意象雄浑的阳刚之美。与许多以古观今或借古讽今的怀古诗不同，《楚霸王》想象历史的立足点不是在当下，而是在过去，诗人对历史的想象不是置身于外地旁观，而是彻底忘我地投入。诗歌一开篇就用“他是黑夜中/徒然迸发起的一团天火”为西楚霸王的出场奠定了豪迈的基调，所用“黑夜”与“天火”的意象色彩鲜明而又豪情万丈。第二节“错就错在那杯温酒/没有把鸿门燃成一册楚国史”一句笔锋急转，但又韵味悠长，既暗示了项羽悲剧命运的走向，也委婉表达了诗人对楚汉历史就此改写的深切遗憾。从第三节开始，诗人将历史想象的镜头完全聚焦于项羽一人，通过对项羽内心世界的刻画还原“垓下之战”、“乌江被围”那硝烟弥漫的历史场景。尤其是在诗歌结尾处：“他把宝剑舞成千百道/人鬼隔绝的路”、“他的血在乌江呜咽”，诗人用想象跨越时空，用刀光剑影、长歌当哭的历史图景将悲壮的历史情怀演绎得大气磅礴、荡气回肠，让人久久难忘。

四、作者自白

过去三十多年来，我是那么执著于追求一种境界——一种诗艺上至善至美的境界，也是一种为心灵带来无比美好的境界。近乎愚痴地跋涉了半辈子，却也无怨无悔。没有诗的日子是苍白的。

——淡莹：《发上岁月》，新加坡，七洋出版社，1993。

五、名家点评

《楚霸王》一诗本身就极具霸气，其意象、语言、节奏以及语气等，都以阳刚为其基调和底色，毫不妩媚与纤弱，如果不署名，实在看不出它是出自女性的手笔，真可谓不让须眉。

——李元洛：《亦豪亦秀的诗笔——读新加坡诗人淡莹〈楚霸王〉与〈伞内·伞外〉》，载《名作欣赏》，1987（2）。

她很重视语言的机能，诗人一定要呕心沥血地寻找与创造她自己的语言，赋予每首诗以崭新的生命。

——张默：《繁复高雅的风景——谈四位女诗人的诗》，转引自张默：《剪成碧玉叶层层：现代女诗人选集》，台北，尔雅出版社，1981。

淡莹在这些饱含着民族传统意识的题材上，不倦地进行开拓，目的是增强自己作品的民族色彩，从众多的具有民族色彩的形象中汇成一个巨大的民族之魂。

——古继堂：《淡莹——诗国中一个勇敢的开拓者》，转引自古继堂：《台湾女诗人五十家》，长沙，湖南文艺出版社，1991。

六、文献目录

淡莹：《太极诗谱》，北京，教育出版社，1979。

淡莹：《淡莹文集》，厦门，鹭江出版社，1995。

丘峰：《撒在赤道边缘上的诗——与新加坡诗人淡莹谈诗论文》，载《上海师范大学学报》（哲学社会科学版），1998（2）。

台湾淡江大学中国文学系：《中国女性书写：国际学术研讨会论文集》，台北，台湾学生书局，1999。

周可：《淡妆浓抹总含情——淡莹诗歌情感表现的三种境界》，载《华文文学》，1996（2）。

朱立立：《爱·实行·时间之伤——新加坡女诗人淡莹诗歌论》，载《华侨大学学报》（社会科学版），1996（4）。

镜　　中

作者：张　枣
类型：诗　歌

一、作者简介

张枣（1962—2010年），湖南长沙人，中国当代先锋诗歌代表作家。本科毕业于湖南师范大学英语系，后在四川外国语学院获英语文学硕士学位。张枣热爱诗歌创作，20世纪80年代初期即凭借其杰出的诗歌才华蜚声诗坛，与冬柏桦、孙文波、欧阳江河、翟永明并称“巴蜀五君子”。在四川期间，自印诗集《四月诗选》、《苹果树林》。1986年赴德国留学，获得特里尔大学文哲博士学位，后在图宾根大学任教。1990年，《今天》杂志在海外复刊，张枣受邀担任诗歌编辑。2005年，张枣到河南大学任教，2007年下半年调入中央民族大学任教。张枣的诗集有《春秋来信》、《张枣的诗》，诗歌代表作包括《镜中》、《何人斯》等，另翻译了若干英语、德语诗歌和童话作品。2012年4月，人民文学出版社出版了《张枣随笔选》。

二、精彩阅读

镜　　中

这首诗创作于1984年，是张枣诗歌的代表作，流传甚广，也“奠定他作为一名大诗人的声誉”（柏桦语）。这首诗优美典雅、飘逸轻灵，古典韵味与现代精神完美交融，意象简洁明快，意境幽深缥缈，读来让人浮想联翩。

只要想起一生中后悔的事
梅花便落了下来
比如看她游泳到河的另一岸
比如登上一株松木梯子
危险的事固然美丽

不如看她骑马归来
面颊温暖
羞涩。低下头，回答着皇帝
一面镜子永远等候她
让她坐到镜中常坐的地方
望着窗外，只要想起一生中后悔的事
梅花便落满了南山

三、作品简析

《镜中》是一首充满古典韵味的现代朦胧诗。诗中的古典韵味首先来源于作者对中国古典诗句和意象的化用，比如“梅花便落满了南山”一句，我们便可看到李白《与史郎中钦听黄鹤楼上吹笛》一诗中“黄鹤楼中吹玉笛，江城五月落梅花”的影子。梅花的出现，不仅为这首诗营造了一种轻灵、飘逸、忧伤的整体氛围，而且把抽象的情感与思绪具象化。“梅花便落了下来”，可以使读者想到泪珠隐忍地坠落，想到思念在心中悄无声息、点点滴滴地蔓延等。此外，梅花还能够给读者带来声、色、味、动作等丰富的感官想象，清香、粉嫩（明黄、雪白）、淡雅、飘落等，充满画面感。再比如“不如看她骑马归来”一句，俨然有“郎骑竹马来”的味道在里面。

这首诗整体上呈现出一种回环结构。开头的“只要想起一生中后悔的事/梅花便落了下来”与结尾处“只要想起一生中后悔的事/梅花便落满了南山”，构成循环往复的音乐性。但是这两处“想起”的主体已悄然转换。开头“想起”的主体是那个潜在的叙述者，多数人会把这个人理解为一个男性，一个青年男子。他在许多年以后回忆往事，回忆一个女子，追悔之情难掩。但诗末“想起”的主体已变成镜中的女子。这两位主体又互相构成各自追忆的客体，他们潜在的情感与思绪也形成一种交接共融的状态，呈现出一种环形结构。

只是，这一男一女两个主体在主次上是有差别的。从整首诗来看，男子显然是第一主体，这首诗的内容都是从他的回忆派生来的，这首诗也主要是以这个男子的视角来展开的。从“比如看她游泳到河的另一岸”到“面颊温暖/羞涩”，女子的形象由远及近，从剪影到特写，从动态到静态，我们能够想象到这个女子的诸多可爱之处，她活泼顽皮，她勇敢不羁，她多情妩媚。但是这一切到“低下头，回答着皇帝”便戛然而止，视线重新被拉远，回归远景，视线中独一无二的她旁边出现了另一个形象——皇帝。“皇帝”的出现使这首诗的氛围随之一转，从明快骤然转向压抑：“一面镜子永远等候她/让她坐到镜中常坐的地方”，女子也重新变成遥远的剪影，她坐在镜中，静静地“望着窗外”，这显然是一种无奈之举，与之前游泳、爬树、骑马的形象形成一种巨大的反差。而此时的镜子，已成为一种冷冰冰的禁锢的隐喻，横亘在男子与女子之间，两人均无法突破。

“镜子”也是中国古典诗歌中经常出现的意象，是表达个人内心真实情感的载体，如李白“不知明镜里，何处得秋霜”，就充满对生命流逝的伤感。另外，由于镜子是女性常用之物，对镜梳妆也常常成为闺阁诗中常见的景象，尤其是在宫怨诗中。《镜中》这首诗也承载了镜子意象的古典意蕴，带给读者一种忧伤的情绪，与整首诗要表现的意蕴相吻合。但是在这首诗中，镜子不仅是女子闺阁中的物品，也是一个现代隐喻，表现传统伦理道德对女性的束缚，镜中的女性与男子眼中看到的那个游泳、爬树、骑马的女性显然是两个完全不同的个体，一个是被压抑与控制的个体，只能在冰冷的镜中以忧伤的形象出现，一个是真实的自我，充满情感与温度。有了这个真实的自我，就有了想要打破镜子的冲动。就这样，作者通过“镜子”传达出现代人的思想及独特感受，实现了诗意的古典与现代的完美统一。

在诗歌语言上，作者刻意建构了一种轻重交错的诗歌语词与情绪的转换，以凸显诗歌内在的音乐性。“只要想起一生中后悔的事”，从情绪到语词都是沉重的，“梅花便落了下来”，却把这种沉重的情绪以轻盈的方式转化。之后两句延续了这种轻盈，到“危险的事固然美丽”，之前的情绪开始转落，形成一次重顿，之后骑马句复又轻快起来。但到“皇帝”，诗歌情绪再次沉落，可谓掷地有声，沉重地敲打人心。后两句在情绪上虽延续了上面的感觉，但语词却比“皇帝”要轻许多，到最后两句重新与一二句形成回环。这首诗便是这样重、轻、重、轻地排列诗句，有节奏地表情达意，形成内在的音乐性。

四、作者自白

（现代诗歌）要形成律诗那样的统一性已经不可能。但是，诗歌内在的气质肯定会被重新追求和注意，这就是它的音乐性。因为诗歌艺术是依赖于音乐性的艺术，它与散文不一样。实际上这依赖于诗人的才华，就是说，一个人是否有一种内在的生命音乐性，这种节奏正好与诗歌内在的音乐性发生关系，这是一个诗人的命运。反而言之，我觉得一个不关心诗歌音乐性的诗人，就没有做诗歌本身的工作，因为诗歌有别于散文……每一首诗歌都在寻求自己的形式，追求自己的音乐性，但它至少有两个可描述的特征，一个就是它外在的样子：它是什么样子，比如说这首诗像一首十四行诗，或者说是一首比较散漫的诗，它们各有一种支撑它们样子的内在音乐性，另一个就是它隐喻的速度、词色、味道等，所有这些东西都恰好是散文不能做的，所以诗人的致命天才就是使他的言说恰好说出散文不能说出的。

——张枣、颜炼军：《“甜”——与诗人张枣一席谈》，载《名作欣赏》，2010（4）。

中国古代诗歌的“甜”从来就是一种赞美。我认为人们的诗意是发自赞美，而不是发自讽刺。……既然它是赞美的，我就希望在我的诗歌中再现一个宇宙，再现我们宇宙中本身的元素的“甜”。所以在这种宇宙中，我从来不喜欢假花。如果是假花，就是现代主义的讽刺性，就是那种所谓“愤怒的假花喝彩四壁”，所以我笔下的“梅花”、“燕子”都是这个宇宙最“甜”的元素，也是赞美的元素。我认为中国汉语最伟大之处就是它的赞美性。

——张枣、白倩：《环保的同情，诗歌的赞美》，转引自张枣：《张枣随笔选》，北京，人民文学出版社，2012。

五、名家点评

张枣的诗既是传统的，又是具有个人才能的，它完全符合 T. S. Eliot 检验好诗的唯一标准：“这个作品看起来好像符合（按：指符合传统），但它或许却是独创的，或它看起来似乎是独创的，但却可能是符合的（按：指符合传统）。我们极不可能发现它是一种情况，而不是另一种情况。”

——柏桦：《张枣：〈镜中〉的诗意》，载《东吴学术》，2010（3）。

他以对西方文学与文化的深入把握，反观并参悟博大精深的东方审美体系。他试图在这二者之间找到新的张力和熔点。

——北岛：《悲情往事》，转引自北岛：《亲爱的张枣》，南京，江苏文艺出版社，2010。

六、文献目录

北岛：《亲爱的张枣》，南京，江苏文艺出版社，2010。

李振声：《两个“古典”，还有一个“叙事”：张枣论》，载《上海文化》，2012（3）。

张枣：《危险的旅程——当代中国诗歌的元诗结构和写者姿态》，载《上海文学》，2001（1）。

张枣：《张枣的诗》，北京，人民文学出版社，2010。

张枣：《张枣随笔选》，北京，人民文学出版社，2012。

钟鸣：《笼里的鸟和外面的俄耳甫斯》，载《当代作家评论》，1999（3）。

钟鸣：《诗人的着魔与谶》，载《西部》，2012（13）。

王昭君

作者：钟　玲

类型：诗　歌

一、作者简介

钟玲（1945—　），原籍广州市，出生于重庆，1950年随父母赴台湾。1962年，钟玲考入台湾东海大学外文系，1966年获学士学位。1967年，钟玲赴美国威斯康星大学攻读比较文学，1969年、1972年先后获比较文学硕士、博士学位。毕业后，她曾在纽约州立大学比较文学系、香港大学中文系、台湾高雄中山大学外文系、香港浸会大学任教。钟玲出版的文学作品主要有诗集《芬芳的海》，诗歌散文集《群山的呼唤》，诗歌小说散文集《美丽的错误》，小说集《轮回》；出版的学术著作主要有《中国禅与美国文学》、《史耐德与中国文化》、《美国诗人史耐德与亚洲文化》、《美国诗与中国梦：美国现代诗中的中国文化模式》、《现代中国缪司：台湾女诗人作品析论》。她的作品曾获1981年《联合报》极短篇推荐奖、台湾文艺奖（文学理论类）。

二、精彩阅读

王昭君

在这首写于1985年的诗歌中，诗人借助于现代戏剧的独白技巧，让历史文本中的叙事声音与现代文本中的叙事声音相互交织、相互对话。诗中的王昭君，不再是被历史学家们垄断的编年史中的一个道德符号，而是具有独立生命意识的个体，她用自己的在场话语，表达和传递着女性被传统主流话语压抑着的从未说出过的生命体验。

“时呼韩邪来朝，帝敕以宫女五人赐之。昭君入宫数岁，不得见御，积悲怨，乃请掖庭令求行。呼韩邪临辞大会，帝召五女以示之。昭君丰容靓饰，光明汉宫，顾景裴回，竦动左右，帝见大惊……”

承明殿的喧哗霎时沉寂
几百双眼睛遥望殿外。
我们环佩琅琅，
登上白玉石阶。
陛下，你就要见到王嫱了！
我就是你寻求的绝色。
殿前铿然一响，
我的容光炫惑了禁卫，
他把不稳手中的长戈。
我曾是江城一首醉人的歌，
莲步踏过多少失落的魂魄。

曳地的深衣裙裾，
托我升殿如绿云。
落日剪出我的风柳腰，
直映入龙座上你的双眸。
陛下，空等了你三年！
你只见过画里的王嫱，
他的画笔化神奇为腐朽，
勾出空等十年的憔悴。
风华岂能用钱币衡量？
我的傲骨触犯他的权限；
因此花容在寂寂深院开放，
夜夜覆盖清冷的月光，
遥想高台上的笙箫，
以及承露盘中的晶盈雨。
陛下，我不甘心老死宫中，
唯有离开你，远离长安，
我们才有缘相见。

“宁胡君王嫱见驾，
万岁，万岁，万万岁！”
你的冕冠倏地一动，

白玉珠旒乱晃，
掩不住你眼中的惊愕——
晚风掠开碎冰，
荡一池春波。

我袅袅俯身下拜；
呼韩邪拍案惊起，
风霜的脸满布欢喜。
以后的蛮荒岁月，
都交付黄沙、庐帐、
刺痛肌肤的毛毡、
以及异族男子拉弓的臂弯。
陛下、你的深情也刺痛我，
纵使你爱我，以无尽温柔，
你的宠眷能多久？
倒不如你魂牵塞外，
因为得不到的，
属于永恒。

三、作品简析

钟玲的这首诗是对"昭君出塞"这一历史事件的重写，它仍然保留了"昭君出塞"的叙事形态，重构的则是叙述主题、叙述视角和人物关系。在这首诗中，诗人让历史文本中的叙事声音与现代文本中的叙事声音相互交织、相互对话，而诗歌新的意义也由此生发。

首先，是叙述主题的重构。在以男权立场描述的历史中，"昭君出塞"的历史事件或作为汉匈交好的符号被肯定，或作为文化乡愁的象征被吟咏。通过这些隐喻手法，男性表述的历史将原本处于历史事件中心位置的王昭君化为了被定义的对象，王昭君丧失了自我言说的话语权。而钟玲的《王昭君》则带着女诗人与生俱来的性别眼光，对男性历史叙事中的暴力性进行了质疑。她让王昭君在主流历史的碎片和缝隙中发出声音，恢复了被男性历史叙事剥夺的女性的主体性和话语权，使王昭君从男权历史书写中的被书写者变为当代女性文本中的自我书写者。

其次，是叙述角度的重构。在以男权立场描述的历史中，元帝、呼韩邪、禁卫等男性是看的主体，王昭君是被男性所审视、赏玩的对象。而在诗歌中，王昭君是看的主体，元帝、呼韩邪、禁卫等男性则成为王昭君看的对象。在王昭君的眼中，自己美丽的容貌不再是被男性所看的被动的对象，而成为体现自己的尊严、价值的主体。她的容貌俘虏了禁卫，“我的容光炫惑了禁卫，/他把不稳手中的长戈。”她的容貌也震惊了元帝，“你的冕冠倏地一动，/白玉珠旒乱晃。”她的容貌同样震撼了呼韩邪，“呼韩邪拍案惊起，/风霜的脸满布欢喜。”这里，男性的身体不仅成为王昭君所看的对象，而且被物质化了，成为被王昭君美丽的容貌所支配的存在。而王昭君容貌的自主性发挥得越充分，她精神的自主性就体现得越强烈。

最后，是人物关系的重构。王昭君有着迥异于元帝等男性的价值观和爱情观，这种爱情观体现了王昭君对男女关系与自由的独特理解。在王昭君看来，生命的自由既不是一种单纯的感官满足，又不是一种纯粹性的精神满足，而应该是一种身心一体的满足。而诗歌中的汉元帝贵为天子，却并没有获得一种真正意义上的生命的自由，其症结就在于他没有成为自己欲望的主人，而是成为自己欲望的奴隶。当他被王昭君美丽的容貌刺激得“冕冠倏地一动，/白玉珠旒乱晃”时，他表现出的是一种极端自私的占有欲。正是因为这种极端自私的占有欲，他才没有将他与王昭君的关系看做一种相互拥有的爱欲性关系，而是将这种关系看做一种他对王昭君的占有性关系。而王昭君的聪慧之处恰恰在于，她明白自己一旦被汉元帝当做玩物来看待，那么，她就会在满足于这种被占有的同时，也最终给自己埋下生命受困的祸根。因为，“纵使你爱我，以无尽温柔，/你的宠眷能多久?”这里，女诗人借王昭君之口表达了一种自我与异体彼此平等的、拥有性的爱欲观。“拥有”意味着自我与异体是一种对话性关系，而这种对话性关系又是在确认双方的主体性的基础上建立起来的。因而，拥有了主体性的异体不再只是作为一种被占有物而被动存在，而是具有一种较大的主动选择权。面对汉元帝表现出来的“深情”，王昭君可以接受，也可以拒绝。这里，自我与异体的关系，不再是一种占有与被占有的关系，而是一种相互拥有的对话性关系。正是这样一种异体不受自我支配，而自我也不受异体控制的对话性关系，才能被称之为两性之间的爱情关系。由此，钟玲在将王昭君的爱情和主体性推向诗歌文本隐形结构的核心时，也以女性的主体意识和独特的女性语言完成了对昭君出塞这一历史事件的重写。在对历史事件的重写中，诗人使男性历史叙事中被压抑的女性展现了其被遮蔽的切身经历和自我感悟，向我们展现了淹没在黑暗历史空隙中的另一种完全不同的历史景观。

四、作者自白

诗集中的第二辑“古典美人图”，写了九位古代的女性：西施、王昭君、绿珠、苏小小、武则天、崔莺莺、花蕊夫人、李清照、唐婉。这九首诗就不是源自个人心底的强烈感觉了，反而是写的时候，要摒除个人强烈的感觉，想办法进入她们的强烈感觉，比较像写小说……我先去搜索有关她的历史文本和有关她那个时代社会习俗的资料，用来建构她的环境、处境，剩下来只能将心比心。

——钟玲：《雾在登山》，香港，汇智出版有限公司，2010。

当我读后汉书，“南匈奴传”说到王昭君在宫中几年都见不到皇帝，“乃请掖庭令求行”，我忽然悟到她是个很有个性的女子，原来她是自动要求嫁到塞外异族去的。这种决定平常人作不出来，对中原的汉族女人而言，塞外生活不但落后、习俗野蛮，而且嫁出去是否能得匈奴王的宠爱仍是个未定之数。王昭君不仅只是果敢，对自己的美貌与机智，更是充满了自信心。

——钟玲：《〈王昭君〉后记》，转引自钟铃：《雾在登山》，香港，汇智出版有限公司，2010。

女诗人笔下的古典世界，也常出现一位才女。诗中这位才女多是诗人自我的投射。现代的女诗人，或多或少都受传统才女形象的影响，因为她们在别人心目中，是古典时期才女的继承人。

——钟玲：《现代中国缪司：台湾女诗人作品析论》，台北，联经出版事业公司，1989。

五、名家点评

钟玲详考典籍，尽量掌握有限的资料，先作知性的整理，决定诠释的角度，然后在感性上伸出想象与同情的触须，深入人物的心灵去探讨她们的隐衷。其结果，有的以情境取胜，例如《苏小小》、《花蕊夫人》和《唐婉》，有的却以论释的角度发人深省，例如《西施》、《王昭君》和《绿珠》。

——余光中：《从冰湖到暖海：读钟玲的新诗集》，转引自钟铃：《芬芳的海》，台北，大地出版社，1988。

《美人图》体现她出入历史、神话、传说、民间故事之间的矛盾与挣扎，古代美人的形貌、意态、心理状况，或多或少都带有作者主观印象的色彩，从而流露出她恋慕远古的情意；无论是苏小小、李清照，还是绿珠和花蕊夫人，美人之间亦共同分享许多相似的个性与气质：多情、坚贞、柔弱纤巧、才貌双全等。

——洛枫：《向远古：试评钟玲〈美人图〉的女性意识》，载《中华日报》，1988-12-23。

六、文献目录

吴君：《历史女性的现代回眸——论钟玲诗歌中充满现代意识的女性世界》，载《世界华文文学论坛》，2007（1）。

王金城：《论钟玲诗歌的情爱诉求》，载《诗探索》，2004（秋冬卷）。

钟玲：《芬芳的海》，台北，大地出版社，1988。

泡菜早餐

作者：王润华
类型：诗　歌

一、作者简介

王润华（1941—　），新加坡著名诗人、学者、散文家，笔名林南、思义，祖籍广东从化，出生、成长于马来西亚。1962 年赴台湾政治大学就读，1972 年在美国威斯康星大学获得文学博士学位。曾先后在美国爱荷华大学、新加坡南洋大学、台湾“清华大学”、新加坡国立大学、马来西亚南方大学等多所大学任教，并担任新加坡写作人协会、新加坡作家协会的会长和新加坡艺术学会、新加坡五月诗社的顾问。王润华初中时便开始了文学创作，大学时代与淡莹、陈慧桦等合办《星座诗刊》，倡导“现代派”诗艺。因为在华文文学创作与推广事业上的突出贡献，他获得了东南亚文学奖、亚细安文化奖、新加坡文化奖、台湾中兴文艺奖等荣誉。他的代表作品有诗集《患病的太阳》、《高潮》、《内外集》、《山水诗》、《人文山水诗集》，散文集《南洋乡土集》、《秋叶行》、《把黑夜带回家》，论文集《华文后殖民文学：本土多元文化的思考》、《越界跨国文学解读》等。

二、精彩阅读

泡菜早餐

《泡菜早餐》原为王润华在韩国拜访朋友时所作的《韩国庆州寻古记——赠许世旭》三首记游诗中的第二首，最初发表在 1987 年 7 月 5 日台湾的《联报》副刊上，后收入其 1988 年出版的诗集《山水诗》中。这首诗的创作灵感来自于一顿普通的韩式早餐，但诗人却从这小小的韩国泡菜里吃出了文学创作返璞归真的大道理。整首诗简洁清新，意象生动，诗味隽永。

第二天醒来

我在早餐里
发现韩国田野
四季的颜色
都被厨师采集齐全
整齐的排列成十六盘泡菜

李朝的王孙
劝我学习新罗王朝的臣民
把大地上缤纷的颜色当作粮食
归国后
必吐出灿烂的文化

三、作品简析

古人云："作诗无古今，欲造平淡难。"《泡菜早餐》这首小诗初读起来也是平淡无奇、波澜不惊，所写的"泡菜"更是韩国人日常生活中的寻常之物，然而细细读来，却发现它在平淡之中有风韵，语新意妙，令人回味无穷。

《泡菜早餐》这首诗虽然篇幅短小，却丝毫不影响诗人以小见大、管中窥豹的创作旨意。诗人一面赞美韩国泡菜的取材天然，一面立志要在文学创作中加以效法，当真是从日常生活中悟出了文学创作之道。在诗歌的第一段，诗人先写韩国泡菜取材广泛，"韩国田野/四季的颜色/都被厨师采集齐全"，说明制作泡菜的食材都是选自田野里、大地上随四季自然生长的新鲜果蔬。接着，诗人写取自田野四季的食材被韩国厨师"采集齐全"后制成了品种各异、整齐排列着的"十六盘泡菜"，这里与其说是在赞叹种类繁多的韩国泡菜，不如说是在赞美勤于采集、精于制作的韩国厨师。于是，在诗歌的第二段，诗人对应着前一段对韩国泡菜从原料采集到制作过程的赞美，极为自然地联想到了自己身为作家从这顿泡菜早餐中领悟到的创作真理。那便是作家首先要返璞归真——"把大地上缤纷的颜色当作粮食"，在广袤的田野、丰富的自然和社会生活中收集写作素材，并以此为精神食粮加以消化、吸收，才能"吐出灿烂的文化"，写出艺术精品。

而在诗歌艺术表现形式上，《泡菜早餐》还有着别致新巧的内在结构和诗歌意象，使得整首诗读来清新自然，无雕琢粉饰却暗藏妙理。围绕着诗歌的核心意象——"泡菜早餐"，诗人在这首短诗中巧妙地构造了一系列以"泡菜"为中心的相互对应、相互关联的类比关系：韩国泡菜取自田野四季的食材对应着文学创作取自社会生活的素材，泡菜制作从原料收集到腌制、加工的过程对应着文学创作从取材、构思到行文的过程，制作泡菜早餐的韩国厨师对应着写出文化精品的华文作家。最有意思的莫过于诗人在吃了韩国厨师制作的泡菜早餐后便下定决心要向“新罗王朝的臣民”学习，像制作和食用韩国泡菜那样“把大地上缤纷的颜色当做粮食/归国后/必吐出灿烂的文化”。尤为值得一提的是，在这首诗里两次出现了一个很特别的意象——“颜色”。第一段中，“我在早餐里/发现韩国田野/四季的颜色/都被厨师采集齐全”，诗人以抽象模糊的“颜色”来指代具体可感的自然果蔬，让人一下子感受到了韩国泡菜在食材上的丰富与新鲜。第二段中，“劝我学习新罗王朝的臣民/把大地上的颜色当作粮食”，联系上下文语境，这里的“颜色”除了指代制作韩国泡菜的天然蔬果外，还将丰富的自然物产比作多彩的生活，鼓励如自己一般的华文作家从丰富多彩的社会生活中广泛收集写作素材，精心写出如韩国泡菜一般能够代表本民族文化精神的文学佳作。而这种创作态度也正是王润华一直以来追求用文字亲近自然、接受自然，进而与自然合二为一的山水诗学观最好的体现。

四、作者自白

我把自己的生命比作地球，学术研究是太阳，写诗是月亮，我需要它们日夜轮流照在我生命的大地上——这样我生命里的树木才能开花又结果，众鸟才会在枝头歌唱。

——王润华：《橡胶树》，新加坡，泛亚文化出版社，1980。

我在自然山水间，处处发现人类生活形象的显现，大自然间的万物，处处暗示和象征人类品德和社会情况。这种自然属性的发现，使我承认和接受大自然是我生活的一部分。

——王润华：《我一步步的走向自然山水》，转引自王润华：《山水诗》，八打灵再也，蕉风月刊，1988。

写诗对我来说，每一首诗，每一本诗集，都是一种全新的试验，不是重复。但是，当我重读这四十多年所写的诗，发现我的诗歌写作是一条长河，流过四十多年的岁月，这条河流流过热带雨林、英殖民地的橡胶园，绕过挖掘锡矿产的金山沟和铁船的周边，反殖民地战争的枪声也落在河中。我的《橡胶树》、《热带雨林与殖民地》出版已久，我目前还继续尝试各种写法来书写，那长河的源头还是受伤的马来亚，今天继续向前流动，跨越二十世纪进入二十一世纪。这条河流过英殖民的橡胶园、挖掘锡矿产的铁船，也流过许多不同国家的土地，当然我的诗作也不断地流过不断蜕变的诗学。

——王润华：《王润华诗精选集》，台北，新地文化艺术有限公司，2010。

五、名家点评

王润华是一位有成就的学者，也是新加坡诗坛上一位有特色的名诗人。表面看来，学术研究与写诗是不同的两码事，但王润华对它们同样喜爱。他说："我把自己的生命比作地球，学术研究是太阳，写诗是月亮，我需要它们日夜轮流照在我生命的大地上——这样我生命里的树木才能茂盛，开花又结果，众鸟才会在枝头歌唱。"学者兼诗人，在王润华身上，不仅不矛盾，而且相辅相成。学术研究使他的诗有了哲理的升华，写诗则使他的论文染上了艺术的灵气。

——陈贤茂：《学者兼诗人——王润华》，载《台港与海外华文文学评论与研究》，1992（1）。

王润华也是个有自主性的诗人，他拥有超卓的艺术敏感，其意识常能自由自在的、任意地在心灵的任何角落找到诗的题材，所呈现的沉思纯粹而令人感动。

——林明理：《王润华和他的新诗创作研究》，转引自林明理：《用诗意开拓美：林明理谈诗》，台北，秀威出版社，2013。

六、文献目录

黄万华：《博大的人文关怀　明澈的人文山水——王润华的人文山水诗略论》，载《中外诗歌研究》，2008（2）。

李瑞腾：《入乎其内·出乎其外：论王润华早期的诗（1962—1973）》，载《文讯》，1988（39）。

杨剑龙：《论王润华的华文自然山水诗》，载《抚州师专学报》，1996（4）。

赵秀敏：《行走中的坚守——访南洋著名作家、学者王润华教授》，载《中国文学研究》，2008（3）。

周兆呈：《腹中有诗气自华——访新加坡作家协会会长王润华博士》，载《华人时刊》，1999（14）。

蝶

作者：蓝海文
类型：诗　歌

一、作者简介

蓝海文（1942—　），原籍广东大埔，在河源高中毕业，曾参军一年，于1962年赴香港定居。1986年，国际桂冠诗人协会向他颁发了“桂冠诗人”证书。他曾任世界华文诗人协会会长、香港诗人协会会长、《世界中国诗刊》社长兼主编。蓝海文高举“新古典主义”诗学旗帜，力倡现代新诗向中华传统文化回溯，只有从经典文学中取经才能树立现代新诗的规范，彰显诗歌的中华特色。他已出版的作品有诗集《蓝海文抒情诗一集》、《我是风》、《创造集》、《天马集》、《寓言诗一百首》、《中华史诗》、《花季》等，杂文集《牢骚》，论著《当代论语》。

二、精彩阅读

蝶

“庄周梦蝶”出自《庄子·齐物论》，它以诗化的意象和文学的哲思成为中华文明的一个重要典故。蓝海文的《蝶》善于用典，将诗人追求的一种绝对自由融入中国传统艺术的内核之中。本诗是诗人艺术创作的一种古典式回溯，也是诗人所向往的一种诗意性生存境界的隐喻。

为把梦织成彩蝶
遂在孤寂中
耕成一头不知疲倦的
春蚕

午夜翩翩于

山水之中

吾且无需买竹

囊中有物
诗酒美人
我更庄周于
华胥

一九八八年十一月五日凌晨于香港造诗楼

三、作品简析

“归宗”与“归真”是蓝海文所倡导的新古典主义诗学的精神根基所在。在诗人看来，自“五四”以来的现代诗必须净化，必须回到中国传统文学的血脉中找到灵感和体悟。因而，诗人反对一味因袭西方所谓的“现代化”技巧，拒绝诗歌中的“花招”，而主张将真诚的情感和真正的中国元素放进诗歌中，从而彰显现代汉诗的“民族化”特色。同时，蓝海文认为：“中国诗艺已经远远地超越西方，尤其‘用象’与‘运象’方面，西方未能掌握‘象’的变化，根本不知‘运象’为何物，也不知道如何‘运典’。”[①] 诗人躬亲示范，所作诗歌遵循着“新古典主义”诗学理论的指导。这种回归传统的艺术观念是建立在诗人对中国传统文化的继承与钟爱的基础之上的，也是中华传统文化自身资源在现代创作中的一种延续和升华。

《蝶》便是诗人创作“归宗”与“归真”的一个代表。全诗通过“化蝶”这一艺术形塑过程推演出灵魂畅游人间、逍遥自在的境界。“耕成一头不知疲倦的/春蚕”一句，显示出诗人在“孤寂”中敢于承受的勇气，并且为了目标坚持不懈。动词“耕成”呈现出极为强烈的画面效果，将春蚕默默耕耘、不辞辛苦的美好品格揭示出来。《庄子·外物》中说：“筌者所以在鱼，得鱼而忘筌。”而春蚕于清苦中坚持不懈的最终目标不过是“为把梦织成彩蝶”，因此，这里凸显了“春蚕”这一能指符号的功能与“荃”之功能的吻合。第二节，灵魂已经“脱壳”，化蝶完毕，蜕变后的蝶呈现出主体精神的一种洒脱。接着，诗歌便逐渐转向描述灵魂摆脱物质的缠绕，不为物欲所累，进而实现精神的高度自由。在抒情主体层面，诗歌开始着重表现一种“遨游畅达”的心境。“无需买竹”隐含着诗

① 蓝海文：《蓝海文小传》，转引自蓝海文：《蓝海文诗选》，香港，天马图书有限公司，1996。

人不需要靠一场交易来营生过活，因为“囊中有物”，诗人显然已经获取通往灵魂自由大门的钥匙。他注重精神世界的丰盈和充足，从而将其精神对于外物抗拒用一种决绝的态度展露无遗，一种看似不带情感的自述式语言实则包含着主体对自由的执著寻觅。这样，“诗酒美人”伴随身边，蝶所在的“山水”世界顷刻间便成为一种多姿多彩的“无物”的理想去处。最后，诗人说：“我更庄周于/华胥”，两句诗包含了两个典故。第一个典故“庄周化蝶”语出《庄子·齐物论》，隐喻一种自由的诗性存在方式，诗人在此用典表明他醉心于这样的境界。第二个典故“华胥”出自《太平御览》卷七十八引《诗含神雾》：“大迹出雷泽，华胥履之生宓牺”，“华胥”指的是伏羲母。而《列子·黄帝》写道：“华胥氏之国在弇州之西，台州之北，不知斯齐国几千万里。盖非舟车足力之所及，神游而已。”[1]“华胥”在此指一种神秘性的处所，人们只有“神游”才能抵达。因此，“华胥”便成为一种融诗意性和超越性于一体的神秘境界。而诗歌通过梦的实现不仅让抒情主体“心游万仞”，而且还让他偕同庄周自由徜徉于这片类似“太虚幻境”的神秘天地，“华胥”与“梦”由此获得了一种神话中的关联性。

“往者虽旧，余味日新。”（刘勰，《文心雕龙·宗经》）蓝海文善于从中国古典文化和文学中抽取典故，暗合着诗人对中国古典诗学的精准追求，且诗语短小，所选意象便将诗意予以充分呈现，做到了“辞约而旨丰，事近而喻远”（刘勰，《文心雕龙·宗经》）。

四、作者自白

诗言志，所以，最忌无病呻吟。

玩弄文字，以图案标奇立异，扮鬼吓人，以打知名度为目的的，是伪诗。玩诗者，必心术不正，走火入魔，大者可称诗魔，小者可称诗鬼。

诗除了讲技巧，还要讲心法与诗品。

所谓“象征”、所谓“朦胧”、所谓“超现实”，都不过是诗的一个属性，并非诗的全部。

中国的现代诗，无论什么主义，终归要脚踏实地地走向以诗为本位、以民族为本位的新古典主义。愈是民族的，愈能走进世界，愈具艺术的价值，愈是屹立不倒。

——蓝海文：《新古典主义诗学》，香港，天马图书有限公司，2002。

---

① 袁珂：《中国神话传说词典》，上海，上海辞书出版社，1985。

五、名家点评

蓝海文的诗作具有浓厚的中国传统意蕴，有儒家的敦厚，道家的空灵。大量写史、咏物、记事、怀人、感时、抒怀之作大致都涵括在中国古代诗词的各题材范畴内……

蓝海文虽置身香港，但他的诗作很少触及香港都市生活及心态，而大多在历史文化和对人生的感悟中关注民族的命运，表达对生活的热爱。

——曹惠民：《台港澳文学教程》，上海，汉语大词典出版社，2000。

蓝海文是吸吮中华传统文化营养长大的……全书共10辑，凝聚着诗人对于民族、历史、社会和人生的深层思索。诗集第二辑具有浓烈的古韵，汉陵、长城、兵马俑、圆明园……这些历史遗迹引发了诗人的创作灵感。这组诗寄托了诗人对中华悠久历史的追思和对瑰丽的传统文化的仰慕，呈现出深沉、远阔、凝定之态。

——潘亚暾、汪义生：《香港文学史》，广州，暨南大学出版社，1997。

六、文献目录

常文昌：《重振民族精神　回归民族传统——香港诗人蓝海文新古典主义诗歌印象》，载《兰州大学学报》（社会科学版），1997（3）。

葛乃福：《谈新古典主义与蓝海文的诗》，载《枣庄师范专科学校学报》，2001（6）。

李惠娟：《蓝海文及其新古典主义诗学》，载《广东外语外贸大学学报》，2002（3）。

王志清：《蓝海文新古典主义诗学的核心及其“潜诗学”特征》，载《南京邮电大学学报》（社会科学版），2006，8（1）。

汪义生：《论蓝海文诗歌的禅宗意识》，载《上饶师专学报》，1995（3）。

汪义生：《蓝海文和他的新古典主义》，台北，文史哲出版社，1997。

姚维荣：《简论蓝海文的诗歌创作》，载《当代文坛》，2002（6）。

杨剑龙：《引传统为现代的诗学观念——评蓝海文的“新古典主义”诗歌主张》，载《世界华文文学论坛》，1999（4）。

杨剑龙、蓝海文：《意象：仍是新诗创作的精魂——关于当代新诗创作的对话》，载《文艺争鸣》，2003（4）。

张厚明：《蓝海文新古典主义诗歌鉴赏》，香港，天马图书有限公司，1996。

几片碎瓷

作者：钟伟民
类型：诗　歌

一、作者简介

钟伟民（1961—　），香港著名作家，香港岭南学院文史系毕业，曾任《明报》副刊编辑、《苹果日报》专栏作家。1979年凭《火歌》一诗获第六届青年文学奖——新诗初级组季军，1980年凭《捕鲸人》一诗获第七届青年文学奖——新诗高级组冠军，之后创作的《捕鲸之旅》、《蝴蝶结》等诗在当时引起广泛关注，引来众多评论，被称为“钟伟民现象”。1996年，创作小说《雪狼湖》，后被改编为音乐剧。2002年移居澳门并经营一家“石头店”，把玩石心得整理成《搜石记》出版。钟伟民著作丰富，主要有诗集《回忆》、《故事》等；散文集《惊青集》、《狼八式》、《狼心系列散文自选集》等；小说《花渡》、《雪狼湖》、《八十八夜》、《四十四次日落》、《玩具》、《吃掉你的爱》、《请让我给你幸福》、《突然发生的爱情故事》等，此外还有游记、童话等题材著作多部。

二、精彩阅读

几片碎瓷（节选）

《几片碎瓷》是一首组诗，包括五首短诗，创作于1988年，是作者关于青春与爱情的记忆之作。这组诗现已入选香港新高中中国语文科的推荐篇目。如作者所说，“几片碎瓷”也即“几片碎词”，是几段零碎的表达，但几首短诗却传达着相近的思绪、相似的心情，那就是伤感。

一

上了闩，就弃几个旧瓶子于门外
你问，那就是我昨日的恋么？

我环顾空洞
但洁净的屋子，说：都忘了，如今
我能想到，且愿意为之落泪的
便只有那早夭的鹦鹉，它死的早上
刚刚长全了雪白的羽毛
…………

三

在这样的城市，活久了
就渐渐分不出真的桧树
跟塑料的桧树了
总之，关了灯，月亮就不住灌浇
甚至溅湿了我们的枕角
哭了？我问
你摇摇头，只是温柔地躺着
那样贴近我曾经驰骛的心
我撂下印有我诗稿的晚报
那没有根柢的诗
粉饰过一些女人的梦
像没有根柢的树
粉饰过一些节庆；到如今
诗中，枝枝节节扭曲了
树上，枝枝节节也扭曲了
落到床上的，只根根扎人的针叶
而明天……而明天
你也要走了
我只能轻啮你的耳垂，说：出门前
别忘了把今夜的月光抹掉

四

太多的诀别
太多的离愁
心，便像一张打过太多孔洞的车票
失了效，且不能再印记什么了
昨日隆隆远去
我只想起
玻璃上斜斜挂着的水珠

三、作品简析

许多诗人歌咏青春与爱情的诗篇，基调大都是昂扬的，充满对美好生活的希望与热情，即使青春与爱情生活中有挫折、有失败，诗人们也会因为当时的年少轻狂而原谅、忽略并追忆它们。然而，钟伟民这首关于青春与爱情的诗作带给我们的却是完全不同的感受。青春是一只易碎的瓷瓶，瓶中“人世间最美丽的花朵”是“我”曾经用心浇灌的爱情之花，但那青春的爱情花朵只是一场梦，梦醒之后就惊见爱的花朵早已凋零、散落，而且长虫、霉坏、死气沉沉。关于青春与爱情的梦又是那么短暂，诗人感慨“醒得太早”，让我们不得不那么早地面对现实生活中的各种残酷。这是一首关于青春与爱情的挽歌。

这一组诗中的五首短诗之间似乎并没有内容上的必然关联，可以单独存在，正如诗人所说，只是表达一点零碎的情绪，但是这些情绪却都指向较为一致的内涵——对逝去的青春与爱情的伤感，因此也可以连贯起来理解。第一首诗中，诗人通过问答的场景呈现出昔日的恋情。表面的“你”问“我”答，实际上是心灵的自我剖析。“空洞但洁净的屋子”喻示着爱情的远去，也会让人遥想当初两人在屋内的笑语喧哗。对于那如“早夭的鹦鹉”般刚刚萌发却又过早失去的纯美爱情，“我”口里说“忘了”，但给读者的感觉恰恰是难以忘记。诗人对爱情早逝的伤感与怀念通过这么一种顾左右而言他的形式深切而又形象地表现出来。

第二首诗中“华屋投影池上”，“枯叶于屋顶浮沉”，这两句诗不仅具有生动的画面感，而且语词的声调搭配错落有致，具有强烈的音乐性，把对青春与爱情的虚幻感受表现得生动而又贴切。当青春远去、爱情早逝，当我们开始成长，学会面对现实，能够分清“真”与“幻”的时候，人生也开始变得沉重。这首诗的格调是伤感的，但诗人的情感却是理智的、内敛的，这种情感的背后更清楚地显示出人生的那种无奈感与虚幻感。

第三首诗写了爱情的离合，但更多的是抒发诗人对人生的感悟。日常生活会渐渐消磨掉人对生命的触觉，对世界会变得日渐麻木，就像“分不清真的桧树与塑料的桧树”，当万籁俱寂之时，反思自己，内心充满的是孤寂感与失败感。一些“没有根柢的诗”都只是生活中可有可无的点缀罢了。“我”最终无法改变你离去的结局，只能忘掉。“月亮”的意象首尾贯穿，意蕴丰富，既表达出诗人在日趋麻木的生活中的孤独之感，也象征着爱情的纯洁美好。然而，当回到现实中，月光似的爱情便也显示出情感本身虚幻的一面。总之，“月亮”这一意象的使用，使这首小诗也像被月光笼罩一般，变得如水晶般莹润，伤感的情绪幽幽地弥散在字里行间，带给人一种如梦似幻的迷醉感。

第四首诗中，诗人用“一张打过太多孔洞的车票”来表达心灵曾经承受的那许多离别的痛苦与忧伤，但是现在，这些伤口已慢慢愈合，也变得麻木，像一张失了效的车票，已无法承载任何情感。在这里，“车票”这个比喻非常贴切，过去的生活像一列离开站台的“火车”，轰隆着远去，“我”仿佛站在空荡荡的站台上，等待开始人生新的旅程。而昨日的情感凝结为“玻璃上斜斜挂着的水珠”，像一滴泪悄然滑落。诗句的表达以无声胜有声，将伤感的情绪烘托得浓烈而又不宣泄，充满张力。

第五首诗是对整组诗作的总结，也是对自己曾经的青春与爱情的诀别。诗句中有伤感，更有认识现实的理智，还有清醒之后的恣意恣情。当那一杯用爱情的残瓣沏的茶被一饮而尽的时候，心灵也为那段过去的时光画上了句号，那是一种清醒后的决绝。

王良和曾经评价钟伟民的诗“文字色彩浓丽，带点古典意味”，但这组诗与诗人其他的诗风格多少有些不同，语言更为平易、晓畅，诗中没有太多绚丽的词语与华丽的比喻，意象巧妙而不艰涩，情感的抒发自然流畅，毫无矫揉造作之感。而且诗人写青春、写爱情，却又不囿于狭隘的男欢女爱，而是把更为深沉的人生体验与感悟融入其中，使这组诗作的思想内涵更为丰富、深邃，也更容易与读者的内心情感产生共鸣。

四、作者自白

回望，那（青春）的确是人世间最美丽的花朵；写诗，不过是妄想要捕捉住那短暂的花香。晃眼间，风流云散……要回头，“车票”却失了效，诗人，可以做的，就只有在风雪月台，缅怀早春的晴和，来来去去，是那些伤感的情节。…………

有作者把自己的“诗”当成兵器，当成安眠药，当成传声筒，当成政治宣传工具……我只是把诗，视为文字珍品，即使那是“碎瓷”，瓷上有彩，仍旧可供细赏。“诗人”对我来说，是一个阶段，不是一种身份；我的身份是人，从来，是一个人在写诗，一个人在写故事，一个人在看“华屋投影池上，枯叶于屋顶浮沉”。

——王良和、钟伟民：《灵视境界，幽玄凄美——与钟伟民谈他的诗》，转引自钟伟民：《故事》，香港，真源有限公司，2011。

诗，可以隐晦。题旨易惹争议，不宜袒露；或受制于邪恶，文句不得不扭曲，不得不变形；这种扭曲变形，可称为“晦涩”、称为“隐晦”。堆砌拼凑，因文字苟合而成的粗糙，或者，为掩饰弱智儿拉撒出的“含糊”，却是另一回事。

造句，是组织好自己的思绪；作诗，是提炼这些思绪；诗，不成为语言的精华，思想的结晶，诗，就没有存在的价值。

诗，用黑字经营的留白，不是无法，就像下围棋，黑子白子，不是无法，是棋力弱者不知有法，是“俗手”欺世，妄言无法。

——钟伟民：《“造好一个句子!”——〈故事〉新版序》，转引自钟伟民：《故事》，香港，真源有限公司，2011。

五、名家点评

钟伟民是近年来最专注于抒情的诗人……写生死、爱情、自然力量的主题冠乎其他诗人之上。他企图将这些主题民族化、中国化，仿佛知道非如此便不足表现这些题材的永恒性。他能够把伤感类型的题材客观化而使其含藏普通意义。对于这种客观化的创作过程，钟伟民是自觉的，因此他不算是一个晦涩诗人。

——陈德锦：《论钟伟民的诗》，转引自王良和：《钟伟民新诗评论集》，香港，青文书屋，2003。

钟伟民青春篇章的主导内容是爱情。他的青春情绪，几乎无不与爱情相伴。在他的诗歌中，与其他年轻诗人不同的是感情在意象群中潜藏得比较深，即使在部分明白如话的诗歌中，感情也深藏在字里行间。究其成因，似乎在于诗人打破了作品意象之前的内在统一性和联系性。

——邵德怀：《试评钟伟民的抒情诗》，载《华文文学》，1990（2）。

六、文献目录

刘登翰：《香港文学史》，北京，人民文学出版社，1999。

王良和：《钟伟民新诗评论集》，香港，青文书屋，2003。

王良和：《打开诗窗——香港诗人对谈》，香港，汇智出版有限公司，2008。

钟伟民：《稻草人》，香港，真源有限公司，2012。

钟伟民：《捕鲸之旅》，香港，新穗出版社，1983。

钟伟民：《狼八式》，台北，皇冠出版社，2008。

地　图

作者：多　多

类型：诗　歌

一、作者简介

多多（1951— ），原名粟世征，生于北京，诗人。1969 年在白洋淀插队，1972 年开始尝试写诗，1982 年开始发表诗作，是中国现代诗歌的探索者之一，早期代表作有《玛格丽和我的旅行》、《手艺》、《致太阳》等。多多于 1989 年出国，旅居荷兰 15 年。期间他曾供职于伦敦大学、加拿大纽克大学、荷兰莱顿大学，并积极参加世界各地举办的大型诗歌节，曾获得纽斯塔特国际文学奖等重要文学奖项，在英国、美国、德国、意大利、瑞典等多个国家的大学举办过讲座和诗歌朗诵会，获得国内外诗歌界的普遍尊敬。2004 年回国，被聘为海南大学人文传播学院教授。著有诗集《行礼：诗 38 首》、《里程：多多诗选 1973—1988》、《多多诗选》等。

二、精彩阅读

地　图

> 时间对于多多来说，既是一种创伤性记忆，也是与家国、自我交织在一起的一条绳索，这条绳索牵引他往回看的姿态。当诗人往回看、往内看时，时间和历史便充斥着极其残忍的色彩。他的《地图》在一种流动景观中将自我在大历史上凄惨的面相逼真生动地刻画了出来。

夜半，有人在窗外诱惑你
烟蒂，像蚕一样爬动起来
桌上，一杯水也动荡起来
你拉开抽屉，里面有一场下了四十年的大雪

一个声音，谁的声音，问：天空就是地图？
你认出呐喊者乌黑的嘴唇
你认出他
正是你，是那个旧你
你认出你的头
正从病院窗口被远远地咳出去——

遥远的地平线上，铁匠和钉子一起移动
救火的人挤在一枚邮票上
正把大海狂泼出去
一些游泳者在水中互相泼水

他们的游泳裤是一些面粉袋
上面印着：远离祖国的钉子们

一阵辛辣的气味
你嗅到风暴最初的信息
像云一样，你循着肉钩荡出肉店的后窗
你身后，有一条腿继续搁在肉案上
你认出那正是你的腿
因你跨过了那一步

三、作品简析

作为经历过“文化大革命”、做过知青又旅居海外的诗人，多多不是唯一的，但是对过去岁月的深刻铭记和对个体存在意义的洞悉，多多又是超越于一般人之上的。诗歌《地图》便涂满了这样的笔痕和烙印。

《地图》共分为五节。在每一节中，诗人皆使用了“轻”“重”相交、极富张力的语言艺术，让记忆和记忆中的人事在参差不齐的诗句中慢慢浮现。第一节中“夜半，有人在窗外诱惑你/烟蒂，像蚕一样爬动起来”，逐渐升腾的思绪慢慢在这个夜晚攀爬，白天紧闭的记忆闸门在夜晚逐渐打开，而记忆中有着什么样的风景和惦念呢？伴随着一杯水的“动荡”，记忆的“抽屉”终于被“拉开”，里面是“一场下了四十年的大雪”。语词的夸饰效果让人想起欧洲的巴洛克绘画和马尔克斯小说《百年孤独》中一场下了“四年十一个月零二天”的雨水。“四十年”足够占据人的半生时间，而一场大雪就这样将其全部覆盖，夸饰技巧的使用更显现出时间的无情。

当意识再次踱进记忆的闸门时，原来的人与风景因为隔着距离显然都已不同。多多接着将记忆中曾有的困惑和彷徨展示出来。傻傻的一问便是一种无法确认自身位置的焦灼和尴尬，那种找寻不到答案的悲伤仿佛只能通过呐喊者“乌黑的嘴唇”昭示出来。接着，主体找到地图中的“旧我”。那个“旧我”正被历史和祖国（病院的象征）给远远地放逐。“咳出去”显示出“我”的多余与病体所承受的折磨，同时也意味着前面“发问”的徒劳与虚无，当个体都被历史驱逐出门的时候，个体的位置又从何谈起？作为能指符号的声音参与建构了诗人四十年的人生历程。当用声音作为对历史的一种铭记时，多多选择了一个反映生理不适的语词“咳”，道出了多少辛酸往事，又挥抒了个体在那个苍茫年岁中的凄惨和落魄。同时，也以语词的暴力震动着人们对过往历史的取舍。

“铁匠”、“钉子”正是红色年代中个体工具化的隐喻。地平线上的个体不分你我，被共同的时代冠之以同一个命名指称。显然，“你”、“我”等个体性存在的空缺让多多仿佛看透了语词虚无的本相。因此，第三节中，“钉子们”作为漂泊者于海外寻找再生的机会便显示着他决心逃离由语言所布置的历史的牢笼。“钉子们”远渡重洋，另觅家园。“救火”、“狂泼大海”等词汇描摹他对未来重生的希望，也表现出他在告别旧历史时的那份决绝和游戏式反讽。

最后一节，多多继续显示他语词的暴力美学。主体如何退出历史（肉店的象征）的裁决和最终又被历史如何俘获，诗歌给出了图像式的描绘。这里有风暴（暗指一场社会运动或文化革命）和种种残忍的物象：如肉店、肉钩、肉案“三位一体”可谓组成了一个历史的审判所，而个体则被“风暴”所吞噬，幻想毫无代价地走出肉店几乎是不可能的。因此，诗中写道“有一条腿继续搁在肉案上”，个体终究逃脱不了历史的肆虐和斩杀。这是那个特定年月个体必须为之付出的代价，是历史前进途中个体宿命的映现。

“地图”作为人类活动的指南和心灵的指向本是一种极富开启意义的事物，但在多多的笔下，我们分明感觉到地图本身的难以掌控，历史本身的无常和虚妄。

诗歌使用语言上的变形技巧，将动态事物与静态事物并置，呈现出“主”（大历史）、“客”（小个体）二分的对立局面，由此在想象空间中造成一种紧张对立的形势，进而促进了审美和主题的升发、自显。这样，诗歌便完成了对历史和个人关系的一种思考和纪念。

四、作者自白

当道路，已成为一个读不出重音的词。即使在对其高谱系的追溯中，传来的也只是本次文明的回声。我们便一路停在那里，停在我们以为返回可以让我们经历全程的地点，追问那个与昏迷的远古一道封闭在矿石中的词，一个被封闭的谜，只考验它的倾听者。

在诗人的倾听中，在他诚实的极限，逻辑的尽头，会有什么被打开，那个什么——那个当下。从它更深更深的根据里，谜崩出词。词，也许就是由暗示所揭露出来的接近，相遇，对话。

道路只在当下，而我们把回声当里程。

——多多：《边缘，靠近家园——2010年纽斯塔特文学奖受奖辞》，载《名作欣赏》，2011（13）。

至少词要从现实中挣脱出来，要从被现实的有限性所禁锢的内部出来。其实"出来"就是言说。诗人的任务就是把它"言说出来"。我们经常停留在"言说"中，但是并没有"言说出来"。什么叫"出来"？就是对存在、对词语存在的发掘。可能我从很年轻时就开始在干这个了，每天像农民一样在这里挖掘、耕种。大概就是干这种工作。

——多多：《变迁是我的故乡》，载《名作欣赏》，2011（13）。

我是不太爱用这么多科技性的词汇。像"装置"都是我很反对的一个词。按我的话说，它寻求一种契合，你的内与你的外要有一种契合，再有就是，词与你的心灵要有一种契合。这种契合不是说你想做就能做的东西。还是有一种，我的老词——被动式的倾听，它会自动到来，但是这个自动到来，又要和你的主动迎接，你对词语的驾驭能力相匹配、相契合。这个时候就有可能出现佳句。

——多多：《被动者得其词》，载《当代作家评论》，2011（3）。

五、名家点评

我在这里引用的大多数是孤立的句子，而这正好是多多的特点，也是他的优点。他把每个句子甚至每一行作为独立的部分来经营，并且是投入了经营一首诗的精力和带着经营一首诗的苛刻。如果拿阿什伯利衡量一首诗的好坏的标准，也即每一行至少要有两个"兴趣点"，则中国当代诗人在质量和数量上最靠近这个标准的，要算多多。

——黄灿然：《最初的契约》，转引自多多：《多多诗选》，广州，花城出版社，2005。

"气力绝大"源自钱澄之（饮光）评杜诗用语，原话是："其奇在气力绝大，而不在乎区区词义间也"，我以为用在多多身上也完全合适。这同时也是一把打开多多诗的钥匙，非如此不足以把握其异质混成的奇幻风格和尖新、精警、"语不惊人死不休"的修辞策略，包括其经常令人头晕目眩的语速。所有这些都和他从一开始就持有的极端个人的话语立场有关，和他在生活中竭力掩藏，却汹涌以至崩溃于命定时刻的内在生命激情有关，并因此而不断提升着他写作的难度。

——唐晓渡：《多多：是诗行，就得再次炸开水坝》，载《当代作家评论》，2004（6）。

六、文献目录

多多：《多多诗选》，广州，花城出版社，2005。

顾巧云：《一个"流亡者"的心灵图景——多多诗论》，载《名作欣赏》，2008（4）。

黄灿然：《多多：直取诗歌的核心》，载《天涯》，1998（6）。

贾鉴：《多多：张望，又一次提高了围墙……》，载《华文文学》，2006（1）。

李章斌：《语言的悖论与悖论的语言：多多后期诗歌的语言思考与操作》，载《中国现代文学研究丛刊》，2011（8）。

刘复生：《多多诗歌写作的历史演进》，载《扬子江评论》，2009（1）。

燎原：《当代诗人点评（四）·多多》，载《星星》诗刊，2005（10）。

芒克：《瞧！这些人》，长春，时代文艺出版社，2003。

汤拥华：《词语之内的航行——多多诗论》，载《华文文学》，2006（1）。

王光明：《论"朦胧诗"与北岛、多多等人的诗》，载《江汉大学学报》，2006（3）。

隔　　世

作者：高　戈
类型：诗　歌

一、作者简介

高戈（1941—　），原名黄晓峰，福建莆田人，著名诗人、评论家。现任澳门文化司署《文化杂志》中文版主编，《澳门文化丛书》编审。20世纪80年代与陶里、汪浩瀚等人组织澳门“五月诗社”，曾任诗社理事长、澳门写作学会副会长等职，主编《澳门现代诗刊》和《澳门写作学报》。著有诗集《梦回情天》，文艺评论集《澳门现代艺术和现代诗评论》，编著《澳门新生代诗抄》。高戈的诗很能够代表20世纪80年代澳门青年诗歌的艺术风貌，他在诗歌中深入挖掘澳门意识，在题材和形式方面均有许多创新，其文艺批评言词中肯、富有勇气，在推进澳门文艺走向独立繁荣方面作出了较大的贡献。

二、精彩阅读

隔　　世

高戈的诗注重营造一个诗意的空间，在诗意的氛围中捡拾个人奋斗者挣扎、彷徨等复杂心态，充满着不断探索、不断攀援、不断努力的积极姿态。《隔世》在似梦非梦的诗行中吐露着一个追梦人的故事，也将诗人对于人类生存的诗性思辨嵌入其中。

我已走得很远很远
远远地，看到自己
走进梦境。远远的
原来是别人的梦境

我在别人的梦境里

不知道该走到哪里
只远远地看见自己
仍然在别人的梦里

也许梦不是别人的
只是别人在我梦里
也许彼此都在寻找
只属于自己的梦境

三、作品简析

高戈的《隔世》一共三节，每节四行，如同三块积木由低到高搭建的一个“魔方”台柱，人身在其中却又被“魔方”收拢，在这个“魔方”的矩阵中找寻着自己认定的出口。诗歌形式整饬干净，暗合着闻一多诗歌“三美”理论的艺术主张。在诗歌主题上，这首诗主要有两个层面的内蕴：首先，生存的迷障让人类迷失，所以人类的困惑感和潜藏的疼痛感被诗人通过书写“梦境”来传达。“我在别人的梦境里/不知道该走到哪里”，诗人将主体置于别人的梦境中，审察自己的行迹和意义的归宿，到最后也只是“远远地看见自己/仍然在别人的梦里”。用拉康的“凝视”理论来看，“凝视”本身既是对主体的替换式凸显，也是对主体的根本性遮蔽。正是这样的悖谬，主体注定是一种不完整的存在。所以诗歌在被“凝视”中成为别人的梦，这对于个体的存在来说未尝不是一种失落。诗歌凸显了现代日常生活伦理中个体意义被遮蔽的严酷事实，从而让诗中的抒情主体带着一种朦胧的哀伤情调和意欲突破迷思的寻找姿态。

其次，诗歌也表达着主体自我的不断追求和超越，不断去“寻找”的勇气和信念。如果说“寻梦”对于主体自我而言，是对存在意义的不断探索和向新领域的不断垦殖，那么“梦”便被赋予了创造价值的原初动力和人类生存希望层面上的修辞隐喻。正是这样的信念和隐喻功能支撑着主体去不断实现自我价值和超越自我。“凝视”本身就是对主体的一种异化和改造，但这种改造也可能是基于现实的一种生存策略。从社会伦理和历史进化论层面上讲，“凝视”本身也是一种进步。每个人都在“别人”的“凝视”中改造自己和重构自己的价值所在，从而让“梦”成为社会进步观视域中主体意义敞显的一扇窗口，人类的历史也正是在这样的历程中被建构着。“也许彼此都在寻找/只属于自己的梦境。”诗人明白了梦的现实意义和功能，当人们从窗口中看到自己的“进步”时，一个旧梦已去，新梦则必然随之到来，“梦”本身的不断更新与残缺特性在这里被暗示出来。在对“梦”的极富思辨性的书写过程中，诗人终于参透了梦本身的内涵。

《隔世》以梦为线索，在辩证视域中审视自我和他人，进而呈现出一个人在途中不断寻梦的历程和状态。“梦”在此显然有着多层含义，它可以隐喻一种生活态度，一种梦想和目标，或者一种活着的状态。诗人善于从别人的身上审视自我，也善于从自我出发，去审视别人，在一种综合性视域中，权衡生命中的追求和抱负，从而在“隔世”这样的远距离眺望中看透人生世相。诗歌语言明白晓畅，结构完整，将叙事和思辨融汇在诗行中，从而构建了一个思考者和寻梦者的形象，充满了智性和理趣。

四、作者自白

有人把“缪斯”译作“妙思”，可说隽永而传神。汉语的“诗”字由“言”和“寺”组成，似乎在暗喻“语言”与“圣殿”的关系。用不着弗洛伊德的性心理学理论阐释，咱们依常识就可知诗跟人性压抑和禁欲主义丝丝相连。出色的诗人最懂得克制功夫，他们擅长于营造阳春白雪似的纯净的崇高语境，在没遮拦的语义空间寻找心灵与客观对应物直接对话的形式，甚至把神思提升到灵魂出窍的迷狂状态，让自我精神透过隐喻的表象直接与上帝对话。因此，把“诗”视为人类抒发情思的一种特殊形式而美其名曰“妙思”，实在是为诗神找到了一个绝妙的别称。写诗可以看做是人类深化自我认识、追求精神升华的一种高尚的生存方式。

——黄晓峰：《镜海妙思（代序）》，转引自舒望：《镜海妙思——澳门新生代五人合集》，澳门，澳门五月诗社，1993。

其关键乃在于涉及一场想象力和美学原则的革命。“现代诗”的创造性想象否定了对于人格所采取的机械的、量的理解。它以表现的自由、充满深刻的自我意识和精神反馈，意味着与“新诗”传统形式的决裂。万花筒似的节奏、紧张的现代城市生活使“现代诗”必须寻找多维向度的结构和使一切变形的语言张力，以自我意识向诗意形象投射，再产生意象组合，使诗成为“视觉的瞬间艺术”。

——黄晓峰：《陶里〈紫风书〉的诗路情结》，转引自李观鼎：《澳门文学评论选》下编，澳门，澳门基金会，1998。

五、名家点评

高戈的诗充满了知性的思考和感受，但因为局限于生活的存在状态，故而也较富于感性色彩。高戈的大部分诗作都是在抒情中对逝情的缅怀与追忆，或是抒发客居他乡无奈的惆怅，但从他的诗作中我们可以感到诗人倔强的性格和旺盛的生命力，他时而狂喊疾呼，时而嬉笑人生，诗人表达感情的方式显得别有一番韵味。

——朱寿桐：《澳门新移民文学与文化散论》，北京，中国社会科学出版社，2010。

高戈写诗，有时像营造“绝句”，白描勾勒，意象透叠，追求情景转换和通感效应，有时像“自白诗”，扮演浪子侠客或大情人的角色，抒情性强烈，有点理性主义色彩；有时又极具反讽和陌生化倾向，笔锋直露或隐喻晦涩；有时追求戏剧化效果，嬉笑怒骂不拘一格。

——舒望：《〈梦回情天〉编后记》，转引自高戈：《梦回情天》，澳门，澳门五月诗社，1992。

六、文献目录

古远清：《澳门新诗批评发展概貌》，载《湖北广播电视大学学报》，2006（3）。

黄晓峰：《澳门现代艺术和现代诗论评》，沈阳，辽宁教育出版社，1999。

黄耀华：《高戈诗歌的文化巡礼——读〈梦回情天〉》，载《华文文学》，1995（2）。

梁潮：《我读高戈：现代澳门传统情结䌷绎》，载《宁德师专学报》（哲学社会科学版），2000（3）。

吕志鹏：《澳门中文新诗发展史研究 1938—2008》，北京，社会科学文献出版社，2011。

饶芃子：《边缘的解读：澳门文学论稿》，北京，中国社会科学出版社，2008。

陶里、林中英、郑炜明：《澳门现代文学作品选》，北京，中国友谊出版公司，1998。

翁奕波：《诗性的回归：从高戈、苇鸣的诗看澳门诗歌》，载《世界华文文学论坛》，1999（3）。

王天权：《行吟者的风景线——高戈〈感觉的雕刻〉印象》，载《台港与海外华文文学评论和研究》，1995（3）。

谢冕：《中国当代文学作品精选（1949—1999）·诗歌卷》，北京，北京十月文艺出版社，1999。

异邦人

作者：庄伟杰
类型：诗　歌

一、作者简介

庄伟杰（1962—　），笔名怪圣、庄烨、诗烨等，原籍福建泉州。1984 年毕业于福建师范大学中文系，曾为北京大学中文系访问学者。庄伟杰大学时便热衷于诗歌创作，曾任南方诗社社长。大学毕业后，他任教于泉州黎明大学中文系，先后与人创办并主编《南风诗报》、《名城诗报》、《巴金文学研究资料》等文学刊物。1989 年底，庄伟杰赴澳大利亚留学，此后便定居悉尼。在澳大利亚期间，庄伟杰出任过满江红出版公司及国际华文出版社社长兼总编、澳洲华文诗人笔会会长、国际华文诗人笔会理事、澳中经济文化艺术推广中心主任等职，创办并主编澳大利亚较早的华文文学刊物《满江红》，但主要从事诗歌创作，著有诗集《神圣的悲歌》、《从家园来到家园去》、《精神放逐》等，另著有散文集《梦里梦外》、《远行的跫音》，评论集《缪斯的别墅》等。

二、精彩阅读

异邦人

诗中的异邦人面临双重困境：对于寓居地的人群而言，他们是异邦人，无法被真正接受，因而倍感孤独，思国恋乡；对于迁出地的人群而言，他们又是异邦人，因而凄苦不堪，愈发思乡。异邦人的身份难以确证，但可以确定的是所有远离祖国、迁居异国的漂泊者都是异邦人，他们都面临身份认同的困惑和痛苦。

异邦人
在流落的航线里
迷离方向

愈行愈远　愈飘愈长
在时空的转盘上
轻泊梦境

记不清何时分别
也不知何日相聚
　　只是没有流过泪雨
　　只是不愿悲天悯人
在孤寂难忍之际
才忆起那留在沙滩上
深浅不一的模糊
足
迹

异邦人
总爱把痛苦和磨难
构筑的跨度
去领略一种快感
然后　唱一曲老歌
让乡音不断撩拔
和谐自己

在所有离家的日子里
阳光日复一日地发霉
无法透彻生命之深刻
记忆和感觉渐渐淡化
变成无法解读的朦胧诗
哦，异邦人

异邦人是吃故乡奶水长大的
异邦人积蕴的乡愁超过体重数万倍
　　那不死的眷恋
　　绝不会因季节的胁迫
　　枯竭

三、作品简析

这首诗的题目是“异邦人”，起首头一句也是“异邦人”，重章迭唱的还是“异邦人”，而全诗最可玩味的恰恰就是“异邦人”一词。

异邦人本是相对而言的概念，没有本国和异国的区别也就没有异邦人的概念。换言之，也只有区分诗歌所指的本国和异国的概念，才能明了异邦人到底指的是哪一国人甚至哪一个人。诗人本为中国人，后迁居澳洲。先入为主地看去，诗人对于澳洲而言就是不折不扣的异邦人。于是，诗歌就是吟咏诗人寓居异国时的怅惘。曾经，他为了自己的梦想，毅然选择背井离乡，踏上漂泊之旅，“在流落的航线里/迷离方向/愈行愈远　愈飘愈长”。然而，现实中的异国生活可能并没有想象中的那样美好，他所感受到的只有“孤寂”、“痛苦和磨难”。这时他“才忆起那留在沙滩上/深浅不一的模糊/足/迹”，“然后　唱一曲老歌/让乡音不断撩拨/和谐自己”。毕竟离家日久，“记忆和感觉渐渐淡化/变成无法解读的朦胧诗”。但他仍不遗余力地解读这首无法解读的朦胧诗，因为他毕竟又是“吃故乡奶水长大的”，他体内“积蕴的乡愁超过体重数万倍”，而“那不死的眷恋/绝不会因季节的胁迫/枯竭”！经过诗人的深情吟唱，一个在异国历经千辛万苦、饱尝孤独寂寥折磨又思恋故国家乡的异邦人跃然纸上。

其实，诗人迁居澳洲后不久便加入澳籍，这就意味着诗人并不是澳洲的异邦人而恰恰是中国的异邦人。但是，诗人在诗中又一再称呼自己为异邦人，并且对故国家乡思恋不已。显然，诗人并不认同法律意义上的澳洲人的身份，而是始终在心理上认同自己作为中国人的身份。客观而言，诗人即使迁居异国也仍然背负中华文化传统，并且无法抛弃，而寓居的异国又有其独特的文化，两种文化时常碰撞却难以兼容。所以，诗人即使在法律意义上拥有寓居国的国籍，也无法获得真正意义上的身份认同，并一直被视为外来的异邦人而区别对待。正因如此，诗人才一再声称自己为澳洲的异邦人。在这一声声“异邦人”中，有无奈，也有自嘲，更有伤心与落寞。人们一直盛赞“每逢佳节倍思亲”所抒写的游子思亲、思乡之情，却忽略了“独在异乡为异客”所体现的异客孤独感。无可改变的血缘联系势必会唤起游子思亲、思乡之情，但真正触发这种情感的往往是游子漂泊他乡又不被当地人接纳时所萌生的独在异乡为异客的孤独感，否则，乐不思蜀恐怕会取代佳节思亲。诗人也是如此！正是那种异邦人的身份定位令其倍感孤独和痛苦，于是在心理上更倾向于母国身份的认同，并愈发思恋故国家乡。寓居澳洲的诗人终究是澳洲的边缘人，不可能真正地被当地主流文化所接纳，但他远离中国主流文化，同样又是中国的边缘人。所以，中国的异邦人不仅代指法律意义上放弃中国国籍的诗人，更指在文化意义上诗人因疏远母国文化而成为不折不扣的中国的异邦人。

就这个角度而言，这首《异邦人》更加折射出诗人心中的凄苦和彷徨而不仅限于思国恋乡之情。

事实上，无论对于澳洲还是中国而言，诗人都已然是异邦人。诗人既是澳洲人又不是澳洲人，既是中国人又不是中国人，这种国籍定位的缺失意味着像诗人这样远离祖国、迁居异国的漂泊者在身份认同上的困惑，这其中的滋味只有“异邦人”能够体会。诗中的异邦人既可指诗人一个人，也可指所有华人，更可指各国侨民。由此，难以遽断的异邦人的身份依然处于悬置之中，唯一可以确定的是，所有远离祖国、迁居异国的漂泊者都是异邦人。

难以确证的异邦人的身份定位不仅在主题方面令诗歌产生了朦胧而丰富的意蕴，而且在艺术方面令异邦人的形象跃然纸上。不能确证异邦人的身份，更不能确证异邦人的职业，只知道诗中的异邦人是作远洋航行之人。在第一节中，诗人一如叙述者，淡然讲述异邦人的远航，并以“迷离方向”一词表现异邦人的怅惘和迷茫，以“轻泊梦境”一词表现异邦人的思乡与恋国。在第二节中，诗人作为叙述者的身份淡出，代之以异邦人自述分别情景的轻声呢喃。异邦人声称自己在分别之际没有泪如雨下之态、未作悲天悯人之想，但这更反衬出他此时此刻的孤寂。也正因如此，他才会忆起远航前留在沙滩上的自己和为自己送行的亲友所留下的深浅不一的脚印。从第三节开始，诗人与异邦人已两相融合，共同悲呼漂泊者的艰辛。诗歌正是通过转换吟咏主体的方式，从主、客观两个方面共同塑造异邦人的形象，从而抒发异邦人（也包括诗人）漂泊时的凄苦、无奈以及思国恋乡之情。此外，诗歌在形式上也锐意创新，寻求突破。诗中个别句子采用缩进两字的格式强化诗歌的抒情效果，而“足/迹”单字成行排列更具视觉冲击，令人自然而然地联想起沙滩上那凌乱的脚印，从而形象地展现出依依惜别的情景。

四、作者自白

海外华文诗歌是海外华人文化的组成部分，用汉语书写的语言根性和源自于中国文学传统的因素使然，其所潜在的慎终追远意识和正统价值观念在深层意识里还是挥之不去，会使得越是处于边缘地带的诗人们，越容易潜意识地担忧起自己真正的“边缘化”，因此，主观意识上又想方设法努力向主流文化和母国文化靠拢，产生了双向“趋同”的现象，一方面是寻求融入当地主流文化，另一方面又担心自身（母体）文化被搁置于一边。

——庄伟杰：《解读海外华文诗歌的三个关键词》，载《东文丛刊》，2009（3）。

乡愁的基础是离乡或作客他乡，是处于流浪状态中才升起的一种情结。在乡的人不会有乡愁，“乡”作为价值形态无疑对无乡者或离乡者即流浪者更有意义。只要一个人在实际的存在状态中陷入无家可归或有家难归的境况，陷入了心理的失衡，“乡”就会作为一种补偿价值成为流浪儿的精神支柱。当一个人已获得现实之家后，“乡”对于在乡者固然亦有价值，心中之家或梦中之乡也未必完全消失，但这种补偿似乎变成是一种多余。

——庄伟杰：《澳华作家文本世界里三大母题解说》，转引自庄伟杰：《流动的边缘》，北京，昆仑出版社，2013。

五、名家点评

他最为精彩的东西，不是激情，而是来自激情的反面——冷峻。值得庆幸的是，哪怕是最深沉的痛苦，他也不渲染，不夸张，拒绝浪漫的大呼小叫。他习惯于沉默，在无声中深化对于文化家园的追寻。当他说读不懂自己的时候，表现的是孤独，他那份孤独的特点是：不能公然袒露，却要带上某种掩饰——“只能戴上面具，在相互凝视中装饰自己，心灵无奈地被空闲的寂寞蚕食”，在孤独中忍受寂寞，咀嚼寂寞，解剖寂寞，阐释寂寞，甚至可以说是在欣赏寂寞。

——孙绍振：《智慧话语与诗性沉思——庄伟杰诗集〈从家园来到家园去〉序》，转引自庄伟杰：《从家园来到家园去》，悉尼，国际华文出版社，2001。

游者伟杰兄最大的游，是游于诗、文、散文诗、小说、戏剧诸类文学，还游于书法；正因为这样，乃有杨匡汉教授所称誉的“亦诗亦文亦墨的多才多艺”（见《缪斯的别墅》一书的序言）。

——黄维梁：《游于艺者庄伟杰——〈文心与诗学〉序》，转引自庄伟杰：《文心与诗学》，悉尼，国际华文出版社，2010。

六、文献目录

江少川：《在跨域的诗学时空中遨游——论作为诗人和诗评家的庄伟杰》，载《世界华文文学论坛》，2012（2）。

刘成长：《我行我素　我在我思——庄伟杰诗歌创作试论》，载《廊坊师范学院学报》（社会科学版），2010（1）。

杨匡汉：《“边缘人”的来去家园——澳华作家庄伟杰其人其诗》，载《世界华文文学论坛》，2010（1）。

朱文斌：《率性·诗思·逍遥游——庄伟杰诗文创作、文学评论及书法艺术漫评》，载《厦门文学》，2008（7）。

庄伟杰：《海外华文文学有别于中国的文学特质——以海外新移民文学为例》，载《中国文学研究》，2012（2）。

形象香港

作者：梁秉钧
类型：诗　歌

一、作者简介

梁秉钧（1948—2013 年），笔名也斯，广东新会人，1949 年到香港。20 岁开始专栏写作，20 世纪 70 年代曾参与编辑《中国学生周报》。梁秉钧于香港浸会大学外文系毕业后，曾任职报社，做过中学教师，1978 年赴美攻读研究生，1984 年获加州大学圣地亚哥分校比较文学博士学位，曾任教于香港大学英文及比较文学系。梁秉钧在诗歌、散文、文学评论、文化研究等方面成就显著，曾获《大拇指》诗奖及“艺盟”香港作家年奖。已出版的诗集有《雷声与蝉鸣》（1978），《游诗》（1985），《游离的诗》（1995），《博物馆》（1996），《东西》（2000）。

二、精彩阅读

形象香港 （节选）

伴随着历史变迁，东西方、传统与现代化的元素逐渐在香港融合并构成了这个城市复杂多元的底色。城市中的人作为现代化社会的主体究竟如何认识城市和确认自我的身份？本诗紧紧抓住现代主义中“我是谁”这一问题进行不停的叩问和“寻找”，使诗歌在一种后现代的拼贴和现代主义的意识流动中呈现出人类生存的复杂样态和历史规律的自行演变。

我在寻找一个不同的角度
去看视觉的问题。
这帧旧照片，原来是在
弥敦道的光光摄影院拍摄的。

今天有谁这样着色呢？
我抬头，看见银幕上的半山区。
她来自上海，忘不了昔日的繁华
霞飞路上的白俄咖啡店。小提琴
音乐。究竟是什么一回事？
双妹唛花露水。瓶子掉在地上碎了。
叫卖的人把飞机榄掷入后现代高楼。
我同意她说每个人有不同的想象。
他在法国研究安那其主义，回来
在花花公子、然后在资本杂志工作。
我们眺望月亮，我们一起从不同的角度
眺望月亮。尖沙咀的钟楼
香港仔的日落。他们打算重新布置
这房间。皇后餐厅。中国会所。
伸出手按钮，无尽的画面
有太多时尚的挑逗，令你无法专心。
太多琐碎的事务，不同的场合
不断转变的身份，我们什么时候——
再说，他是报告文学的好手，他擅写
资本主义社会里的狗和色情杂志。
什么时候坐下来谈谈？
复制的歌星影像和歌声，转移了注意力。
欲望被扩张的荧幕重新界定。
伸手出去，触及了什么？
历史是一连串形象
塑造的材料可以是纸箔、塑胶、纤维
镭射影碟的按钮……我们抬头
眺望月亮，今夜的月亮
在时间的尽头还是开端？
她是来自台湾的小说家，以为自己
是张爱玲，写香港传奇，霓虹倒影
天星小轮泊岸的浪花，旧火车站
不断复印的浅水湾酒店
异国情调描绘给远方的观众。

在增添在删减之间
我们也不断移换立场
我们在寻找一个不同的角度
永远在边缘永远在过渡
即使我们用不同颜色的笔书写
这些东西也很容易变得表面
历史就是这样建构出来的吗？
至于他，他擅写东方色彩的间谍小说——

三、作品简析

“只有那些城市的异质者，那些流动者，那些不被城市的法则同化和吞噬的人，才能接近城市的秘密。”[①] 如上所述，现代化城市对于现代人来说是一个“秘密性”的存在。置身于香港这个有着特别历史色彩的城市中，梁秉钧就像一个本雅明笔下的“游荡者”，一直在尝试着审视和解读城市的密码以及城市的精神。

香港自身的边缘文化和历史积淀都使诗人对其有着复杂的感触和情怀。对梁秉钧来说，他需要的不是对现代化启蒙方案在都市映现中的否定和讽刺，他更需要的是“寻找一个不同的角度”。这一“不同的角度”能提供给他捕捉城市灵魂的道具，也能给他审视香港历史与现实的契机，从而让他找到一个恰当的视域，更准确地透过香港看待世界与自我的种种面相。

香港作为东西方文化交流的一个窗口，既承载着多重主体性意识，如大英帝国的殖民主体意识、香港在亚洲相对超前的现代化意识、与中国大陆久远而密切的历史渊源等，又在近现代史上扮演着不同区域间的调和或牵制性角色，在衔接大陆文化与南洋文化，香港文化与中国台湾文化，亚洲文化和欧美文化上发挥重要的作用。因此，处于现代化进程中的香港是一个混合体的存在，是前殖民/殖民/后殖民、前现代/现代/后现代、资本主义/社会主义相融合的一个混合体。加之信息化速度的加快，多元共生的文化现象时常出现，面对这样一个现代化都市，人们如何才能识其“真面目”？

“我在寻找一个不同的角度”，诗人一开始就将自己尝试性的姿态呈现出来，从不同的角度呈现城市的多维镜像。因此，原本隶属于不同历史时期的事物：“旧照片”、“花露水”、“飞机”、“后现代高楼”都作为意象被陈列出来，“皇后餐

---

① 汪民安：《身体、空间与后现代性》，南京，江苏人民出版社，2006。

厅”、“中国会所”、“旧火车站”、“浅水湾酒店”等东西方不同时代的场所以并置的形式构成城市多彩的空间主体，“色情杂志”、“歌星影像”、“台湾的小说家”、“香港传奇”、“异国情调”等不同区域中的文化符号也在香港这个城市里参差不齐地交叉重叠。诗人敏锐地捕捉到城市里信息的快速递变，影像在瞬间的交流变换，欲望碎片的混溶交织。他也认识到，在由现代化的历史和时间交织而成的都市景象中，逝去的“过去”和现在组接在一起，历史也便在其中衍生，故事也在其中浮现，色彩在其中闪耀，都市人的生命历程原来是这样被定义的。诗人将城市的意象串联在感知器官上，以纵向的叙述为经，以横向的描述为纬，展开对现代化都市秘密的开掘与发现。

稳定的事物以一种“夕阳残照”的样式尚在城市中存留，而现代化和后现代事物也驱使城市快速“变脸”。当技术化经济到来以后，复制和拼贴作为能指的语言游戏已经和欲望共谋构成了现代性的都市符号，它们共同参与着城市精神的衍生和城市景观的流动。因此，一旦“欲望被扩张的荧幕重新界定”，城市的历史必然被改写，所以“历史是一连串形象”。但是，“历史就是这样建构出来的吗?”诗人显然也开始质疑由语言和媒介构成的历史本相。因为从流动性的碎片和影像中，人们抓住的不过是历史的一个表象，而真正的历史本身难道仅止于此吗？诗人最后说“我们抬头，寻找——”这种不停询唤的声音标示着以诗人为代表的都市“游荡者”在新时期对自我价值的追认，而这种积极性思考也会继续下去。

四、作者自白

我不喜欢带着一套固定的观念来讲香港。所以我们尝试撇除那些观念，自己摸索方法来写。我用文字来探索一个城市或一条街道，但也不免建造一些新的意义出来。我写不同的街道时，也有不同的选择，例如不同的文字或意象，都会建立不同意义，但这个意义不是有一种既定观念地写，而是探索的过程。

——也斯：《文学对谈：如何书写一个城市?》，载《文学世纪》，2003，3(1)。

从岛眺望大陆，又从大陆眺望岛。换一个角度，至少会看到站在原地看不到的东西，会想到去体会别人为什么那样看事情。当我在新大陆上回头看香港的人事，肯定看到了一些我原来没有看到的东西，当我在香港看中国大陆，自然也跟里面的看法不同。但这些不同，也许是值得肯定而细察的。岛跟大陆有不同的构成、有不同的历史和地理，自然有很大的差距。我倒不是想列出简单的二元对立来：比方个人和集体、对外接触和继承传统、幻想和现实、现代主义和现实主义……当我们不断移换观察的角度，我们就会发觉：其实是有许多许多的岛，也有许多许多的大陆，大陆里面有岛的属性、岛里面也有大陆的属性，也许正是那些复杂变幻的属性，令我们想从更多不同的角度去了解人，令我们继续想通过写小说去了解人。

——也斯：《岛和大陆》，香港，华汉文化事业公司，1987。

我们在这城市成长，像这城市一样经历种种变化。我们阅读书本，我们走入城市，我们欣赏和批评书本，我们接受或抗拒城市。阅读不同的书本，去到不同的城市。如何看一本书，又如何了解一个城市呢？比较不同的书本，犹如比较城市。书本有书本的矛盾，城市有城市的。总在寻找一种观看的方法。城市是书本的背景，影响了书本的产生，成为书缘的空白，串连的标点，形成节奏，渲染感性。书本探测城市的秘密，发掘城市的精髓，抗衡城市的偏侧，反省城市的局限。

——也斯：《书与城市》，杭州，浙江大学出版社，2012。

写诗像进食一样，本身是并不依据理论进行的。是行旅所见，偶有所遇，有时碰见某些难忘的滋味，有时也发觉事情不对胃口。生活的经验多了，自然也愈难接受新旧的理论教条、高蹈的姿势与口号，只能以胃口检验真理、以嘴巴细味咀嚼复杂人情。诗写出来，浓淡自知。东西方的诗体诗律各有自己的传统和规矩，我们呼吸其中，有时发展出凝聚的整齐形式，有时觉得拘谨不舒服了也自然选择更放松的写法。是在凝聚与放松、紧密与舒缓之间，我们就不同题材发展自己的节奏。

——梁秉钧：《食物、城市、文化——〈东西〉后记》，载《台港文学选刊》，2001（8）。

五、名家点评

也斯很反对人们强调朗读时发挥诗歌的音乐性，这大约因为当人们提到“音乐性”时所想的是动听性，而也斯的诗却是传达另一种音乐和节奏，它是沉闷平板的语调和突然呈现的奇特旋律的撞击所造成的现代派音乐，在这种音乐组合中，麻木和激动相依存，因此由于毫无表情的语调本身成了激动旋律的背景，它本身也获得了音乐性。

——郑敏：《诗歌与哲学是近邻：结构—解构诗论》，北京，北京大学出版社，1999。

以一种深切承担的方式投身于这个文化中……让自己牵涉进香港的物质主义中，令它充溢而多重预制的形态一览无遗。在梁的诗中，物质的实际存在和中心性成了常谈与共处的共同表达："常谈"之义包括陈腔滥调、平庸、乏善足陈而率真存在的物件；"共处"之义则指一个人与人相遇，物与物交谈，一个互动性和相向性被积极地重新创作的场地。

——周蕾：《香港及香港作家梁秉钧》，转引自周蕾：《写在家国以外》，香港，牛津大学出版社，1995。

六、文献目录

陈良湾、梁秉钧：《聆听随风合唱中隐晦了的抒情——与梁秉钧的一次对谈》，载《华文文学》，2012（3）。

费勇：《眼睛望见模糊的边界——梁秉钧的诗歌写作以及香港文学的有关问题》，转引自朱寿桐、宋剑华：《四海南音话文学》，北京：文化艺术出版社，2005。

刘登翰：《香港文学史》，北京，人民文学出版社，1999。

梁秉钧：《我的旅行与写作》，转引自张双庆、危令敦：《情思满江山　天地入沉吟：第一届世界华文旅游文学国际学术研讨会文集》，香港，明报出版社有限公司，2008。

洛枫：《空间·历史·语言的重组——试论梁秉钧的后现代诗学》，载香港《诗双月刊》，1991（2）。

罗贯祥：《后现代主义与梁秉钧的〈游诗〉》，载香港《文艺》，1956（18）。

钱旭初：《梁秉钧诗歌论》，载《台港与海外华文文学评论和研究》，1997（2）。

汤惟杰：《阅读城市——香港诗人梁秉钧及其都市写作》，载《同济大学学报》（人文·社会科学版），1998（1）。

王光明：《梁秉钧：与城市对话》，载《诗探索》，2002，3—4。

曹　　操

作者：陈大为
类型：诗　歌

一、作者简介

陈大为（1969—　），祖籍广西桂林，生长于马来西亚怡宝，高中毕业后就读于台湾大学，后取得台湾师范大学文学博士学位，现为台北大学教授。陈大为在诗歌与散文创作上成就突出，曾获《中国时报》文学奖散文及新诗评审奖、《联合报》文学奖散文及新诗第一名、星洲日报文学奖散文及新诗推荐奖、创世纪四十周年诗创作奖优选奖等。代表作品有诗集《治洪前书》、《再鸿门》、《尽是魅影的城国》、《靠近罗摩衍那》和散文集《流动的身世》、《句号后面》等。此外，他还著有《亚洲中文现代诗的都市书写》、《诠释的差异：当代马华文学论集》、《亚洲阅读：都市文学与文化》等多部学术著作，并编有《马华当代诗选》、《马华文学读本Ⅰ：赤道形声》、《马华文学读本Ⅱ：赤道回声》、《天下散文选》等文集。

二、精彩阅读

曹　　操（节选）

叙事诗《曹操》写于 1994 年 11 月，1995 年便获得第十三届台湾学生文学奖新诗首奖，后收入陈大为在 1997 年出版的诗集《再鸿门》。《曹操》一诗可看作是陈大为以诗疑史、以诗论史之独特诗风的代表作。此诗以“曹操”这一中国传统文化名人为原型，通过后设、解构等现代叙述手法为被主流历史叙述所扭曲的文化形象翻案，彰显了诗人解构历史、重构历史的现代意识。

5　齐聚一堂

我的阅读始于哥哥的连环图
止于昨日才看完的裴氏注

两支兵马便在肺里厮杀
最后求贤令引爆了我胸膛
整个书房向枭雄的豹胆投降！

罗贯中很不以为然地敲我脑袋
想放几尾杜撰的龙蛇来把我殖民
我翻出一堆史料坚守城池
第五组曹操写到这里……

曹操就来了！
杀气腾腾地坐下，剑放桌上
夺过罗子的龙蛇单掌把玩
“还，还你清白，好吗？”
“不必！”
魏初的血腥似狼群窜出冷气机
第五组曹操写到这里不得不停笔

三、作品简析

从古至今，抚古惜今、抒情感怀的怀古诗不计其数，陈大为的历史书写可谓独树一帜、独具一格。从《治洪前书》到《曹操》、到《再鸿门》，陈大为历史叙事诗中诗史共谋、以诗歌重构中华历史版图的艺术野心令人叹为观止。

曹操是华人社会妇孺皆知的历史人物，也在民族记忆的传承中形成了僵化、刻板的文化形象。正如诗歌在前四节中所描述的那样：曹操是史书记载的名将，“只有大阵仗可以深信/只能用大阵仗来说明将军的生平”；曹操也是建安诗史必读的诗人，“后人读到建安就得爬这座大山/爬过去才了解山的内在地理”；他是说书演义中的魏王，“魏王被票房抹黑复抹黑/正史也黯然闭上争辩的嘴”；还是戏剧舞台上奸臣的角色，“视觉与记忆的曹贼内外夹攻/白脸啊白脸当场再次盖棺定论”。然而，陈大为却对历史和文化文本里书写的曹操形象不以为然，从历史、文学、演义、戏曲等不同维度对其逐一解构，并在诗歌第五节“最后求贤令引爆了我胸膛/整个书房向枭雄的豹胆投降”里重构了一个全新的曹操形象，以此挑战民族主流历史文化文本叙述的权威性。

陈大为曾经说过：“诗不是陈述历史的工具，它是诗人对历史的发声。”在《曹操》这首诗里，诗人在质疑历史、重构历史的新历史主义视野下为“曹操”

搭建了一个充满戏剧色彩的历史舞台，让叙述者、曹操、史官、说书人、戏子和观众等各种虚构的声音替他发声，从而达到诗人追求的以诗疑史、以诗论史的叙事目标。在诗歌的第一节《大阵仗》中，叙述者打破历史固有的威严，用想象还原了史官书写历史的现场："偶尔采近距离（在现场旁听?）/把他的辞令腾下再裁剪/将口语浓缩成精炼的文言"、"紧跟在将军战马后方的/很少是肉体，多半是史官的想象力"、"事后采访其他将领再作笔记……只需在小处加注，在隐处论述"。诗歌中甚至穿插了两段叙述者与古代史官的对话："'历史必须简洁'/（是的，历史必须剪接）"、"历史就是这么回事/（没错，史官就是这么尽责）"，让他们在一唱一和中道出历史的虚构本质。《曹操》一诗还赋予了民间说书人一个展现自我、颠覆历史的言说空间："像面团，《三国志》在掌里重新揉搓/拇指虚构故事，尾指捏造史实/代曹操干几件坏事讲几句脏话/让听众咬牙，恨不得咬掉他的心肝/再点亮孔明似灯发光，供大家激昂/啜一口茶，史料搓一搓/瞄准群众口胃，掰完一回赚一回"，通过"说书人"之口将历史虚构故事、捏造史实的看家本领全盘托出。

从艺术手法上看，诗人在诗歌《曹操》中成功地将后设的现代叙述策略移用到了对民族历史经典的想象中，赋予了曹操这个古老的历史形象以新的文化内涵。后设是后现代叙述文本常用的文学手法，作者有意在文本中表明自己的创作观念，并主动与文本中的角色对话，以此暴露文本创作的虚构性。在诗歌《曹操》里，我们不仅能看到诗人构思、创作的过程："第五组曹操写到这里……/曹操就来了!"、"第五组曹操写到这里不得不停笔"，更可以想象诗人与曹操对话的场景："曹操就来了！/杀气腾腾地坐下，剑放桌上/夺过罗子的龙蛇单掌把玩/'还，还你清白，好吗?'/'不必！'"。诗人主动融入历史并与人物对话的后设策略无疑加快了诗歌重构历史的进程。

四、作者自白

风格是诗人的灵魂。极大部分诗人穷尽一生之力，写了数百首诗，也无力创造出自己的风格。如果把作者姓名遮住，便沦为无主的孤魂。风格亦不等于粗浅的阅读印象，也不能夹带他人的阴影，那只能称为路数；风格比较像是一种足以产生"识别"作用的独特元素，既是最主要的轮廓，又是支撑着整个写作生命的骨架；即便是在一个伟大的诗学谱系当中，它必须具备不可取代的独特性和创造性价值。

——陈大为：《风格的炼成——评吕育陶诗集〈黄袜子，自辨书〉》，转引自陈大为：《风格的炼成：亚洲华文文学论集》，台北，万卷楼图书股份有限公司，2009。

本卷的每一首组诗都保持着环环相扣的叙述结构，每一首都是一次语言技巧的自我锻炼——小至句法修辞，大至整体性的诗语句。其中隐藏着我对史诗创作的理想与困境、叙事策略的演化；偶尔借用一则大家熟悉的掌故或人物来当道具，贯彻某些对事物的批评、某些文学理论的诠释，以及对历史的文本性和典律的看法等。它们链接成一条清晰的创作历程，记录了上游的洪势、中游的回转与分歧、下游的汇聚和沉积……不同的读者将读出不同的兴衰得失。

——陈大为：《再鸿门》，台北，文史哲出版社，1997。

叙事技巧的自我磨炼是很迷人的挑战，从自己写过的，以及众多前辈诗人写过的叙事诗，我眺望到一个矗立在远方的，更完美的叙事境界。也就是说：每一个被处理过的叙述素材，其实都可以往上提升到目前无法企及的高度。写作就是对“境界”的无止境追求。

——陈大为：《靠近罗摩衍那》，台北，九歌出版社，2005。

五、名家点评

以史入诗，是陈大为最擅长的创作表现。他绝弃了一般平铺直叙或交代历史的书写方式，而是对史事进行颠覆，或对史中人物进行辩证和翻案，以逆向思维揭示自己独特的见解，这才是其诗最大的优点。至于以诗写史，陈大为无疑符合了李克特认为历史知识是个人主观的建构，或柯林乌所认为的：“应以新的视觉去体验历史人物的思想”① 之理念。历史不是一张平面图，在艺术的世界里，史中人物可以重新融铸成为立体的超越；史事也可以现代的视角去做多方的审思。如在《曹操》一诗中，陈大为企图通过历史、文学、说书与舞台上曹操的形象做多方的辩证，以期由此为罗贯中笔下所扭曲的一代枭雄翻案。诗中的时空尽在他的掌中翻转，虚实互换，而且意象鲜活，音节流亮，结构圆融。若与《治洪前书》中的一些诗作对照，明显的是少了一份雕琢与匠气。

——辛金顺：《历史旷野上的星光——论陈大为的诗》，载《华文文学》，1999（3）。

陈大为玄想曹操穿过时空，来到书写者面前，因而将孤立而分歧的文史记录连缀为如在目前的叙述，制造情境，对曹操做一番演绎。虽然叙述在史实里轻轻翻身，古今时空的技巧错置而似乎颠覆了固结的依样画葫芦，但是那逼肖的声闻依然是捏粉做团的魔术，曹操这原型人物的既定样子不但没改变，而且更精神全出。定睛一看“曹操就来了”无非游戏式的写法，和诗中真实的情境无涉，也唤

① 柯林乌：《历史的理念》，291页，台北，桂冠图书公司，1994。

不起读者深刻的感动。

——郑慧如：《原型、叙事、经典化——以大荒、罗智成、陈大为的诗为例》，载《文学与文化》，2012（2）。

近年来的陈大为、钟怡雯，都是身手非凡的马华作家。……由于心灵分跨于两个岛屿，对于侨居地的心理背负似乎不重，创作对于他们而言，不仅是快乐的追求，而是对意象生动的人生诸象的捕捉，灵慧处处流露笔端。

——齐邦媛：《一生中的一天》，台北，尔雅出版社，2004。

一种源自血缘但又超越了“肤色”、“族群”层面来守望母语的爱，也许早就养育了华文作家，但应该说是华文新生代作家最强烈地表达了它，而陈大为无疑是用自己的诗广阔久远地展开着他对母语的挚爱。他的语言给人印象最深的是表现出强韧的“延续感”和丰厚的“积藏感”，以一种宗教般的虔诚，吸取着两千年文言传统和白话演变的营养。

——黄万华：《陈大为：新生代意识的诠释者》，转引自黄万华：《在旅行中拒绝旅行》，北京，中国社会科学出版社，2008。

六、文献目录

陈大为：《流动的身世》，台北，九歌出版社，1999。

陈大为、钟怡雯：《马华文学读本Ⅰ：赤道形声》，台北，万卷楼图书股份有限公司，2000。

陈大为、钟怡雯、胡金伦：《马华文学读本Ⅱ：赤道回声》，台北，万卷楼图书股份有限公司，2004。

江弱水：《历史大隐隐于诗——论陈大为写作与新历史主义》，载《台湾诗学学刊》，2005（11）。

张光达：《论陈大为的南洋史诗与叙述策略》，载《中国现代文学季刊》，2005（8）。

朱立立：《历史记忆·始源想象·身份建构——马华新生代作家的历史书写及属性意识》，载《华侨大学学报》（哲学社会科学版），2000（3）。

有一个昨天

作者：施　雨
类型：诗　歌

一、作者简介

施雨（1965—　），原名林雯，女，祖籍福建福州，现居美国达拉斯市。1988年毕业于福建医科大学，1989年移居美国，后在美国取得医学博士学位，从事医学工作多年。施雨经常给《侨报》、《明报》、《星岛日报》等华文报副刊投稿；由她组建的“文心社”在美国华文创作领域影响较大。她著有诗集《无眠的岸》、《双人舞——杨平/施雨同题诗》、《施雨诗选》，长篇小说《纽约情人》、《刀锋下的盲点》，散文集《我家有个小鬼子》、《美国的一种成长》、《美国儿子中国娘》，译著《走进马拉卡楠宫——菲律宾总统阿罗约夫人传》等。

二、精彩阅读

有一个昨天

在生命的坐标轴上，昨天是一个逐渐逝去的线性存在，然而构成生命的昨天却又并非是一种单一的排列，而是浸润着不同个体生命烙印的多色样板。施雨的《有一个昨天》便是这样一块别有姿彩的样板，诗人用诗意的文字描摹出生命的厚重，间或流露出的隐隐的忧伤和淡淡的愁绪又为诗歌增添了一种伤逝之感。

有一个昨天，在黎明到来之前
沉静如生长季节里安眠的生命
一声惊雷，穿过春天般的躯体
隐隐的忧伤，像一场意外的小雨

流泪，不一定是幸福

但也未必就是悔恨
真正的堕落是求死一般的求爱
不是春天了，不再自由自在，见异思迁

有一个昨天，在森林与湖水之间流动
温润细长的视线穿越仲夏的夜空
穿越长青藤般纠缠的手臂
天亮以后，这满杯的风华也一样要冷去

散落在四处的日子在悄悄失踪
好在英雄们都很年轻
坎坷，不过是一张父性的脸
所谓的江山，有时也不过是一个诗句

夏日的葡萄树，蜷曲着所有的心意
黑白相间的琴键，是阴晴不定的季节
几个寒暑，来去之间，还能留下什么
今夜的你，仍在天涯

三、作品简析

有着中美双重生活经验的作家施雨对于情感和生命中那逐渐消逝的事物时常有着特别细腻的感受。《有一个昨天》与其说是写时间链条上的“昨天”，不如说是写在历史长河中不停漂泊游走的个体生命的真实状态。

诗人笔下的“昨天”首先是通过一种生动的“身体”隐喻表达出来的。“昨天”作为已逝的岁月，并非只是时间无情的流逝。在诗人看来，“生命”、“躯体”、“忧伤”、“小雨”这些事物和存在都呈现出“昨天”鲜活的一面，时间之于身体的意义其实是一种动态的丰富性存在。因此，“昨天”世界中的一切便也围绕着身体的感知和心灵的变化留下复杂的痕迹。那么，“昨天”在个体意识领域究竟引发什么样的意义？参与生命构成的“昨天”对自我观念的定位又会产生何种启迪？这里，诗人采用了一种将忧伤的体验进行先解构再重构的书写过程，进而树立“昨天”这一渗透着生命能量的存在尺度。她通过对一种二元主义思维模式的破解，在诗化的叙述中阐发着“昨天”对于生命的认知重构。流泪本该是忧伤的明证，但是“不一定是”、“但也未必”的“非绝对式”诗语结构正如小说中的“不可靠性”叙事，它置换了非此即彼的二元模式，使“流泪”这一行为获得了意义厘定上的多样性。关于“昨天”的记忆，在诗人的笔下显然不再是单一的情感定格和空间锁定，而是将情感的意义边界给予了新的拓展与垦殖。

诗人在诗歌中将时间意识贯穿于个人对历史、自我和自然的感受中，运用表现主义的艺术手法，将其对“昨天”这一极富诗意的存在推至人生哲思的高度。这样的“昨天”便连接起个体的生命，或者说“昨天”参与了构造生命的过程。诗中一系列自然意象如“森林”、“湖”、“水”、“仲夏”、“长青藤”和生命意象如“视线”、“手臂”、“风华”、“父性的脸”形成了一种粘合式的关联。“昨天”这一时间性存在便与肉体、大自然生命连接为一体，构成了一种具有普遍性意义的生命认知维度。

通感手法在诗歌中时常将主体性的感觉打通，赋予客观性事物具体而又生动的主观感受，在一种感觉的互通场域中呈示包括人生、自然在内的各种透彻体验。现代主义诗歌推崇“表现”和“通感”，时常将个体意识和身体表征运用于诗歌修辞之中。施雨显然遵循了现代诗歌重视感官体验和自我感受的艺术规律。她巧妙借用了“满杯的风华”隐喻“昨天”，它或者是青春的记忆，或是一种生命的穿越，但是“冷去”一词便宣告了其枯萎的结局，生命在时间一步步走过“昨天”的过程中构建了曾经的“风华往事”。米兰·昆德拉在《生命中不能承受之轻》中诠释了“轻”、“重”的内涵和意义，作为个人叙事和宏大叙事之间的重要关联性因素，轻与重在自我的视域中从来就是一种矛盾性的交织，而这也参与了诗人对于生命和时间的认知。在诗歌中，对“轻”的描摹权且被年轻的“英雄们”所占据，而“重”的“坎坷”也不过是被一张“父性的脸”所取代。“轻”的暂时性和理想性被诗意化和文学化，因此获得了意义的相对永恒性。而“重”之“江山”在此不过是“一个诗句”，巧妙的比喻让人在对“时光”的彻悟中捕捉到了一种豁达和洒脱，尽管弥漫着淡淡的伤逝。“昨天”就这样在自我的生命册上留下了极具个人性的认知印记。

“夏日的葡萄树，蜷曲着所有的心意/黑白相间的琴键，是阴晴不定的季节”。诗人巧妙地借助意象来表达心志，用季节的变迁传达心灵的悲喜，既勾勒出生命的律动感和神秘感，又在艺术上虚实相生。“昨天”——这一时光的记忆便也因此抵达一种纯真的境界，生命与自然的种种缠绕与应和便构成了时光本身不断流溢的空间。全诗在一种诗意的流动中，审视时间与事物的细微变动在参与个体生命进程中的交合作用，历史与经验、时间与空间都在生命的长河中不停运演并由此衍生了自身的意义。而这些丰富的体验也昭示着诗人对于生命的清醒认知和明澈豁达的心境。

四、作者自白

海外小说中，我们经常只看到华裔在中西文化冲突中焦虑、迷惘、痛苦与挣扎，流露出一种无根的漂泊感。其实，美国是个移民国家，也应该反映其他族裔的生存状态。西方文化的重要构成部分——其他少数族裔，这是一个非常重要的群体，正是他们才使得以欧洲裔为主流的美国文化变得多元和丰富多彩。因此，我在小说中将其他少数族裔引入了与华人文化的冲突中。这样就让小说更加真实，更加丰富，也更加深刻。

——施雨：《弃医从文：用母语坚守精神家园——施雨访谈录》，载《世界文学评论》，2012 (1)。

我忽然就真有回家的感觉了，在美国居住了十六年，不被改变是不可能的。虽然在中国和美国，我常常还会被当做外乡人，但我依然固执地热爱这两片国土，欣赏这两种截然不同的文化。

——施雨：《我的"五怕"》，转引自白舒荣：《海海人生：海外华文女作家生活絮语》，南京，江苏文艺出版社，2011。

五、名家点评

诗，通常是文学人心灵深处的光，是情感的生命里最靠近唯美主义的畅想。想象着施雨早年应该爱诗，探寻的结果是她不仅爱诗，却原来就是一个诗人。在诗集《无眠的岸》中，施雨尽情地挥洒着自己清丽的柔情，倾诉着云游天地之间无边苍茫的咏叹，被读者誉为"漂泊者的梦歌"。她的诗，无论是描写"都市伤口"，还是演奏"乡愁乐章"，表达的都是一个处在异国他乡的伤感游子凄美真诚的情怀。最爱那句："我只需要一分秋意，你却给了我满目的秋凉。""秋凉"中的施雨，走进了灵魂的深海，走近了文学的伊甸园。

——陈瑞琳：《微风细雨霜满天——漫评施雨的创作》，转引自陈瑞琳：《横看成岭侧成峰——北美新移民文学散论》，成都，成都时代出版社，2006。

从诗中不难看出，施雨善于用意象表达自己的情思，惊雷、小雨、长青藤、葡萄树这些"物象"，在施雨赋予了主观情感之后，成为她追思"昨天"的特殊"意象"。而"穿过春天般的躯体"、"温润细长的视线"则运用了"通感"的手法，显现出施雨运用"现代风"创作手法相当得心应手……与一般服膺现代主义创作手法的诗人常常使自己的诗作带有强烈的"晦涩感"、"陌生感"不同，施雨的诗歌虽然将跳跃、断裂、错位、通感等现代主义修辞带入其中，但从总体上看这些诗却并不难懂，总是在寻求诗的含蓄、意蕴的同时，呈现出一种纯净——这样的特点使施雨的诗既有文学的唯美，也有思绪和情感的纯美，两者的结合就形成了一个优美的诗的世界。

——刘俊：《“单纯/中国”与“丰富/美国”的融合——施雨诗歌、散文、小说综论》，载《华文文学》，2009（4）。

六、文献目录

陈涵平：《跨域的情愫与复杂的认同——对施雨两部长篇的比较阅读》，载《海南师范大学学报》（社会科学版），2012（4）。

李诗信：《诉不尽的海外游子愁绪——评洛夫、施雨、周若鹏的乡愁诗歌》，载《茂名学院学报》，2005（2）。

李诗信：《施雨诗歌特色探析》，载《华文文学》，2006（6）。

罗四鸰：《新移民作家“香蕉故事”的突破与困惑——论施雨、王瑞芸、陈谦等新移民作家小说的文化意义》，转引自王晓初、朱文斌：《世界华文文学研究（第5辑）》，合肥，安徽大学出版社，2009。

宋晓亮：《文心社和施雨》，载《华文文学》，2006（1）。

吴玲瑶、吕红：《女人的天涯：新世纪海外华文女性文学奖作品精选》，石家庄，河北教育出版社，2008。

庄志霞：《从大洋彼岸飘来的秋雨——记北美文心社社长施雨》，载《文化月刊》，2007（1）。

周蓬桦：《轻松地呼吸异域的灵魂——读施雨〈美国的一种成长〉》，载《侨报·副刊》，2003-04-12。

张立国：《纽约的爱与哀愁——评施雨的长篇小说〈纽约情人〉》，载《名作欣赏》，2008（3）。

第二部分

世界华文

小说

经典欣赏

酒　　徒

作者：刘以鬯
类型：小　说

一、作者简介

刘以鬯（1918—　），原名刘同绎，字昌年，生于上海，祖籍浙江镇海。初中时，曾先后加入“无名文学会”和“狂流文学会”，并在报刊上发表作品。1941年从上海圣约翰大学哲学系毕业后在重庆担任《国民公报》、《扫荡报》副刊编辑，主办小型周刊《幸福》，后又于1945年回上海创办“怀正文化社”。1948年离沪赴港，任《香港时报》副刊编辑、《星岛周报》执行编辑、《西点》杂志主编，后又辗转到南洋各地各大报刊担任主编或副刊编辑，直到1957年定居香港。此后，刘以鬯继续其编辑生涯，在《快报》和《星岛晚报》任副刊编辑，又于1985年创办《香港文学》，任社长兼总编辑。刘以鬯是我国较早借鉴西方意识流手法进行文学创作的作家之一，其小说、散文都极具现代主义色彩。小说代表作有《酒徒》、《陶瓷》、《岛与半岛》、《对倒》、《他有一把锋利的小刀》、《寺内》、《一九九七》、《天堂与地狱》、《春雨》、《白色里的黑色，黑色里的白色》等，另著有散文集《刘以鬯散文自选集》和文学评论集《短绠集》、《看树看林》、《端木蕻良论》等。

二、精彩阅读

酒　　徒（节选）

1963年出版的《酒徒》是我国第一部意识流长篇小说，它主要叙写主人公“酒徒”的意识和潜意识。这些内容以心理独白、自由联想、梦中呓语等形式呈现，在深入揭示“酒徒”隐秘、复杂的内心世界的同时，又真实地揭露了当时香港社会的诸多阴暗面。选文真实又生动地展现了一个盗印行为猖獗、盗版作品泛滥的香港社会，而“酒徒”等原创作者则既愤懑不平又无可奈何，唯有借酒浇愁。

我喝了一口酒。

（我们这里实在是一个很自由的地方。报章杂志可以任意翻译外国的文章或照片，而不必受罚；同时，本地作者用血汗写出来的文章，一样得不到保障。只要稍为有些商业价格的东西，谁都可以盗印成书，然后运到南洋去倾销。有时候，连作者自己想出版，也因为印刷不够迅速而被逼作罢。事实上，这里的盗印商都与外地的发行商有密切的联系，作者自己出书，往往得不到外地发行商的合作。反而那些盗印的"出品"可以源源运往外地，大获其利。总之，在这里，作者辛苦写成的文章，是得不到应得的保障的。不仅如此，盗印商为了避免引起法律上的麻烦，偷印了别人的著作，印成书后，连作者的署名也随便更改。对于一个作者，丧失版权已经是一种无可弥补的损失了，何况还要被改掉署名。）

我一口将酒喝尽，心中燃起怒火。

（这是一个自由的地方，但是太过自由了。凡是住在这里的人，没有一个不爱好自由。不过，盗印商如果可以获得任意盗印的自由，那么，强盗也可以获得抢劫的自由了。作者对他自己的著作当然是有著作权的。作品等于原作者的骨肉。但在这里，抢夺别人的骨肉者有罪；盗印别人的著作者可以逍遥法外，不受法律制裁。这是什么道理？这是什么道理？这是什么道理？）

我走去酒柜，又斟了一杯酒。

（以报纸上的连载小说而言，报纸是登过记的。那么，在报纸上发表的小说当然也会受到法律的保护。但是为什么盗印商可以将这些连载小说印成四毫小说，并更改作者署名，运到南洋去倾销？）

我一连喝了好几口酒，心内愤激，睡意尽消。我是一个逃避主义者，只会用酒液来逃避这丑恶的现实。

三、作品简析

刘以鬯在《酒徒》的几版自序中，都一再强调"娱乐别人"和"娱乐自己"这对矛盾的概念。所谓"娱乐别人"指的是在《酒徒》诞生以前，作者进行文学创作的目的在于换取稿酬以维持生计，为此他不得不迁就读者的口味，同时也不得不违背自己的品味，绞尽脑汁地进行通俗甚至庸俗文学的创作。换取稿酬之后，作者就将这些作品扔入废纸篓，"永不录用"。"娱乐别人"注重物质利益，其目的的实现有赖于别人的认可，可见"娱乐别人"之"娱乐"饱含着作者的辛酸与无奈。而所谓"娱乐自己"指的是作者创作《酒徒》不再为换取稿酬，而是为了实现自己多年来所坚守的纯文学理想，并通过《酒徒》的创作实现自己精神上的愉悦。"娱乐自己"注重精神享受，其目的的实现仅取决于自己的认同，可知“娱乐自己”之“娱乐”才是真正的娱乐。立足于“娱乐别人”和“娱乐自己”这对矛盾概念，意识流小说《酒徒》的深奥意义也就呼之欲出了。

小说中的“酒徒”矢志于纯文学创作，但其作品根本无法发表或出版，以至自己的生活陷于窘境。为了生计，他不得不屈从于现实，撰写荒诞不经的武侠小说或放荡不堪的色情小说。理想与现实的悖慘令他痛苦不堪，于是他经常买醉，而在买醉的过程中，他既借酒作“文”，又借酒做“梦”，还借酒怒“骂”。借酒作“文”即是在酒精的麻醉下违心地杜撰那些通俗甚至庸俗的小说以赚取稿费，其心中的苦闷可想而知；借酒做“梦”则是在酒精的迷乱下意外地邂逅那些纯文学大文豪，其心中的祈盼不言自喻；借酒怒“骂”是在酒精的催发下尽情地怒斥社会上的种种不公，其心中的愤懑溢于言表。借酒作“文”、借酒做“梦”以及借酒怒“骂”都是他潜意识的自然流露，集中地宣泄了他心中的积郁，同时也构成了小说意识流方面的内容。不难看出，“酒徒”苦闷的借酒作“文”之举是作者不得已屈从现实的真实状况；“酒徒”祈盼的借酒做“梦”之举则是作者坚守纯文学理想的生动复写；而“酒徒”愤懑的借酒怒“骂”之举是作者蓄积已久的各种不平的总爆发。此外，借酒作“文”还流露出作者“娱乐别人”的无奈，借酒做“梦”反映出作者“娱乐自己”的渴望，而借酒怒“骂”则表现出作者因不得不“娱乐别人”而只能放弃“娱乐自己”的悲愤。

不过，《酒徒》并非“酒徒”意识流动过程的单音独鸣，还有“酒徒”与司马莉、麦荷门、雷老太太等人交往的多音交响。“酒徒”并不是无时无刻都沉醉于酒精之中，当他清醒之时便脱胎换骨，思维敏捷而清晰。在小说中，“酒徒”与司马莉、麦荷门、雷老太太等人的交往就有清晰的情节线索可寻。这三个人代表了三类人，构成了“酒徒”日常生活的小圈子。司马莉生性放荡又品味低俗，属于小说中的负面人物。“酒徒”与她的交往，若即若离，既有心避而远之，又避无可避，常常还得顺从屈就。这种人其实就是作者所谓的“娱乐别人”之“别人”，为作者所厌恶。麦荷门是个文学青年，大有发扬纯文学的抱负，但这种抱负往往流于不切实际的空谈，而他表现出的书商逐利的本性似乎显得更为实际。其实，麦荷门是低俗的别人与高雅的自己相交融的一个矛盾人物，在小说中偏于中性。房东雷老太太是小说中的正面人物，为人诚实又和蔼可亲，并将“酒徒”视若己出。应该说，雷老太太式的人物是“酒徒”坚持做回自己并坚持纯文学理想的精神动力之所在。“酒徒”的生活圈子如此，作者的日常生活也是如此。其实，“酒徒”即作者，作者即“酒徒”。再加上小说中的“酒徒”以第一人称“我”的形式出现，更使这部小说带上了鲜明的自传色彩。只不过作者不是酒徒，其悲惨经历可能稍逊于“酒徒”，因此“酒徒”其实是夸张了的作者。

《酒徒》展现出鲜明的意识流小说特色，并以“中国第一部意识流长篇小说”

之名而享誉文坛。不过，作者一向讲求小说艺术的创新实验，所以他在《酒徒》中创造性地融入了情节性内容以区别于经典意识流小说。不可否认，《酒徒》将现代主义和现实主义相结合，走出了一条成功的道路。

四、作者自白

白日梦也是梦，与闭着眼睛做的梦不同。它使你发笑。它使你流泪。它使你发笑时流泪。它使你流泪时发笑。

——刘以鬯：《副刊编辑的白日梦》，载《华文文学》，1987（3）。

写《酒徒》，虽然运用了意识流技巧，却与詹姆斯·乔伊斯的《尤利西斯》、威廉·福克纳的《喧嚣与骚动》、浮琴妮亚·吴尔芙的《海浪》不同。我无意临摹西方的意识流小说，也无意写没有逻辑的、难懂的潜意识流动。意识流是一种技巧，任何人都可以利用这种技巧写出具有个人风格和特色的小说。

——刘以鬯：《刘以鬯小说自选集》，天津，百花文艺出版社，2001。

五、名家点评

《酒徒》是中国现代文学史上意识流小说的先驱。单凭这部小说，其作者刘以鬯先生已可以在文学史上占一席位。刘先生的成就不止于此。《酒徒》之外，如《寺内》、《蛇》、《对倒》、《刀与手袋》（即《他有一把锋利的小刀》）、《春雨》、《打错了》等小说，都表现了刘氏不断突破自己、锐意创新的先驱精神。

——黄维梁：《〈刘以鬯传〉序》，载《华文文学》，1998（3）。

《酒徒》在艺术上明显地受到乔伊斯、福克纳等西方现代派小说家的影响。作者借鉴了意识流和象征主义的表现手法，始终将焦点对准主人公隐秘、幽暗的内心世界，表现人物的意识和潜意识。作品借助醉与梦的荒诞来折射现实社会的病态、畸形和不合理。《酒徒》在现代小说技巧和传统现实主义的结合上走出了一条成功的道路。

——朱栋霖、朱晓进、龙泉明：《中国现代文学史 1917—2000》，北京，北京大学出版社，2007。

与“独创”的指向相适应，《酒徒》的“与众不同”具体表现为四个方面：

“与众不同”处之一，小说将生活中的酒徒置于三种状态之中：酒醉之时，清醒之时，梦中之时；而三种状态交叉呈现，意蕴内涵不同，行文风格各异，技巧手法纷呈，意识的时或流动并不以放弃情节和表达基本意念为代价……

“与众不同”处之二，在意识流技巧背后的更深层面上，是作品强烈的香港关注与批判。这种香港关注与批判又是以“内在真实”的追求为旨归的，而香港关注又集中于对“文化产业”商业性的批判。围绕着这个主题展开的作品，此前的香港小说中似乎并无前例……

“与众不同”处之三，作者借酒徒醉时、梦时的“失语”、“胡言”，醒时的愤激之言，论列了大量的西方现代主义文学的名家名作和“五四”以来中国新文学的很多作家作品，给小说平添了论述性与学理性，在一定程度上颠覆了小说这种叙事文体的既定文本秩序，增强了其“文人小说”的色彩……

“与众不同”处之四，刘以鬯把现代派诗的意象营造与现代小说的意识流技巧糅合在一起，赋予意识流动以诗意，赋予意象以动感，两种高难度的技巧的无缝对接得以构成新的美学面相 。这是刘以鬯的又一苦心创新。

——曹惠民：《意识流小说中的“与众不同”之作——重评刘以鬯的〈酒徒〉》，载《常州工学院学报》（社科版），2008（1）。

六、文献目录

江少川：《论刘以鬯及其长篇小说〈酒徒〉》，载《华文文学》，2002（5）。

凌逾：《试论〈酒徒〉的实验特色》，载《华文文学》，2001（2）。

李跃：《意识流小说的“香港化”——论刘以鬯的长篇小说〈酒徒〉》，载《江西教育学院学报》，2008（5）。

张永健、赵小琪：《一本书读懂中国文学》，武汉，长江文艺出版社，2011。

赵小琪、王宁宁：《台港名家名作选读》，北京，中国民主法制出版社，2012。

庄园：《机械复制时代的诗人——刘以鬯和他的“酒徒”》，载《台港与海外华文文学评论和研究》，1996（3）。

将军族

作者：陈映真

类型：小　说

一、作者简介

陈映真（1937—　），原名陈永善，笔名许南村，出生于台湾竹南中港。1957年高中毕业后考入淡江英专（今淡江大学）英语系，1959年发表了第一篇小说《面摊》，1968年因“民主台湾同盟”案被捕并移送绿岛，1975年获特赦，1978年第二次被调查局拘捕，36小时后被释放。他受鲁迅影响较深，被称为“台湾的乡土小说的一面旗帜”、“台湾的鲁迅”。第二次被捕后，其作品主要关注跨国企业对第三世界经济、文化与心灵的侵略。主要作品有《陈映真小说集》六卷，即《我的弟弟康雄》、《唐倩的喜剧》、《上班族的一日》、《万商帝君》、《铃当花》、《忠孝公园》。此外，他还创作了大量的散文和文学评论，提出“中国文学史论”，认为台湾文学是中国文学不可分割的重要组成部分，并对台湾现实主义和乡土文学理论体系的建构做出了巨大的贡献。

二、精彩阅读

将军族（节选）

短篇小说《将军族》于1964年发表在《现代文学》上，是陈映真的代表作品之一。“小瘦丫头”和“三角脸”在康乐队工作，同是天涯沦落人的身世之悲让两人越走越近，分离五年后再度相遇，两人为追求圣洁的爱情选择了殉情。作品在平静的叙述中饱含着作者对人物命运的深切关怀，对小人物高尚品质的赞扬，对黑暗、残酷现实的斥责。

他抢去伊的太阳眼镜，看见伊的左眼睑收缩地闭着。伊伸手要回眼镜，四平八稳地又戴了上去。伊说：

“然而我一点也没有怨恨，我早已决定这一生不论怎样也要活下来再见你一面。还钱是其次，我要告诉你我终于领会了。”

“我挣够给他们的数目，又积了三万元。两个月前才加入乐社里，不料就在这儿找到你了。”

“小瘦丫头！”他说。

“我说过我要做你老婆，”伊说，笑了一阵：“可惜我的身子已经不干净，不行了。”

“下一辈子吧！”他说，“此生此世，仿佛有一股力量把我们推向悲惨、羞耻和破败……”

远远地响起了一片喧天的乐声。他看了看表，正是丧家出殡的时候。伊说：

“正对，下一辈子吧。那时我们都像婴儿那么干净。”

他们于是站了起来，沿着坡堤向深处走去。过不一会儿，他吹起“王者进行曲”，吹得兴起，便在堤上踏着正步，左右摇晃。伊大声地笑着，取回制帽戴上，挥舞着银色的指挥棒，走在他的前面，也走着正步。年轻的农夫和村童们在田野向他们招手，向他们欢呼着。两只三只的狗，也在四处吠了起来。太阳斜了的时候，他们的欢乐影子在长长的坡堤的那边消失了。

第二天早晨，人们在蔗田里发现一对尸首。男女都穿着乐队的制服，双手都交握于胸前。指挥棒和小喇叭很整齐地放置在脚前，闪闪发光，他们看起来安详、滑稽，都另有一种滑稽中的威严。

一个骑着单车的高大的农夫，于围堵的人群里看过了死尸后，在路上对另一个挑着水肥的矮小的农夫说：

“两个人躺得直挺挺地，规规矩矩，就像两位大将军呢！”

于是高大的和矮小的农夫都笑起来了。

三、作品简析

小人物的悲惨命运总能引起读者悲悯的泪水，而在他们卑微身世及不幸遭际背后的对高贵品质的坚守、对美好事物的追求更让人心生敬仰，感慨万千。

《将军族》是陈映真的代表作之一，这位深受鲁迅影响的台湾作家恪守着知识分子的良知，用饱含温情的笔墨给备受苦难折磨的小人物以安慰和颂扬。在他的描写中，打动我们的不是被生活摧残得体无完肤的人物的命运，而是在生活的废墟之上建筑起精神城堡的人的执著与坚韧。无名或许是最好的命名，男女主人公分别以“三角脸”和“小瘦丫头”存在于作品中，以代号生活于世的卑微却无法阻止他们对爱与善的追求。小瘦丫头为家庭牺牲自己，三角脸慷慨拿出所有的退伍金替小瘦丫头还债，小瘦丫头为兑现承诺找寻三角脸达五年之久。小说以三角脸和小瘦丫头双双殉情作结，极力展现他们至死都保持的高贵和尊严。陈映真认为文学是一剂良药，好的文学作品“使沮丧的人得到温暖；让受逼迫的人得到勇气去反抗；让失望的人有勇气重新去爱、去生活、去追求新的希望、去拥抱别人”，这或许是他的作品总是充满希望的原因所在吧。

小说以片段化的叙述方式讲述了三角脸和小瘦丫头的交往过程，在对叙事时间的处理上尤为巧妙。阔别五年后两人在一个葬礼上再度相遇，三角脸通过小瘦丫头不变的站姿瞬间认出了她。“没有看见伊，已经有五年了吧”，数十字将五年光阴一笔带过，从而将五年前两人在康乐队共事时的交往作为重点进行突出，安排详略得当。这是小说中第一次出现由现在向过去的追溯。紧接着三角脸回忆与小瘦丫头交往的种种。时间流逝，物是人非，小瘦丫头的站姿“就是那样”丝毫未变，不过“再也不是一个小瘦丫头了”，而“自己果然在苍老着”，一个生长，一个枯萎，这自然引起了三角脸对于时间的思考。“他真正的开始觉得老，还正是那个晚上呢”，又一次将故事拉回到过去，这是文中第二次倒叙。三角脸追忆了他与小瘦丫头的月夜谈话，在对话中两人讲述了各自悲惨的身世，这是小说中十分重要的一部分。“锣鼓队开始作业了”，咚咚鼓声把三角脸从往事中拉回现实，三角脸发现了作为指挥的小瘦丫头和乐声相差约有半拍，这半拍转化成三角脸追溯的动力。到此，是文本第三次倒叙。同前两次倒叙一样，第三次倒叙也是通过两人的对话展示他们的遭遇。三角脸用“几支曲子吹过去了”的时间完成了对往事的回忆，将思绪转回现实。小说极力淡化了叙事时间，常常用寥寥几字对其进行概述。三角脸的意识流动巧妙地将现在和过去紧密地连接起来，看似支离破碎，却在与人物对话的结合中展示了主人公在几年中的遭际。

小说大量使用了象征手法，殡礼上的《荒城之月》从行文伊始就为整篇小说奠定了悲剧基调，《马撒永眠黄泉下》、《游子吟》无不是悲情之曲，《王者进行曲》用高昂的旋律陪伴着男女主人公走向死亡，这种以乐景写哀情的手法使哀痛更深沉。

小说结尾处农夫对男女主人公死后情状做出了评价：“两个人躺得直挺挺地，规规矩矩，就像两位大将军呢！”农夫看到的是三角脸和小瘦丫头仰躺的规矩模样像挺拔的大将军，而男女主人公用真诚、感恩、奉献与生活周旋，用执著、坚毅、顽强与命运抗争，他们在悲惨命运中对善的坚守、对爱的追求、对美的向往无疑使他们拥有了将军般的高尚人格。他们是小人物，但他们的高尚人格值得受到将军般的礼赞。作者赞美他们亦是颂扬同样生活在水深火热中却不失真心的小人物，因此，《将军族》是对看似卑微实则高尚的小人物的礼赞。

四、作者自白

要把我们的文艺向更高的地方去发展，也得首先从现有的低水平中做起：同情它、了解它，并给予新的评价。架空地要搞什么高等的艺术，是办不通的。而且，去了解这些我们现有的文艺，不但不会使我们懊丧，使我们自弃，使我们“庸俗化”；正相反，却使我们更能宝贵别人步履艰辛地带来的成绩，从他们的工作中得到无限的鼓舞，增加自己工作的热情。向西方无批判地一边倒，对自己做不负责的恶评，却只会一步步地把我们带到虚无和绝望里。

——陈映真：《知识人的偏执》，转引自陈映真：《陈映真作品集八·鸢山》，台北，人间出版社，1988。

台湾作家目前最重要的是从人的复归出发，克服人的异化，从人文主义的回归去看台湾、中国、第三世界和全世界的人类。在所有的复归途径中，我相信没有一种东西比文学更有效、更直接。

——陈映真：《大众消费社会和当前台湾文学的诸问题》，转引自陈映真：《陈映真作品集八·鸢山》，台北，人间出版社，1988。

五、名家点评

他（陈映真）的所有小说的主题大多离不开对于寄寓于台湾的大陆人的沧桑的传奇，以及在台湾流寓的和本地的中国人的关系所显示的兴趣与关怀。

——叶石涛：《走向台湾文学》，台北，自立晚报社文化出版部，1990。

陈映真的魅力在于他的虚构叙事洋溢着一种浓郁的诗意，一种忧伤然而温蔼的神韵。在他的小说中，性压抑和政治压抑纠缠在一起，转换成富于诱惑力和反叛色彩的性话语和政治——意识形态话语，激发着种种关于现实、历史、未来的互相关涉同时互相矛盾的深思和雄辩。他的身上，有两个人的影子：一个是“犹大”，充满着叛逆的革命的激情，意欲通过社会革命来拯救“犹太人”（暗喻台湾社会）；另一个是“耶稣”，企图从改造灵魂入手来解脱世人的苦难。二者的冲突让陈映真始终徘徊在艺术启蒙和政治革命之间。他承担了这种冲突带来的苦难感，一如那忧伤欲绝、不断质疑“上帝”的约伯。陈映真塑造了一个与快乐繁荣的台湾迥然不同的台湾，忧郁的台湾。

——黎湘萍：《台湾的忧郁——论陈映真的虚构叙事》，载《文艺研究》，1992（5）。

我直到今日，仍然认为用“老灵魂”来形容陈映真和他的小说，应当是个贴切的概念。“老灵魂”是明言或不明言，深受西方古典基督教人文主义影响的知识分子。他们相信人类的存在有着更高的目的性，因而对违逆这种价值命令的残缺社会，遂总是满怀的悲怜。他们关心受侮辱的和受伤害的人，也对人的灵魂堕落特别在意。

——南方朔：《踽踽的老灵魂——陈映真》，载《中国时报》，2001（39）。

陈映真是“台湾乡土文学代表作家”，也是台湾著名的左翼知识分子，但诚如作者所说：无论八十年代还是九十年代，陈映真都显得相当寂寞，游离于大陆和台湾的主流文学之外。他所具有的社会批判立场和怀疑精神，在大陆作家乃至整个知识界越来越成为一种稀缺的品质。

——刘继明：《走进陈映真》，载《天涯》，2009（1）。

六、文献目录

陈思和、罗兴萍：《试论陈映真的创作与五四新文学传统》，载《文学评论》，2011-01-15。

姜智芹：《论陈映真小说创作中的“中国情结”》，载《东岳论丛》，2001（2）。

陆士清：《新视野、新开拓：第十二届世界华文文学国际学术研讨会论文集》，上海，复旦大学出版社，2002。

钱理群：《陈映真和“鲁迅左翼”传统》，载《现代中文学刊》，2010（2）。

王向阳：《跳动的音符：20世纪台湾乡土小说流变论》，长沙，中南大学出版社，2007。

我爱黑眼珠

作者：七等生
类型：小　说

一、作者简介

七等生（1939—　），原名刘武雄，生于台湾苗栗通霄。自1959年起，七等生先后在小学、广告公司、皮鞋店等处供职。1962年，他的第一篇作品《失业、扑克、炸鱿鱼》一经发表，就因文体奇特、形式怪诞引起了文坛的注意。1966年，他与尉天骢、陈映真、施叔青等人一起创办了《文学季刊》。同年，他荣获第一届“台湾文学奖”。他的主要作品有长篇小说《削廋的灵魂》、《城之谜》、《谭郎的书信》等，小说集《僵局》、《精神病患》、《巨蟹集》、《来到小镇的亚兹别》、《我爱黑眼珠》、《沙河悲歌》、《隐遁者》、《散步去黑桥》、《银波翅膀》等。

七等生是台湾二十世纪六七十年代最孤独、最有个性、最具代表性的现代主义小说家之一。他的小说对台湾现代主义运动产生了极为独特的影响，被著名诗人杨牧称为“台湾三十年来最具哲学深见的小说家之一”。

二、精彩阅读

我爱黑眼珠　（节选）

发表于1967年的《我爱黑眼珠》是七等生最具争议性和代表性的作品，它集中表现了七等生的小说“对内在生命世界的阐述”的主题。下面所选的文字中人物的意绪虽然飘忽不定，画面的闪现、叠加也毫无逻辑联系，却有一种主导的思想流贯其间：自我内心与自我选择的自由。

东方渐渐微明的时候，李龙第也渐渐能够看清周围的人们；一夜的洗涤居然那么成效地使他们显露憔悴，容貌变得良善冷静，友善地迎接投过来的注视。李龙第疑惑地接触到隔着像一条河对岸那屋脊上的一对十分熟识的眼睛，突然升上来的太阳光清楚地照明着她。李龙第警告自己不要惊慌和喜悦。他感觉他身上搂抱着的女人正在动颤。当隔着对岸那个女人猛然站起来喜悦地唤叫李龙第时，李龙第低下他的头，正迎着一对他相似熟识的黑色眼睛。他怀中的女人想挣脱他，可是他反而抱紧着她，他细声严正地警告她说："你在生病，我们一起处在灾难中，你要听我的话！"然后李龙第俯视着她，对她微笑。

他内心这样自语着：我但愿你已经死了：被水冲走或被人们践踏死去，不要在这个时候像这样出现，晴子。现在，你出现在彼岸，我在这里，中间横着一条不能跨越的鸿沟。我承认或缄默我们所持的境遇依然不变，反而我呼应你，我势必抛开我现在的责任。我在我的信念之下，只伫立着等待环境的变迁，要是像那些悲观而静静像石头坐立的人们一样，或嘲笑时事，喜悦整个世界都处在危难中，像那些无情的乐观主义者一样，我就丧失了我的存在。

他的耳朵继续听到对面晴子的呼唤，他却俯着他的头颅注视他怀中的女人。他的思想却这样地回答她：晴子，即使你选择了愤怒一途，那也是你的事；你该看见现在这条巨大且凶险的鸿沟挡在我们中间，你不该想到过去我们的关系。

三、作品简析

潜意识是了解自我的重要方式和途径，它能给隐秘的心灵开启一个模糊而略微变形的窗户，从中可以透示出人的生命本能和生命体验。因而，自古以来，潜意识一直对人类充满着诱惑。七等生的《我爱黑眼珠》，就笼罩着一层神秘、瑰丽的潜意识色彩。

在《我爱黑眼珠》中，主人公李龙第与生俱来的原始本能，他在感知事物时心理活动和思想活动中表现出的直觉性，以及他平时被压抑的欲望和过去的意识经验的积淀等，都呈现出鲜明而又强烈的无意识活动的特性。这些无意识因子在《我爱黑眼珠》的显意识的水平线下面汹涌澎湃、翻腾不已。它们彼此之间在互相靠近，在接通、在联合、在同化；它们相互纠缠、相互冲突、相互增强。它们是构成复杂的李龙第和复杂的《我爱黑眼珠》的重要因素。

在小说中，潜意识的艺术功能之一，就是它对人生现实的补偿作用。现代心理学认为，由于种种原因，人在现实中总会遭到某些挫折，致使某些需要未能得到满足。而潜意识的流动，恰恰为人们提供了被压抑的欲望得以释放的机会。在现实世界，主人公李龙第是一个没有职业、依靠妻子的微薄薪水度日的男人："眷属区居住的人看见他的时候，他都在散步；人们都到城市去工作，为什么他单独闲散在这里呢？他从来没有因为相遇而和人点头寒暄。""他这样闷闷地想着她，想着她在两个人的共同生活中勇敢地负起维持活命的责任的事。"可以说，在现实世界，主人公李龙第为残酷的命运所驱使，挣扎在社会的边缘层面，感受不到被依靠的男性荣耀，个体生命力受到了压抑。而这种受压抑的生命力被外在现实压抑得愈久，它设法释放压抑的要求就会愈为强烈。而洪水，则恰恰为这种受压抑的生命力提供了释放的机会。洪水改变了现实世界的正常秩序，使李龙第的世界由理性的变成了非理性的。在这个非理性的世界中，他勇敢地拯救并照看一个素不相识的生病的妓女。而理由则是："我必须选择，在现况中选择，我必须负起我做人的条件，我不是挂名来这个世上获取利益的，我须负起一件使我感到存在荣耀之责任。"显然，通过这一选择，李龙第突显了他在现实世界中一直被压抑的男性力量、荣誉与尊严，找回了在现实世界中失落已久的自我和自我价值。

在小说中，潜意识的艺术功能之二，是它对人的现实的暗示和期待作用。在潜意识的洪水世界中，失落已久的自我不仅可以找回，而且可以发展与提升。与"黑色眼睛"的女子拥抱在一起，却置对岸的妻子的生死于不顾，这种乖异的行为是惯常的社会伦理道德难以认同的，然而，却是李龙第源于一种善良的天性主动作出的选择。他的这种选择如果在社会伦理道德的干预下就中止，那么，他的自我价值就仍然没有获得充分的实现。而在潜意识的洪水世界中的李龙第不仅有实现自我价值的愿望，而且也有维护、提升自我价值的决心。"你说我背叛了我们的关系，但是在这样的境况中，我们如何再解密我们的关系呢？唯一引起你愤怒的不在我的反驳，而在你内心的嫉妒：不甘往日的权益突然被另一个人取代。"是的，李龙第的妻子晴子在彼岸坚守的社会伦理道德生成的是有差别的小爱，而不是理想社会中人基于善良本性的大爱。坚守这种社会伦理道德的人为了自己与亲人的利益可以践踏他人的利益，他们"以无比自私和粗野的动作排挤和践踏着别人"。而李龙第平时虽然对这种社会伦理道德不以为然，但一直没有机会以自己的言行公开对这种社会伦理道德表示反抗。而借助于潜意识的洪水世界，他大胆地表现了自己与众不同的价值观："至于我，我必须选择，在现况中选择，我必须负起我做人的条件"。而之所以如此坚守这种价值观，是因为他认为，一个人要完善自我，就必须在洪水世界中经历一番痛苦的洗礼，牺牲小我、拯救他人。由此，表面上看，洪水给人带来了灾难，实际上，它却为李龙第善良的天性的显现和生命的新生提供了契机。从这个角度上说，潜意识的洪水世界构成了作家拟想中的一个毁灭——再生的世界的象征性替代物，它透射了七等生企图超越20世纪60年代那个阴郁的台湾现实社会而向一个奇异、神秘的领域寻求生命存在价值的主体精神。

这篇小说的表现技巧也和写潜意识的内容相吻合，具有一种联想的跳跃性和非逻辑性。它一会儿写李龙第由"那群无土四处奔逃拥挤的人们的神色和唤叫"

想到要“和所爱的人抱在一起”死亡，一会儿又写李龙第由“争先恐后地攀上架设的梯子爬到屋顶上”的人们想到“人类自己坚信与依持的价值”和“自己在往日所建立的暧昧的信念”；一会儿写李龙第由“疑惑地接触到隔着像一条河对岸那屋脊上的一对十分熟识的眼睛”想到自己“现在的责任”，一会儿又写李龙第由对面“倒歇在屋顶上哭泣”的晴子想到自己“必须负起我做人的条件”。场景间的转换近似于电影中的蒙太奇剪辑。然而，这些表面上看起来没有逻辑性联系的情景无论如何凌乱，却总是围绕着潜意识而展开。因而，文章的语义氛围就与它的写作技巧构成了更为深层的内在统一性。蒙太奇的剪辑在这篇文章中，不仅是一种技巧，也不仅在于它隐微地传达了自由选择的主题意蕴，更重要的是它显示了作者的艺术思维就是一种自由的潜意识的思维。

四、作者自白

我的每一个作品都仅是整个的我的一部分，他们单独存在总是被认为有些缺陷和遗落。写作是塑造完整的我的工作过程，一切都将指向未来。

——七等生：《离城记》，台北，晨钟出版社，1972。

地球有多少人，天上就有多少星，人应在地球像星在太空中受到个别的尊重和享有其存在的地位；星球不论大小，它们只服膺于自然永恒的秩序。所以权力欲的野蛮和腐败，在于任意奴役个人，剥夺其生存的权益，阻塞了善解生命事实的良心的启发。

——七等生：《散步去黑桥》，台北，远景出版事业公司，1986。

五、名家点评

七等生是台湾三十年来最具哲学深思的小说家之一，而他的创作更是小说中最富抒情诗意的创作。他所提示的问题多是相当特殊的问题——七等生是一位非常自我的艺术家。

——杨牧：《七等生小说中的幻与真》，载《联合报》，1979（4）。

如果说文学作品以作者特异的个性为贵的话，那么七等生是当代中国作家中最值得注意的一位。七等生从一开始写作，就显示出强烈的独创性。为了正确地表达他心目中的意念，他不避讳乖谬的句子和文法。……透过他的作品，我们可以直入作者内心的深处。

…………

除了独特性以外，七等生的作品也相当深刻……然而，深刻的作品却不一定适合无暇深思或无意深思的芸芸众生。那么，这种作品便只好承受只为少数知音所爱悦的命运。

——马森：《三论七等生》，转引自马森：《灿烂的星空》，台北，联合文学出版社，1997。

检析七等生八十多篇创作，我以为其小说最大寓意，即在揭露人类生存的表象——"理想世界"与"现实世界"的对抗、纠葛。

——张恒豪：《七等生小说的心路历程》，载《小说新潮》，1977（6）。

六、文献目录

陈明福：《李龙第：理性的颓废主义者——再论七等生的〈我爱黑眼珠〉》，载《中外文学》1976，4（11）。

封祖盛：《台湾现代派小说评析：七等生的〈我爱黑眼珠〉》，转引自封祖盛：《台湾现代派小说评析》，福州，海峡文艺出版社，1986。

黄启：《七等生〈我爱眼珠〉》，载《台湾新闻报》，1992-02-02。

黄克全：《管窥七等生及其〈我爱黑眼珠〉》，载《中国时报》（海外版），1977-02-02。

黄克全：《〈我爱黑眼珠〉之寓义转化过程》，载《益世》，1971（15）。

刘绍铭：《七等生小儿麻痹的文体》，转引自刘绍铭：《灵台书简》，台北，三民书局，1966。

吕正惠：《自卑、自怜与自负——七等生"现象"》，载《文星》，1987（114）。

马森：《隐藏在本土的一块美玉　谈七等生的小说（上·下）》，载《时报杂志》，1982（9）。

周宁：《论七等生的〈我爱黑眼珠〉》，载《中外文学》，1975（2）。

又见棕榈，又见棕榈

作者：於梨华
类型：小　说

一、作者简介

於梨华（1931—　），生于上海，美籍著名华人女作家。1947年赴台湾，1949年考入台湾大学外文系，1953年赴美留学。毕业后做了几年家庭主妇，同时进行英文写作，但不成功，后来改用中文，创作出第一部长篇小说《梦回青河》，获得极大成功。1968年开始在美国教授中国文学课程，曾担任纽约大学中文研究部主任。她的作品主要反映留学生的情感和生活状态。长篇小说有《变》、《焰》、《考验》、《又见棕榈，又见棕榈》、《傅家的儿女们》、《在离去与道别之间》、《彼岸》等，中篇小说有《也是秋天》、《三人行》等，并有短篇小说集《归》、《白驹集》、《会场现形记》等出版。《又见棕榈，又见棕榈》因反映出二十世纪五六十年代海外留学生无根的苦闷与彷徨，首开留学生文学的先河，而於梨华也被称为“留学生文学的鼻祖”。

二、精彩阅读

又见棕榈，又见棕榈（节选）

《又见棕榈，又见棕榈》是留学生文学的开山作，也是於梨华的代表作。这部小说以台湾留学生牟天磊为主人公，以牟天磊回台湾探亲为线索，贯穿起牟天磊10年的生活经历，着力表现了二十世纪五六十年代海外留学生无根的痛苦和漂泊无依的心态。小说出版后，“无根的一代”即成为那个时代留学生的代名词。

“你当时出国，怕不也是崇拜美国吗？”

“也许是，当然是！唯其如此，我才晓得这种心理要不得。因为我自己在美国住了十年，真正尝过了所谓辛酸，才觉得这种观念是错误的。”

"你到底在那边吃了些什么苦，能不能讲一点给我们听听？"

"没有具体的苦可以讲，而我所谓的苦并不是我做苦工，贱卖我的劳力而觉得苦。那是一种无形的东西，一种感觉。和美国人在一起，你就感觉到你不是他们中的一个，他们起劲地谈政治、足球、拳击，你觉得那与你无关。他们谈他们的国家前途、学校前途，你觉得那是他们的事，而你完全是个陌生人。不管你个人的成就怎么样，不管你的英文讲得多流利，你还是外国人。那么就和自己人在一起，而中国人分很多种。很成功的，自成一派，因为他们是在美国成功的中国人，寻常的中国人不敢和他们来往。另一种就是平常的，如果已经结婚，就把心全部寄托在家，在家里找到温暖，四墙之内，有他的乐趣。如果没有结婚，惶惶恐恐地找对象，整个心思都在组织家庭这件事上，找女孩子、追女孩子、盯住一个女孩子。还有一种是不成功而又没有家可以躲藏的，就躲在别的不成功的人的友谊里，一群人在一起，因为一群人在一起时，时间走得快一点。或者，干脆就流落，做各式各样低贱的工作，然后豪赌狂饮，忘了自己，纽约有很多这样的中国人。你必定要问我，我是哪一种，我属于既没有失败也没有成功，既没有家，也没有一群人，也无法失掉我自己的那一种，我是一个岛，岛上都是沙，每颗沙都是寂寞。"

"我没有愿你这么不快乐。"

"我没有不快乐，也没有快乐。在美国十年，既没有成功，也没有失败。我不喜欢美国，可是我还要回去。并不是我在这里不能生活得很好，而是我和这里也脱了节，在这里，我也没有根。"

三、作品简析

二十世纪五六十年代，台湾掀起大规模的"出国潮"，一大批已经具有深厚文化功底的学子们负笈海外，涌现出一批年轻而成熟的作家，於梨华便是其中之一。在创作这部长篇小说之前，於梨华写过多篇反映留学生生活的短篇小说，但未形成气候。《又见棕榈，又见棕榈》的出现，不仅使留学生文学一下子成为世人关注的对象，也成为留学生文学走向成熟的标志。在这部小说里，於梨华调动了其海外十年生活的经验，真实地反映出当时海外留学生的情感与生活状态。

这部小说塑造出一个"无根的一代"的典型形象——牟天磊。这个形象生动地表现出於梨华这一代留美学子尴尬的现实处境。二十世纪五六十年代从台湾到海外留学并移民的一代中国人，在很小的时候就随着在政治、军事上失败的父辈，被迫从大陆迁到台湾，从此将美好的童年记忆都留在了大陆，"国"被分裂，"祖国"在他们心中成了一个理想概念而不再具有现实意义。与此同时，孤岛台湾狭小的地理环境和有限的就业空间无法为他们提供更为广阔的发展空间，台湾的政治经济现实又无法满足他们报效国家的理想，加上当时崇洋西化的社会环境，越来越多的人开始将眼光投向遥远的异国他乡，希望在他国的土地上为自己寻找一个美好的未来。因此“大家毕了业都出国”，“出国成了一种时髦”。然而在异国的土地上，他们却并没有如愿以偿地实现自己的理想，而且物质的贫乏、文化的差异、种族的歧视使他们饱尝了生活的艰辛与痛苦，心灵倍感寂寞与孤独。数年的艰苦奋斗耗尽了他们的青春与热情，可到头来还是发现脚下的土地对他们来说仍然是异乡。

然而这个时候他们再回到台湾，却发现出国十年，这个地方对他们也已经完全陌生了，大家都把他当做远方的客人，在热情的关怀中显示着冷漠的隔阂。在小说中，当牟天磊透露出想留在台湾的想法时，在家里掀起了巨大的波澜，父亲无法原谅并理解，母亲唉声叹气，女朋友也要与他分手，这种情况令他再也无法回到这个曾经出发的、令他魂牵梦绕的地方，最后只能在故国与他乡之间矛盾着、迷茫着、彷徨着、失落着，无力做出理性的抉择。生活对他而言成了一种负担，一种无目的的事业，忙忙碌碌都只是使人暂时摆脱寂寞的假象。由此可见，“无根”归根结底是没有文化归属感及民族依附感。

於梨华的小说受西方文学影响很大，这与她主攻西方文学的经历密不可分。这部小说在叙述方式上借鉴了意识流小说的表现手法，主线是以时间顺序讲述牟天磊回台湾探亲的经过。但是在叙述的过程中，作者不时地让牟天磊的思绪从现实中旁逸出去，勾连起他过去生活中的一段段经历。比如回台湾后第一次与女朋友的父母见面喝了白酒后，“他想起第一次喝酒的情形，他刚刚考完博士学位的口试出来，兢兢地站在罗勃院的门口……”。通过这种方式，作者巧妙而自然地拓展了小说的时空，使其包容更多的生活内容。如此，这部小说才能够以一个人的经历反映一代人的经验，诉说一代人的痛苦。另外，在表述方式上，於梨华也借鉴了西方戏剧的技巧。小说情节的发展常常仅靠对话推进，而且基本不标注说话人，需要读者凭上下文情境来判断说话人。在句法形式上，这部小说多欧式长句，且结构多变，但却极为流畅，显示出於梨华非凡的语言功底。

四、作者自白

没有存心要写“留学生文学”，也没有局限自己在此范围之内，但自然而然的，一个作家只能写他（她）最捻熟的人与事，写出来的既然都是生活在美国，美国的学术界，学术界里的华人的悲欢忧喜，于是就自然地成为留学生文学了。

——於梨华：《我写所谓“留学生文学”的前因后果》，载《文艺理论研究》，1989（4）。

在海外的华人作家，在某些方面是很贫乏的，因为他们远离故土，记忆中的家园及人物随着年月逐渐模糊，不像在大陆本土的作家，随着大形势的改变，产生了多样及复杂的问题，给予作家们大量题材，作品出来后，可以得到读者的共鸣……可是从另一角度看，我们也是丰富的，在这大批移民及留学生往美国奔流之际，大陆最需要的乃是有关美国的资讯，最受大陆读者欢迎的莫过于对中国人生活在美国的各种情况……而这些，恰是海外华人作家熟知的题材。

——於梨华：《海外华文作家面临的挑战》，载《文学自由谈》，1998（6）。

五、名家点评

於梨华所要表现的，是永远的人性，她最擅长的也是描写人性。……於梨华的笔力，并不放在常见的留学生活琐细的描写上……她着墨最多的，乃是海外游子在精神失根状态下那如影随形的文化乡愁……而这样的感觉，才是於梨华真正要探索的主题，像犹太裔作家把他们的宗教作为主题那样，於梨华作品的中心主题，则是文化的归属。

——痖弦：《於梨华小说中的校园经验——从留学生文学到北美版〈儒林外史〉》，转引自於梨华：《在离去与道别之间》，南昌，二十一世纪出版社，2003。

“没有根的一代”和海明威他们“失落的一代”本质上是不同的。“失落的一代”一方面可说是和传统道德绝缘，自甘堕落的一代。……天磊和他同代“没有根”的感觉，是在事业上没有根的感觉，大陆回不了，台湾局面太小，美国又不是自己的国家，做了番事业，除名利外，别无所得。唯其如此，正如天磊所说的，那些留在美国没有根的人“更习惯了生活中带那么一点怀乡的思念”和抱着不时回国的“快乐的希望”。

——夏志清：《〈又见棕榈，又见棕榈〉序》，转引自夏志清：《文学的前途》，北京，三联书店，2002。

六、文献目录

封祖盛：《於梨华的探索》，载《中山大学学报》，1981（1）。

许晶：《绿叶对根的眷恋——於梨华与留学生文学》，载《中州学刊》，1999（6）。

夏志清：《文学的前途》，北京，三联书店，2002。

痖弦：《於梨华小说中的校园经验》，载《钟山》，2003（春夏卷）。

於梨华：《又见棕榈，又见棕榈》，福州，福建人民出版社，1980。
於梨华：《人在旅途：於梨华自传》，南京，江苏文艺出版社，2000。
於梨华：《三十五年后的牟天磊》，转引自於梨华：《别西冷庄园》，成都，四川人民出版社，2000。
张超：《借欧美现代派之琴，唱中国流浪者之歌——论於梨华的创作》，载《文学评论》，1983（4）。

如果林秀雄

作者：张大春
类型：小　说

一、作者简介

张大春（1957—　），原籍山东济南，生于台北市，台湾辅仁大学中国文学硕士。张大春在台湾被称为“文坛顽童”，他既执著于对各种中外传统文类形式的突破，又致力于对新的文体形式的探索与建构，他的小说《鸡翎图》、《公寓导游》、《四喜忧国》、《大说谎家》、《欢喜贼》、《城邦暴力团》、《聆听父亲》、《春灯公子》、《战夏阳》等涉猎广泛，既有历史通俗小说与科幻小说，也有武侠奇情小说与新闻小说，它们都曾以思想与艺术的创新在台湾文坛引起极大的震撼，产生了广泛的影响。

二、精彩阅读

如果林秀雄（节选）

《如果林秀雄》选自张大春的小说集《四喜忧国》，它是张大春最喜爱的短篇小说。在小说中，作家采用了“空间并列的共时性”表述方式，将林秀雄的人生轨迹并列投影在不同的空间坐标上，展示了必然性与偶然性对主人公林秀雄命运的不同影响。

如果林秀雄读的是甲班，他头皮上的疔疮会在秋天的最后一个礼拜痊愈。那时他和杨春和会以极其愉快的心情互相练习说国语。他们并肩坐在七峡国校朝东的围墙上，望着对面平顶山上一朵一朵开落下来的菇盖云。杨春和说：“降落伞。”“叶善师讲是天公放屁。”尔后隔了许多年，两人这一段对话将被杨春和写进他的小说之中；那部小说主要的内容是叙述一群山里的孩子如何向往及想象山外世界的故事，结构上并不容许作家提国校西邻那个空降部队眷村的情形。

…………

如果林秀雄一直记得小鱼逆水上游和阿发溺水这两件事的关系，他会丧失读书的勇气和意愿。那么，他一辈子考不上初中，却可以每天待在溪对岸山南保线路旁的工寮里，让白蚁和果蝇爬满课本，到时间，廖家妇人自会前来送饭送汤，并拿走应该换洗的衣裤。这种情形将一直维持到他二十岁为止。七峡派出所的警员会在二月初冒着春雨到五寮来，通知林家人说："叫山上那个疯子下来，他要去做兵啊啦！"

于是，林秀雄和杨春和在八仑火车站有再度相逢的机会。不过，两人仍旧不认识——杨春和当时正手捧一本杜斯妥也夫斯基的《地下室手记》专心研读，林秀雄比他高出一个头，大腿有他的腰粗；因此他们谁也看不起谁。

…………

如果林秀雄没有考上大学，他会在二林的罐头工厂干出纳员，然后当兵。然后回到同一家罐头工厂当会计。他会认识好几个工厂里的女作业员，分别带她们去三块厝采草莓、去头城吃夜市小摊、去任何一个热闹的庙口看布袋戏。在看布袋戏的时候，林秀雄滔滔不绝地发表他那一套辩证的世界观。"你看，是人在玩尪仔，还是尪仔在玩人？""你看，是人在看布袋戏，还是布袋戏在看人？""你看，是我在嚼槟榔，还是槟榔在嚼我？"

三、作品简析

读张大春的小说，总像在进行一次富有刺激的探险，一不小心，你就会被他吓一跳。但惊魂甫定，你又惊喜不已。他以超越常规的视角、立意和语言，为我们拓展了一重全新的艺术天地。

这篇《如果林秀雄》首先吸引我们注意的，就是它那与常规思维相对抗的立意。常规视角源于思维的习惯势力和心理惰性。在常规思维的制约下，我们生成了一种固定的欣赏习惯，喜欢看按照规定的情境，在情节的推进中再现人物性格的逻辑发展史的小说。但作者却借助于开放性思维，有意与这种常规思维和欣赏习惯针锋相对。在小说中，作者运用了两种叙述时间序列，建构了"幻觉化"和"非幻觉化"的两个世界。在一个时间世界里，他建立起一种规定的情境，在情节叙事之时，再现林秀雄性格的逻辑发展史。在另一时间世界里，他使小说规定情境从确定的转为不确定的，由有限的转为无限的，既扩大了小说空间的艺术容量，也提示了生活本身的复杂和奥妙。两种叙述时间序列的并列，使《如果林秀雄》兼具"表现世界本来面貌"和"表现世界应该有的面貌"这两种功能。作者之所以敢于这样摆脱常规视角和思维的制约，是基于这样的认识：事实上，在时间序列中，一个功能发生以后，后一个功能可能发生，也可能不发生。林秀雄出生以后，他既可能在七岁那年去念书，也可能在七岁那年加入布袋戏班；他既可能在十二岁那年读初中，也可能在十二岁那年经常出入妓院；他既可能初中毕业后升入高中，也可能初中毕业后升入空军幼校；他既可能是一个大学森林系的学生，也可能是一个工厂普通的会计。在小说中，前一种叙述时间呈现出一种真实的“必然性”，后一种叙述时间呈现出一种“偶然性”；前一种叙述时间呈现出一种因果链条性，后一种叙述时间则呈现出一种非线性的可能性。这种可能性是张大春重新勾画林秀雄在故事的每个点上作出的选择线路的结果。前一世界展示的图景既黑暗又凄凉，后一世界则在黑幕中绽放了许多星星般的希望。从某种程度上说，张大春这篇小说的开放性思维之所以引起我们的注意，并进一步引发我们的思考，一个很重要的原因就在于这种开放性思维蕴含着的价值和意义。它使我们明白，作者并不是仅仅和人在有意抬杠，而是在对林秀雄人生发展中本来内蕴的丰富内涵和意义进行富有开创性的掘取和阐示。

其次，这篇小说值得我们关注的，是想象问题被置于一个高级的层次。在传统的情节小说中，核心的内涵是矛盾冲突，情节往往有一条脉络分明、贯穿始终的故事线索，依照一定时间做有层次的推进。这种封闭性的思维方式，往往很难揭示社会生活的整体性与人物纷纭复杂的内心世界。与之相比，这篇小说的真实性与虚幻性是融为一体的。看这篇小说，我们既不能用因果线性思维去阐释，也不能用常识和理性逻辑加以判断。张大春似乎对“过程”并不感兴趣，而在小说里流动着放光的往往是带着想象、带着梦幻的场面。在小说中，这种场面往往是由“如果”这一表示假设关系的关联词引起的，它既阻止了第一种叙述时间的连续性，又创造了另外一个虚幻的世界：林秀雄生活史演变的可能性图景。如果他七岁那年按照自己的心愿加入了布袋戏班子，他甚至在十二岁时敢于在妓院对询问他的妓女撒野骂道：“干你娘咧，比你老爸膏卡老啦!”如果他能分在甲班，他就不会像分在乙班那样孤独无助，他会变得开朗而又富有朝气，他将会和杨春和坐在围墙上，望着山上一朵朵菇盖云似的降落伞，想象“山外世界”。如果林秀雄没有考上大学，他就会在工厂里当一个会计，他会过着“男欢女爱”的生活，变得风趣而又幽默。在前一叙述时间里，林秀雄的本性遭到压抑，他没有选择的权利，没有创造的机会，最终为社会无情地吞灭了。在后一叙述时间里，林秀雄的天性得到了自然的舒展，他在生活的每一点上都找到了最适合他自然本性的位置。在小说中，想象就这样在无意识的领域不断地消解着现实，使无意识的思绪演化成了种种不可思议的梦幻般的事象和景观，它们构成了一个与林秀雄日常生活有着绝对距离的可能性的世界，它们在以一种假定性的方式将林秀雄生活中的每一个阶段陌生化的同时，也使这篇小说的意义更为开放、多元。

四、作者自白

在彼处，近两千年前的小说家先驱把他们对神话、历史、现实、科学、哲思、梦境、妄想和谎言等一切可以用语符载录的文本糅制成一个元气淋漓、恢闳壮阔的整体；既不忧心结构是不是完整匀称，也不顾忌情节是不是挟沙跑马，既不操烦事件是不是切近经验法则，也不畏惧角色是不是反映真实人性，不需要精心缝制一个准确的叙事观点，更不需要勉力打造一套时髦的正义态度。但凡是知识的可能性在哪里，小说的领域就开展到哪里。于是小说家毕集雄辩、低吟、谵语、谎言于一炉而冶之，使所谓的故事如迷宫、如丛林、如万花筒、如一部开放式的百科全书。

——张大春：《小说稗类》，桂林，广西师范大学出版社，2004。

多元化社会尚未成真，但是关于多元的乐观想象和虚妄期盼却早已在绝大多数的人心中扎根了，仿佛人人都能自主地开展丰富的生活。对于作品的解读，我们也有不少类似的陈腔滥调，总爱说：每个人都有不同的角度、每个人都有不同的观点、每个人都有不同的策略……这样的话常使人们坠入所谓“众声喧哗”的迷雾之中，不可自拔。相对来说，关于一部作品的正信正解犹如盲人瞎马之前的迷茫旷野，既不可得，复不可求。约莫就是在《如果林秀雄》发表之后不久，我得到了一句忠告：“这篇小说写得很有意思，但是好像有点太乱了，你会不会担心读者看不懂你究竟想说什么？”

“究竟是有点乱，还是太乱呢？”这是我的回答。

——张大春：《四喜忧国》，桂林，广西师范大学出版社，2010。

五、名家点评

张大春（编选者加）“是目前中文小说界中最富创作活力的作者之一。几乎每部新作，都能玩出有别以往的点子，而他对非文字媒体的广泛兴趣，也使他的文学触角更为机灵多变”。

——王德威：《我妹妹 VS. 妹妹我——评大头春〈我妹妹〉》，转引自王德威：《众声喧哗以后》，台北，麦田出版公司，2001。

在当代文坛上，“张大春闪电”确是耀人眼目，他学习钻研的玩意儿，统括了上九流中九流和下九流，他天生具有一种敏睿的内感，一种冥冥的灵动，加上不是常人所能比拟的想象和组合能力，以及极具爆发性的语言创造力，这许许多多的因素造就了他，我曾形容他为“野鬼托生的文学怪胎”。

——司马中原：《炼狱里的天堂——兼序张大春的〈欢喜贼〉》，转引自张大春：《欢喜贼》，台北，皇冠出版社，1989。

六、文献目录

刘志凌、张大春：《走近张大春》，载《台港文学选刊》，2009（5）。

林耀德：《末世纪的小说策略——和张大春对话》，载《香港文学》，1987（26）。

孟悦：《评张大春〈四喜忧国〉》，载《当代作家评论》，1989（3）。

门红丽：《超越时间的挣扎与身份认同的危机——析张大春小说〈将军碑〉与〈四喜忧国〉》，载《小说评论》，2012（2）。

滕淑芬：《大头春的告白——张大春专访》，载《光华》，1993（1）。

易扬：《华而充实的张大春——读小说集〈四喜忧国〉》，载《文汇读书周报》，2011-03-25。

金大班的最后一夜

作者：白先勇

类型：小　说

一、作者简介

白先勇（1937—　），祖籍江苏南京，出生于广西桂林，是国民党高级将领白崇禧之子。抗日战争时期，他随父母先后在重庆、上海、南京等地居住。1952 年，白先勇赴台湾读中学。1957 年，他考入台湾大学外文系。在校期间，与同学王文兴、欧阳子、陈若曦、李欧梵等创办《现代文学》杂志，将台湾现代主义小说的发展推向了高潮。1963 年，白先勇赴美国爱荷华大学作家工作室研究创作，1965 年获硕士学位。此后，他一直在美国加州大学圣塔芭芭拉分校任教，现为荣休教授。

在当代台湾文学史上，白先勇占据着极为重要的位置。这是一个将文学当做自己的信仰、宗教、生命的作家，他将自己的全部才情、自己的爱憎，全部灌注在文学事业中，百折不回，无怨无悔，从而在当代台湾短篇小说的创作上取得了极为突出的成就，被美籍华人文学史家夏志清称为“当代中国短篇小说家中少见的奇才”。他的作品主要有短篇小说集《寂寞的十七岁》、《台北人》、《纽约客》，散文集《蓦然回首》，长篇小说《孽子》等。

二、精彩阅读

金大班的最后一夜（节选）

《台北人》是最能代表白先勇创作成就的短篇小说集，它于 1971 年出版，收录了作者从 1965 年至 1971 年期间在美国撰写的十四篇小说，为“三十本台湾文学经典”之首。《金大班的最后一夜》是《台北人》中的代表作之一。下面所选的段落写的是不同时空中的舞女朱凤与金大班在逢场作戏的舞厅中拼命寻找真爱的心理与行为，表现了她们在倏忽万变、物欲横流的现代社会中力图把握自我的一种充满热情的努力。

朱凤双手掩起面，失声痛哭起来。金大班也不去理睬她，径自点了根香烟猛抽起来，她在室内踱了两转，然后突然走到朱凤面前，对她说道：

“你明天到我那里来，我带你去把你肚子里那块东西打掉。”

“啊——”朱凤抬头惊叫了一声。

金大班看见她死命地用双手把她那微微隆起的肚子护住，一脸抽搐着，白得像张纸一样。金大班不由得怔住了，她站在朱凤面前，默默地端详着她，她看见朱凤那双眼睛凶光闪闪，竟充满了怨毒，好像一只刚赖抱的小母鸡准备和偷它鸡蛋的人拼命了似的。她爱上他了，金大班暗暗叹息着，要是这个小婊子真的爱上了那个小王八，那就没法了。这起还没尝过人生三昧的小娼妇们，凭你说烂了舌头，她们未必听得入耳。连她自己那一次呢，她替月如怀了孕，姆妈和阿哥一个人揪住她一只膀子，要把她扛出去打胎。她捧住肚子满地打滚，对他们抢天呼地地哭道：要除掉她肚子里那块肉吗？除非先拿条绳子来把她勒死。

姆妈好狠心，到底在面里暗下了一把药，把个已经成了形的男胎给打了下来。一辈子，只有那一次，她真的萌了短见：吞金、上吊、吃老鼠药、跳苏州河——偏他娘的，总也死不去。姆妈天天劝她：阿媛，你是聪明人。人家官家大少，独儿独子，哪里肯让你毁了前程去？你们这种卖腰的，日后拖着个无父无姓的野种，谁要你？姆妈的话也不能说没有道理。自从月如那个大官老子，派了几个卫士来，把月如从他们徐家汇那间小巢里绑走了以后，她就知道，今生今世，休想再见她那个小爱人的面了。不过那时她还年轻，一样也有许多傻念头。她要替她那个学生爱人生一个儿子，一辈子守住那个小孽障，哪怕街头讨饭也是心甘情愿的。难道卖腰的就不是人吗？那颗心也一样是肉做的呢。何况又是很标致的大学生。像朱凤这种刚下海的雏儿，有几个守得住的？

“拿去吧，”金大班把右手无名指上一只一克拉半的火油大钻戒卸了下来，掷到了朱凤怀里，“值得五百美金，够你和你肚子里那个小孽种过个一年半载的了，生了下来，你也不必回到这个地方来。这口饭，不是你吃得下的。”

三、作品简析

在《金大班的最后一夜》中，尚新与怀旧都是带有时间指趋性和较为丰富的社会内容的心理现象，是作者以自我经验为基础的带有浓厚情感色彩的价值选择与认同。正因如此，小说经常以过去的戏推动现在的戏，在过去的戏与现在的戏的不断闪现与交叉中，表现了一个非常复杂的循环否定的二元对立关系。一方面，作者以永不流逝的心灵时空追忆与哀叹刻骨铭心、春光已逝的良辰美景和梦幻般纯净美好的人生；另一方面，作者又不满足于对过去的留恋，而是对现在与未来保持着不懈的好奇和追索。

在小说中，金大班的生命存在、价值总是与记忆紧密相连。金大班为残酷的命运所驱使，经受了从上海被放逐于台北的羁旅之苦。为了驱除这种人在异乡的心理上的孤寂，为了化解因时间的流逝带来的精神上的焦虑，金大班经常将记忆的触角伸向过去，并试图以一种普鲁斯特所说的“望远镜”下的聚焦的时间形式，来与进化的线性时间形式对抗。在记忆的望远镜聚焦中，当下台北的舞厅是狭窄、土气的，记忆中的上海舞厅却是宽敞、大气的，以至于在金大班看来，上海“百乐门里那间厕所”也要比台北“夜巴黎的舞池还宽敞些呢”。当下台北也是一个尔虞我诈、物欲横流的世界，金大班被金钱等他者权威所操纵，情感世界日趋干枯，以至于为了得到“一个像任黛黛那样的绸缎庄”，不得不嫁给“六十大几的老头儿”的橡胶厂老板陈发荣。而记忆中的过去则是一个留存着金大班的爱、理想以及纯真的世界，她会为月如对她的爱“吞金、上吊、吃老鼠药、跳苏州河”。在当下世界与过去世界的对比中，金大班的记忆不仅仅是过去经验的再现，而是一种具有特定情感指向的活动。这就使得经过调整、综合的记忆不再是纯客观的，而是被金大班“常醒的理解力”所扩大、改造、升华的。从一定意义上说，金大班“常醒的理解力”对过去经验的聚焦，既彰显了她生命中人性向善的光辉，也表现了她对做人的尊严的渴盼。

面对滔滔东去的时间之流，金大班虽然滋生了一种难以抑制的焦虑感。但是，她并没有完全扑进想象的过去去躲藏和逃避，而是在现实生活中具有较强的独立、自由选择的能力。在一个男权主宰一切的社会里，她不仅将自己的命运之绳握在了自己手中，而且以强者姿态在舞厅里呼风唤雨。当过去与现在、精神与物质发生冲突时，金大班总会毫不犹豫地选择后者：“四十岁的女人不能等。四十岁的女人没有工夫谈恋爱。四十岁的女人——连真正的男人都可以不要了。”她后来舍弃年轻的秦雄而“下嫁”给年老的有三四百万家当的陈发荣，依循的就是一种现实和功用的法则。对于金大班来说，过去虽然是充满意义与美好的所在地，而“现在时间”毕竟是最为鲜活、实在的，因而她将现在的时间紧紧地把握住，并在适应新的环境的同时通过现有的一切手段再造现实。

在艺术上，这篇小说既不能用因果线性思维去阐释，也不能用常识和理性逻辑加以判断。作者似乎对“过程”并不感兴趣，小说里流动着放光的往往是带着想象、幻觉的场面，这些场面冲散了情节的连续性，将故事和人物搞得像一段段散片。我们看到，主人公金大班有非常灵敏的感觉，她常能化熟悉为陌生，化陌生为熟悉。小说的情节运动，在许多时候，都是借助她的这种非常灵敏的感觉来推进和实现的。她由童经理对她的责备想到过去百乐门舞厅的豪华气派，又由百乐门舞厅的豪华气派想到“当年百乐门的丁香美人任黛黛下嫁棉纱大王潘老头儿潘金荣的时候”，再由任黛黛下嫁潘金荣时自己对她的“刻薄”和“对那些姊妹夸下”的“海口”想到自己“多走了二十年的远路”的“下场”，转而由夜巴黎舞厅“萧红美她们那种眼浅的小婊子”对她嫁给橡胶厂老板陈发荣的嫉妒想到陈发荣对她的入迷。金大班的这种天马行空的想象带来了小说时间、空间大幅度的跨越。表面上看，不同时间、空间的场面之间缺乏联系，而在小说的深层结构上，在这种非连续性的接合中，一方面，作品有节奏地不断给读者以心灵的重大冲击；另一方面，情绪化碎片又是以对人与人的理解，对爱的焦灼渴盼为中心尺度的。因而，它在给读者以情感撼动力的同时，又增加了小说情感的柔和度，使这篇小说体现出一种哀而不伤之美。

四、作者自白

回头看，也幸亏我们把当年青春岁月里的美丽与哀愁都用文字记录下来变成了篇篇诗歌与小说。文学，恐怕也只有永远的文学，能让我们有机会在此须臾浮生中，插下一块不朽的标志吧。

——白先勇：《不信青春唤不回　写在〈现文因缘〉出版之前》，转引自白先勇：《第六只手指》，广州，花城出版社，2000。

台北是我最熟悉——真正熟悉的，你知道，我在这里上学长大的。可是，我不认为台北是我的家，桂林也不是，都不是。也许你不明白，在美国我想家特别厉害。那不是一个具体的“家”，一个房子，一个地方，或任何地方，而是这些地方，所有关于中国记忆的总和。

——林怀民：《白先勇回家》，转引自白先勇：《第六只手指》，广州，花城出版社，2000。

我是在抗日战争中出生的，可以说是生于忧患。十二岁时从大陆到香港再到台湾，从一个世界跑到另一个世界。我那时刚开始了解周边的人和事物；但童年时代认识世界的依据一下子就改变了，我在自己心目中所建立的世界刚开始就毁灭了。目睹人事变幻得那么迅速，我产生了一种人生幻灭无常的感觉。我刚到台湾时，看看新居，肚子里不禁纳罕，哎哟，怎么住进一个小茅屋子里去！去年垂访上海时，我请朋友吃饭的饭馆碰巧就是我家的故宅，除了觉得巧合外，还不免觉得有沧海桑田之叹。真个是“旧时王谢堂前燕，飞入寻常百姓家。”

——蔡克健：《访问白先勇》，转引自白先勇：《白先勇文集》第4卷，广州，花城出版社，2000。

五、名家点评

旅美的作家中，最有毅力，潜心自己艺术进步，想为当今文坛留下几篇值得给后世朗诵的作品的，有两位：於梨华和白先勇。

——夏志清：《白先勇论（上）》，载《现代文学》，1969（39）。

我们若把《台北人》这本书，当一个整体来研究，就会发现，所有作者给予同情的角色，不论是拒绝接受现实的悲剧人物，或像金大班这种能够接受现实的非悲剧人物，心里都珍藏着一份对“过去”的记忆。这份记忆的内容性质，随人而大异，有的与国家历史攸关，有的只涉及个人私情。然而却有一个共同点，即这份记忆，是坚固的，完整的，不被时间冲淡的。当无情的岁月逐渐腐蚀他们的肉身，他们却牢牢卫护着这份记忆的完整，不肯让它受到时光的污损。《台北人》里许多角色，每天就这样拥抱着“过去”度日，顾不得现实，不接受现实。金大班却不同，她并不时常回顾，差不多时间她都在现实中混着，和现实妥协得很好。然而，在她偶然回顾时，这份记忆却还是完整的，未受时间侵蚀的。

——欧阳子：《〈金大班的最后一夜〉之喜剧成分》，转引自白先勇：《白先勇文集》第2卷，广州，花城出版社，2000。

唯一的一段败笔，便是接近篇尾时，金大班回忆初得月如的童贞。从“当晚她便把他带回家里去，当她发觉他还是一个童男子的时候”，直到“她又禁不住默默地哭泣起来了”，完全不像金大班的气概。太软，太浪漫！“可是那晚当月如睡熟了以后，她爬了起来，跪在床边，借着月亮，痴痴地看着床上那个赤裸的男人”。虽说这是回忆，而当年的金大班可能不如现在的金大班之硬且辣；但是，回忆的行为发生在现在，怎么一点没有被“硬且辣”所沾染呢？

——颜元叔：《白先勇的语言》，台北，联经出版事业公司，1976。

六、文献目录

刘俊：《悲悯情怀——白先勇评传》，广州，花城出版社，2000。

刘俊：《白先勇研究在大陆：1979—2000》，载《华文文学》，2001（1）。

吴福辉：《背负历史记忆而流离的中国人：白先勇小说新论》，载《文艺争鸣》，1993（3）。

夏志清：《白先勇早期的短篇小说》，台北，远景出版社，1977。

袁良骏：《白先勇论》，北京，新华出版社，2001。

袁良骏：《一个旧时代的挽歌——论白先勇小说的悲剧艺术》，载《云南大学学报》，1989（4）。

赵小琪：《结构主义视野下白先勇〈台北人〉新读》，载《贵州社会科学》，2009（11）。

桑青与桃红

作者：聂华苓
类型：小　说

一、作者简介

聂华苓（1925—　），生于湖北武汉，现侨居美国，著名女作家、翻译家，1948年毕业于中央大学外文系，1949年随家人迁居台湾。从初去台湾至1960年的十多年间，聂华苓一直任《自由中国》的编辑并主编文艺部分。后该杂志被封，聂华苓亦失去生活依靠并与外界隔绝。1962年至1964年，应台静农等教授邀请，她开始复出在台湾大学及东海大学开讲中国现代文学课，1964年受聘于美国爱荷华大学作家工作室，任顾问职，移居美国。聂华苓在美期间，获得多个大学的荣誉博士学位，并与丈夫一起创立“国际写作计划”，邀请世界各地作家到爱荷华进行写作交流。为此，她曾被提名为诺贝尔和平奖候选人。聂华苓的代表作主要有《桑青与桃红》、《失去的金铃子》、《千山外，水长流》、《葛藤》等，其中《桑青与桃红》的英译本曾获“美国图书奖”。

二、精彩阅读

桑青与桃红　（节选）

《桑青与桃红》是聂华苓移居美国之后的作品。小说以分裂成桑青和桃红的一个女子的经历入手，在虚幻和现实的交错中展示了人的离乱和失落。小说的第一部分《桑青日记——瞿塘峡》描写的是十几岁的女孩子第一次在外漂泊时背叛父母的新鲜感和兴奋。而在瞿塘峡逆水行舟的经历预示着她这一生只会在各种无奈中奔跑、逃离，生活的局就像那搁浅在长江上的旅船，总要将她一军，让她望天兴叹。

木船在峡里向上水走。一边是白盐山，一边是赤岬山。两边的山往天上冲，好像要在天上会合了，只留下一条很窄的青天带子。太阳在中午晃一下子就不见了。太阳照在山岩上又白又亮，好像用小刀子一刮就会掉下盐来。河上的雾就像盐，我伸出舌头舔舔，又没舔着什么。江水从天上倒流下来，船在水坡上在上爬，爬上水坡，前面又堵着一座大山，好像没有路了，左一转，右一转，又转到大江上了。

船老板说每年六月涨水的时候，那一带根本没有上水船。今年六月还没有涨水，是我们的运气好。云行南，水涨潭，云行北，好晒麦。现在云向北移，等着水生骨头吧！

船就要到白帝城了。过了白帝城只有十里就是目的地奉节了。

十二个船夫在船的两边摇着桨，哎——嗬，哎——嗬，喘着气唱歌似的，黑汗在赤膊上流，把白布裤子也流湿了，紧紧贴在腿子上，腿肚鼓起像缒子。

"船客小心！快到黄龙滩啦！"船老板在船头大叫。"请船客不要出舱！坐下来！不要走动！"

一排纤夫拖着我们的木船上滩了。他们有时在山岩上走，有时在岸边水里走，纤绳从背后搭在肩上，肩上垫着布，两手拖着胸前的纤绳，身子越弯越低，一面走一面嗨吆嗨吆唱着，和船夫哎嗬哎嗬一起一落。他们唱得又快乐又痛苦。整个山谷也唱着，好像要帮着他们把船从滩上拉过去。没有用，滩上的白沫翻着翻着，一大蓬白浪就翻起来了，亡命向木船扑下来。这时候，纤夫船夫全不唱了。船夫扶着桨定定望着扑来的大浪；纤夫就用整个人去拖纤绳，弓着身子，弯着腿，头向天仰着。拖着拖着，人就钉在山岩上了。船就钉在滩上溜溜直转。桅杆上系着的纤绳嘣嘣响。

咚——咚——咚——

船老板打着鼓。

也没有用。人仍然弓着身子弯着腿朝天望着。船仍然在滩上溜溜转。一个大浪过去了，又来了一个大浪。船还是钉在那儿转。鼓咚咚打得更急了，船转得更快了，好像是鼓打着船转。

嘣的一下，纤绳断了。

三、作品简析

《桑青与桃红》既具鲜明的时代印记，又留有作者的人生经历和个人体味。它将家国、战乱、流离与个人的成长、凋零相结合，将外在经历与内在感受相交融，思想的变迁与身体的游移在现实世界和虚拟梦幻中交织出一幅现代感的孤独与漂泊。作品具有丰富的思想内涵，在艺术上也进行了独具匠心的探索。

《桑青与桃红》毫无疑问是一首流浪者的悲歌。它以一个先在中国叫桑青后在美国叫桃红的女子为主人公，以二十世纪那个离乱的年代为背景刻画了一幅逃亡的路线图：抗战时期——逃往重庆；解放前夕——逃往台湾；白色恐怖时期——逃往美国；最后在美国各州游荡。每一次逃亡都是一次背离，既与流浪者的初衷相矛盾，亦与最终的解脱无干。如果说前三次逃亡都有着既定的所谓目的地，那么到达美国后的奔逃则已失去了逃亡本身的目的性，逃亡不再为什么，而只为自身。伴随着这种身体迁移的是主人公心理的变化。初次离家的十六岁少女，坐船行游在长江上，怀着的是一种对外面世界的梦想。而船在瞿塘峡的搁浅、日军飞机的轰炸、死亡的贴近重重打击了那颗飞逸的心，更为可笑的是船未到重庆，日军已降，使得重庆那个目的地成为虚无。第二次迁移，从南方来到北京，本为寻求一份稳定的家庭生活，但投身于一个衰败的旧式家庭，正如她与丈夫草草成婚后便需处置掉那最后一件狐皮大衣，九龙壁的倒塌打碎了她对安定的希冀，她只有携夫再次逃亡。第三次的逃亡起于阁楼的蛰居，丈夫的过错使得安定成为幻想，禁锢才是现实，而逃往美国是主人公所盼望的解脱，但移民局的调查和紧追不舍迫使她无法停止奔逃的脚步。

伴随着身体流浪的是主人公的成长和凋零。读者可明显找到两个最鲜明的标志。一是主人公对自己身体的认知和利用。少女的身体是生命的活力，性意味着对生命本身的索要，它是一种自愿。成婚的妇人，性是一种谋生，她服务于取悦丈夫及传宗接代之需。在台北时的性则已开始抛弃正统，为摆脱禁锢服务，性只为寻求走下阁楼的机会。而在美国的随意和滥交则使性成为无须寻求意义和目的的随时随地的发泄。性在此时变成了自由的象征。二是主人公对自己名字的认知。到美国之前是桑青，那一抹青色，意味着苍凉和无奈，那是对主人公不断地被设局的人生的一种脚注，到美国之后叫桃红，热烈而耀眼，是主人公试图把握自己命运的尝试。但在分裂成“桑青”和“桃红”的迷乱中，读者终究无法看到女主人公的光明出路，而只能在哀叹中见证其凋零。

作品在艺术手法上，具有强烈的实验意味。它是小说，但借鉴了戏剧的表现方式，以“桑青”的四段流亡经历为线索，夹以“桃红”给美国移民局官员的信，如戏剧一般分为四个独立的单元。它是小说，但如诗歌一样含混，充满象征，它虽具有现实世界的写实性，有读者可以触及的瞿塘峡、北平、台北阁楼、美国等，但意识流的运用让桑青/桃红的世界具有了模糊性和不确定性，就如桃红在信中画给美国移民局官员的地图一样，表面看来是一条清楚的路线，但若真从地图上去对照现实，却又无从去信其实。它是小说，但却有着散文一样的思维，它如张开的网，撒下了太多线索。它是小说，但可做许多哲理解读，女性主义者可看到女性寻求解放的呼喊，文化研究者可看到离散者的心酸，而普通人看到的是个人的渺小、人的有限。

四、作者自白

一九六四年从台湾来到爱荷华，好几年写不出一个字，只因不知自己的根究竟在哪儿，一支笔也在中文和英文之间漂荡，没有着落。那几年，我读书，我生活，我体验，我思考，我探索。当我发觉只有用中文写中国人、中国事，我才如鱼得水，自由自在。我才知道，我的母语就是我的根。中国是我的原乡，爱荷华是我的家。于是，我提笔写《桑青与桃红》。

——聂华苓：《桑青与桃红》，沈阳，春风文艺出版社，1990。

五、名家点评

中国文学经过最近三十年的现代主义洗礼，已经不觉得此书手法需要辩解。此书值得重读，因为这是海外文学第一次痛苦地描写了无根状态，不仅海外生活无根，而且把“无根症”追溯到中国现代的长期战乱和流亡上。

——赵毅衡：《无根有梦：海外华人小说中的漂泊主题》，载《社会科学战线》，2003（5）。

虽然她的短篇小说大多讽刺及反映寓台大陆人士内心的种种不满，直至《桑青与桃红》才淋漓尽致地发挥放逐者生涯这个问题。这篇小说以个人的解体，比喻政治方面国家的瓦解，不但异常有力，而且视域广阔，应该算是台湾芸芸作品中最具雄心的一部。

——白先勇：《流浪的中国人》，转引自白先勇：《第六只手指》，广州，花城出版社，2000。

过去的海外作家，曾经写过不少流浪者的悲歌，反映漂泊海外的中国人有家难归、有国难投的精神痛苦，聂华苓的《桑青与桃红》的主人公桑青在美国流浪期间，同样表现了这种精神痛苦。但是桑青精神上所受到的打击和震动似乎要比以往作品中的同类人物深刻得多，除因脱离祖国、民族而产生的怀乡病之外，作者还描写了桑青在抗日战争中逃日本，解放战争中因不理解共产党而逃共产党，在台湾逃国民党的通缉，在美国逃移民局追捕的种种苦难经历。在如此广阔的历史背景上来表现漂泊海外的中国人的精神痛苦，把海外中国人精神上的痛苦同中国近代历史的动乱联系起来，这对同类题材的作品的思想内容来说，是一个突破。

——王晋民：《论聂华苓的创作》，载《文学评论》，1981（5）。

六、文献目录

丁子人：《“溶传统与现代”——试论聂华苓的长篇小说〈桑青与桃红〉的艺术方法》，载《中国文学研究》，1989（3）。

何慧：《被记忆缠绕的世界——聂华苓的中国情意结》，载《广东社会科学》，1986（4）。

李恺玲、谌宗恕：《聂华苓研究专集》，武汉，湖北教育出版社，1990。

刘迎：《多重的意蕴与有意味的形式》，载《语文知识》，2010（3）。

陆士清、王锦园：《试论聂华苓创作思想的发展》，载《复旦学报》，1982（2）。

彭志恒：《如果意义缺失……》，载《世界华文文学论坛》，1998（2）。

师彦灵：《对抗的迁徙——聂华苓〈桑青与桃红〉中的女性身体迁徙》，载《甘肃社会科学》，2011（2）。

痴女阿莲

作者：商晚筠
类型：小　说

一、作者简介

商晚筠（1952—1995 年），原名黄绿绿，另有笔名舒小寒、星期五、商桑等，祖籍广东普宁，出生于马来西亚吉打州华玲县。1977 年毕业于台湾大学外文系。20 世纪 70 年代初开始发表作品，其作品人物以女性为主，题材涉及华人、马来西亚人的成长、生活、婚恋等。主要作品有短篇小说集《痴女阿莲》、《七色花水》、《跳蚤》等。

二、精彩阅读

痴女阿莲（节选）

《痴女阿莲》中的阿莲先天迟钝，在世人眼中，她的行为都是非正常的，而她也以一种原始的带一点“痴”和“傻”的视角来看待周围的世界。小说从阿莲的叙事视角控诉父权社会对女性的压迫，对争取女性权利和提高女性地位进行了大胆的呐喊。

阿莲那家人住在马盖瀑布村少说都有四代之久了。她祖父那一代单传，她父亲白快乐是她祖母花了两百大银元抱来养的。她们这家人姓白，却又一家子黑锅底般嘴脸极像马来人。从她父亲白快乐到她三个弟弟白荣、白杨、白定，都是她祖母取的名字。

白莲是她上学堂念小学时用的名字。岁月可真不饶人。她闲搁在家里一转眼白闲了二十八。人家都管她叫阿莲——那是当着她家人的颜面嘴上头一番客气，背地里都喊她白痴莲、白痴莲，喊得她眉头蹙紧两眼恼怒又拿不出脾气来。她三个弟弟全不当她一回事，也不在别人面前提起她，反正一看到她就一肚子火，都不拿她当亲姐姐看。

阿莲一张嘴脸庸庸俗俗的老是燃不起精神，五尺两寸半高应该是标准的中国人高度。人家无意间拿她瞧，第一眼最先落脚处就是那撑了好些年岁老是教人感觉不对劲的肚皮，挺得约莫五个把月大。这五个把月大的肚皮子尽撑了好几年，走路都变了模样，拿眼梢打量她，仿佛她挺大的肚皮又厚又驼，胸部也莫可奈何地往下拉跌了些许。一些不知情的外乡人还当她是做了好几个孩子的好命妈妈。

她那不对称的两把瘦干干的腿骨子，惯了跨大步，总是嫌左脚挪太左右脚又撇太右，肚皮子也跟着晃向左摆向右。人家瞧着心眼底为她难过。她却没回事地一会儿学李太太一会儿学王太太那些有了身子的女人家，走到哪里一只手总是挥着腰肚一只手前后猛摆，仿佛里头真格背着人家偷偷地窝了个宝贝侄儿，她还乐得到处现眼。

阿莲叫她母亲打骂了好些年她就是硬不肯改过来那学不得的坏习惯，有一回她母亲实在吃不消左邻右舍窃笑的眼光，老远的目送阿莲一手叉腰肚一手提着菜篮子从菜市场左摆右晃的走回家。没让她大模大样地踩入门槛子里，一根鸡毛掸子猛冲着她那五个把月的肚皮肉挥落，毕竟那是肉，她一边护着肚皮子，一边号啕大哭，撒了一地鱼菜。“救命啊！我娘可要打掉我肚里的孩子，天公可怜可怜我阿莲，我娘要抽掉我肚里的宝贝孩子哟！”

三、作品简析

《痴女阿莲》讲述了大脑生来就有毛病却生性善良的阿莲的故事。阿莲的“痴性不改”主要体现在三个方面：一是表现在吃东西；二是表现在对于婚姻的痴迷，她也像多数女孩子一样梦想着成为一个新娘，做一个母亲；三是表现在她对自身懵懂情感的痴迷和困惑。

如果说第一种“痴”性表现主要突出了她动物般的机械式生活（智障儿的正常表现），第二种“痴”性就体现出她虽然是一个智障儿，但是同样具有人性的真善美。尤其是受自身作为女性的本能意识驱使，她喜欢像怀孕的女人那样叉着腰肚走路，甚至为自己肥胖的身体感到一种莫名的激动和骄傲。这些行为对于一个女人来说，本来是再正常不过的事情。可是阿莲生来就“痴”的本性恰恰是按照人性的本能行事，她从不会遮掩和装饰自己，也并没有在世俗伦理面前布设任何的防护措施，所以阿莲的行为常常会招致无端的嘲笑和一连串“喜剧”事件的发生。这一切都说明了阿莲在丧失了正常人的智力以后再次丧失了女性的身份，在大众眼中，她只能是一个不伦不类的存在，是瀑布村“出了名”的木偶，是给人们带来笑料和谈资的工具。小说描述阿莲给弟弟白定送咖啡的过程十分精彩，阿莲既爱护裙子，却又觉得裙子束缚了自己，只有闻到自身的体味的时候她才觉得找到真正的自己，这些描写都烘托出她的“真”性情。

第三种“痴”性表现在她对阿炳朦胧的爱上。小说描写阿炳和白定的小卡车走后，阿莲一直盯着通往村外的那条小路，写出了她朦胧之中对爱情的幻想和渴望。阿莲从阿炳的瞳孔中第一次看到小巧的自己，并一直追着阿炳不放，看不到瞳孔中的自己，她仿佛丢了魂似的。“瞳孔”作为一面镜子给予她凝视自己的机会，让她第一次有了认知自我身份的体验，也让她陷入由“镜像”带来的自我惶惑中不能自拔，甚至让她感觉生存难以为继。这些描写都逼真地描绘出阿莲自我意识的萌发。阿炳对她的厌弃也注定了阿莲懵懂的爱情化为泡影，确立自我主体性的希望也在刹那间宣告无效。阿莲生命中第一次关于自我和爱的种子虽然萌芽，却都没有生长开来，她只能继续在惶惑中维持过去如动物般机械的生活。由此可见，男权统治下的社会伦理给予阿莲的生存空间是十分逼仄的，更没有提供给她确认身份意识的渠道。就连同为女人的母亲也时常以男性的姿态训斥她，在这样的过程中，她逐渐被一种男权的网络所俘获，残余的那点女性本身的“自我”也只能慢慢地被抽离，被吞噬。“痴女阿莲”遂逐渐成为名副其实的智障女了。“莲”是一种出淤泥而不染的植物，在文学中时常隐喻一种纯净的品格和天然的情操，而《痴女阿莲》中的白莲却深陷于“泥淖”找不到自我，“莲”的意义也因此被消解了。白莲的生命注定是一场悲剧。

小说语言流畅，擅长以细节、场面、对话描写来烘托人物性格。同时，小说使用了两种叙事视角：外视角和内视角。前者叙述阿莲生活的成长环境，在一种全知叙事中勾勒阿莲悲剧的全貌；后者以阿莲的视角内窥阿莲内在生命的“痴性”运作历程，展现这一悲剧人物的情绪流变和生命的原始与纯净。两种图景相互对照，让人百感交集。

四　作者自白

因为如果叫我写男性，受限于性别的障碍，我的刻画可能不会那么成功。当我们在写小说时，都希望自己是一个小型的上帝，所塑造的人物都是赤裸裸的，男的会有怎样的冲动，女的会如何反应，我都可以想象出来；但是如果据实写出来，在马来西亚的社会，会遭到很多非议和攻击，对女作家来讲就成了绊脚石。也就是说，你不能突破性别的障碍来写作。我很希望能突破，不把自己当做女作家，如此我就可以坦然地把自己所想写的东西写出来。

——商晚筠、杨锦郁：《趋向成熟的坦道走——访大马作家商晚筠》，载《幼狮文艺》，1988（420）。

五、名家点评

在台湾留学的几年里，商晚筠一方面在一个华族主流文化的环境中越来越深地浸润于现代主义文化的影响，另一方面，她童年、少年时代的情绪、情感回忆也越来越多地重新浸润她的创作心灵。在这种创作心境中，商晚筠提供了一批在各种族文化相处的背景上富有立体感地呈现一个多元种族社会复杂生活层面的作品，这也显示了新马小说最独异感人也最有发展潜力的一种特色。这些作品大多收入了小说集《痴女阿莲》。

——黄万华：《新马百年华文小说史》，济南，山东文艺出版社，1999。

商晚筠这个时期的小说，已经清楚意识到父权制度其实就是她笔下女性不幸遭遇的根源。她对父权意识确有讥讽、批判与控诉，然而却鲜少付诸激烈的言辞。这固然与作者个人的语言风格有关，可是却也跟她“不在华玲”不无关系。由于在叙事的时空上与故土往事都相隔一定的距离，所以即便是审视，也得以保持一种从容冷静的旁观姿态。

——林春美：《从华玲到吉隆坡：商晚筠的女性之旅》，转引自林春美：《性别与本土：在地的马华文学论述》，吉隆坡，大将出版社，2009。

六、文献目录

陈雪风：《走下去就是道路》，吉隆坡，野草出版社，1998。

戴小华、尤绰韬：《扎根本土·面向世界：第一届马华文学国际学术研讨会论文集》，吉隆坡，马来西亚华文作家协会、马来西亚大学中文系毕业生协会，1998。

朵拉：《马华文坛女作家》，载《亚洲华文作家杂志》，1990（3）。

黄熔：《特殊地缘景致下的女性衷曲：商晚筠小说的创作主题研究》，载《世界华文文学论坛》，2010（1）。

金进：《台风蕉雨中的迷思与远瞩：试论马华作家商晚筠小说中的台湾文学影响》，载《世界华文文学论坛》，2010（1）。

邱苑妮：《在镜中绽放的乳房：论商晚筠女性主体意识建构的书写策略》，载《世界华文文学论坛》，2010（3）。

王润华、白豪士：《东南亚华文文学》，新加坡，新加坡作家协会、歌德学院，1989。

熊贤关：《性别与疆界》，新加坡，南洋理工大学中华语言文化中心、八方文化创作室，2006。

杨启平：《马华文学：论商晚筠的女性书写策略》，载《山西师大学报》（社会科学版），2006（5）。

我们的歌

作者：赵淑侠
类型：小　说

一、作者简介

赵淑侠（1931—　），出生于北京，从小便喜爱文学。1960 年，她从台湾赴法国留学，专攻美术设计，不久又转入瑞士应用美术学院学习。毕业后，她留在瑞士一家纺织品印刷公司做美术设计师，并在瑞士结婚、定居。1995 年移居纽约，一直生活到现在。赵淑侠以短篇小说《王博士的巴黎假期》、《塞纳河之王》等为海外华人所知。随着她的短篇小说集《西窗一夜雨》和《当我们年轻时》，以及散文集《紫枫园随笔》的出版，她成为受人瞩目的作家。20 世纪 70 年代末，她开始写作长篇小说《我们的歌》，并因此享誉海内外。此后便一发不可收，先后创作了长篇小说《春江》、《塞纳河畔》（又名《漂泊的爱》）、《赛金花》（又名《红尘尽处》）、《凄清纳兰》，短篇小说集《翡翠色的梦》、《人的故事》（又名《湖畔梦痕》）、《游子吟》，散文集《雪峰云影》、《童年·生活·乡愁》、《忽成欧洲过客》、《异乡情怀》等作品，并多次获奖。她曾担任过欧洲华文作家协会第一任会长等职务。

二、精彩阅读

我们的歌（节选）

《我们的歌》以余织云与江啸风及何绍祥之间的情感经历为主线，描绘出 20 世纪 70 年代海外华人留学生在异域他乡的艰苦生活及不懈奋斗，表现了他们在异国的孤独与彷徨以及对中华民族传统之根的认同与回归。这部小说出版后引起轰动，以至在台湾及欧美华人中刮起一股“赵淑侠旋风”。1980 年，这部作品获得台湾文艺写作协会“最佳小说创作奖”，赵淑侠也因此跻身名作家之列。

那天听歌回来，织云就觉得要见江啸风一面，她见他，不是为了追溯往事，不是为了叙旧情，而是向他道出心中的话——推展《我们的歌》是刻不容缓的急务，中国人要唱出雄壮隽美，属于自己的声音。也要告诉他，如今她已经深深地领悟了他曾经说过的那些话：音乐不只是娱乐，它代表着一个民族的性格。而中华民族的性格，绝不是哑巴式的默默无声，也不是东偷西挖、胡乱拼凑起来的"世纪末的吼声"，更不是只借贝多芬、莫扎特撑面子，就能活得心安理得的厚脸皮。中国，这个民族，已经把声音埋藏了太久，她必得唱，唱出自己的声音，找回在十字路口踯躅徘徊的自己。就是那句话："如果我们要让别人尊敬，必得拿出一个强而美的，真正中国式的中国，而不是跟在别人身后模仿的，失去自己真面目的中国。"

织云已经想好了，她要用最诚恳的态度对江啸风说：

"如果我能为创造我们民族自己的声音，尽任何一点力，做任何一点卑微的工作，我都会以最虔诚的心情接受下来。大江，我这样做，不是因为我们的以往。过去的，我们不必再去想，也不必再去提。我这样做，是受了良知的鞭策，为了我们民族无穷的未来，为了后来的中国人。身为知识分子的我们，有这个责任。"

三、作品简析

赵淑侠的作品，注重表现海外华人知识分子的生活、事业以及思想情感历程。《我们的歌》中的思想倾向与台湾20世纪70年代的社会经济发展以及因政治环境的变化而引发的批判崇洋媚外、提倡回归民族传统的社会风潮密切相关。因此，与20世纪60年代於梨华的《又见棕榈，又见棕榈》和白先勇的《纽约客》相比，《我们的歌》虽然也表现了"无根的空虚"、"失根的痛苦"，甚至流浪异域的悲哀与绝望，但更侧重表现的是"失根"之后寻根的迫切和"归根"过程的艰难曲折，以及最终找到精神依托的喜悦。《我们的歌》为我们塑造了一批海外留学生的众生相，那些从台湾而来的学生虽然"什么样的都有"，但却几乎没有牟天磊（《又见棕榈，又见棕榈》）式让人刻骨铭心的迷失，也没有吴汉魂（《纽约客·芝加哥之死》）、李彤（《纽约客·谪仙记》）那种无药可救的幻灭。《我们的歌》中的绝大多数留欧学生，都表现出对自己民族之"根"的深切认同与执著牵挂。

《我们的歌》中的三个主人公江啸风、余织云、何绍祥，分别代表了对"民族之根"的三种不同态度和心路历程，即执著认同、犹豫徘徊及消极排斥。江啸风作为一个才华横溢的音乐家，他的理想就是学成回国，发展我们自己民族的音乐，创作“我们的歌”。为了这个理想，他甚至牺牲了自己的爱情和生命。余织云的留学目的是希望通过“知识嫁妆”为自己觅得一个好的归宿，从而留在国外，但又不甘心为了安逸的生活放弃自己的情感追求。在理想与现实之间，她最终屈服于现实，嫁给了她并不爱却可以给她提供安逸生活的何绍祥。而何绍祥一直试图通过自己的努力获得所在国当地人的认同。他努力忘却自己的民族身份，不愿同中国人交往。这些行为最终导致夫妻矛盾，余织云下定决心回台湾发展“我们的歌”。而何绍祥这时也开始明白，无论他怎样努力都无法彻底改变他的民族身份，他自己的根在中国，只有坚守中华民族之根才能找到自己生命的重心和位置。这三位主人公最后殊途同归，都走上了“归根”之路。这部小说通过对上述三个典型形象的塑造，再现了一代中国留学生崎岖、坎坷的心路历程与真挚、热烈的民族情感，为我们揭示了那个时代一群特殊的中国人的复杂生存状态。

这部小说以江啸风、余织云、何绍祥三人的生活及情感发展结构全文，情节波澜起伏、引人入胜。作者善于运用象征性的写作手法，并且融情入理、以理带情，既具有朴素的写实风格，又充满理想的浪漫色彩。比如小说标题为“我们的歌”，但这部小说讨论的显然并不是“歌”的问题，“我们的歌”已经成为一种永恒的象征，象征着中华民族的精神。所有的中国人都要齐声歌唱“我们的歌”，意味着中华民族在前进的途中始终都有坚定的信念，团结、友爱、自信、自强，最终把中华文明发扬光大，使中华文化在世界文化格局中能够展示最动听的声音。赵淑侠的文字带着女性特有的细腻、典雅，如抽丝剥茧般描绘出异域华人曲折的生活历程、丰富的内心世界、积极的精神追求。她尤其善于捕捉和把握人物内心微妙、复杂的心理与情感，特别是女性的爱情心理，在这一点上，她不输于任何一个爱情小说家。作者善于发掘日常生活的点滴，注重细节描写，小说主旨的传递建立在扎实的日常生活描写之上，极具感染力。

四、作者自白

很多作家都认为文艺创作该“为艺术而艺术”，只需表现作者个人的感觉和感情，玄妙的文字技巧和结构形式的创新，不必负有社会责任。可是我认为……文学反映时代，什么样的时代产生什么样的文学作品，虽然我的作品称不上文学，但一部50多万字砖头般厚重的书，若不是要表现一点什么，仅“为艺术而艺术”的话，我是不肯费那么多功夫和笔墨的。

——赵淑侠：《我写〈我们的歌〉——兼答读者》，合肥，安徽文艺出版社，1997。

有很多年，我的忧患意识浓得化不开，这跟我童年的印象有关。我的童年是抗日战争时在重庆度过的，我看过日本飞机怎样残暴地轰炸无辜的同胞，前线退下来的伤兵何等痛苦无助，虽然只是个孩子，已感到国破家亡和国家太弱受列强欺凌的悲哀，所以一心只期望中国人觉醒、争气，让自己的国家、民族富强起来。有这样的感情，写出的文字流露出对民族的关怀，也是很自然的。

——赵淑侠、陈贤茂：《海外华文文坛的独行侠——赵淑侠访谈录》，载《华文文学》，2010（1）。

我的小说中主人翁的苦闷，不是漂泊、无根，或是因为经济困难、失恋失婚、念不出学位等以前的留学生文学讨论的题材。我的那些主人翁苦闷，很多是因为身在异国报效无门，加上知识分子的良知对时代的责任感而产生的压力和沉重。

——赵淑侠：《从欧洲华文文学到海外华文文学》，载《海南师范大学学报》（社会科学版），2007（4）。

五、名家点评

作者宣称自己是“一个自认永远的中国人”。是的，她旅居瑞士已数十年，已落籍该国，在那里有她幸福的家庭，称心如意的生活和工作；而在中国，不论东北故乡，还是台湾旧居，均已面目全非，了无痕迹，成了“失乡人”。但她魂牵梦萦的依然是中国那片土，中国那些人。这种执著的民族意识、民族感情是刻骨铭心的，是流贯于她作品中的思想感情的血脉。她的成名之作长篇小说《我们的歌》，其中心旋律就是要唱出植根于自己民族精神文化的“自己的歌”，用以唤起人民的民族意识，唤起民族的自尊、自觉，其情挚意切如杜鹃啼血。正是这一点拨动了海内外广大华文读者的心弦，产生了强烈的反响和共鸣。

——朱寨：《一座别具风光的文学岛屿——赵淑侠文学作品简论》，载《华中师范大学学报》，1995（1）。

经过五六十年代经济起飞的积累，带来七十年代的社会转型，台湾地区开始由传统的农业社会向现代工商社会过渡……这样一来……早先出国留学的人员中开始出现了回归现象，并逐步被家庭和社会接受以至欢迎，从而使多年来只有出去、没有回来的台湾留学潮发生了一个可喜的质变：由单向转为双向……这一刚刚萌动却意义重大的社会动向，被艺术触角异常敏锐的海外华文作家首先注意到并捕捉在手，化为作品，从而开拓出留学生文学的新天地，其标志性的作品就是《我们的歌》。

——王宗法：《山外青山天外天——海外华文文学综论》，合肥，安徽大学出版社，2008。

《我们的歌》的出现，标志着旧的留学生文学的终结，也标志着新的留学生文学的形成。

——陈贤茂：《海外华文文学史》，厦门，鹭江出版社，1999。

六、文献目录

刘登翰：《台湾文学史》，福州，海峡文艺出版社，1993。

刘俊峰：《生存困境的审美揭示——赵淑侠小说透视》，载《华文文学》，2003（3）。

庐湘：《海外文星——瑞士籍华人著名女作家赵淑侠的路》，长春，北方妇女儿童出版社，1988。

钱虹：《赤字·浪子·游子——论海外华文女作家赵淑侠小说的民族想像》，载《华文文学》，2008（4）。

停车暂借问

作者：钟晓阳
类型：小　说

一、作者简介

钟晓阳（1962—　），出生于广州，次年随父母移居香港。年少时开始创作，其小说、散文作品曾多次获奖。自幼受古典文学及张爱玲的影响，文笔细腻，文风典雅。代表作《停车暂借问》被誉为现代版《红楼梦》，该书于1982年先后在台港两地出版，引起轰动，更使钟晓阳年少成名；另著有短篇小说集《流年》、《爱妻》、《哀歌》、《燃烧之后》，散文集《春在绿芜中》，长篇小说《遗恨传奇》，诗集《槁木死灰集》。20世纪80年代后期开始兼做电影编剧、翻译、填词等工作，曾为王家卫等导演的作品编剧，并取得了不俗的成绩。

二、精彩阅读

停车暂借问（节选）

《停车暂借问》成书于1980年至1982年间，源于钟晓阳随母亲回沈阳探亲时的所见所感。小说以主人公赵宁静的爱情传奇为故事主线，串联起《妾住长城外》、《停车暂借问》、《却遗枕函泪》三部可以独立的中篇小说。故事的时空跨度很大，由20世纪40年代抗日战争时期的东北跨越到20世纪60年代的香港，写尽了人世的沧桑飘零之感。选文记述了已答应熊应生求婚的宁静将婚讯告知爽然的痛心情景，至此，两人终因一次误会而错过一生。

那只戒指梗痛了她，她想他终会知道的，倒不如由她告诉他。爽然正掂掇着该怎么向她开口求婚，得小心一些，她这小姑娘是最敏感又心思叵测的，他几乎对她敬畏。万一她拒绝，他可是会死的。他们互相估计了一刻钟，同时说出个“我”字，两人都笑了。爽然刚才本是一鼓作气，气一泄，没那么容易再提起来，便笑着宠宠地向她翘翘下颏儿，要她先说。她俯低头，慢慢又不得已地挪出右手，那一刹那她软弱不堪，右手的骨头都化掉了，只得靠左手把它提起来放在腿上。

黄黄的金戒指黄蜂似的叮入他眼中，他立刻什么都明白过来，简直怕她启齿，但已经来不及了，她是这样说的："我和熊大夫订婚了。"他愣望着她，完全不能领略她的神情，只盯着她小巧的嘴一翕一张，作践他的命运。

她独自幽幽地说："我想我订婚了，你就可以和陈小姐结婚了，不用老决定不了。而且……我们到底还是生分。"他不敢站起来，怕站不稳；但也不敢面对她，怕会失态。只觉得喉咙里一阵翻涌，快要把持不住了，终究还是走到门边，扶着门框立着。她就那么没耐性，一点都不为他等等。害他病榻上朝思暮想，夙筹夜划，都为的这一天。好在让她先说了，要是他先说，真不知怎样收场。但他永远失去了她。

他无论如何该说些祝贺的话，遂道："那我恭喜你。"语音哽哽的。

她鼻子酸得像要变成流质了，眼泪不能自止地猛流，幸而他背着她，看不见。她想他也是流泪了，所以头也不回，再见也不说，径直走了，走得很快，死欠着头。

她很想撵上去，告诉他她是骗他的，跟他开玩笑而已。为什么会答允熊应生的呢？当时似乎理由十分充分，现在她一项都记不得了。她想起爽然还未告诉她他那"我"字下面是想说什么的，下次记得问他。

三、作品简析

《停车暂借问》一书的副标题为"赵宁静的传奇"，顾名思义，即作者对赵宁静传奇一生的书写，钟晓阳将自己对"爱情"的体会记录成文字。爱情可以是青春的、肆无忌惮的、快乐的，沉浸在这种爱情体验中的宁静不顾国恨家仇，与日本青年一同在秋天的郊野里吃萝卜、烧毛豆、啃青梨；不顾家庭阻挠，与爽然一起逛庙会、吃冰锉。爱情也可以是痛心的、以泪洗面的、悔恨的，正如《红楼梦》中的绛珠仙子林黛玉，"五衷内对神瑛侍者郁结着缠绵不尽之意"，此生必以泪报恩，宁静同样有着落不完的泪。抗战结束，日本人被遣返回国，千重带着"我们的情，全部是悲伤"的慨叹消失在墙头，宁静只能紧贴墙壁，听着逐渐远去的脚步声，一味地落泪。接下来的人生，她遇见了爽然——令她纵流尽千行泪，也无法湮没惋惜和悔恨的人，他们相遇、相爱、错过，家庭的阻隔，爽然未婚妻的存在，时局的混乱，使得两个年轻人如同浮萍一般在乱世中偶然相逢，又必然分离。一步错，步步皆错。宁静答应了熊应生的求婚，她与爽然在误会中阴差阳错、擦肩而过，即便 15 年后再度相逢，那份情也未随时间的流逝而减退，但错过便是错过，爽然的离去为宁静的一生永远留下了“此情可待成追忆”的悔恨。

赵宁静无疑是一个传奇女子，她的痴情、果敢注定了她将爱得轰轰烈烈，但也注定了她的不幸。相对于她的勇敢，千重、爽然都是那样软弱，乱世中目光相逢，彼此倾心，却总也抵不过社会、家庭的巨大压力，两段爱情均以悲剧告终，中年的宁静，记忆中空余千重、爽然离去时的背影，以及脸庞上擦不尽的泪斑。由此可见，钟晓阳的写作绝不落于窠臼，转而藉爱情指涉人生和社会现实，透过个人的情感经历，读者可以看到其背后的时代面貌，并感受到社会力量对个体的巨大影响。乱世中一再的相逢、睽隔，置身其中的你我上演着一幕幕的阴差阳错，相逢、欢笑、离别、眼泪、一声长叹，令人感动的是恋人之间真挚的情感，令人慨叹的是颠覆这些情感的时代变革。钟晓阳笔下的赵宁静是不幸的，因为她一生追求爱，却始终得不到爱情的呵护；但她也是幸运的，因为勇敢的她在乱世中活出了自己的传奇。

小说以细腻的文字、典雅的文风赋予文本一种独特的阅读效应。钟晓阳自小熟读古典文学，这对她的人格气质以及创作风格影响极大。《停车暂借问》三部的标题“妾住长城外”、“停车暂借问”、“却遗枕函泪”均是她对古诗章句的仿拟；小说中的赵宁静总是懒懒地歪在炕上读《红楼梦》、《白香词谱》，这样的宁静或许正是钟晓阳的自我化身；同时，《红楼梦》中的情节走向也预示着宁静的命运走向，以古印今，这种超时空性使人更生一种古往今来爱情总逃不过悲剧收场的慨叹。古典情调的渲染使得宁静的爱情传奇显得尤为缠绵悱恻。除此之外，钟晓阳被公认为是“张派作家”，她的创作深受张爱玲的影响，宁静和爽然的爱情与《半生缘》中顾蔓桢和沈世钧的爱情悲剧有着太多的相似，同样是乱世中的两情相悦却总是受制于外在阻隔而最终走向悲剧。钟晓阳对 20 世纪 30 年代中国的想象——乱世中的身世飘零，或许与张爱玲有些许相似，但相较于张爱玲的厚重、阴冷，钟晓阳则着实多了一份明朗，即使故事终以悲剧收场，宁静对爱情的坚持、乱世爱情的动人品质仍能透过历史尘埃的覆盖而透出一丝光亮。

《停车暂借问》的出现震惊了文坛，人们开始关注钟晓阳这位早慧的作家，她好似林黛玉一样感性，又颇具张爱玲阅尽繁华后的那份坦然和老到，却又比二人多了一份理性和明朗。18 岁的年纪却对爱情有着如此深刻的认识，她笔下的爱情世界让人为之动容，直到今天，仍有大批读者沉浸于宁静的爱情传奇中久久不能释怀。

四、作者自白

它是我的第一部长篇小说，借用母亲的出生地沈阳作为主要叙事背景。一九八○年我随母亲回去探亲兼搜集写作材料，自此没再回去。这些年全靠母亲独力支撑这块话题，隔三岔五包顿饺子，随时随地念叨一遍外婆的火烧，想老同学了就走趟东北串几天门儿。没有她动辄发作的思乡病就没有《停车暂借问》。

——钟晓阳：《停车暂借问》，北京，新星出版社，2011。

《停车暂借问》是一个浅薄说书人年少时的幻想非非之作，半生创作由它开始。没写的这些年，时代不是一个变字了得，我像山顶洞人沉睡三千年重返人间，不知今夕何夕。……如果它慰悦过任何一个人，任何一个世间的心灵，它便不是徒然的。对我个人来说，它的写作与成书，让我得以留住一小部分母亲的花样时光，她爱恋过的家乡的风物。如果不是和母亲有过一段贴耳交心的日子，我对她的家乡不会产生如此花开千朵的联想，这本书也根本不会诞生。它是一帧文字镶嵌的照片，里面是我与母亲的合影。

——钟晓阳：《停车暂借问》，北京，新星出版社，2011。

五、名家点评

乱世儿女的故事，我们看得多了，但《停车暂借问》仍要以细腻的人事风采，凄恻的情爱沧桑，独树一格。

——王德威：《腐朽的期待——钟晓阳论》，转引自王德威：《如此繁华》，上海，上海书店出版社，2006。

中国正统的文学艺术是现实和超现实的合一，唯其现实可以致极，所以超现实必于现实无不包容。此在小说家是一于民族的强大，时、空、能三者全部拿他莫可奈何。所以会叫人想到天纵。钟晓阳的得天之幸尚不在闪烁的才华，是有仙缘在中国诗词的养育里呵护长大，只这一点便可以造就她是个天骄。在她虽只十七八岁女孩，现实世界不过香港一地，承受的是不中不西的文化教育，这些可全部约束不住她。……钟晓阳今做了中国正统小说的言者，一言兴邦而大为开脱了今之西化小说艰危的绝境。

——朱西宁：《〈停车暂借问〉序》，转引自钟晓阳：《停车暂借问》，香港，当代文艺出版社，1984。

六、文献目录

曹惠民：《台港澳文学教程》，上海，汉语大词典出版社，2000。

刘登翰：《香港文学史》，北京，人民文学出版社，1999。

罗孚：《好一个钟晓阳!》，转引自罗孚：《南斗文星高》，北京，中央编译出版社，2010。

伍方斐、罗可群：《台港澳及海外客籍作家研究》，广州，华南理工大学出版社，2005。

应宇力：《一地的朦胧——香港作家钟晓阳小说论》，载《同济大学学报》，1997（2）。

袁良骏：《香港小说流派史》，福州，福建人民出版社，2007。

朱立立：《身份认同与华文文学研究》，上海，上海三联书店，2008。

庄园：《重构女性话语》，汕头，汕头大学出版社，2005。

笑傲江湖

作者：金　庸
类型：小　说

一、作者简介

金庸（1924—　），原名查良镛，出身于浙江海宁的书香门第，金庸是他将“镛”字一分为二后形成的笔名。1936年，他进入省立嘉兴中学学习。1938年，转入省立联合中学学习。1944年，他考入重庆国立政治大学外文系，后因政治原因被勒令退学。1946年，他进入苏州东吴大学（今苏州大学）法学院插班学习国际法。1948年，他以优异的成绩被上海《大公报》录用为电讯翻译。1950年，他转任《大公报》新创刊的子报《新晚报》的副刊编辑。1955年，他与梁羽生、陈凡（百剑堂主）在《大公报》共同开设《三剑楼随笔》专栏，同年以一部《书剑恩仇录》在香港引起了极大的轰动。此后，金庸凭一支笔纵论社会风云，谱写江湖武侠传奇，至1972年共写作了《书剑恩仇录》、《碧血剑》、《射雕英雄传》、《神雕侠侣》、《雪山飞狐》、《飞狐外传》、《倚天屠龙记》、《鸳鸯刀》、《白马啸西风》、《连城诀》（又名《素心剑》）、《天龙八部》、《侠客行》、《笑傲江湖》、《鹿鼎记》、《越女剑》等15部武侠小说。这些武侠小说以兼容儒、道、墨、法、佛、兵家的博大精深的思想，气势磅礴的场面，扣人心弦的情节，以及融合传统与现代的语言、结构，打破了纯文学与通俗文学的界限，极大地提升了“武功”的文化层次与武侠小说的高度，为武侠小说的现代化作出了杰出的贡献，在台港澳、中国大陆以及海外华人地区刮起了一阵又一阵的文化旋风，金庸也因此被誉为新武侠小说作家的“泰山北斗”、“绝代宗师”。

二、精彩阅读

笑傲江湖（节选）

读金庸的新武侠小说，不能不读他创作于1967年的《笑傲江湖》，它集中地表现了一个交织着野蛮和激荡的江湖世界。论金庸的新武侠小说中的侠客，不能不说《笑傲江湖》中的令狐冲，他放荡不羁而又义薄云天，清高孤傲而又豁达开朗，藐视世俗而又至情至性。下面所选的文字出自该书的第三十三回《比剑》，作者借助时空交错、自由联想和心理描写等叙事技巧，充分表现了令狐冲的这些独特的性情与品质。令狐冲当着深爱他的盈盈和天下英雄之面，在与岳灵珊比剑时，对已为人妇的岳灵珊念念不忘，两人你来我往地表演着感情大戏，最终令狐冲为情所困、为情所伤，伤在岳灵珊的剑下。

只见他二人在半空中轻身飘开，俱是嘴角含笑，姿态神情便似裹在一团和煦的春风之中。两人挺剑再上，随即又斗在一起。二人在华山创制这套剑法时，师兄妹间情投意合，互相依恋，因之剑招之中，也是好玩的成分多，而凶杀的意味少。此刻二人对剑，不知不觉之间，都回想到从前的情景，出剑转慢，眉梢眼角渐渐流露出昔日青梅竹马的柔情。这与其说是“比剑”，不如说是“舞剑”，而“舞剑”两字，又不如“剑舞”之妥帖，这“剑舞”却又不是娱宾，而是为了自娱。

突然间人丛中“嘿”的一声，有人冷笑。岳灵珊一惊，听得出是丈夫林平之的声音，心中一寒：“我和大师哥如此打法，那可不对。”长剑一圈，自下而上，斜斜撩出一剑，势劲力疾，姿式美妙已极，却是华山派“玉女剑十九式”中的一式。

林平之那一声冷笑，令狐冲也听见了，眼见岳灵珊立即变招，来剑毫不容情，再不像适才使冲灵剑法那样充满了缠绵之意。他胸口一酸，种种往事，霎时间都涌向心头，想起自己被师父罚去思过崖面壁思过，小师妹每日给自己送饭食，一日大雪，二人竟在山洞共处一宵；又想起小师妹生病，二人相别日久，各怀相思之苦，但便在此时，不知如何，林平之竟讨得了她的欢心，自此之后，两人之间隔膜日深一日；又想起那日小师妹学得师娘所授的“玉女剑十九式”后，来崖上与自己试招，自己心中酸苦，出手竟不容让……

这许许多多念头，都是一瞬之间在他脑海中电闪而过，便在此时，岳灵珊长剑已撩到他胸前。令狐冲脑中混乱，左手中指弹出，铮的一声轻响，正好弹在她长剑之上。岳灵珊把捏不住，长剑脱手飞出，直射上天。

…………

他心念电转：“我本要败在小师妹手里，哄得她欢喜。现下我却弹去了她长剑，那是故意在天下英雄之前削她面子，难道我竟以这等卑鄙手段，去报答小师妹待我的情义？”一瞥之间，只见那长剑正自半空中向下射落，当即身子一晃，叫道：“好恒山剑法！”似是竭力闪避，其实却是将身子往剑尖凑将过去，哧的一声响，长剑从他左肩后直插了进去。令狐冲向前一扑，长剑竟将他钉在地下。

这一下变故来得突兀无比，群雄发一声喊，无不惊得呆了。

三、作品简析

金庸的《笑傲江湖》中的江湖，是一个与朝廷对立、背离正常社会秩序的自然化世界，是一个以武犯禁、推崇勇者相逢强者胜的野性世界，也是一个可以大碗喝酒、大块吃肉、讲究义气的平等化世界，还是一个充满传奇的侠客、传奇的武功、传奇的爱情的浪漫化世界。

《笑傲江湖》中的江湖世界的魅力之一，就在于它通过对令狐冲等侠客的塑造，表现了作家对现实中道德化的文明世界的批判，体现了作者对纯真、自然的人性的神往之情。在现实社会中，传统道德具有无所不在的控制性力量和功能，人们在面临传统道德时，总是心生恐惧、驯从和敬畏之意。然而，在金庸的江湖世界中，令狐冲等人以席卷一切的气势改变着人们对于传统道德的原有的经验认知模式，以狂欢化的精神解构了关于传统道德的神话。

令狐冲推崇的是顺其自然的做人原则，高扬的是主体人格的主动性、独立性。令狐冲的名言为："人生在世，会当畅情适意。"为了畅情适意，他丝毫不在乎世人的眼光，与尼姑仪琳说说笑笑，惹得仪琳动了春心。为了畅情适意，他根本不在乎正派邪派之分，与不守礼法、胆大妄为的魔教教主的女儿任盈盈相互爱恋。为了畅情适意，他轻视世俗的道德规范，在与岳灵珊比剑时，对已为人妇的岳灵珊念念不忘，当着深爱着他的任盈盈和天下英雄的面上演了一场为情所困、为情所伤的大戏。在正常社会里，人的个性、自由都会受到束缚、压抑和摧残，然而，在江湖世界，通过对令狐冲等侠客的自由个性的张扬，金庸肯定的是江湖世界的自然性特征，只有在自然世界里，人才能走向自由王国。

《笑傲江湖》中的江湖世界的魅力之二，在于它通过对不同帮派、集团的武力争斗，表现了作家对侠客以绝世武功惩恶扬善、铲除社会不公的武侠精神的肯定。

所谓的江湖是一个"以武犯禁"、"以暴制暴"的地方，也就是说江湖是一个超越正常社会的法律制约而只认武力的世界。在这个世界中，决定一个人地位高低的是他的武功的高低，武功越高，名气就会越大，地位就会越高。为了获取名声、权力、利益，江湖中的各派之间、帮派内部之间就自然会发生形形色色的斗争。

一是争夺江湖帮派大哥之位。"大"这个字在古代非同寻常，它有崇高的意思。《论语》说："大哉尧之为君也！巍巍乎！唯天为大，唯尧则之。"要当江湖帮派中的老大，一是要有高超的武功，二是要有高超的计谋。东方不败是趁着任我行痴迷于吸星大法时发动叛乱的，这表现了他超人的计谋。而为了巩固作为老大的权威，他主要运用了两种方法：一是以三尸脑神丹要挟部下死心塌地听从他的派遣，二是苦练葵花宝典神功。然而，他越练葵花宝典神功，他就越变态，变态到布置了闺房，穿着裙子，拿着个绣花针绣花，还很时髦地养了个小白脸杨莲亭。东方不败本来是不败的，他败在了自己的变态之上。这意味着一个人一旦对权力过分痴迷，他就会变态。

二是争夺武林盟主之位。人的权力欲是无止境的。当了帮派的大哥，接着想当整个武林的盟主。华山派掌门岳不群就是这样一个人。岳不群号称“君子剑”，而实际上一点都不君子；号称不群，而实际上酷爱拉关系；表面长得“面如冠玉，一脸正气”，实际上却一肚子坏水。他之所以能够战胜霸气十足的左冷禅，主要依靠几种方法：一是用美人计。为了得到辟邪剑谱，他牺牲了女儿岳灵珊的爱情，让岳灵珊与令狐冲疏远，与林平之接近。二是用瞒天过海之计。鉴于嵩山派手握大权、高手云集，岳不群虽然已经获得辟邪剑谱，然而，在少林寺踢飞跪地请罪的令狐冲的同时，却故意震断了自己的腿骨，让左冷禅麻痹大意，以为他“内功修为不过尔尔”。三是将计就计。他明明知道劳德诺是左冷禅派来的间谍，却假装毫不知情，并且借用劳德诺之手将假的辟邪剑谱送给左冷禅，使左冷禅丧失了取胜的钥匙。最终，岳不群凭借种种阴谋诡计如愿当上了五岳派盟主。看起来，他得到了他要得到的一切。而事实上，他得到了什么呢？妻子因为看穿他自杀了，女儿被他选定的女婿杀死了，而他自己呢，最终被一个纯而又纯的尼姑杀掉了。如此阴险狡猾，如此用尽心机，却是如此下场，这再一次证明了“善有善报、恶有恶报”这句至理名言。

《笑傲江湖》中的江湖世界的魅力之三，在于它通过对侠义、兼爱的江湖世界的建构，表现了作家对大碗喝酒、大块吃肉、讲究义气的平等化世界的渴慕。

“义”这个东西，一家有一家的说法。儒家谈的是正义、仁义。孟子认为：“义，人之正路也。”显然，儒家将“义”当成一种道德化的东西进行了处理。与儒家不同，墨家将人们互利互爱的“兼爱”看成“义”，并将这种“义”视为高于一切的东西。墨子就强调指出：“万事莫贵于义。”在《笑傲江湖》中，令狐冲等许多侠客就抱着这种“万事莫贵于义”的原则做事做人，他们不仅讲兄弟之间的义气，而且讲男人与女人的平等。

令狐冲非常认同风清扬的话：“大丈夫行事，爱怎样便怎样，行云流水，任意所至，什么武林规矩、门派教条，全都是放他妈的狗臭屁！”他交友不认规矩、不分教派，他只认一个理，就是这个人是不是好人、是不是讲义气，如果是，那就是他的朋友。田伯光虽是采花大盗，但他能信守诺言，在赌输了后认仪琳为师，令狐冲就认他为友，与他大碗喝酒。黄河老祖、天河帮帮主黄伯流、五毒教教主蓝凤凰等均是旁门左道之士，令狐冲却感念他们在五霸冈为自己疗过伤，与这些世人眼中的魔头举杯结盟，要“有福同享，有难同当”。与讲兄弟之间的义气相一致，令狐冲也讲男人与女人的平等。中国传统社会中男女之间的感情都以男人为中心，女人为男人作牺牲被视为天经地义的事，令狐冲则颠覆了这种爱的模式，为了爱，他既可以放弃权力，也可以牺牲名誉。令狐冲就任恒山派掌门时，嵩山派的乐厚看见任盈盈在场，大为不悦，对令狐冲说：“恒山派五大戒律，规定不得结交奸邪，你若不与这些奸邪人物一刀两断，便做不得恒山派掌门。”在爱情与权力之间，令狐冲毫不犹豫地选择了前者，断然答道：“做不得便做不得，那有什么打紧！”果然，他在带恒山派渡过难关后就将权力移交给了别人。世界上的事就是这样奇怪，有的人越是拒绝权势、追求自由，权势却自动找上门来。后来，许多人梦寐以求的日月神教的未来教主之位又向他招手，然而他拒绝了，与任盈盈退出江湖。

《笑傲江湖》中的江湖世界的魅力之四，在于它通过对传奇的人物、武功、爱情的书写，表现了作家对浪漫、自由的世界的憧憬与想象。令狐冲是一个最为洒脱不羁的人，却成为最讲究清规戒律的恒山派掌门，这是以丰富的想象来写人物之传奇。为了救治令狐冲的内伤，任盈盈舍命背负令狐冲上少林寺，自己甘愿留下来受十年禁闭；令狐冲、方证大师和冲虚道长在悬空寺受困时，任盈盈如天降神兵般赶到为他们解了围，这是以丰富的想象来写爱情之传奇。令狐冲无招的独孤九剑可以破天下所有有招的剑法，刘正风与曲洋、令狐冲与任盈盈合奏的“笑傲江湖”之曲都是上乘的武功，梅庄四友的琴棋书画也皆与武功有关，这是以奇特的幻想写武功之传奇。在作家的内在悟性及创造性的想象力日趋消减的今天，《笑傲江湖》对传奇的人物、武功、爱情的奇特想象，重新激发了人们对于江湖世界以及文学的热爱，人们陶醉于这种对江湖世界的浪漫想象中，领略到了金庸对现实生活永不满足的灵魂飞升的姿态，感受到了金庸努力建构理想化生命形态的诗性气质。

四、作者自白

这部小说并非有意地影射“文革”，而是通过书中一些人物，企图刻画中国三千多年来政治生活中的若干普遍现象。影射性的小说并无多大意义，政治情况很快就会改变，只有刻画人性，才有较长期的价值。不顾一切地夺取权力，是古今中外政治生活的基本情况，过去几千年是这样，今后几千年恐怕仍会是这样……令狐冲是天生的“隐士”，对权力没有兴趣。盈盈也是“隐士”，她对江湖豪士有生杀大权，却宁可在洛阳隐居陋巷，琴箫自娱。她生命中只重视个人的自由、个性的舒展，唯一重要的只是爱情。这个姑娘非常怕羞腼腆，但在爱情中，她是主动者。令狐冲当情意紧缠在岳灵珊身上之时，是不得自由的。只有到了青纱帐外的大路上，他和盈盈同处大车之中，对岳灵珊的痴情终于消失了，他才得到心灵上的解脱。

——金庸：《笑傲江湖》，北京，三联书店，1994。

我个人觉得，不论哪一种小说，是不是文学作品，属哪一类小说，没有多大的关系。问题是一部作品是否能够感动人，有没有意义，而不是在于它是不是用武侠的方法来表现。……也有人问武侠小说为什么那么多人喜欢看，我觉得最主要的大概是武侠小说比较根据中国的传统来着手。它写的是中国社会，更重要的是它的价值观念在传统上能让中国人接受。它写的是中国人的道德伦理，有浓厚的民族色彩，这是吸引中国读者的一个原因。

——钟晓毅、费勇：《金庸传奇》，广州，广东人民出版社，2000。

五、名家点评

象征寓意性作品写得最成功的当然要数《笑傲江湖》。小说通过江湖上五岳剑派与魔教的较量以及五岳剑派内部的争夺，象征性地概括了中国历史上的权力斗争……这部象征寓意小说在写人性的真实与深刻方面，远远超过一般的写实主义作品，达到了令人震撼的程度。故事并没有注明发生在什么朝代，恰恰更增强了它所概括的政治生活的深广度，诚如金庸所言："这表示，类似的情景可以发生在任何朝代"，因而更令人震悚不已。这种感觉，在我个人的阅读经验上，似乎只有读卡夫卡作品方可比拟。

——严家炎：《再谈金庸小说与文学革命》，载《唐都学刊》，2004（2）。

令狐冲就是这么一个人：他既是"独孤九剑"这一"隐士之剑"的传人，又是"笑傲江湖曲"这一"隐士之曲"的使人。更主要的，他内心及本性都有着这么一种笑傲江湖的气质与一份向往。所以他对于"一统江湖"的大业可以说是毫无兴趣，甚至厌烦之至。他之所以会如此，一方面是他见到——读者也见到——江湖上的"正邪"之分其实并不像人们所传说的那样分明。相反，嵩山派逼杀恒山派的种种手段，其卑鄙残酷可以说比日月教有过之而无不及。至于各派内部的纷争，无论是气、剑二宗之争、五派并派与否之争、日月教夺权之争、泰山派夺掌门之位之争……看起来并没有什么"正义"与"邪恶"之别，而是统统地令令狐冲——也令读者——感到无比厌恶！

——陈墨：《陈墨评金庸——赏析金庸》，北京，东方出版社，2008。

金庸的成功，对于世纪末中国的文坛和学界，都是个极大的刺激。所谓雅俗之争、所谓大/小传统之别、所谓高等/大众文化的分野，由于《笑傲江湖》等小说的出现，变得更加复杂。在上述三对概念中，“雅俗”的历史无疑最为久远，边界也最为模糊。选择相对含混的“雅俗”作为论述的主线，缘于金庸对传统中国文化的迷恋，以及二十世纪中国文学演进的特殊性。也就是说，在我看来，谈论武侠小说在本世纪的命运，作为参照系的，不只是“新文学”的迅速崛起，或者工业文明的横扫千军，还必须将“旧文学”之“被压抑”以及“不绝如缕”考虑在内……或许，下个世纪武侠小说的出路，取决于“新文学家”的介入（取其创作态度的认真与标新立异的主动），以及传统游侠诗文境界的吸取（注重精神与气质，而不只是打斗厮杀）。在某种意义上，金庸已经这么做了；但我以为，步子可以迈得更大些。毕竟，对于史家与文人来说，游侠精神是个极具挑战性且充满诱惑力的“永恒的话题”。

——陈平原：《超越“雅俗”——金庸的成功及武侠小说的出路》，载《当代作家评论》，1998（5）。

金庸小说写的是武侠生涯，但其内容远超过武林打斗，意义也不止于宣扬侠义。像《笑傲江湖》，就可说是由侠客们演出的一部社会剧，这里的江湖其实是社会的缩影和代词，二者实有“二而一”之妙，某些地方更令人想到是上层社会乃至权力政治的寓言和影写。《笑傲江湖》中，各山头的野心人物寻觅练功秘籍，大搞纵横捭阖，且无非是争夺武林霸主之位，而群雄或助纣为虐，或盲目跟从，总之是庸众砝码而已；争斗不断，芸芸侠客欲过平静生活而不得，刘正风意欲金盆洗手而被杀，唯令狐冲生性散淡、与世无争，任盈盈更是弃已有之权位如敝屣……这与现实社会各界（政坛、商界、文场、艺苑等）的状况在根本上有可比之处，很难不让人浮想联翩。这无疑加重了小说的分量。

——董乃斌：《从游戏到消解——关于金庸〈笑傲江湖〉的议论》，转引自吴晓东、计璧瑞：《2000’北京金庸小说国际研讨会论文集》，北京，北京大学出版社，2002。

六、文献目录

陈墨：《金庸小说赏析》，南昌，百花洲文艺出版社，1991。

陈墨：《金庸武学的奥秘》，昆明，云南人民出版社，1993。

陈墨：《金庸小说艺术论》，南昌，百花洲文艺出版社，1991。

孔庆东：《江湖·侠客·情——走进金庸的〈笑傲江湖〉》，北京，北京师范大学出版社，2007。

冷夏：《文坛侠圣：金庸传》，广州，广东人民出版社，1995。

倪匡：《我看金庸小说》，长春，时代文艺出版社，1997。

潘国森：《解析笑傲江湖》，台北，远流出版事业公司，1999。

严家炎：《金庸小说论稿》，北京，北京大学出版社，2000。

郑玉虎：《正与邪——金庸小说人物心理分析之〈笑傲江湖〉》，合肥，安徽人民出版社，2007。

赵小琪、王宁宁：《台港名家名作选》，北京，中国民主与法制出版社，2012。

多情剑客无情剑

作者：古　龙

类型：小　说

一、作者简介

古龙（1938—1985年），原名熊耀华，祖籍江西，出生于香港。1950年，古龙由香港赴台湾。1954年，他考入台湾成功中学学习。1957年，进入淡江英专夜间部英语科学习，一年后退学。1960年，他出版了武侠处女作《苍穹神剑》。此后，陆续推出了《湘妃剑》、《大旗英雄传》、《武林外史》、《名剑风流》、《绝代双骄》、《萧十一郎》、《流星·蝴蝶·剑》、《多情剑客无情剑》、《楚留香传奇》、《陆小凤传奇》等70多部武侠小说，在台港澳、中国大陆以及海外华人地区刮起了经久不息的古龙旋风。

在当代台湾文坛，古龙是一个非同寻常的人物。在台湾知名武侠小说家中，他的生命最为短暂，经历也非常坎坷。从童年时起，古龙就生活在父母不和的家庭阴影中，因而形成了孤独、敏感、忧郁的性格气质。长大后，他又经常被穷困所折磨，悲剧意识更加浓化。在寂寞、忧伤和贫困中，古龙日趋迷恋文学。在这里，他找到了现实中无法寻觅到的安全感、自由感，他将全部的才情、爱憎灌注到这个世界。几乎从创作武侠小说开始，他就将求新求变作为创作的自觉追求。他突破了传统武侠小说的模式与形式，大量引进新的文艺观念、方法和技巧，形成了无可替代的“古式武功”和“古式文体”，给武侠小说注入了新的血液，开创了武侠小说的一代新风，成为继金庸之后武侠小说创作的盟主。

二、精彩阅读

多情剑客无情剑（节选）

古龙不像金庸那样重视招式繁复、动人心魄的外在武功技艺的比拼，而更为关注人与人之间精神、境界乃至人格力量的比拼。下面所选的文字出自该书的第六十八回《武学巅峰》，作者以短促、跳跃的句子，突出了李寻欢和上官金虹在眼光、气势、精神上的交锋，成功地渲染了一种“如箭在弦”的肃杀气氛。

他的目光，终于触及上官金虹的目光。

火花！

两人目光相遇，竟似激起了一串火花。

一串无声无形的火花，虽然没有人的眼睛能瞧得见，但每个人的心里却都能感觉得到。

每个人的心都突然震动了起来。

上官金虹的眼睛里就仿佛藏着双妖魔的手，能抓住任何人的魂魄。

这人的眼睛却如同浩瀚无边的海洋，碧空如洗的穹苍，足以将世上所有的妖魔鬼怪都完全容纳。

上官金虹的眼睛若是刀。

这人的眼睛就是刀的鞘！

看到了这双眼睛，没有一个人再认为他是平凡的了。

有的人已隐隐猜出他是谁。

只听上官金虹一字字道：“你的刀呢？”

这人的手一反，刀已在指尖！

小李飞刀！

看到了这柄刀，大家才知道自己没有猜错！

是李寻欢！

李寻欢毕竟来了！

手，出奇地稳定，就像是已完全凝结在空气中。

手指纤长，有力，指甲修剪得很干净。

这只手看来，拿笔远比拿刀合适，但却是武林中最有价值，最可怕的一只手。刀，本是很平凡的一把刀。

但在这只手里，这把平凡的刀，也变得有了种逼人的锋芒，杀气！

…………

上官金虹道：“好，请出招！”

李寻欢道：“招已在！”

上官金虹不由自主，脱口问道：“在哪里？”

李寻欢道：“在心里，我刀上虽无招，心中却有招。”

上官金虹的瞳孔也突然收缩！

谁也看不见上官金虹的环在哪里，也看不见李寻欢的招在哪里。

但环已在，招已出！

每个人都似已感觉到它的存在。

他们虽然还是静静地站在那里，但却似已进入生死一发的情况中，生死已只是呼吸间事！

大家虽都已退入角落中，却还是能感到那种可怕的杀气。

三、作品简析

读《多情剑客无情剑》，我们首先会被这个充满矛盾、充满对立的书名所吸引。等到急迫地翻开一页页书稿，我们又总是心生诧异：书中的主人公李寻欢明明是使刀者，何以书名又为“多情剑客”呢？细细思量，书中的“多情剑客”并非特指，而是泛指一切江湖中的有情有义的名侠；“无情剑”也并非特指，而是泛指一切无情的人和事物。这样看来，这个书名就充满着一种内容与形式的张力，它要阐明的是：在一个矛盾的世界里，我们不能只看到具体的无情的人和事物，还要看到永恒的情。

首先，是孤独的张力。金庸小说中的侠客，如郭靖、袁承志、萧峰等，都是根基于“群侠”之上的为国为民的侠之大者。而古龙小说中的侠客，如李寻欢、阿飞、萧十一郎等，都是个体之侠。郭靖、袁承志、萧峰等侠之大者的孤独，多是生活之孤独，它可以随着环境的变化而消逝。李寻欢、阿飞、萧十一郎等个体之侠的孤独，则既是生活之孤独，又是精神之孤独。阿飞是一个不知父亲是谁的私生子，母亲也在他很小的时候就撒手人寰。身边有一个号称江湖第一美女的情人林仙儿，身体却在江湖中的众多男侠客中漂泊。李寻欢虽然出身于“一门七进士，父子三探花”之家，然而他的父亲老李探花、兄长大李探花却因极度抑郁而过早离开了人世。有一个相知相爱的恋人林诗音，却被他拱手相让给了龙啸云。他们没有亲人可以依靠，没有门派可以支撑，生活中失去了归属感，而更为严重的是他们精神上的孤独。正如小说中的天机老人所说：“一个真正的高手活在世上，必定是寂寞的。因为别人只能看到他们辉煌的一面，却看不到他们所牺牲的代价，所以根本没有人能了解他。”李寻欢为了兄弟之义忍痛割爱，这种牺牲却不仅没有使龙啸云对他感恩戴德，反而以怨报德地设计毒害他。李寻欢同样也没有获得恋人林诗音的理解。当他重返李园时，林诗音责问李寻欢道：“你这样做对得起兄弟，可对得起我吗？”为了义而做出如此重大的牺牲，却不仅没有给朋友、恋人带来幸福，反而使他们对自己心生怨恨，李寻欢的孤独就不仅仅是一般的生活的孤独，而是一种深入骨髓的高处不胜寒的精神孤独，是一种尼采式的灵魂深处无所依托的孤独。然而，即使如此，李寻欢仍然甘于孤独。在小说的结尾，面对着孙小红对男人为了理想而舍弃情感孤独地前行的疑问时，他仍然坚决地回答："人活着，就要有理想，有目的，就要不顾一切去奋斗，至于奋斗的结果是不是成功、是不是快乐，他们并没有放在心上。"显然，李寻欢之所以沉醉于孤独，是由于在孤独中可以找到自我，坚守自我的理想和独立人格。由此，孤独就不但成为他自由自在活着的根，而且也成为他傲立于江湖世界的本。经受了对林诗音痛入骨髓的思念，经受了龙啸云令人心底流血的背叛，李寻欢在精神的孤独中终于成就了辉煌的人生，他成为江湖中的第一高手，他的刀则成为正义与光明的象征。

其次，是情感的张力。越是孤独的人，较之普通人对情感的需要就越强烈。如果说金庸的小说往往遵循着"乐而不淫、哀而不伤"的原则表达情感，经历了无数磨难的杨过和小龙女在洞房花烛夜也只是"偎倚而坐，良久无语"。那么，古龙小说的情感表现就更趋多元、更有张力。在古龙的小说中，热与冷、爱与恨的情感既是相互对立的，又是相互影响、相互并列、相互转化、相互渗透的。寻欢，寻欢，从表面上看，李寻欢到处寻欢，吃喝嫖赌样样俱全，对感情极不负责。而事实上，他是天下的第一情痴。十多年的时间不仅没有消磨掉他对林诗音思恋的火花，反而将这种火花燃成了熊熊的大火。阿飞，阿飞，从表面上看，阿飞是个混混、浪子，因为母亲的痛苦和不幸，他恨天下所有的人，对世界上任何事情都漠不关心。而事实上，他又极为单纯、痴情，尽管挚友李寻欢不断劝诫他，他却像飞蛾扑火一样扑向屡屡欺骗他的天下第一美女林仙儿。为了她，他甚至与挚友李寻欢绝交；为了她，他甚至隐退江湖。仙儿，仙儿，林仙儿在阿飞面前表现得确实像超凡脱俗的天仙，她目光纯净、笑容无瑕、柔情似水。而事实上，她是地狱中的恶魔，是江湖中冷酷无情、阴险歹毒的第一淫妇。这些，是人物外在的情感与内在的情感构成的情感张力。龙啸云出手解救李寻欢，是出于豪情；李寻欢忍痛割爱给龙啸云，同样是出于豪情。十几年后，李寻欢重返中原，原来感激他的龙啸云深深感到了危机，害怕美女和豪宅得而复失，因而把李寻欢当成了势不两立的敌人。为了去除眼中钉李寻欢，龙啸云以怨报德，卖身投靠金钱帮，千方百计地陷害李寻欢。而李寻欢对龙啸云却一而再、再而三地忍让，终于唤醒了龙啸云的良知，为了再次救李寻欢而以死洗清了自己的罪孽。这是人物情感相互并列、相互转化、相互渗透构成的情感张力。

最后，是语言形式的张力。古龙的小说之所以形成了独特的"古式文体"，就在于他一直致力于对武侠小说语言形式的变革，将文学与其他艺术门类的表现技巧进行了创造性的融合。在小说中，他引进了电影蒙太奇的表现技巧，通过时空的并置、交叉，生成形式、意义的张力。为了驱除自我在现实时空中的孤寂，为了化解因时间的流逝带来的精神上的焦虑，李寻欢不断地将记忆的触角伸向过去，伸向过去的童年和青春时光。而这种“十年前”和“十年后”时空的不断切换，传达的讯息就不再是单一的，而是多元的。它既凝结着李寻欢对快乐、童真的过去世界的留恋之情，也包含着李寻欢对这个世界的消逝的感伤、痛惜之情。此外，古龙也经常引用戏剧的表现技巧，通过个性化语言的交锋，生成形式、意义的张力。例如：李寻欢和上官金虹进行生死决斗时，就是以禅论战、以精神论战的。“李寻欢道：‘你的环呢？’上官金虹道：‘环已在。’李寻欢道：‘在哪里？’上官金虹道：‘在心里！’李寻欢道：‘心里？’上官金虹道：‘我手中虽无环，心中却有环！’……上官金虹道：‘好，请出招！’李寻欢道：‘招已在！’上官金虹不由自主，脱口问道：‘在哪里？’李寻欢道：‘在心里，我刀上虽无招，心中却有招。’”由此看来，真正的武林高手的决斗不在外在的环、刀等兵器以及运用它们的技艺的较量上，而在于经过长期历练而形成的充溢全身的精、气、神的较量上。李寻欢与上官金虹都是有理想、有追求的武林绝顶高手，这是他们的共同之处。只不过，李寻欢追求的是利人的博爱之道，上官金虹追求的是利己的权术之道，因而，李寻欢能够到达“物我两忘”的武学巅峰境界，而上官金虹却不能。武功天下第二的上官金虹输给武功天下第三的李寻欢也就是必然了，因为，到达“物我两忘”的武学巅峰境界的李寻欢是无坚不摧的。

四、作者自白

《多情剑客无情剑》虽已结束，但李寻欢、阿飞、林诗音、林仙儿他们之间却仍有许多动人的故事。尤其是李寻欢，他的命运更令人关心，因为他那种伟大的人格，已永远活在人心里。所以我现在再写《铁胆大侠魂》，请关心他们的读者能完整地看到他们多姿多彩、可歌可泣的一生。

——古龙：《〈铁胆大侠魂〉前言》，载香港《武侠春秋》，1970（5）。

我们这一代的武侠小说，如果真是由平江不肖生的《江湖奇侠传》开始，至还珠楼主的《蜀山剑侠传》到达巅峰，至王度庐的《铁骑银瓶》和朱贞木的《七杀碑》为一变，至金庸的《射雕英雄传》又一变，到现在又有十几年了，现在无疑又到了应该变的时候。

——古龙：《多情剑客无情剑》，珠海，珠海出版社，2009。

武侠小说写的虽然是古代的事，也未尝不可注入作家自己的新的观念。因为小说本来就是虚构的。写小说不是写历史传记，写小说的最大目的，就是要吸引读者、感动读者。武侠小说的情节若已无法再变化，为什么不能改变一下，写写人类的情感，人性的冲突，由情感的冲突中创造高潮和动作。

——古龙：《谁来跟我干杯》，天津，百花文艺出版社，2002。

人性中的冲突却是永远有吸引力的。武侠小说中已不该再写神、写魔头，已应该开始写人，活生生的人，有血有肉的人！武侠小说中的主角应该有人的优点，也应该有人的缺点，更应该有人的感情。

——古龙：《天涯·明月·刀》，珠海，珠海出版社，2005。

五、名家点评

古龙的武侠小说是以性格突出到近乎畸形，却又让人不得不爱的人物角色为中心的。读古龙的小说，读者记得的“坐标”，显然是楚留香、李寻欢、萧十一郎、江小鱼、傅红雪……可是让我们考验自己的记忆，试问一下：这几个人，都是何门何派？这几部小说的情节是以何门何派的恩怨情仇为主题的？如此一问一寻索，我们只能得到一个结论：古龙的武侠小说，是不怎么理会原来的那些江湖武林系谱的。古龙的武侠小说中，侠的个人与个性，明显超越了江湖。

——杨照：《系谱的破坏与重建——论古龙的武林与江湖》，转引自林保淳：《傲世鬼才——古龙：古龙与武侠小说国际学术研讨会论文集》，台北，学生书局，2006。

人多情，剑却无情。这种对比关系，正是古龙《多情剑客无情剑》这部小说的基本结构。

在人物方面，李寻欢、阿飞是一组；上官金虹、荆无命是相对比的另一组。李寻欢跟阿飞多情，上官金虹和荆无命无情。

李寻欢与阿飞是朋友，但关系如父子。阿飞没有父亲，他心中只记得母亲，母亲对他有深刻的意义与影响，但“他这一生受李寻欢的影响实在太多，甚至比他母亲还多”，所以最后孙小红发现阿飞已变得跟李寻欢几乎完全一样了。

荆无命与上官金虹也不是父子，但其关系却连上官金虹的儿子都要误会荆无命可能是上官金虹的私生子……

李寻欢和阿飞，会牺牲自己来成全对方；上官金虹与荆无命，则会杀掉对方来保全自己。所以他们这四个人，是两组奇特的对比。

——龚鹏程：《〈多情剑客无情剑〉：划破黑暗的小李飞刀》，台北，风云时代出版股份有限公司，2006。

《多情剑客无情剑》则是将真情、友情、爱情作为中心处理，李寻欢就是这些真挚感情的化身，给陷身于现代社会的利害计算的读者一个想象的、喘息的窗口。

——范伯群、孔庆东：《通俗文学十五讲》，北京，北京大学出版社，2003。

六、文献目录

曹正文：《武侠世界的怪才——古龙小说艺术谈》，上海，学林出版社，1990。

陈墨：《港台新武侠小说五大家精品导读》，昆明，云南人民出版社，1998。

范伯群：《中国近现代通俗文学史》，江苏，江苏教育出版社，2000。

费勇、钟晓毅：《古龙传奇》，广州，广东人民出版社，1996。

孔庆东、庞书纬：《古龙一百句》，上海，复旦大学出版社，2008。

彭华：《浪子悲客——古龙传》，南京，江苏文艺出版社，2001。

覃贤茂：《古龙传》，成都，四川人民出版社，1995。

赵小琪、王宁宁：《台港名家名作选》，北京，中国民主与法制出版社，2012。

一样的天空

作者：陶　然
类型：小　说

一、作者简介

陶然（1943—　），原名涂乃贤，祖籍广东蕉岭，出生于印度尼西亚万隆市。1960年回国求学，后考入北京师范大学中文系，1973年移居香港。曾先后在香港《体育周报》、香港时代图书公司、中国新闻社香港分社担任编辑，后任香港中国旅游出版社中文编辑部主任与香港《中国旅游》画报副总编辑。现为中国作家协会会员、世界华文文学联会副会长、香港作家联会执行会长和《香港文学》杂志总编辑。陶然从1974年开始发表文学作品，其创作以小说为主，兼及散文与散文诗。目前已出版长篇小说《追寻》、《一样的天空》、《与你同行》，中短篇小说集《红颜》、《平安夜》、《旋转舞台》，微型小说集《表错情》、《窥》、《美人关》，散文集《此情可待》、《回音壁》、《侧影》和散文诗集《夜曲》、《黄昏电车》、《生命流程》等各类文集30多部。

二、精彩阅读

一样的天空（节选）

创作于20世纪90年代初的长篇小说《一样的天空》是陶然小说创作的一座丰碑。小说以王承澜、陈瑞兴、方枚三位昔日的大学同窗为主人公，用人物独白和独白中的回忆串起他们在香港谋生、打拼的“现在”和在北京求学、恋爱的“过去”，展现了在一样的天空下不一样的人生轨迹和心路历程。选文描述的正是主人公王承澜梦见自己彩票中头奖，小说以意识流的手法展现了主人公潜意识里对金钱强烈的占有欲。

一张划线支票。

五千七百万港币的数字。

赫然写上“王承澜”三个大字。

我再仔细一看，没错，王承澜。

财务部的负责人伸出手来，“恭喜你，王先生。”

那末，我可以和瑞兴在钱财上称兄道弟了么？

真好。好像是一场梦似的。

以后再也不必站在他面前就矮了一截似的。我与他的级数差不多，大概圈子可以拉近一些，交往也恢复密切。

可以重拾大学时纯真友情的旧梦？也不知道。毕竟大家也改变了很多，哪能说重回过去，“嗖”的一声便回去了呢？恐怕彼此都还要调整一下心态。不过不要紧，只要双方都有诚意，这不难解决。

我有钱了。真没想到，就这么一下子，便成了个富翁。简直是海底捞针一般的渺茫机会，怎么那么巧，就教我一头碰上了？难道冥冥中早已注定？

为山要去留洋，尽管去！现在老子有钱，没问题。

只不过这么一个独生子，让他漂洋过海独自去地球的那一边闯荡，实在不舍得，也不放心。

但不喝点洋墨水，不镀上一层金，怎么跟人竞争？难道要像我一样，辛辛苦苦挣扎？假如没有这六合彩，我真不知如何是好了……

房子？换！也不要太大，有一千英尺也就够了，最要紧的是要有个书房，也未必真有时间有心情去看什么书，但坐在安乐椅上看看那些书，也很诱人。人家说，三日不读书，面目可憎；我现在三十日不读书也不奇怪，书房也不是用来装潢门面，香港的有钱人家，有几个重视书房？我倒还不想弄得满身铜臭味，我要书房。

这小编辑的职位，当然辞了！

不辞，难道要我驾驶着劳斯莱斯房车上班？吓都会把老总吓死！

英雄被困箫箕湾，不知何日上中环？

是什么歌来着？我这就破茧而出，搬出箫箕湾，乔迁中环半山区。

财大气粗，果然。

三、作品简析

香港是亚洲的金融中心，是一个充满商业气息的现代大都会。作家陶然在1973年从北京移居香港后开始了他的文学创作生涯，对香港社会商业图景的展现也随之成为陶然文学创作的重要题材。长篇小说《一样的天空》堪称陶然商业题材小说的翘楚，尤以小说对人性挖掘之深刻和叙述手法之创新为最。

正如作者在小说后记中所写："商战题材，应该可以极有特色地切入香港故事，看看在同一片天空下，涌动着何等不同的人生。"以商战题材反映香港社会的芸芸众生相，这可以说既是陶然创作《一样的天空》的动机，也是这部小说的主题所在。小说《一样的天空》为我们讲述的正是王承澜、陈瑞兴、方枚这三位昔日的大学同窗从北京南下香港各自打拼闯荡的人生故事：陈瑞兴靠着冒险投机的闯劲成为有着豪宅、香车、美女的大富豪，王承澜则是终日在报馆码文字勉强度日的小编辑，方枚则野心勃勃地要用所剩无几的姿色在香港闯出一片天地。小说以这三个主人公的独白和独白中的回忆展现了现代商业社会金钱主导一切、道德价值体系崩塌的现实图景。在以财富为核心目标的商业社会环境中，学生时代的挚友日渐疏远，曾经恩爱的夫妻同床异梦，人性扭曲、道德泯灭、文化不名一文。"有钱赚就有友情，没钱赚就是无情"、"没有面包，爱情也不便于生存"、"我不吃人家，人家会吃我，既然没有调和余地，我宁可当虎狼，也绝不做羔羊"、"我纵横商场做生意有一个坚守的原则便是六亲不认"、"能赚钱就是英雄好汉，文化拿它干什么"…… 这些被小说主人公视为人生信条的"格言警句"在《一样的天空》中不胜枚举，令人触目惊心。尽管如此，作者却从未在小说里对香港商业社会和身处其中的主人公作任何简单的批判或讽刺挖苦，而只是以主人公意识流式的内心独白和心理活动将香港商业社会环境下的不同人生一一展现，让读者在主人公的自说自话中看到人性的复杂，颇有乐而不淫、哀而不伤的中庸之美。

从艺术手法上看，小说《一样的天空》最令人称道之处在于采用了第一人称和第三人称混合叙述、多个主人公复调叙述的多重叙事视角。小说全篇共 23 章，除了第 21 章和第 23 章采用第三人称叙事外，其余各章都分别是以王承澜、陈瑞兴、方枚三个主人公为叙事者展开的第一人称叙事。与第三人称全知全能的叙事视角不同，第一人称的叙事优势在于可以让读者最大限度地走进人物内心，增强小说心理内涵的真实性。因此，三个主人公的独白式叙述无疑为读者打开了三扇通往人物内心世界的窗口：自尊而又自卑的文人王承澜，骄傲自负的商人陈瑞兴，野心勃勃的女强人方枚。小说《一样的天空》中三个鲜明生动的人物形象正是通过他们各自独白式的倾诉，向读者敞开了最真实、隐秘的内心世界。但在小说临近尾声时，又以第三人称的叙述视角来表现陈瑞兴、方枚、王承澜和 Sandy 四人在长洲海边不期而遇的戏剧化场景：最不想遇见的人偏偏遇见，两对男女各怀心事、欲盖弥彰。此时，第三人称的叙事视角既有效推动了小说情节的发展，也给小说带来了多元叙事的变化之美。

四、作者自白

香港是国际商业大都市，商界的运作风云变幻，我一直觉得，商战题材应该可以极有特色地切入香港故事，看看在同一片天空下，涌动着何等不同的人生。

——陶然：《一样的天空》，北京，人民文学出版社，1997。

我比较多地把注意力放在当下香港的生活场景中去，是因为对香港身份的认同，不论爱还是恨，其立足点还是在于坚实的香港土地。

——陶然：《写作中的香港身份疑惑》，载《香港文学》，2004（3）。

香港文学最根本的根，是中华文学。同时，作为一个中西文化的交汇点，它又能迅速了解各国信息，吸收世界各地的文化营养。特别是年轻人，中英文都通，信息也灵，因此既体现出传统的一面，也有现代的一面。

——郑荣健：《专访〈香港文学〉杂志总编辑、著名作家陶然》，载《中国文艺报》，2013-03-18。

五、名家点评

很难给陶然贴上这个流派、那个流派的标签，在各领风骚三五天的当代文坛上，陶然不是最前卫的，但是持久。

——舒婷：《不一样的天空》，载《中华读书报》，1997-12-17。

我以为陶然是一位有着很强社会责任心和历史使命感的作家。他的创作从来都是深深植根于现实人生的（即使现实是多么严酷），都是从自己心灵深处自然流淌出来的。

——曹惠民：《一部富有深广概括力的佳作》，载《文汇报·文艺》，1993-12-05。

在发表于1992年的长篇小说《一样的天空》中，变化或许更为明显。小说照例有两个主要人物：报馆编辑王承澜和商界老板陈瑞兴。按照陶然从前的小说模式，文化人往往是小说的正面主人公和主要叙事者，他虽然没有多少钱财，但有文化品味，是小说品鉴人物的出发点和标准，而商界老板则与文化人构成对立，有钱有势，却无情无义，是反面人物。在《一样的天空》，小说中的人物角色和位置较从前有所变化。商界老板陈瑞兴敢做为，具有冒险精神，同时也具有人情味。报馆编辑王承澜则成了一个胸无大志、患得患失的灰色人物。更有象征意义的是小说中的另一个人物，来自大陆的女性方玫。她唯利是图，并且以色相吸引男人，成了小说的配角。从方玫这个人物我们可以感觉到，中国内地在陶然的心目中形象已经发生了很大的变化。

——赵稀方：《香港有陶然》，载香港《文学评论》，2011（15）。

陶然有非常严肃的小说态度和文学追求，他的小说既力求为“一个大时代的一群小人物留影”，又与“现实”保持着一种清醒的批判和“否定”的距离；既对小说艺术的探索和实验投注了巨大的热情，又对故作深沉的晦涩文风不以为然。这使得深居“商业之都”的陶然自始至终都对文学的理解有着一种近乎童稚的真诚，这种真诚当然无力把他包装成商业社会里大红大紫的畅销作家和文化英雄，然而却更凸现了他与商业趣味格格不入的文化性格。从这个意义上说，陶然式的写作已经构成了一种特殊的抵抗现实的精神方式，其小说世界的文化品格与精神内涵自然也都孕育而生。

——吴义勤：《陶然小说的世界图式和艺术图式》，转引自曹惠民：《阅读陶然：陶然创作研究论集》，北京，北京师范大学出版社，2000。

六、文献目录

曹惠民：《阅读陶然：陶然创作研究论集》，北京，北京师范大学出版社，2000。

方忠：《陶然小说论》，载《西北师大学报》（社会科学版），2000（6）。

涂陶然：《香港内外》，福州，福建人民出版社，1982。

吴义勤：《商业语境中的生存独白——评陶然长篇小说〈一样的天空〉》，载《当代作家评论》，1994（6）。

袁良骏：《香港小说流派史》，福州，福建人民出版社，2008。

钟钛申、袁勇麟：《陶然“香港身份”关照下的香港叙事》，载《扬子江评论》，2012（6）。

北京人在纽约

作者：曹桂林
类型：小　说

一、作者简介

曹桂林（1947—　），生于北京，曾在中央广播艺术团任大提琴演奏员。1980年初，曹桂林与妻子移民美国，创办C&J KNITWEAR公司，从事高档针织时装的设计和生产业务。《北京人在纽约》是曹桂林的第一部长篇小说，被改编成电视剧之后几乎家喻户晓，是新移民文学的开山之作。之后又陆续出版了《偷渡客》、《绿卡》、《纽约上空的中国夜莺》、《王起明回北京》等小说与纪实作品。

二、精彩阅读

北京人在纽约（节选）

> 《北京人在纽约》是作者根据自己的真实经历改编而成的小说。小说以王起明和郭燕两人为圆“美国梦”而抛家弃子来到美国拼搏奋斗的经历为线索，反映了20世纪80年代从中国大陆走出的华人在海外的生存状态。

从那以后，王起明和郭燕只要一出货，就到这家餐馆来“一鸭两吃”，并且商量生意，讨论给工人的工资份额。这家餐馆成了他们的半个经理办公室。

如果这家餐馆的老板是细心的人，或者说，他是个喜欢评论顾客的老板，那么，他会告诉他的亲朋好友，总来“一鸭两吃”的这对来自北京的夫妇在后来的一年里，有着很大的变化，起码是在外表上。王起明最早来的时候，穿的是一条牛仔裤，不久，那条裤子换成了西装裤，上衣熨得平平的，而且领带越来越高级、越来越漂亮。

…………

当然，发生变化的不仅是这对来自北京的年轻夫妇，也包括餐馆的老板。

首先是这位餐馆老板对他们称谓的微妙变化。最先，他称他们“女士，先生”，现在则称他们“王老板，王太太”，经常要恭维一下王太太的新衣服，这都免不了要王起明多花儿美元的小费。

王起明对这些服务越来越适应。话说回来，要适应这些实在不用费力。

有一回，王起明夫妇吃得耳酣脸热，十分有兴趣的时候，王起明猛地想起了什么，拉着郭燕离席，向后就走。“上哪儿去?”郭燕问他。王起明也不答话，直奔操作间。操作间里，蒸汽弥漫。王起明一眼就看见了洗碗池。一个中国小伙子正在低头洗碗，满头大汗，身旁是碗碟摞起来的小山。王起明看着小伙子拼命干的神色，一时竟看入了神。郭燕当时就明白了王起明的心情，一声不吭地站在丈夫身边。

三、作品简析

作为早期新移民文学的开山之作，《北京人在纽约》呈现出鲜明的20世纪80年代的时代特征——物质贫乏下的物欲膨胀、物欲挤压下的精神匮乏。这在作品中又表现为以下两个方面。

一方面是对发财梦破灭后生存艰难的描写与倾诉。早期的中国大陆留学生或移民人员，多数都怀揣着一个天方夜谭式的“富裕梦”，因为那时以美国为代表的西方社会就是物质/金钱的象征。但是生存现实让他们仿佛一下跌入地狱，他们不得不面对失业、贫穷甚至饥饿构成的强大的生存压力，这迫使他们必须放下传统文人的清高与狂傲，在社会最底层忍受艰苦生活的种种考验，理想世界与现实环境之间的心理落差可想而知。《北京人在纽约》中的王起明也不例外。他在国内是国家乐团的大提琴手，到美国初期，只能住在阴暗潮湿的地下室，在饭店做一个洗碗工。在这种情况下，《北京人在纽约》用了许多篇幅来描写与倾诉主人公初到国外时的生存困境。

另一方面是精神对物质的退让。也许是因为贫穷所导致的精神苦难对二十世纪七八十年代留学或移民海外的中国人的影响太深，《北京人在纽约》表现出对个人物质生存的极大关注。即使在生存问题已经得到解决的情况下，小说主人公或者作家所关注的重点依然是物质与金钱，可以说，金钱已经成为他们衡量人生是否成功的标志，因此渲染致富传奇就成为作家在这部小说中的主要着眼点。王起明和郭燕从一贫如洗到成为百万富翁，他们成了美国梦的传奇人物。但是，在光鲜外表的背后，小说也为我们展示出主人公精神的日渐空虚与贫乏。除了赚钱，他们的生活就是吃饭、跳舞、打麻将或者美容、减肥、买衣服，学问、艺术统统成为无用的东西，体现出典型的拜金主义，没有更高层次的人生理想与精神追求，从中也折射出20世纪80年代改革开放初期中国大陆普遍存在的浮躁心态和喧嚣的物质欲望。

除了以上两个方面外，《北京人在纽约》还为读者展示出早期新移民们在文化接受上的矛盾与混乱以及由此带来的身处两种文化夹缝中的“边缘人”的尴尬体验。一方面是深重的中华文化的深刻影响，另一方面是对西方文化的顶礼膜拜；一方面是对中华文化的疏远，另一方面又无法真正融入异域文化。这几种情况复杂交织，深刻影响着小说主人公的文化心理。小说作者以及主人公王起明、阿春，都无法轻松自如地处理文化身份问题，对自身的文化裂变充满悲剧性感受。这部小说最后是以王起明的破产以及女儿宁宁的死亡为结局的，这一切既是作者对王起明美国梦的沉重打击，也是对自身文化身份的深刻反思，对沉迷于“美国梦”中的国人无疑是一种警醒。

这部小说采用第三人称叙事方式，按照时间顺序结构全文。小说从王起明、郭燕成功申领绿卡来到美国始，以多年后王起明好友邓卫也兴冲冲来到美国投奔王起明终。在小说的结尾处，王起明毫不留情地把邓卫抛在了破旧的地下室，一如小说开头郭燕的姨妈对待他和郭燕一样，这样前后形成一种回环和呼应的结构，既能够引发读者无限感慨，也留下了广阔的思考空间，可谓余味悠长。这部小说语言朴实、自然，情节也无大开大合，却贴近生活，毫无矫揉造作的痕迹。王起明的破产以及女儿宁宁的死亡最终把小说推向悲剧的高潮，但是即使如此，小说在情节的铺垫以及情绪的酝酿上也是不急不躁，直到后来死亡骤然出现，小说的悲剧感才蓬勃而出，显现出憾人的力量。而小说结尾处邓卫到来时，王起明平静的外表又掩盖了绝望的情绪，王起明的冷静与邓卫的欣喜形成鲜明对比，引人深思。但也正是如此，这种表面平静之下内心的波涛汹涌才更显真实动人，一如生活本身的模样。

四、作者自白

美国，我真不想骂它。的确，它有很多好的地方，比如，人们都知道：美国是儿童的天堂，青年人的战场，老年人的墓场。虽然对老年人是亏了点儿，可对青年人来说是个好地方。只要你努力，肯拼命，聪明，加上体力好，总会有个成功的机会。

虽然那座通往成功的桥，又窄，又长，又艰险，但毕竟有人能通得过，我就是其中一个。但是，桥那边，并不是一片乐土田园。桥那边，更是满地陷阱，荆棘丛生，一不留神，你会全他妈玩儿完。

我写了过桥的艰难，但大量的篇幅还是写桥那边所发生的事儿。因为很多人并不知道，过了桥后还会出现什么，桥那边为什么喜变成了哭，乐变成了哀，有变成了无，肉变成了血，生变成了死。

——曹桂林：《北京人在纽约》，北京，中国文联出版公司，1991。

五、名家点评

如果说，对王起明和郭燕的行为和思想的描写在小说开端时所呈表的仍然是美国梦绮美的一面，那么当邓卫于小说结束时第二次出现，在他的在此呈表下，一个完整的带着裂痕的“美国梦”已纤毫毕现，在与王起明的经历相对照之后，这一梦想所带来的讽刺性也不言而喻。

——刘登翰：《双重经验与跨域书写——20世纪美华文学史论》，上海，上海三联书店，2007。

一些较早从中国大陆来到北美的华文作家，在不能忘怀大陆经验的同时，还有着较为强烈的“大陆意识”。所谓“大陆意识”，是指这些作家对自己是身在北美的“大陆人”有着充分的自觉，这种自觉使他们在写作的时候，面对自己预设的潜在读者（主要为大陆读者）常常会在自觉不自觉间流露出一种“炫耀”的意味，这使他们喜欢描写自己在北美的成功经历，即便是在涉及自己的痛苦时，也会在痛苦中表现出一种沾了“洋”味的“高级的痛苦”——这与此前来自台湾的作家们更多地在作品中书写失败、痛苦形成强烈的反差……但时代进步所带来的北美大环境的相对宽松，作家主观上对“融入”的相对淡漠，特别是北美处境相对于他们过去大陆生活的差别，使他们的北美经验带有更多正面、积极的意味，于是，这些正面、积极的意味或许就在不经意间化为流淌在他们作品中的“大陆意识”——向读者展示他们光鲜的一面：他们已经在北美世界取得了成功。

——饶芃子、杨匡汉：《海外华文文学教程》，广州，暨南大学出版社，2009。

六、文献目录

曹桂林：《王起明回北京》，北京，朝华出版社，2003。

陈贤茂：《海外华文文学史》（第四卷），厦门，鹭江出版社，1999。

江少川、朱文斌：《台港澳暨海外华文文学教程》，武汉，华中师范大学出版社，2007。

施秀娟：《寻美国梦的又一代移民——评〈北京人在纽约〉兼与〈移民〉比较》，载《河池师专学报》，1992（2）。

王婉如：《〈北京人在纽约〉与“美国梦”》，载《现代语文》，2010（12）。

我的财富在澳洲

作者：刘观德
类型：小　说

一、作者简介

刘观德（1949— ），祖籍重庆。他1965年初中毕业后进工厂做工人，工作之余从事文学创作，1975年开始陆续发表散文、报告文学和中短篇小说等文学作品。1978年1月，刘观德考入华东师范大学中文系，毕业后在少年儿童出版社担任编辑。1984年，他前往澳大利亚留学，1989年回国。回国后即创作长篇小说《我的财富在澳洲》，描述了华裔留学生和移民在澳洲的艰辛生活，在当时引起巨大反响，与高晓声的长篇小说《陈焕生上城》一起荣获上海市首届中长篇小说优秀作品大奖赛二等奖（一等奖空缺）。2012年8月，沉寂20余年的刘观德出版新作《兵败沙家浜》，写了家族祖孙几代的生活，折射出中国草根阶层在时代变迁中的生活原生态。

二、精彩阅读

我的财富在澳洲（节选）

《我的财富在澳洲》讲述了中国作家罗伯特·牛在澳洲的生活经历，展现出华裔留学生和移民在澳洲生活的艰难。选文描述的是罗伯特·牛对生活的看法，从中我们可以窥见其小心谨慎的生活态度。正是因为这种小心谨慎，他与报社老板杨先生谈好工作后，因见其与台湾有联系，尽管不清楚什么关系，还是马上果断放弃了后者提供的体面工作，重新陷入求职困境。

如果说认识杨先生我所感到的仅仅是幸运和兴奋，那是不完全的。

我出生在大陆解放前夕，伴随着一连串的政治运动长大。变幻莫测的政治风云促成了我对人、人生和生活的特殊理解。形象地说，我认为人就好比一条船，一条十分单薄、原始的小船：木质结构，双桨是它的全部动力。风帆并不是每条船都具备，它是父辈的馈赠，幸运儿的特权。人生，便是它的航程，没有罗盘，全靠观察天象以定方位；没有海图，仅凭经验和淤泥；航程的远近由每条船自定：你可以一生在一个地方打转，安于平静和舒坦，也可以穿越百慕大三角，绕过好望角，去探索大海的奥秘，饱览大海的绮丽，一切全看各人的志趣和追求。而生活，则是大海，有风平浪静的柔顺，也有浊浪排空的暴戾；有旭日东升一览无余的壮观，也有激流漩涡暗礁，甚至海盗打劫的威胁……我就是一条没有风帆的小木船，半是因为早年方刚的血气，半是因为自己对生活肤浅无知的理解，一直在通往好望角的航线上挣扎。虽然一路上尚算平静，却已是精疲力竭，苦不堪言。而耳闻目睹的人生悲剧则使我时常有望而却步的犹豫徘徊。我几度想结束这痛苦的追求，在孟加拉湾找片平静的海面徜徉，可面对雄心勃勃的同辈人又脸有愧色，于心不甘。于是，马路上安全行车的交通标语，成了我航行的新守则。这些内容是："一慢二看三通过"、"宁慢三分不抢一秒"、"十分把握七分开，留着三分防意外"等。

按照这些原则，在竭力争取杨先生的信任和赏识的同时，我却一面暗暗研究着他的背景和政治态度。报界不比工厂和餐馆，我可能因为它成为一个体面的白领工人，也可能因为它误入歧途，卷入一场险恶的政治漩涡。我爱我的故土和家庭，我身上肩负着的并非我一个人的命运。

三、作品简析

《我的财富在澳洲》写的是一个中国人在澳洲的打工经历，用第一人称的方式，展现了华裔留学生和移民在澳洲生活的艰难。故事的主人公罗伯特·牛是一个作家，在国内高不成低不就，于是在旁人的鼓动下，他决定前往澳洲寻找施展才华的地方，以求更好的未来。然而到澳洲之后的生活完全出乎他的意料，想留学，钱不够学费只能被迫放弃；想淘金，慧眼识英才的伯乐并没有出现，赚大钱成为奢求。眼看着口袋里的钱只出不进，他的生活陷入窘困，住的房子破烂狭小，吃的东西毫无营养。为了维持生活，他开始一次又一次的求职历程，和一个又一个老板斗智斗勇，想尽办法多拿一点工资。一次次的挫折后，他对工作的期望不断降低，从"马"到"驴"到做小混混。最后，吃尽苦头的他想离开澳洲，他设计了一个小犯罪想被免费引渡回国，可这个期望也落空了，他需要自己赚钱凑够机票钱。再次来到唐人街的他发现随着来澳华人的增多，能拿工资的工作都变得很难找到，求职失败的他站在路上，觉得无处可去……

刘观德从澳大利亚回国后写的这部小说，以自己为主人公罗伯特·牛的原型，用自己在澳洲的经历为蓝本，再进行艺术加工，作品具有很强的纪实性。在出国留学打工之风盛行的当代，很多人都盲目崇拜外国，对出国抱有美好的幻想。然而真正走出去，才发现国外没有想象的那么好，在国外的生活之难超乎想象。作者通过对罗伯特·牛在澳洲生活的描述，生动地再现了那种梦想幻灭的绝望，警醒人们理性思考，认清现实和理想。

在作品的引子中，作者讲了一个来自《一千零一夜》的故事，一个前往波斯寻找财富的开罗人，最后回来在开罗的自家花园里挖出大笔财宝。这个小故事和小说所讲的罗伯特·牛的经历有异曲同工之妙，似乎也暗示了赴澳淘金的罗伯特·牛回国后才能得到真正的财富。澳洲之行充实了他的人生经历，遇到的形形色色的人也教会他很多，更主要的是他的心境和性格成熟了很多，不再天真冲动、意气用事，学会了积极应变、从容面对。这是一种精神上的财富，比物质财富更难得、更具有价值。

整部小说分为19小节，每一节的开头引用了一些和澳洲有关的资料，或是历史介绍，或是当时的政策，或是报道中对旅澳亚洲人的态度。每一节的内容，都可作为一个单独的小故事，但又互有联系。第一节即提出到澳洲像是在做梦，最后一节又以罗伯特·牛做的一个梦结尾，前后呼应，仿佛罗伯特·牛的这场澳洲之行只是一场梦。

小说的语言朴实，情节具体，让人能真切感受到在澳洲的华裔留学生和移民生存之艰辛。这种艰苦是体力和精神上的双重压迫。语言、文化的冲突，身处异乡的孤独，这些都是基本困境。从国内的精英人员变成澳洲的普通打工者，甚至还比不上当地土生土长的打工者，这种身份上的落差和当地人不平等的对待，更是加重了赴澳者精神上的压力。而高强度的体力工作，对于在国内习惯了从事脑力劳动的留学生们来说，是实实在在的身体上的折磨。这些苦难孕育出一些经典的论说，作品中的一些格言，真实地反映了出国者的处境，简单而富有哲理，精辟而含义深远。如“五苦论”、“驴马论”等，在当时的留学生中引起强烈共鸣。

四、作者自白

“吃不着苦的苦比吃苦的苦还要苦”，“忘记从前的辉煌史，一切从零开始”，“出来不易，待下去很难，回转去更难”……我小说里记录下的这些中国留学生的格言和警句，作为他们在澳洲生活状况的概括和写照是丝毫也不夸张的。……几乎还在酝酿《我的财富在澳洲》的同时，我就产生了一个强烈的渴望：我要造一座桥，把人与人的心灵连接；我要挖一条沟，把人与人的感情沟通。短暂而又漫长的澳洲生活，使我越来越深切地感到人与人之间的互相理解和沟通是那么重要和可贵，却又是那么缺少。正因为缺乏这种理解和沟通，中国留学生才“出来不易，待下去很难，回转去更难”。

——刘观德：《澳洲的三个世界》，载《上海艺术家》，1996（4）。

五、名家点评

在写自己的澳洲经历之前，作者先推出了他的朋友们的精彩格言。这是作者刚下飞机即受教育的第一课。威廉的“五苦论”，迈克的“驴马论”，约翰的“出来不易，待下去很难，回转去更难”，罗杰斯的“忘记从前的辉煌史，一切从零开始”，都是自我经验的哲理性概括，都流溢着一种悲凉的基调。每一句格言背后，都隐藏着一个人和他的故事，一个梦和它的幻灭。它们放在故事的开头，以其睿智精辟而又意味深长，一下子就抓住了读者。

——方克强：《从出国梦到中国梦——评长篇纪实小说〈我的财富在澳洲〉》，载《当代作家评论》，1991（6）。

在评论界感慨“谋生”主题的作品大部分写得比较匆忙而粗糙，更接近社会调查报告的时候，刘观德的《我的财富在澳洲》（以下简称《财富》）与读者不期而遇了。在我看来，这是迄今为止表现中国留学生打工谋生主题最出色的作品之一，是一部不仅靠思想、靠感觉而且真正“用词句”而成的作品……真正把打工谋生同时以纪实性和文学性的方式表现出来，而且把两种方式结合得如此密切而成为一个整体，《财富》无疑是一次成功的尝试。所以，对于留学生文学来说，我们虽然不能不在乎《财富》陈述的那个主题，但是我们更看重作者陈述这个主题时的叙述方式和语调。也就是说，他为什么这样讲而不那样讲，这样讲和那样讲的差异以及这样讲的文学价值之所在。

——毛时安：《〈我的财富在澳洲〉和留学生文学主题悖论》，载《文艺理论研究》，1992（2）。

六、文献目录

方克强：《从出国梦到中国梦——评长篇纪实小说〈我的财富在澳洲〉》，载《当代作家评论》，1991（6）。

刘观德：《澳洲的三个世界》，载《上海艺术家》，1996（4）。

毛时安：《〈我的财富在澳洲〉和留学生文学主题悖论》，载《文艺理论研究》，1992（2）。

庄伟杰：《生存方式、文化角色及华文书写》，载《台港文学选刊》增刊《全球化时代华文写作与海西文化传播国际研讨会论文集》，2010。

到美国去！到美国去！

作者：查建英
类型：小　说

一、作者简介

查建英（1959—　），笔名扎西多，女，北京人，作家。1978 年至 1987 年先后就读于北京大学、美国南卡罗来纳大学、哥伦比亚大学，1987 年曾经回国，90 年代又返回美国。2003 年获美国古根海姆写作基金资助，再回中国。曾为《万象》、《读书》、《纽约客》、《纽约时报》等撰稿。曾出版著作《China Pop》，杂文集《说东道西》，小说集《丛林下的冰河》。2006 年又出版《八十年代访谈录》，在国内外引起广泛关注。其小说融叙事与理趣、反讽与诙谐于一体，颇有文人小说的风范。

二、精彩阅读

到美国去！到美国去！（节选）

中篇小说《到美国去！到美国去!》以简练老到的语言、多重叙事视角展现了一个名叫伍珍的女性出国前后的情感历程和生存影像，无论是在陕北做知青，还是在美国为生计打拼，伍珍的身心都付出了惨重的代价，幸福就像是水中花、镜中月，让这个背负着历史重荷的女人在生命的旅程中困顿地前行。

默默走了一段，已经望得见地铁站口幽幽的灯光。柴荣又开口说："伍珍，我想告诉你，我已经和 C. B. 订婚了。我们不打算大办，也不去教堂，到时候请几个好友聚一聚就行了。我希望到时候你能来。"他的声音平缓而恳切。他侧过头来望伍珍。

一辆救护车尖锐地呼啸而过，刺耳的警铃划破夜空——两条街外有一家大医院。柴荣看见伍珍的脸难看地歪了歪，嘴里嘟囔了几句什么，他明白她是在祝福他。

回到公寓里，伍珍连灯都没开就跌到床上，而且很快就坠入异常疲惫沉重的昏睡。

醒来时她被滚滚黑暗包裹着，一下子不知身在何处，心在何时，己为何物。这样迷迷沌沌躺了许久，才渐渐有一串不连贯的记忆、思想、画片闪过脑际。

她记起幼儿园时代顽皮的恶作剧；洁白带藕色花朵的和服；第一次来月经时的惊恐绝望；嘈杂的粥棚；满脸涕泪的父亲；骗走了她一个硬币的黑人；后母举办的“家庭学习班”，四个巨大的零；陕北山脊上她看到地狱之谷的一瞬间；两只缝在一起的高粱枕头；一个死心塌地对她好的男人……

到此处，记忆的长流猛然打了个旋涡。伍珍“唰”地坐起身，拧开灯，急急从书桌最下面的抽屉里找呀找，找出一张纸面已开始发暗的短简。她阅读时的贪婪神情活像一个溺水之人望着一根漂浮的芦苇：

“我还是想你。有时候想得厉害。不过你只管放心学习，往前走吧。水总要往下流，人总要朝上走。只要你活得好，我在这边总是替你高兴，替你祝福……”

眼泪冰凉地淌了一脸。伍珍还是直看下去，看了一遍又一遍。此时此刻，对她来说，这些话并不是一声声遥远的倾诉，而确实是真真切切的抚爱。她双手抱住瘦成瓦片似的肩膀，湿淋淋的脸庞上浮现出充满童稚气的感激喜悦。浑身快意地哆嗦着，在半幻觉的状态下她感到一只男性的坚实大手正温柔地抚弄她裸露的胸脯，而且从那儿缓缓向肚滑去。身下一热，来不及反应过来这只手究竟属于谁（余宝发？柴荣？约翰王？山姆？），她就惊慌失措地腾出双手去护住那致命所在，同时发出一声无比痛苦的尖锐喊叫……

三、作品简析

中篇小说《到美国去！到美国去！》的结构非常完整，共有“引子、上篇、下篇、尾声”四部分，如同一个圆形结构。其叙述视角可分为三种，分别是第一人称“我”、第三人称全知视角和“伍珍”视角，由此建立起人物故事的多重棱镜，映射出人物曲折的命运历程。

第一重叙述视角是解读此部小说的关键，也是伍珍及其故事建构的基础。在“引子”部分，小说交代了“伍珍这人我从没正面见过”这一事实。伍珍的过去和现在全是“我”和一个朋友之间的“谈资而已”，“切不可转述”又道出了故事的真实面相是有几分保留的，“我”所述故事在这里更多的是艺术上的一种虚构。这一点使人想起鲁迅的《阿Q正传》和塞万提斯的《堂吉诃德》，故事本身的“不确定性”叙述显然动摇了所述故事的“真实性”基础，造成读者对其可信性和可靠性的质疑。但恰恰是这种“不确定性”的叙述方式延伸出许多新的含义，使得伍珍的人生在一种似真非真的视域中更具象征与指涉意义。进一步说，小说使用的抵抗“历史真实”和“人物在场”的叙事策略显然重构了一个虚拟与真实共生的叙事空间，使得伍珍这一普通人物的普泛性意义从一种矛盾性的张力中显示出来。伍珍不仅代表无数个希冀“到美国去”实现种种愿景的一类中国人，还代表着广大第三世界的一批追梦人。但是“我”之叙述体系中建构出的伍珍——风流倜傥的女强人终归只是伍珍人生的一种面向，而她性格中的其他面向则交给其他叙述者。

“上篇”部分在第三人称全知视角下叙述了伍珍在反右期间的遭遇、求学、去陕北做知青并同余宝发结婚及孤身出国的整个过程。叙述空间落在“中国”这一大的环境中，具体又定格于伍珍活动的三个地方——北京、陕北乡下、陕北一个小县城。这一视角描绘了特定时代伍珍的生存空间和历史变迁所引发的个人思想的嬗变，在梳理中国历史上一段特殊时期的背景的同时，暗示了社会权利与利益保障机制的空缺所导致的女性命运的凄然和压抑。伴随着改革开放的这一新平台的提供，小说细绎出伍珍“倔强”和“不认命”的性格定势，描述了伍珍不停“游走”和为寻梦不惜一切甚至牺牲婚姻的惨剧。小说聚焦于女性在实现自身价值时所付出的沉重代价，其中的讽刺和悲凉意味十分浓郁。

“下篇”部分采取的是“伍珍”的叙述视角。这一叙述视角真正从伍珍的视域出发，披露她眼中的社会和自我定位，较为切近伍珍的“真实”体验。它勾连起伍珍生命内在情感的演变历程和外在身份的变换，将作为“主体”的伍珍在人生情场上的失意惨淡和职场上的艰辛困厄进行了细致的展示。在这里，作家调动了各种刻画人物的手法，如用心理描写描述伍珍身处异域文化的彷徨与自责；用对话描写展现一群华人困顿的人生面相。最重要的依然是伍珍那摸爬滚打的跌宕人生及其为此付出的惨痛代价。小说多处描写了伍珍身处异域的幻灭感和失落感，但是她仿佛也没有退路，就这样背负着历史的负荷在一条不归路上踽踽独行。

三重视角构建出伍珍这一极富悲剧性的女性形象。他者眼中的影像都不过是伍珍人生的一种面向，而任何单一的面向显然不能涵盖真实的人生，所以小说在塑造一个永不满足、不断奋进的女强人的同时，也勾起我们深沉的思考：对于女性，对于那群漂洋过海希望实现美国梦的人们来说，幸福到底如何实现？

四、作者自白

“文革”中的教育，是一种负教育，等于给你脑子里铺了一层硬壳。结果你

就像一块盐碱地，板化了，直接播种都不行，得休养生息，逐渐改善土壤结构。

——查建英：《陈平原访谈：关于八十年代》，载《社会科学论坛》，2005(6)。

……我们的许多感觉的确包含了太多的矛盾与尴尬，特别是重访故乡时，半是过来人，半是回来人，所历所见往往会刺激这类感觉，使之肿胀触目……我们就是这样一批不三不四的怪物。这倒不是张扬一种彻底的悲观主义，而只是觉得我们对自己已陷入的境地应该有较为清醒的认识。

——查建英：《关于“边缘人”的通信》，载《小说界》，1988（5）。

五、名家点评

我喜欢游离于伍珍故事主线之外的那些松散细节，如“惠东饺子公司”的几位前舞蹈演员咬牙在纽约演出自己创作的舞剧之类。但伍珍在中国在美国的谋生方式虽有极大差异，其为谋生则一，土插队既不能真与乡民“打成一片”，洋插队就真能融入彼邦文明吗？这故事里还是有巴尔扎克和德莱塞想象力以外的东西。

——黄子平：《〈到美国去！到美国去！〉序》，转引自查建英：《到美国去！到美国去！》，北京，作家出版社，1991。

查建英说：“我们实际上是一种流浪汉的心态，哪边都不完全有归宿，是‘边缘人’……”文化的规定性与排他性，种族血缘的亲近与排斥，使得这一批又一批流落异国的中国人，很难融入另样的文化，也很难被他人毫无顾忌地接纳。即使他们所面临的是一种开放性的、大度的文化，水乳交融的情景也还是难以发生。

——曹文轩：《论近二十年来文学中的“流浪情结”》，载《文学评论》，2002(4)。

查建英在自己的文学文本中进行了一种跨文化的探究。她的小说的独特性不在于在形式上拯救小说的危机，相反地，在她所处理的主题中包含了中国小说所面临的困境。她的小说以一种传统的形式，细致入微的写实技巧描写了在美国的中国人的日常生活，但这种描写在我们看来具有某种隐喻的意义。她把“中国”及其文化的困境，以一种个人经历的方式凸现出来。查建英赋予她的小说一种挥之不去的，完全无法摆脱的“意义”和深度。她留下了一个紧张的文化上的夹缝，她把第一世界/第三世界间的对峙戏剧化了。

——张颐武：《第三世界文化的生存困境：查建英的小说世界》，载《当代作家评论》，1989（5）。

四、文献目录

陈薇：《再论美国华裔文学的身份和属性：以查建英的〈到美国去！到美国去！〉为例》，载《河北工程大学学报》（社会科学版），2009（4）。

陈慰萱：《困惑与选择：在两个世界之间——美籍华人女作家查建英、谭爱梅、於梨华小说分析》，载《国外社会科学》，1997（5）。

郭群：《文化身份认同危机与异化——论查建英的〈到美国去！到美国去！〉》，载《东北大学学报》，2007（5）。

黄万华：《美国华文文学论》，济南，山东文艺出版社，2000。

刘俊：《世界华文文学整体观》，北京，人民文学出版社，2008。

刘俊：《论美国华文文学中的留学生题材小说：以於梨华、查建英、严歌苓为例》，载《南京大学学报》（哲学·人文科学·社会科学版），2000（6）。

杨剑龙：《两种文化两个世界间的“边缘人”——读小楂的“留美故事”》，载《小说评论》，1989（5）。

曾镇南：《评查建英的留美故事》，载《小说评论》，1990（4）。

哀悼乳房

作者：西　西
类型：小　说

一、作者简介

西西（1938—　），原名张彦，广东中山人，生于上海，小学毕业后随家人迁居香港。西西的创作领域广泛且成果斐然，迄今已出版小说、诗歌、散文等各类作品集30余部，英译本小说4部，其中尤以长篇小说《我城》、《哨鹿》、《美丽大厦》、《哀悼乳房》、《飞毡》和短篇小说集《春望》、《像我这样的一个女子》、《手卷》、《家族日志》等作品饮誉海内外。从20世纪80年代起，西西已多次荣获各项文学大奖：其短篇小说《像我这样一个女子》、《致希绪福斯》分别在1983年和1988年获台湾《联合报》第八届、第十届短篇小说奖之推荐奖；1988年，短篇小说集《手卷》获第十一届《中国时报》文学奖之小说推荐奖；1993年，《香港文丛·西西卷》获香港中文文学双年奖；2005年，长篇小说《飞毡》获《星洲日报》第三届“花踪”世界华文文学奖；2009年，旅行笔记《看房子》和小说《我的乔治亚》入围台北国际书展大奖。

二、精彩阅读

哀悼乳房（节选）

长篇小说《哀悼乳房》最初由台湾洪范书店在1992年出版发行，当年它便名列台湾《中国时报》之“开卷十大好书”，并获得台湾《联合报》读书人最佳书奖。这部以乳房为主题的小说源于作者本人的亲身经历，讲述了“我”在身患乳癌后如何面对现实、接受治疗、重建信心的心路历程。小说全无癌症病人顾影自怜的伤感、颓废，反而以乐观的心态、广博的学识、幽默的语言和深邃的哲理为我们解读疾病与人生的种种联系，并以此反思现代人在一味追求科技进步与智力发展时却忽视了对身体、对健康最基本的关怀与尊重。

但别以为我在寻找一个最终完美的译本，不是的。书本里从来就没有一个既定而垂直永久的“绝对精神”。翻译就是传闻，同一文本有多重传闻的可能，每一个传闻者都可以说，“包法利夫人就是我”，包法利夫人并不嫌多。至于皮囊语言的译家，自然是以生物学家、医生为专业，也许就因此显得科学些、客观些吧。可是从整个人类的发展来看，则也是由于经验和风尚等不同，而有了奇异的释义。我们是在长期不断的误读和重译里获益。我是否也可以说，现在或者将来也不可能有唯一、绝对的译本呢？

何况目前的医生良莠不一，人格道德有别，不知是否有许多误译、改译的地方。常常有这医生说该做手术，那医生说根本没事，怎不令拥有生病皮囊的人忧心忡忡。幸而在这个世界上，好的医生仍占大多数，能挂牌执业的也有专业水平的保证，而且能够不断吸收经验。

皮囊能言，它的语言同样包括声音和图像，它书写的文字，在我们的躯体上留下符号。我们用心电图、超音波、X光照射透视，都能找到图像的符号，皮囊真是善于表达自己的语言家，幸亏这样我们才能在世界上活了那么久。二十世纪大多数的思想家最关心的课题是语言，揭示语言的奥秘成为使哲学成为科学的关键。天生我们有一张嘴巴，两只耳朵，我们在不断解释自己的时候，更应该留神地聆听，不要让嘴巴过分膨胀，而耳朵日渐退化。我想，地球是一个更大的皮囊，它不是正发出许多语言符号？我们人类如果仍然不肯聆听，早晚就要失去这最后一具安身立命的皮囊了。

三、作品简析

西西喜欢的意大利作家卡尔维诺曾经主张，二十世纪的小说家要把知识纳入文学探索，如此，现代小说才能成为百科全书。对此，西西深谙其道并勇于付诸实践。《哀悼乳房》正是这样一本奇书，与其说它是一本小说，不如说是一本有关乳房、有关癌症治疗与身心保健的科普读物。在《哀悼乳房》里，西西一再强调，我们每个人，无论男人、女人、老人、小孩都有可能成为癌症袭击的对象，因此，我们要学会倾听“皮囊”的语言，读懂身体的暗示。小说也不厌其烦地告诉读者如何在日常生活中预防癌症，不幸得了癌症要如何治疗，以及癌症病人怎样对生活重建信心等医学常识。除此之外，《哀悼乳房》还通过叙述者“我”的意识流将一个平凡女子对文学、建筑、电影、音乐、中医、气功、太极等各类知识独到而深入的理解娓娓道来，妙趣横生的知识与望而生畏的癌症共存一书，恐怕只有在西西的《哀悼乳房》里才能看到。但其实，这更是一本有关生存哲学的书，它让我们重新思考精神与肉体、人与自然、生存与发展的问题。正如作者在小说序言中所说："所谓'哀悼'其实含有往者不谏，来者可追，而期望重生的意思。"的确，在科学技术日益发达的今天，虽然我们居住的楼房越来越高，享用的食物越来越丰富，乘坐的交通工具越来越便捷，但人类的生存能力其实非但没有我们预想的那么强大，反而是更加脆弱和退化了。

和西西的许多作品一样，《哀悼乳房》也在文体形式和叙事手法上进行了大胆的艺术创新。《哀悼乳房》的文体界限模糊而又暧昧，既可以当做一部长篇小说来读，又可以被看做是一本自由散漫的随笔集。它是小说，但并不在意情节的连贯性，读者可以从小说的任何一章开始阅读，也可以在叙述者的引导下根据自己的兴趣和需要在各个章节间自由跳跃："如果你的亲友忽然发现乳房有肿块，应该怎么办？请告诉她不要重蹈第八十五页上《傻事》的覆辙"、"如果你并非女性，想知道一点男子乳腺癌的事，请翻阅第二零七页看《须眉》"、"如果你的亲友也患了乳腺癌，却并不认识一位像阿坚这样的女子，怎么办？请翻到第二四一页看《知道的事》"……这些被安插在小说章节间的文字如指示牌一般引导着读者在小说的迷宫里自由穿梭、探秘寻宝。而在一些章节的末尾，作者竟直接从小说的幕后跳了出来，饶有兴趣地和读者对话："ZZZ……啊呀，你睡着了？睡眠也是很重要的，还是不要打扰你了"、"接下来的一节写的是一个笨人做算术的事，过程沉闷，人云亦云，心情不好就不要看了，跳过去"、"写些什么东西啊，是伤痕还是绿色呀？哦，你喜欢伤痕？请翻到第三零五页：《翻词典》"。如此，《拯救乳房》的每一章都能独立成篇，或讲述治疗经过，或书写患病感受，一章一个话题，随意铺开，自由舒展，且文笔细腻、见解独到，更像是一篇篇优美随意的散文。

同时，《哀悼乳房》的叙事手法也极具变化。《医生说》是医生和病人的问诊记录；《阿坚》是"我"与癌症病友的三次通话内容；《知道的事》一问一答，更像是乳腺癌知识的简答题；《不是故事》则是多个新闻简讯的罗列；《可能的事》将各种致癌因素分门别类；《傻事》是防治癌症的经验小结；《翻辞典》是对"病"各种称谓的咬文嚼字。除了这些短小精悍、别出心裁的叙述，《哀悼乳房》还有不少长篇大论、夹叙夹议的章节。《泳衣》、《血滴子》、《浴室》好似在与朋友聊家常，轻松随意、漫无边际，《大夫第》、《梦工厂》、《拱廊街》则是纵横捭阖、谈古论今。此外，《数学时间》借鉴了科学报告列数据、画图表、分类说明的方法，对各种食物的营养构成和热量数值进行客观的比较分析；《颜色好》更是用图文并茂的形式对"乳房"进行了一次跨时空的文化考察。

四、作者自白

我比较喜欢喜剧的效果，不大喜欢悲哀抑郁的手法。写小说，一是新内容，一是新手法，两样都没有，我就不要写了。现在的情况是，当悲剧太多，而且都这样写，我就想写得快乐些，即使人们认为我只是写嘻嘻哈哈的东西。

——何福仁：《童话小说——与西西谈她的小说及其他》，转引自何福仁：《西西卷》，香港，三联书店（香港）公司，1992。

中国人从来就是一个讳疾忌医的民族，总把疾病，尤其是这种病，隐藏起来，当成一种禁忌，到头来，有病的不单是肉体，还有灵魂。精神病的医师治病的方法是把病者无意识的心结转化为意识，然后面对它、化解它。作者把疾病公开描画，不敢说是打破禁忌，却不失为个人自救的努力。所谓“哀悼”，其实含有往者不谏，来者可追，而期望重生的意思。

——西西：《哀悼乳房》，桂林，广西师范大学出版社，2010。

五、名家点评

西西的作品，我最早读到的，是转载在《收获》上的《肥土镇灰阑记》，后来又陆续读了她的《胡子有脸》、《像我这样一个女子》等小说散文集。她的作品犹如她的为人，也有些粗糙、朴实，于粗糙中显出豪气、丈夫气，于朴素中现出一种乐天知命、达观的精神。

——莫言：《香港好人》，载《八方文艺丛刊》，1990（12）。

西西是一位独创的作家，因此任何围绕西西作品展开的讨论和评说都有可能陷入危险的境地。因为我们面对的并不是那类大街上到处可以找到的作家，我们所目击的是一种独特品质的展现。依赖既定的术语和行话是无法走到西西身旁的。

——余华：《读西西女士的〈手卷〉》，载《当代作家评论》，1990（4）。

香港是这样一个充满行动的世界，顾不上理想。如西西这样，沉溺在醒着的梦里，无功无用，实在是这世界分出的一点心、走开的一点神。所以，西西其实是替香港做梦，给这个太过结实的地方添一些虚无的魅影。西西，她是香港的说梦人。

——王安忆：《马来西亚〈星洲日报〉第三届“花踪”世界华文文学奖颁奖辞》，转引自陈智德：《西西，香港说梦人》，载《南风窗》，2006-03-16。

六、文献目录

艾晓明：《文本到彼岸》，广州，广州出版社，1998。

黄继持、卢玮銮、郑树森：《追迹香港文学》，香港，牛津大学出版社，1998。

凌逾：《跨媒介叙事：论西西小说新生态》，北京，人民出版社，2009。
柳苏：《香港文坛剪影》，北京，三联书店，1993。
西西、何福仁：《时间的话题：对话集》，台北，洪范书店，1995。
赵小琪、王宁宁：《台港名家名作选读》，北京，中国民主法制出版社，2012。
张美君、朱耀伟：《香港文学与文化研究》，香港，牛津大学出版社，2002。

曼哈顿的中国女人

作者：周　励
类型：小　说

一、作者简介

周励（1951—　），生于上海，1969 年被下放到黑龙江生产建设兵团做知青，后被选为工农兵学员上医学院，毕业后回黑龙江当医生。1978 年回上海，成为上海外贸公司医生。1985 年，她来到美国纽约州立大学自费留学。1986 年开始经商创业，从事外贸代理业务。1992 年，其长篇自传体小说《曼哈顿的中国女人》一书出版，成为 20 世纪 90 年代初期最畅销的作品之一。2006 年，周励的纪实文学《曼哈顿情商：我的美国生活与励志实录》出版。这是她的第二部作品，讲述了她在纽约经商及生活的经历与感悟。

二、精彩阅读

曼哈顿的中国女人（节选）

这部小说由"纽约商场风云"、"童年"、"少女的初恋"、"北大荒的小屋"、"留学美国"、"曼哈顿的中国女人"六章组成，生动地展现了作者丰富曲折的人生经历，从中也折射出中国自解放后至改革开放初期的一些社会历史面貌。当然，本书为读者津津乐道的，还是作者着意突出的她在美国打拼及掘金的经历。

在这万籁俱寂、通宵达旦的深夜，在中央公园对面这幢黑黝黝的大厦中，有一扇窗彻夜通明。我俯瞰着纽约全城，远处一扇扇高大的窗户映衬着深蓝色的天空，即便是在深夜，纽约也是这么美。我望着中央公园呈浑圆曲线的层层树林，当我从那些树杈间隙中看到闪烁的星星，好像看到了历史上那些思想巨人深邃的眼睛。一切伟大、美好的事物都源于人的内心深处的一种思想、一种感受。只有在这个时候，在凌晨四点，鱼肚白渐渐地露出照耀大地的第一丝光芒时，我才感到，在这里，在这个窗口上，我找到了世界上最适于我的那个位置。

…………

天空是高洁的，麦克骑在高高的马背上，他前面是小安德鲁，他们俩的头发在初春的阳光下闪烁着金色的光芒。我骑在他们身后的棕色母马背上，深情地望着他们父子俩，马蹄踏踏地走进刚刚爆出新芽、婆娑一片的垂柳之中。中央公园漫山遍野开着初春的野百合花，那朵朵白色的花瓣旖旎多姿地在风中摇摆，叶瓣上滚着清晨的露珠。金黄的丁香花在崖壁中如瀑布般垂下，点缀着一望无际的原野。这时，中央公园水库的音响中柔和地传来了电影《金色的池塘》中的主旋律，每每听到这音乐都是那么激动着我的心。那是一连串水波的琶音，带着池塘清纯的水波的气息，我想起了凯瑟琳·赫本在《金色的池塘》中的一句话："要知道他已经尽了最大的努力，他只是想要发现一条他要走的路而已。"

我心中涌起一股柔情，那是一种从多灾多难走向绚烂，又从绚烂走向宁静的心境。不管人富有还是贫穷，人总是按照自己的本质在生活。又是一个明媚的春天，太阳依然在照耀，鲜花仍然开遍大地，不管有多少丑恶的东西存在，生活仍然是美好的。每个人都创造自身的价值，这个世界就会更有价值。这也许是对今天的理想主义者最好的解释了。

三、作品简析

随着越来越多的留学生完成从"留学"到"学留"的过程走进移民的行列，以及大量投资移民、技术移民、探亲移民等群体的出现，"留学生文学"的概念已无法涵盖海外华文文学的现实状况，"新移民文学"应运而生。《北京人在纽约》首开新移民文学先河，引起轰动，《曼哈顿的中国女人》就是在这样的背景下紧随潮流而出现的，继《北京人在纽约》之后又一次渲染了亮丽的"美国梦"。

当然，这部小说带给读者的震撼不仅仅在于美国梦的绚烂多彩、主人公的传奇经历，还在于主人公身上所流露出的那种永不熄灭的奋斗精神，那种无论在什么情况下都不会放弃努力的人生态度。这也鲜明地体现出新移民文学的一个普遍特征，就是与早期台湾留学生文学相比，中国大陆新移民文学大都彰显出不屈不挠的奋斗精神，显示出高昂的主体力量，他们在面对西方文化时更多的是采取一种积极迎合、主动融入而非消极排斥和拒绝的态度。西方文化中的个人主体意识、竞争意识等在他们这种积极的态势中由意识和观念转变为切切实实的行为。这与台湾二十世纪五六十年代留学生文学中所呈现的那种无助、苦闷、彷徨的精神内涵，即所谓"无根"的痛苦，形成鲜明对比。

然而需要我们注意的一点是，这部小说在渲染美国梦的同时，也在一定程度上陷入了物质与金钱的泥淖。物质与财富成为作者笔下衡量人生成功与否的一个标志，而且作者把这作为美国文化的一个核心价值来展示，这其中显然存在对美国文化的误读。尽管作者的本意是要宣扬通过奋斗改变命运、实现人生价值，但她津津乐道的仍是成功以后潇洒的物质生活——曼哈顿的豪宅、在欧洲度假、上流社会的聚会等，因此，这部小说的成功传奇也就不可避免地带着点暴发户式的沾沾自喜，显得有些肤浅。

相比较而言，这部小说更为动人之处在作者对自己在国内的成长经历的叙述。小说用了一半的篇幅描写自己童年直至出国前的这段时光。从童年时期虽出身革命家庭却因为父亲在新中国的干部体制中处于下游而备受冷落，到少女时期遭遇“文革”父母被批斗，再到下放北大荒的知青生涯，无论是“文革”的混乱、知青生活的艰难，还是初恋的羞涩、爱情的挣扎与痛苦，作者都叙述得生动感人。所以，有评论家把这部作品列为“后‘文革’小说”或者“知青文学”代表作，可见这部分内容所产生的广泛影响。也正是因为有了这部分内容，这部作品的内涵才被大大拓宽，得以超越一般新移民小说对个人海外经历的单一倾诉，成为20世纪50年代初在城市出生的那一代人生活经历的缩影，具有深刻的认识价值。

这部小说以第一人称进行叙事，语言平实、质朴，极具真实感。其体裁比较模糊，既可以按照小说理解，也可以当做纪实作品来读。上海文艺出版社2000年出版的“留学生文学大系”就把这部作品归入“纪实文学卷”。就实际阅读体验而言，这部作品也更倾向于纪实文学。在结构上，作品分为六个部分，一开始就描写了在曼哈顿掘金的经历，之后追忆童年生活，作者按照时间顺序，把自己从童年、少女到插队，再到美国留学的经历一一展现，最后又回到现实的曼哈顿，把一个女人从默默无闻到成为曼哈顿成功女商人的过程渲染得异常精彩。在叙述过程中，作者采用了对比的手法，把少年及青年的艰难生活与当下在曼哈顿的生活做对比，把成功的曼哈顿中国女人与普通的白人女性做对比，由此使主人公身上的成功光环更加耀眼，似乎给每个人都带来成功的希望，这也是这部小说能在当时产生轰动效应的原因之一。

四、作者自白

我要写！我要写我们这一代人的兴盛衰败，我要把我经历的一切告诉我们的下一代，我们这一代人不是遭人唾弃的，我们的光辉一直在闪耀。

——周励：《曼哈顿的中国女人》，上海，上海文艺出版社，2003。

五、名家点评

由于《曼哈顿的中国女人》是作者把自己作为一个具有七情六欲而且个性鲜明的人物放在全书的中心进行审视、描写、剖析的，这样写出来的自传，当然也就成了文学百花园里的一朵奇葩了。作者自己也说了，由于此书是在日理万机的情况下进行写作的，“虽然尽了努力，但文章仍有粗糙不足之处”，依我看，粗糙的原因，还可能与作者缺乏提炼工夫，经常以感情宣泄代替艺术描写有关。尽管如此，由于它为我们刻画了一个在当代美国商场上搏击风云并取得辉煌胜利的“中国魂”，展示了以往中国文学所不曾展示过的一种崭新的生活和崭新的人生，因而，它在中国当代文学史上所起到的开拓作用，也就是不容忽视的了。

——蒋守谦：《生命的火焰正在炽烈地燃烧——读〈曼哈顿的中国女人〉》，载《文学评论》，1993（1）。

不可否认，《曼哈顿的中国女人》一书有商业成功的条件，即投此时此刻之社会所好，好什么呢？好钱。大家都想看成功故事，因为绝大多数读者注定不成功。不管成功的标准如何变化，成功的题中之意就是绝大部分人不会成功。要让不成功者依然留在跑道上，不去另辟新途，就要使他们仰慕成功英雄，贪婪地吞读成功故事，然后在白日梦中取得自我安慰。每个时代的庸庸百姓都大量消费成功故事，从专门颂扬成者为王的历史传奇，到十年寒窗金榜题名的状元故事，到贞淑节烈终得浩封的闺房言情，到赴汤蹈火事业终成的利他英雄史诗……不过中国从来还没有大亨故事，还没有拜金颂歌，某些进口货，“财经小说”，虽让小百姓读得眼睛发绿，终是隔了一层，《曼哈顿的中国女人》算是开了第一炮。

——赵毅衡：《拜金文学——关于〈曼哈顿的中国女人〉》，载《文艺争鸣》，1993（1）。

六、文献目录

李兆忠：《曼哈顿的中国女人》，载《世界知识》，2009（17）。

冀湘：《争议中的〈曼哈顿的中国女人〉》，载《图书馆》，1993（2）。

宋永毅：《新移民文学的成熟之作》，载《书屋》，1996（4）。

张煜：《留学生小说中的文化姿态——以〈留东外史〉和〈曼哈顿的中国女人〉为例》，载《当代小说》（下），2010（4）。

上错花轿嫁对郎

作者：席　绢
类型：小　说

一、作者简介

席绢（1972—　），原名吴珍英，台湾鹿港人。1993 年 10 月发表第一部小说《交错时光的恋爱》并一举成功，迄今有作品数十部。她是具有轰动效应的纯情派女作家，读者遍布大陆、台港澳及南洋地区。她的主要作品有小说《交错时光的爱恋》、《吻上你的心》、《上错花轿嫁对郎》、《使你为我迷醉》、《浪漫一生又何妨》、《戏点鸳鸯》、《追寻今生的最爱》、《请你将就一下》、《独自去偷欢》、《抢来的新娘》、《女作家的爱情冒险》、《君须怜我》、《罂粟的情人》、《点绛唇》、《轻掬你的心》、《城堡里没有公主》、《囚蝶》、《皇上说的是》、《枕边的男人》、《亲爱的，您哪位?》等。席绢的作品于 20 世纪 90 年代初“席卷大陆”，强调男性贞操观，富有女权主义色彩。席绢与于晴、沈亚和林晓筠，继承了琼瑶等前辈作家的纯情之路，被誉为台湾言情小说家“四小名旦”。

二、精彩阅读

上错花轿嫁对郎 （节选）

中篇小说《上错花轿嫁对郎》出版于 1995 年 3 月，属于台湾女作家席绢“花嫁”作品系列，是她早期的代表作之一。小说讲述了古代两位扬州女子李玉湖和杜冰雁因偶然上错花轿却意外找到真爱的奇妙故事。浪漫曲折的故事情节、交错离奇的喜剧因素和俏皮活泼的语言风格，使得小说妙趣横生、悬念迭起。2000 年，根据“花嫁”系列之《上错花轿嫁对郎》和《请你将就一下》改编而成的电视剧《上错花轿嫁对郎》开始播出。

这种事情怎么会发生在她身上？老天怎么会这么捉弄她？——她居然会在林媒婆的泪眼攻势下软化，任事情一路错下去！太荒唐、太可笑了！更叫人难以相信的是日子居然在仓皇行走间走过了这么些天，马车也竟然顺利地来到泉州的富林县。

李玉湖背着双手在客栈上房有限的空间里来回踱步，丝毫不敢把目光停伫在床榻上那一套凤冠霞帔上。老天！她以为一切会有转机的，但事实是：最终的结果仍是她不得不冒充杜家那位高贵的千金在明天与齐家那个痨病鬼拜堂！

一般而言，像她这种长途的嫁娶，通常是在赶路到达地头后，安顿在一家客栈中，好让男方来正式迎娶。

论气质，她连杜冰雁的十分之一都达不到！天哪！偏偏来到泉州之后才发现，齐家不仅是有钱而已，甚至可以说是家财万贯！由于数代以来男丁始终是单传，且又早亡，所以大把产业皆由女性来掌理。齐家虽由女性当家，家规却相当严苛，且各种家规教条非得严谨遵守不可！光是一个齐老太夫人就足以使人望而生畏，让人见了大气也不敢吭一声，无形中矮了一截！随便一条有关首富齐家的马路消息便足以让李玉湖当下想遁逃回扬州！

其实，早先她会被林媒婆的眼泪打动也是因为可怜她的处境；另外，她也想到杜冰雁不该以寡妇的身份过这一生。既然传说齐公子已活不了多久，不如等他死了之后再回扬州，也算替冰雁解决一桩麻烦事，毕竟她们已算得上是朋友了！而且，在林媒婆再三保证下，她相信冰雁会被安全送回扬州，她相信那位将军不会为难一个无辜的少女。

无论如何，比起弱不禁风的冰雁，她有强健的身体与足以自保的功夫，不怕嫁入齐家会受欺负。如果齐家人真那么难缠的话，她更无法放心让冰雁嫁进去，这是朋友间的义气。而且她心中“肯定”的相信，那位“齐公子”已病到不能认道，她根本不必怕会有什么损失。所以简单的想了想后，她决定依林媒婆的请求，冒充冰雁嫁入齐家；反正那男人捱不过今年了，她还怕什么？

但倘若齐家的家规当真严苛到令人咋舌恐惧的地步，那又另当别论了！她实在是帮不上忙呀！她李玉湖出身平民人家，几曾过过千金小姐的生活？一些大家闺秀的举止风范她全不会，益发显现出她的粗鲁不雅。只要翻看冰雁绣的那几车布料，精致的程度足以让李玉湖羞愧得抬不起头！连最基本的刺绣她都不会，将来肯定会露出马脚的！她十七年的生命中只知道练拳脚功夫，她爹才舍不得请人教她刺绣呢！他是宁愿她拳脚功夫了得，以帮助武馆多攒些钱；再来就是粗略地认得几个字了，还是偶尔偷偷趴在学堂的窗口偷学到的！嫁入大富之家，她要如何应对一大票人口？这些她没学到呀！完了！她熬得过今年吗？

三、作品简析

席绢的作品情节离奇曲折，语言朴实流畅，文风幽默活泼，为文坛注入了一

股清新的文风。《上错花轿嫁对郎》是她早期的作品，浪漫曲折的爱情故事，加上交错离奇的喜剧因素和俏皮活泼的语言风格，构成了一部广受喜爱的纯情派言情小说。

《上错花轿嫁对郎》讲述了一个悬念迭起、妙趣横生的爱情故事。古代某朝扬州城，两个美丽的姑娘李玉湖与杜冰雁出嫁，由于阴错阳差，原本该嫁到将军府的李玉湖结果嫁到了巨商齐府，与齐三公子齐天磊结为夫妇；而本应该嫁到齐府的杜冰雁却被抬到了将军府，与袁不屈大将军结为连理。最终，这个大错位引出的是两段曲折离奇、珠联璧合的“上错花轿嫁对郎”的爱情故事。

小说着力塑造了李玉湖、齐天磊、刘若谦等人物形象。小说的主角无疑是李玉湖这位来自扬州上错花轿的新娘。一方面，她美丽聪慧、善良勇敢。出嫁时，她因为怜悯林媒婆的处境、同情杜冰雁的遭遇便将错就错；成亲后，对神秘难测的齐天磊真心相待、夫唱妇随，对备受齐家上下冷落的二娘和齐燕笙伸以援手，为受到柯世昭欺凌的少年黄竟棠挺身而出、仗义执言，为杳无音讯的好姐妹杜冰雁思虑甚多、寝食难安，甚至当她知晓杜冰雁清誉尽毁时还请求齐天磊娶其为妻，还带着身孕策马四处寻找杜冰雁。另一方面，她又精悍泼辣、疾恶如仇。怀孕得宠后，她也开始实施自己的各项计划。她先后将历来尖酸刻薄、本来要做她姐妹的春芽和香屏嫁予他人，将给齐天磊下毒的方大婶风光地扫地出门，将嚣张跋扈的柯世昭打得狼狈不堪且有苦难言，又将耀武扬威前来挑衅的柯夫人和柯牡丹训斥得花容失色。李玉湖纯洁与精明、温婉与泼辣、顺服与反叛结合的个性吸引和感染着一批又一批读者，这也是小说能获得成功的重要缘由。

小说《上错花轿嫁对郎》重情节，却也运用了大量的心理描写。通过心理描写，小说将零散的情节连缀起来，增加了故事的完整性。例如小说开篇就铺排描写李玉湖的内心独白，呈现她错上花轿的始末，并细致刻画她内心的纠结、惶恐不安，体现出她的善良。同样，小说以李玉湖的际遇为主线，大量使用插叙和补叙。例如，李玉湖新婚后到戴云山，齐天磊向她讲述“成佛崖”的来源；舒大娘给李玉湖讲述秀波的悲惨身世和自己曲折的人生经历；刘若谦揭示李玉湖与齐天磊、杜冰雁与袁不屈婚礼赌博的缘由等。虽然大量的心理描写、插叙和补叙等的运用使小说变得断断续续，但读者依然能窥其全貌，完整领略故事的内容。此外，席绢小说中对恋爱心理的细致入微的描写常常令人刻骨铭心，让许多青年女读者如痴如醉。

虽然与琼瑶等言情小说家相比，席绢的作品在情节设置、人物塑造、语言雕琢、知识修养等方面仍有待提升，然而瑕不掩瑜。如今，台湾言情小说已经成为一种文化现象，而席绢以朴实无华、行云流水的笔触书写人物的青春活力和爱情体验，她以纯情见长的“冰淇淋”文学在言情小说界中仍然可以独占一席。

四、作者自白

世上不少故事是爱发出来的；世上的一切都是情爱的种子长成的果子；世上的许多罪恶也是因情爱而起。亚当和夏娃的情爱创造了世界，其实那是人间创世的象征；埃及艳后的爱，毁灭了一个强大的国家。一切无不从谈吻论抱、谈情说爱开始。从某种意义上说，爱可以创造一切，也可毁灭一切。

——席绢：《席绢小语》，上海，学林出版社，1996。

五、名家点评

不过在细读简单而模式化的席绢小说后，还是会感受到作者的爱情观。例如她非常强调两情相悦、两厢情愿的爱情模式，她认为一厢情愿是残缺的爱情，是悲剧的根源。再例如她强调"随缘"，她作品中的人物总是认为如果自己和谁恋爱结婚是一种命中注定，既逃不脱，也强求不了，命运安排，姻缘天定。

——汤哲声：《中国当代通俗小说史论》，北京，北京大学出版社，2007。

席绢的小说没有跌宕起伏的情节，但初恋的体验往往是她描写最见长的部分，细致入微的心理描写常常令小女生刻骨铭心，令人回肠荡气，令青年女读者如痴如醉。

——金鑫：《现当代文学的大众化传播》，长春，吉林人民出版社，2005。

六、文献目录

方竟成：《近看远看：我笔下的人物》，杭州，浙江人民出版社，2002。

蒋炜玮：《隐藏于父权结构内的反叛力量——浅析近十年来大陆流行的言情小说，以席绢小说为例》，载《大众文艺》（理论版），2009（14）。

苏友：《纯情长廊》，南京，江苏文艺出版社，2000。

席绢：《上错花轿嫁对郎》，南京，江苏文艺出版社，2009。

张博华：《台湾本土言情小说的传播与接受概述》，载《唐山学院学报》，2009（4）。

绿卡梦

作者：毕熙燕

类型：小　说

一、作者简介

毕熙燕（1957—　），北京人。北京师范大学中文系本科、硕士毕业后，在中国人民大学中文系任教。1990 年留学澳大利亚，获悉尼大学文论与古典汉语学博士学位，后留校任教，现任悉尼爱斯肯姆学校中文教研室主任。毕熙燕具有深厚的中西文化积淀，在潜心教学研究的同时坚持文学创作，先后出版了中文长篇小说《绿卡梦》、《天生作妾》、《双色眸》，译著《陆克文——一个会说中文的澳大利亚总理》、《悉尼歌剧院》等，同时发表多部中国古典文学方面的专著和英文学术著作。其中，《绿卡梦》和刘观德的长篇小说《我的财富在澳洲》被评论界称为中国“留学生伤痕文学”代表作。毕熙燕先后于 1997 年和 1999 年两次获得澳大利亚国家艺术委员会颁发的文学创作基金奖。

二、精彩阅读

绿卡梦（节选）

> 长篇小说《绿卡梦》是澳洲新移民文学的代表作。小说通过叙写四个背景迥异的中国女留学生在澳洲的情感和生活经历，多角度、多层次地展现了她们在异域文化中艰难的身份寻求和重建过程。本文节选自小说的第六章第一节，选文将邹易在爱情与身份、去与留的纠结中欲去还留、欲说还休的矛盾心理刻画得极其细腻。

邹易的思绪随着这些落回到了一个被她遗忘许久的问题上：是想办法留下，还是待上一段回国去？她原本一向主张回去。理由是：抛弃一个生活了 30 年的地方和一种依赖了 30 年的文化信仰太不容易。现在她更有了新的感慨：适应一种新制度，相融于一种新文化更难！不是吗？由一开始的为生存而挣扎，到有朝一日还要为前途事业而苦闷（手拿两个文凭总不能一辈子打工吧）；由一开始为获得某人的一份好感而兴奋，到由于文化上的隔阂弄不明白这种好感究竟出于什么动因而困惑。太多的障碍了。不要说战胜这些障碍，就是勇敢地面对这些障碍——即留在澳大利亚，都需要足够的理由才可以获得心理平衡。我的理由又是什么呢？邹易自问：一个男子的微笑？一种对人家来说自然得像说早晨好一样的赞赏？还是（邹易不想承认又不得不承认）一种对西方男人的好奇心理？要不然只是为了能多挣点钱？

她又想到一个普遍发生在留学生中的事实。许多中国人在澳大利亚人面前不承认他们是大陆中国人！在邹易的厂子里有上海来的“日本人”，天津来的“菲律宾”人，还有苏州的“台湾人”。布鲁斯的忠告这么一看的确不可忽视。

然而，一想到有一天要告别这里的一切，包括她新近尝试到的那种微妙的为了某个人或某种场合而打扮的兴奋感——虽然说起来是很微不足道的，她立刻烦闷起来。

三、作品简析

“我是谁？从哪里来？到哪里去？”如果说这一带有人类普遍性的“身份”追寻，更多侧重于哲学层面上对人的存在价值进行追问。那么，毕熙燕的长篇小说《绿卡梦》则从地理层面、文化层面对新一代海外移民的“身份”进行了多角度的追寻，并辅以爱情的视角，从爱情和身份的纠结中折射出形形色色的生命形态、人生际遇、命运浮沉、心灵挣扎和人生突围。

《绿卡梦》通过四个家庭背景迥异的中国知识女性邹易、玛丽、凯西、苏云在澳洲艰难的身份“取证”和千疮百孔的心路历程，对中国知识女性在海外充满艰辛的身份认同过程投去了深深一瞥。“绿卡”和“梦”是理解这部小说的“钥匙”。“绿卡”在文中就是指“身份”，小说中的“身份”既指法律意义上的地理身份，也指情感上的归宿（即文化身份寻求）。作为来自新中国，具有一定知识背景的女性移民，玛丽、凯西、苏云等都是千方百计试图以同居或结婚的方式寻求法律身份的认同，继而在异国他乡寻求一个身心安顿的“家”。于是，对于“身份”的多方寻求和重构，就自然与爱情紧紧纠缠在一起。无一例外，在爱情和身份的复杂胶着中，在东西方文化的激烈碰撞中，除去主人公邹易幸运地得到爱情与身份双丰收的喜剧性结局，其他三人，玛丽入狱，凯西沦为妓女，苏云疯了，全都以悲剧性结局收场。虽然作者意在通过所有陪衬人的不得善终，来彰显主人公邹易的爱情之纯粹、人生之圆满，但带有普遍性的人生悲剧和极具偶然性的人生喜剧，却更向人们揭示了海外华人，尤其是女性在异国他乡求得身份认同的痛苦心路历程，也深刻展示了两种异质文化在互相认同中的艰难融合过程。

小说中“孤云野鹤”般高出流俗的女主人公邹易，是融合了作者切身体验并倾心刻画的理想人物，虽然作者极力想证明她爱情的纯粹与身份寻求的非功利性，但书中却处处暴露出叙事的暧昧和虚假，文中不止一次写到邹易对自己爱情选择与身份寻求关系的质疑。当奥斯卡给培训班放电影《绿卡》时，邹易就对电影中男女主人公在摒弃身份隔膜后流露的真爱表示质疑，认为电影“太浪漫化了”；当凯西得知她在和奥斯卡约会，祝她成功时，她又禁不住扪心自问“成功指什么呢？自然是永久居民的身份，说不定这就是自己的真实目的，只不过冠冕堂皇地被什么倾慕呀、知音呀掩盖了。”说到底，在邹易看似纯粹的、完全剔除身份因素的爱情中，还是隐藏着作者不自觉甚至不愿承认的功利性，这也是“梦”的意指所在。爱情与“身份”真的能珠联璧合吗？东西方文化真的可以水乳交融吗？作者用邹易与奥斯卡理想的喜剧性结局对此作了肯定回答。但这声音是极其微弱的，是夹杂了玛丽、凯西、苏云三人悲剧性的人生经历而发出的，因而是偶然的、幻灭的，是一种理想，更像一个梦。梦，终究是要醒的，因而，小说也只能在邹易与奥斯卡中西合璧的美满中戛然而止。或许，海外华人在无根的异国他乡重构一个“我”，寻求一个身心安顿的“家”，本身就是一个梦。

毕熙燕深谙中西文化，她的小说处处体现出中西合璧的艺术特色。小说主人公的名字邹易，与中国传统经典《周易》谐音，具有玄学的意蕴；小说在叙写人物的命运浮沉时，也处处显示出中国传统文化中祸福相依、人生如幻的道禅思想；在结构上，采用的是中国传统小说的桔瓣式结构，围绕着邹易的爱情与身份追寻过程，串连起几个彼此独立又有交叉的故事，但在其情节的起承转合处，多次采用西方电影中的蒙太奇手法，对不同场景的画面进行自由切换，使小说显得摇曳生姿；在人物形象塑造上，大量采用西方小说中常用的心理描写，将四个女性在爱情与身份纠结中的焦虑、迷茫、困惑、挣扎和奋起描摹得细腻传神。

四、作者自白

在追逐身份的大潮中涉水的人，不管出于什么动机，不论结交的是中国人还是外国人，有很多都将破碎的心留在了汪洋之中。几十年后的今天，那些残存的碎片被重新拾起，变成了写入书中的一个个动人的故事。但只有当事人，才能感受到故事背后那刻骨铭心的痛。

——毕熙燕：《彩云追月》，载《小说界》，2008（6）。

文章随时代而变，新的个体就会创造新的写作规范。所以，规范应该是永远处于既在被遵守，又在被突破的过程中。

——毕熙燕：《苏轼与文章之法》，载《海南师院学报》，1996（1）。

五、名家点评

毕熙燕总是声情并茂、夸张地讲述她的一个个故事，她的声调往往提高八度，却又总能处理得当。

——黄惟群：《崛起的澳洲华文文学》，载《华文文学》，2009（3）。

这是否是一种自我抚慰，这似乎是“作为一次新的创伤体验，被撕裂的那幅中国与世界的想象性图景必须得到修补；沮丧与无名焦虑中的公众，需要一份降低了高度与热度的画面以获得有效的抚慰，以再度确认全球化景观中‘中国’形象与中国想象。”

——庄伟杰：《忧郁与自恋——澳华新移民作家文本里两个基本母题巡视》，载《世界华文文学论坛》，2011（2）。

六、文献目录

陈绪泉：《论毕熙燕的小说创作——从〈绿卡梦〉到〈天生作妾〉》，载《华文文学》，2005（4）。

公仲：《世界华文文学概要》，北京，人民文学出版社，2000。

黄惟群：《崛起的澳洲华文文学》，载《华文文学》，2009（3）。

庄伟杰：《忧郁与自恋——澳华新移民作家文本里两个基本母题巡视》，载《世界华文文学论坛》，2011（2）。

饥饿的女儿

作者：虹　影
类型：小　说

一、作者简介

虹影（1962— ），旅英女作家、诗人，生于重庆，现居北京。曾在鲁迅文学院、复旦大学作家班学习，代表作有长篇小说《阿难》、《饥饿的女儿》、《K》、《好儿女花》，诗集《天堂鸟》、《鱼教会鱼歌唱》等。其作品被译成多种文字在世界各地发行，曾获"英国华人诗歌一等奖"，意大利"罗马文学奖"，纽约《特尔菲卡》杂志评选的"中国最优秀短篇小说奖"等奖项，2009 年被选为"重庆城市形象推广大使"。因其写作中兼有男性的理性、刚强和女性的敏感、柔弱，被誉为"脂粉阵里的英雄"。

二、精彩阅读

饥饿的女儿 （节选）

《饥饿的女儿》完成于 1997 年，翌年被译成英文并首先在英国发行。小说带有明显的自传色彩，记述了虹影本人的成长记忆，同时写出了从三年自然灾害到"文化大革命"再到改革开放后近三十年间的民族记忆。选文是六六的一段心理自述，带着饥饿体验出生的她，一直苦于这种饥饿感给自己带来的身体的疼痛和身份的缺失。如何摆脱这份生命的苦难与沉重，是这段选文描写的重心。

饥饿是我的胎教，我们母女俩活了下来，饥饿却烙在我的脑子里。母亲为了我的营养，究竟付出过怎样惨重的代价？我不敢想象。

我整个平静的身体，一个年轻的外壳，不过是一个假相。我的思想总是顽固地纠缠在一个苦恼中：为什么我总感到自己是一个多余的人？

我真希望那个跟在我身后的陌生男人不要离开，他该凶恶一点，该对我做点出格的事，“强暴”之类叫人发抖哆嗦的事。那样我就不多余了，那样的结局不就挺狂热的吗？这想法搞得我很兴奋。

每天夜里我总是从一个梦挣扎到另一个梦，尖叫着，大汗淋漓醒来，跟得了重病一样。我在梦里总饿得找不到饭碗，却闻到饭香。我悄悄地，害怕被人知道地哭，恨不得跟每个手里有碗的人下跪。为了一个碗，为了尽早地够着香喷喷的红烧肉，我就肯朝那些欺侮过我的人跪着作揖。醒来一回想，我便诅咒自己，把自己看成一文不值的人，我瞧不起自己，恨自己有那么强烈的身体需求。

我一次次对自己否认：你不是生来这样，胎儿不会有记忆，不会受委屈，不会有创伤。但是我无法解释我的某些行为。比如，我对食物的味道特别敏感，已经这么大一个姑娘了，还是永远想吃好东西，永远有吃不够的欲望，而且吃再多还是瘦骨嶙峋。闻见邻居家灶上在炒鸡蛋饭，我清口水长流。我从不吃零食，讨厌同学中有小钱买零食的“五香嘴”，却对肥肉特别馋，幻想以后的一天，能自己做主了，就天天吃肉。

而且，我对受亏待特别敏感，不管什么样的亏待，别人受得了，我就不行。心里一闹，怎么想也想不开。

我知道自己并不是个特别好高要强的女孩，我嘴笨，一到公众场合就紧张得什么也说不出来。无论在学校，还是在家里，在似锦如花的少女堆中，我不仅个儿矮人一截，脸也瘦削些，连头发也长得稀疏些。我总在最不扎眼的角落里待着，觉得受到别人的有意压制：别人得意，总拿我做牺牲。

三、作品简析

“这是一个使人难以安枕的故事”，是主人公六六对自己成长经历的自我审视和残酷书写。“饥饿”这一字眼贯穿了小说的始末，六六是一个集生理与心理的双重饥饿于一体的产物。

首先，生理的“饥饿”。“饥饿”是共和国历史上一个时代的代名词，生于大饥荒年代的一代人从某种程度上可谓被历史所抛弃的一群人。六六生于“大饥荒”的末尾，母体的饥饿记忆延续到了六六的生命中，“饥饿是我的胎教”，挖野菜、吃树根树皮、捡菜叶瓜皮……这是六六记忆中家人为缓解饥饿感所做的一切努力。长年的饥饿感积聚在体内，使得“我在梦里总饿得找不到饭碗……为了一个碗，为了尽早地够着香喷喷的红烧肉，我就肯朝那些欺侮过我的人跪着作揖。”梦往往是无意识的迸发，身体需求如此强烈以至于她为自己感到耻辱，对父母产生怀疑、愤怒，却又久久不能释怀。六六不仅作为个体存在于 20 世纪 60 年代，更作为一个时代的符号，背负着时代赋予的多重内涵艰难地挣扎于焦虑、欲望、绝望和反抗等情绪的混杂状态之中。

其次，心理的"饥饿"。六六生于长江南岸山坡上肮脏拥挤的小板房之中，作为幺女的她在父母两种迥异的目光交织下成长，大姐和邻居们的异样态度使其隐约感觉到了某种个人身世秘密的存在，我是谁？总在背后跟踪我的男人是谁……这些疑问啄食着六六的生命。于是，她对自己的身份感到怀疑、焦虑、恐惧，一系列情感的交织使她感到了心灵的"饥饿"，这种饥饿感迫使她不断地向周边打探。终于，母亲和大姐揭开了谜团：非婚生女儿。尴尬的身份，父亲形象的缺失，使得六六在成长过程中不断寻求爱，却又不断地拒绝生父和养父给予她的爱，继而将情感天平倒向了历史老师，将历史老师视为父亲和情人的集合体，并沉迷于藉性的渴望与沉迷以完成情感和精神的依托。然而，历史老师的再次遗弃终将六六抛入了更深的"饥饿"之中。心灵的饥饿感和精神的缺失感空前沉重地袭来，她的躯体里只剩下一颗空洞的心。

作为新女性文学的代表作家，虹影在创作中以女性叙事视角塑造了一批性格鲜明的女性群像。她们坚强、勇敢，这颠覆了传统的男女二元模式。在《饥饿的女儿》中，憧憬着理想爱情的母亲两次逃婚以冲破现实束缚，渴求着身心双重成长的六六则陷入了与老师的不伦之恋，无果后离家出走……她们体内迸发出来的女性力量足以令每一位读者为之震撼。同时，《饥饿的女儿》采用第一人称"我"叙事，六六的自述和心理独白构成了小说的主体内容。每当六六对自己的身份以及处境产生不确定感时，作者即敞开六六的心理世界：对于生父胆怯的窥视，"我时不时觉得背脊发凉"，却"想抓机会捕捉这个目光，不过是为了某种确定"；面对养父忧郁的眼神，"我感觉自己可能是他们的一个大失望，一个本不该来到这世上的无法处理的事件"。六六往往以自己的眼光去审察周边的人与事，并以内在的自我言说方式将其成长过程中的磨难、苦痛与欲望呈现在读者面前，以期在还原个体历史的基础上重现共和国三十年的民族历史，并对这段个体和集体的成长记忆进行冷静而彻底的审视。因此，她的创作超越了个体经验而上升至人类普遍经验，扩充了文学作品的社会意义和文化内涵，以其特有的品质为民族记忆的重写抹上了一缕亮色。

在这部小说中，个人苦难与民族苦难的记忆相交织，个体成长与民族重生的命运相照应，虹影的创作无疑震撼了一个民族的心灵，并赋予了"磨难与生命"这一母题更为广阔的阐释空间，个人命运的悲惨遭际与中华民族强大的生命力将在这段记忆中融汇交织并被永久地封存与纪念。

四、作者自白

我在黑暗的世界里看到了光，那过程，也是我写作的源泉。童年记忆对我而言，是解开我所有作品的钥匙。……每次开始一个新的小说，我无法控制自己回到童年，那些阴影那些可怕的记忆，并未因时间的消失过去，也许一年比一年淡了，可是一旦有相关的事发生，那些记忆便扑面而来。……几乎我的每一部小说都发生在河流上面。无论后来我到哪里，全国跑全球跑，我依然是长江的女儿，我始终感觉自己站在河流边上，永远是那个在江边奔跑的五岁的小女孩，希望有一个人来救我，把命运彻底改变，我发现来救我的人，只能是我自己。

——赵黎明、虹影：《“我在黑暗的世界里看到了光”——虹影访谈录》，载《小说评论》，2009（5）。

苦难意识之所以变成饥饿，是由于丧失记忆。作为一个民族，我觉得我们失去记忆。在这个意义上，《饥饿的女儿》这本书不只是写过六十年代的，实际上，我们欠七十年代、八十年代甚至九十年代，下一代，我们以后的年代一笔债：应该补上这一课，恢复被迫失去的记忆。

——谢有顺：《应该恢复被迫失去的记忆——虹影专访》，转引自虹影：《K》，石家庄，花山文艺出版社，2002。

我可怜自己作为小说家的身份，也可怜过曾经那种滑稽的角色。多少次想推开自己那些年的生活，那些不为人知的挣扎和失落，可那些阴影就像影子一样跟着，压在身上，一年重于一年，直到三年前，我终于勇敢地拿起笔来，才敢吐出一口气。

我永远不会忘记自己的身份，不会忘记自己来自何方，它们曾经带给我黑暗和苦难，却又在岁月里生成为一种力量和财富。

——虹影：《灵魂碰撞——我和名家面对面》，西安，陕西师范大学出版社，2011。

五、名家点评

《饥饿的女儿》成功了，虹影走向新的水平线，她突破了自己，也超越了与她同时期中国女性小说写作流行的基调。……“体验”和“心验”是不同的，痛彻肌肤的生理性体验有助于深化心理性的感悟。虹影写了自己体验过的一段历史，可说是真切又深切。

——刘再复：《虹影：双重饥饿的女儿》，转引自虹影：《饥饿的女儿》，成都，四川文艺出版社，2000。

这本书固然说的是一个年轻姑娘与她的家庭的事，但也属于一个时代、一个地方，在最终意义上，属于一个民族。这民族与我们西方人印象中的中国很不一样，与我们了解的那一点“文化大革命”苦难相比，几乎不可同日而语。

——葛浩文：《〈饥饿的女儿〉——一个使人难以安枕的故事》，转引自虹影：《饥饿的女儿》，成都，四川文艺出版社，2000。

虹影不仅拒绝归入中国的类别，甚至难以在世界范围内给她找归宿：我们可以有中国的卡夫卡，中国的博尔赫斯，中国的福克纳，中国的昆德拉，甚至中国的村上春树。不管尺码相差有多少，加上“中国的”一词，合不合身可以忽略不计。虹影呢？找不到国外版式，因为她的风格变化多端。

虹彩的风格，几乎每一部作品一变。就拿她的三部长篇小说来说吧：《饥饿的女儿》之沉毅悲哀；《康乃馨俱乐部》之狂放开阔；《K》的细腻忧伤，互相之间，异多于同。而虹影的一些中篇、短篇，光色从一端排列到另一端，就像虹的影子，名中注定。

——赵毅衡：《惟一者虹影，与她的神》，载《中国图书商报》，2001-05-17。

六、文献目录

陈晓明：《女性白日梦与历史寓言——虹影的小说叙事》，桂林，漓江出版社，2001。

虹影、崔卫平：《将一种幽暗带到光亮之中》，转引自李小江：《文学、艺术与性别》，南京，江苏人民出版社，2002。

倪立秋：《新移民小说研究》，上海，上海交通大学出版社，2009。

吴奕锜：《新移民文学漫谈》，北京，作家出版社，2005。

张清华：《中国新时期女性文学研究资料》，济南，山东文艺出版社，2006。

张英：《文学人生：作家访谈录》，上海，上海教育出版社，2005。

刮 痧

作者：王小平
类型：小　说

一、作者简介

王小平（1955—　），出生于北京，1977 年考入北京大学中文系，毕业后曾任职《人民文学》，担任小说编辑。1990 年，王小平赴美攻读文学创作硕士学位，毕业后曾供职于美国四大电视台之一的 NBC，期间与著名导演兼编剧郑晓龙结婚，并开始了夫妇影视改编的亲密合作。王小平在就读北大之前已为小有名气的业余作家，20 世纪 80 年代其作品《金戒指》曾被北京出版社收入“希望丛书”，后陆续发表长篇小说《孽缘》、《白色圣诞》、《刮痧》等。正统的文学科班教育使王小平打下了扎实的创作功底，而旅美的文化碰撞经历给了她独特的观察视角，其作品往往聚焦于流散者的文化焦虑和文化融合及身份认同，尤其在揭示中美文化冲突与交流上有着独特深刻的见解。王小平现为国内专职作家、编剧，她与丈夫合作的多部作品如《刮痧》、《甄嬛传》等均取得巨大成功。

二、精彩阅读

刮　痧（节选）

> 这部小说取材于旅美华人的真实故事。小说主人公的原型为王小平的朋友，因中美文化差异，孩子在浴室一次偶然的摔倒让朋友卷入“虐待孩子”的官司。敏锐的王小平夫妇由此看到了官司后面的文化差异根源，并以此为素材写成小说，后进一步改编并由郑晓龙亲自执导拍成电影。

圣路易斯的唐人街在某种意义上讲，并不是那种很典型的在电影里见惯了的坐落在纽约，或者旧金山城里的，充满戏剧味道和故事的街道。乍一眼看去，圣路易斯的唐人街与这个城里的其他街道并没有太多的异样和区别，它不古老，不喧哗，也不张扬，只是不经意中这里那里出现一些中国店铺的名称，这些名称的字体往往和它们同时出现的英文译名大小相同，所以，给人一种对外人要将某种秘密悄悄隐藏起来的感觉。这也算是唐人街？陌生人到这里会哑然失笑，但住得长一点的人们会犹犹豫豫地说：这里的唐人街还真有点儿意思。

约翰·昆兰在约定的时间之前就到达了唐人街。他找地方停好了车，开始在街上徘徊。他的手插在衣兜里，一种拿不准的疑惑，使他怀疑自己的努力到底能有什么样的收获——他最近已经到这里来过好几趟了。每一个中医诊所的门槛上都留下了他的脚印。

但只要他开口提到“刮痧”两个字，无论他的笑容多么有魅力，他口袋里的钞票有多厚，人们的态度都突然从热情变成僵硬，而答案是一致的：不，不知道，我们这里不刮痧。

仿佛在眨眼间，这些人都穿上了盔甲，戴上了防毒面具，以提防从不知名的角落里出现的暗算和进攻。

他们都被人警告过了。他们即使没有被人警告，也都出于动物生存本能的下意识，自发地感觉到那里有危险的陷阱。从他们的脸上，约翰可以肯定“刮痧”这个词在这条街上是流通的。但属于秘而不宣，你知我知，是冰封下的溪水，对外人毫不露痕迹。

三、作品简析

小说《刮痧》通过“失子”、“夺子”的一系列冲突展现了文化融合的艰难和美好愿望，亦显示了作者强烈的身份归属感。

如诸多流散写作一样，《刮痧》也聚焦于异乡人的心路历程。故事以男主人公进入职场为开端，辅以儿子的降生，在奋斗的艰辛和收获的惊喜中，许大同铺就着一条通往美国式幸福生活的康庄大道。颁奖礼作为一个标志性事件毫无疑问是其作为一个异乡人所能达至的顶峰：在事业上，赢得他所从事行业的“诺贝尔奖”；在家庭生活上，有美丽的妻子、可爱的儿子，并将老父接到身边尽孝，似乎一切在美国的中国人所梦想的他都已经得到。但遗憾的是，这种表面的被美国社会的接纳并不能掩盖文化相遇时有可能发生的摩擦。而“刮痧”在此极具象征性和多重意义，它既是一个事件，引导故事情节的推进，又是一个载体，象征着文化在碰撞的过程中留下的那一道道红印。当一系列的“误会”与冲突使得许大同的幸福生活如多米诺骨牌一样被摧毁时，他才看到自己身份的尴尬性，并将自己作为一个异乡人该如何自处这一深层问题带出。

应该说，许氏夫妇所遭受的“得到”与“失去”仅是文化误解所致。但作者所要表达的绝非止于此。尤其是当今，随着全球化概念的进一步推广，民族性究竟在多大程度上得到保证？跨界的流散者究竟该以何种心态立于异乡？是彻底的归化，还是做一个永远的外乡人？应该说，通过《刮痧》的故事，读者得到了一个明确的答案。许氏夫妇最初的成功：标准的英语，职场上的叱咤风云，尤其是那一句“美国，我爱你”，似乎意味着“归化”所带来的一切美好且顺带抹杀了全球化概念下的一切艰难。然而当问题出现，随着矛盾的一步步加深，他们必须寻找一个答案。而在这过程中，作者广泛探讨了中美在儿童教育、家庭观、法制观及机构作用之间的差异。当许氏夫妇被不情愿地带上美国的听证席，被迫处于被裁定和被评判的位置时，作者似乎在暗示那不仅是许氏夫妇的窘局，也是整个中华文化被置于类似境地。美国文化的居高临下似乎将全球化的概念已经定义，而要破除这个定义必须付出艰辛的努力。所幸的是，许氏夫妇在众人的帮助下最终解困。而这解困的合力因素亦是耐人寻味的，这其中有老父——中国性的坚持，有美国朋友的帮忙，还有更多与他们处于同一境况的华人的扶持。作者所鼓吹的跨文化态度即于此得到彰显：全球化需以民族性为基础。而男主人公的名字“大同”则寄予了作者中国式大同世界的梦想。在小说的最后，当孩子咿呀学汉语的稚嫩声音响彻读者耳畔时，他们彻底明白了全球化最终的样貌和目标。

小说以许大同的遭遇为主线来进行顺序叙事，并将情节裁剪后置于不同的场景，辅以不同的配角进行陪衬，在语言的选择上也注重对其时、其地、其人的符合度。如其中典型的第一场景，许大同的出场，正逢其艰难的求职时期，作者将他置于美国高档的写字楼里，一身不合体的西装加之焦灼的期待与圣诞节前的喜气洋洋形成鲜明对照，也将异乡人的艰难描写得淋漓尽致。而与其并置的一方面是正在医院痛苦生产的妻子，另一方面是在圣诞欢乐中期待的美国人珍妮及其老板。作家通过貌似散点式的描述将许大同此刻的处境进行多角度的透视，通过他的妻子、秘书珍妮、老板约翰·昆兰的眼睛，使读者对他进行了全方位的了解。这种多人视角完成了对中心人物的更全、更深的聚焦。而小说的语言运用也极具特色，不仅有明喻、暗喻，更有将人作物的拟物，也有将物作人的拟人。文中的第二场即如此，场内是热闹的颁奖礼，场外是喧天的抗议声，而环绕在许大同周围的各个角色都以自己的方式服务于情节的展开，为许大同的遭遇埋下伏笔。颁奖礼这一场的语言则更具美国式的直接和简短等特色，以烘托欢喜的气氛。至于其后许大同所遭受的突如其来的“灾难”，作者也是通过多人视角进行陪衬和对照叙述的，让读者一目了然。

四、作者自白

有时候情感问题带出的是文化问题，文化的沟通问题，这种沟通需要逾越的壕沟有时比想象的要大。困难在于你觉得你进入这个社会了，理解它的语言，用它的方式教育自己的子女，甚至和他们谈论球赛和性……一切一切都按照我想要融合这个社会的方式去生活，但是血液里有些东西是过滤不掉的，特别是有关文化背景的事物，根深蒂固。

——杨阳、丁人人：《郑晓龙、王小平访谈：〈刮痧〉的细节来源于生活》，载《北京晨报》，2001-02-28。

总的来说，纽约是一座国际性的大都市，它是一个比较有包容性的城市，全世界不同种族、不同国籍、不同肤色、不同语言、不同的文化背景都汇集在这座城市里头，所以你可以发现种种完全异于自己文化和异于自己生活习惯的不同人种在你周围生活着。相对来说，人与人之间在文化上的那种包容性也比一些更加封闭的小城市，美国中部的城市要好得多。

——《刮痧刮出的文化——〈刮痧〉导演、编剧做客“海外来风”》，引自中央人民广播电台“午间一小时”，2001-04-20。

五、名家点评

值得忧虑的是，《刮痧》的故事不只会发生在美国，很有可能不久将发生在中国的土地上。事实上，自“五四”以来，冲突、紧张、竞争、对抗是中西医学之间的共生形式。新文化运动的主潮是文化冲突，是传统与现代、中学与西学的论争，是要拆“旧房子”盖“新房子”，文化共生的语境不容易找到。

——王一方：《一片瘀青，一地鸡毛——〈刮痧〉与中西医学的冲突》，载《中国医院院长》，2010（14）。

刮痧是中国传统医疗手段，大家都出于爱孩子而引起了一场纠葛，事情已经超出了刮痧本身的涵义，带有很大的象征意味。

——黄式宪：《〈刮痧〉——走向人类的家园》，载《电影艺术》，2001（2）。

六、文献目录

D. Rubin & L. P. Stewart, *Communication and Human Behavior*, Boston, Allyn and Bacon, 1998.

贾继南：《冲突·渊源·融合——解析〈刮痧〉中的跨文化交际》，载《内蒙古民族大学学报》，2009（3）。

江潇、马天元：《在全球化与本土化之间——兼评电影〈刮痧〉》，载《现代传播》，2001（6）。

李馥辰：《后殖民背景下对〈刮痧〉中主人公的文化身份再解读》，载《苏州大学学报》(哲学社会科学版),2012 (4)。

石玉:《解析〈刮痧〉中的文化冲突与调和》,载《邵阳学院学报》,2006 (1)。

王小平:《刮痧》,北京,现代出版社,2000。

于杰:《都是刮痧惹的祸——从〈刮痧〉谈中西文化差异》,载《山东外语教学》,2003 (4)。

余　震

作者：张　翎
类型：小　说

一、作者简介

张翎（1957—　），浙江温州人。1983年毕业于复旦大学外语系，1986年去加拿大留学，在加拿大和美国分别取得英国文学硕士学位和听力康复硕士学位，后定居于多伦多市。张翎于90年代中期在海外首次发表作品，之后在《收获》、《十月》、《人民文学》、《钟山》等国内著名文学期刊以及港澳报刊上发表多部小说。近年来主要作品有《望月》、《交错的彼岸》、《邮购新娘》、《羊》、《雁过藻溪》、《余震》、《尘世》、《玉莲》、《陪读爹娘》、《女人四十》、《金山》等，作品集有《张翎小说精选》（六卷本）。其作品曾获国内外众多文学奖项，如华语文学传媒大奖、首届加拿大袁惠松文学奖等。伴随着电影和电视剧《唐山大地震》在国内的热播，读者愈来愈关注这位作家及其作品。

二、精彩阅读

余　震（节选）

《余震》是张翎的短篇小说。它以1976年的唐山大地震为背景，以一个女孩的身心“巨震”到成为女人后的心灵余震为叙事线索，细腻地展现了一个女人在特殊环境中的心灵嬗变和艰难的自我救赎过程。

2006年1月6日

多伦多　圣麦克医院

沃尔佛医生走进办公室的时候，看见秘书凯西的眉毛挑了一挑。

“急诊外科转过来的，等你有一会儿了。”凯西朝一号诊疗室努了努嘴。

沃尔佛医生挂牌行医已经将近二十年了。可是在还没有出现一个叫亨利·沃尔佛的心理医生的时候，早就已经存在着一个叫凯西·史密斯的医务秘书了。凯西在医院里已经工作了三十三年，可谓阅人无数。这无数的人犹如一把又一把的细沙，日复一日年复一年地打磨着凯西的神经触角，到后来凯西不仅没有了触角，甚至没有了神经，所以平日极难在凯西脸上找到诸如惊讶、悲喜之类的表情。

沃尔佛医生立刻知道，他碰上一个有点劲道的病例了。

"《神州梦》的作者，刚被提名总督文学奖。上周六 CBC 电视台'国情'节目里有她一个小时的采访。"

沃尔佛医生"嗯"了一声，就去拿放在门架上的病历，匆匆扫了一眼边沿上的名字：雪梨·小灯·王。

"急救车晚到十分钟，就没她的小命了。"凯西做了个割腕的动作，轻声说，"自杀。"

沃尔佛医生翻开病历，里面是急诊外科的转诊报告：

性别：女

出生日期：1969 年 3 月 29 日

职业：自由撰稿人

婚姻状态：已婚

孕育史：怀孕三次，生育一次（有个 13 岁的女儿）

手术史：盲肠切除（1995）；人工流产（1999，2001）

病况简介：严重焦虑失眠，伴有无名头痛，长期服用助眠止疼药物。右手臂动作迟缓，X 光检查结果未发觉骨骼异常。两天前病人用剃须刀片割右腕自杀，后又自己打电话向 911 呼救。查询警察局记录发现这是病人第三次自杀呼救，前两次分别是 3 年前及 16 个月前，都是服用过量安眠药。无犯罪及暴力倾向记录。

转诊意见：转至心理治疗科进行全面心理评估及治疗

附件：警察局救护现场报告

病人日用药品清单

病人过敏药物清单

沃尔佛医生推门进去，看见沙发上蜷着一个穿着白底蓝条病员服的女人。女人双手圈住两个膝盖，下巴尖尖地戳在膝盖上。听见门响，女人抬起头来，沃尔佛医生就看见了女人脸上两个黑洞似的眼睛。洞孔大而干枯，深不见底。

三、作品简析

小说《余震》以独特的叙事视角讲述了从"唐山大地震"中存活下来的女子

王小灯的成长历程和情感蜕变。作家巧妙地抓住一场地震在女性身体尤其是心灵层面引发的连续性“震颤”反应，以此呈现女性命运轨迹的复杂走向。小说也对灾难和历史进行了一种新的体认和解读，以一个女性的视角来审视大历史事件的真实与虚构。从某种程度上说，这部小说是以文学的形式来给人类的创伤进行一次“反历史性”的抚慰。

相较于报刊和教科书上描述的“快速发展”着的唐山，那些从地震中存活下来的人们可能至今还没有走出灾难的阴影，而这一点是很容易被宏大叙事遮蔽和遗忘的。但是小说《余震》便捕捉到历史叙事和文学叙事的迥异特征，它突出的艺术成就就是以不同叙事视角的交叉运用来穿破宏大叙事的迷雾，进而呈现历史真正的面相。小说采用了多重叙事视角来表现主要人物和人物活动时空的转换。

首先对于王小灯这一叙事视角而言，小说侧重于从王小灯作为地震亲历者所遭受的心灵伤害出发，显示出特定年代和特定环境中灾难和历史给一个普通女人带来的沉重的精神负荷，也反映着女性身体所隐喻的不同于男性的命运劫数。具体来说，这一视角从外在契机（地震）和内在情感危机（女人的情感挫折）的交融中窥视女性生命的存在与出路。当由“余震”引发的个体疾患像灾难一样挥之不去时，王小灯就像所有女性的代言人一样，凭着“住院治疗”的契机，将女性的隐忍、重负、压力和种种荒诞行为全部展示了出来，从而呈现出一个活生生的女性身体和不断变化着的女性心灵图景。这样的女性世界景观不仅仅是对男性叙事视角的一种对抗，也是对女性生存空间的一次“内窥式”扫视和对所谓“历史”的一种反拨和重构。

其次是李元妮和沃尔佛医生的视角。这些视角从王小灯外部远距离审视一场地震给王小灯所带来的人生变化。李元妮的重要抉择是制造王小灯命运突变的关键，她在王小灯的成长史中留下清晰的创伤记忆，成为后者疾病缠身的重要根据。在一定程度上，男权意识已经深深植根在李元妮的意识底层，所以李元妮在情急之下放弃先救王小灯，这看似是一种不自觉的行为，却也是导致她每每卷进悔恨的旋涡以至于不能自拔的引线。这一无意识行为既反映了女性因自身身份束缚而无法取得与男性平等地位的怅惘与无助，也透射出“菲勒斯”中心主义传统视域的难以改变。李元妮这个形象也因之成为宏大历史叙事的“掘墓人”。而小说恰恰也正是在以文学的形式寻找对历史进行重新认知和解读的可能。沃尔佛医生的视角则从一个医生的角度将现实中王小灯的心力状况和疾病程度予以展示，也引领着小说空间在“唐山”—“上海”—“多伦多”之间变换，将记忆（中国）与现实（加拿大）两地的关联性紧密结合起来，从而全面呈示人物的心灵史。多种视角有利于全方位展示女性的心灵变化及其大历史深处的小人物的真实命运走向，从而以多种感知诠释一场灾难在人类历史上留下的记忆。

小说语言纯净细致，尤其善于将细腻的感受转化为一种可感可见的新鲜事物，从而增强了小说的表现力与丰富性。加之叙事手法的多样性，如顺叙、倒叙、插叙的交替使用，都共同标举着《余震》较高的文学意蕴和艺术水准。

四、作者自白

我固执地认为一定还有一些东西，一些关于地震之后的“后来”，在岁月和人们善良的愿望中被过滤了。我发觉我的灵感找到了一块可以歇脚的石头。孩子，和他们没有流出的眼泪。还有那些没有被提及的后来。

——张翎：《浴火，却不是凤凰——〈余震〉创作谈》，载《世界华文文学论坛》，2009（2）。

我不能逃离我自己的视野，我生活在这两片土地上，在两个空间游移。如果我单纯地写一片，我就觉得我的视野被削去了一半，就像失去了我的一只眼睛。我应该不会逃出我自己。我总是看哪个题材真正地感动了我。

——赵庆庆：《枫语心香：加拿大华裔作家访谈录（第1辑）》，南京，南京大学出版社，2011。

五、名家点评

张翎写史，总有些不同寻常的心平气和，她从不控诉，更无显山露水的批判，至多是些怜惜，是些无奈，淡笔写来，却是丝丝震撼，把个时代的“风云录”纳在绣枕之中，看去玲珑，囊里却惊涛骇浪，堪为当代女作家春秋史笔的奇韵。

——陈瑞琳：《横看成岭侧成峰：北美新移民文学散论》，成都，成都时代出版社，2006。

张翎的每一部长篇，都展示出一种“史诗”的追求；但她又无意于作历史事件的经纬描述和探究，而只是专注于对人物命运的思考，专注于在历史事件的转折处和裂缝中人物的内心感受。这样，张翎对于历史的态度就颇具一种“新历史主义”的追求，她对于历史的再现是非常“福柯”式的：通过“拨用”（appropriate）过去的历史素材，再现出（represent）另一种具有全新意义的活生生的“历史”，使我们不仅看到了“大历史”的宏大叙事，同时看到了“大历史”切面上的“小历史”，听到了我们平常所见惯不经、习焉不察的被宏大叙事所忽略、所湮没、所压抑的声音。

——饶芃子、蒲若茜：《新移民文学的崭新突破——评华人作家张翎“跨越边界”的小说创作》，载《暨南学报》（人文科学与社会科学版），2004（4）。

六、文献目录

陈瑞林：《风雨故人，交错彼岸》，载《华文文学》，2001（3）。

迟丽：《浅析〈余震〉的时间和空间维度》，载《名作欣赏》，2012（2）。

李路：《温情与超越——张翎新近小说论》，载《世界华文文学论坛》，2009（3）。

陆卓宁：《身份意识与海外华文文学的“生存”——北美华文作家张翎创作的一点启示》，载《常州工学院学报》（社科版），2007（2）。

徐学清：《论张翎小说》，载《华文文学》，2006（4）。

颜敏：《“第三种空间”的美学建构——试论张翎小说的叙事策略及其定位》，载《当代文坛》，2010（2）。

张翎：《地震、孤儿，以及一些没有提及的后果》，载《北京文学·中篇小说月报》，2007（2）。

张悠哲：《一个女人的心灵史诗——解读张翎小说〈余震〉》，载《名作欣赏》，2011（9）。

山楂树之恋

作者：艾　米
类型：小　说

一、作者简介

艾米（1977—　），女，美籍华人，2005年开始在海外文学网站——“文学城”上连载纪实性长篇故事。艾米惯用第三人称单线叙事，文笔清新简洁，既注重语言的口语化与生活化，又不忽视时代大背景，形成了独特的“艾米腔”。她独立创作的作品包括《云中之珠》、《一路逆风》、《同林鸟》、《竹马青梅》、《三人行》、《十年忽悠》等，另有与黄颜合著的《中国式不离婚》、《憨包子与小丫头》等。其中《山楂树之恋》是她最成功的作品，小说描述的纯真爱情引发了国内一股罕见的“山楂树现象”。

二、精彩阅读

山楂树之恋（节选）

《山楂树之恋》取材于一个真实的故事，在“文学城”上连载后便迅速被冠以“史上最干净的爱情小说”之名。“文化大革命”末期，军区司令员的儿子老三爱上了出身不好的城市姑娘静秋，发乎于情却止乎于礼，两个身份悬殊的人上演了一个中国式的爱情神话，直至老三患白血病死去。艾米用单线叙述的手法结构全篇，通过对静秋心理细致入微的刻画和质朴清新的语言为我们还原了那段发生在特殊历史时空里的“艰难爱情”。

他送她回家，她叫他不要跟过河，因为她妈妈有可能也正在赶回家，怕碰上了。他不放心，说：“天已经黑了，我怎么放心你一个人走河那边一段呢？”

她告诉他：“你要是不放心，可以隔着河送我。”

他们俩就分走在河的两岸，她尽可能靠河边走，这样就能让对岸的他看见她。他穿着件白色的背心，手里提着他的白色短袖衬衣。走一段，她就站下，望望河的对岸，看见他也站下了，正在跟她平齐的地方。他把手里的白衬衫举起来，一圈一圈地摇晃。

她笑笑，想说“你投降啊？怎么摇白旗？”但她知道他离得太远，听不见。她又往前走一段，再站下望他，看见他又站下了，又举起他的白衬衫摇晃。他们就这样走走停停，一直走到了她学校门口。她最后一次站下望他，想等他走了再进学校去，但他一直站在那里。她对他挥手，意思是叫他去找旅馆住下。他也在对她挥手，可能是叫她先进学校去。

然后她看见他向她伸出双手，这次不是在挥手，而是伸着双手，好像要拥抱她一样。她看看周围没人，也向他伸出双手。两个人就这样伸着双手站在河的两岸，中间是浑浊的河水，隔开了他跟她。她突然觉得很想哭一场，连忙转过身，飞快地跑进校内，躲在校门后面看他。

她看见他还站在那里，伸着两手，他身后是长长的河岸线，头上是昏黄的路灯，穿着白衣服的他，显得那么小，那么孤寂，那么苍凉……

三、作品简析

黄颜在《至死不渝》的后记中曾说“艾米写东西从来不追求‘深刻’……她不喜欢写人性中丑恶的一面，尤其是那种毫无希望的丑恶。”《山楂树之恋》正是这样切切实实地实践着艾米的创作观，没有暴露复杂人性的深刻主题，也没有令人眼花缭乱的写作技巧。它只是艾米本着娱人、娱己的目的为“知傻”们码出的一个发生在“文革”末期的两个小人物的爱情，但却得到了大众甚至文化名人的一致赞誉。

《山楂树之恋》大获成功的原因之一是它满足了人们对久已失落的纯真爱情的渴望。儒家传统主张情欲分离，受此影响，国人更钟爱“东方情调”的爱情。在各种以爱情为噱头的书籍抢占着图书市场的高地、五花八门的情色广告充斥着电脑屏幕的今天，内敛而含蓄的《山楂树之恋》显得格外清新脱俗。因为爱情，静秋在刚开始面对老三时会自卑到心痛，听到风言风语时心里会患得患失。也同样因为爱情，出身将门的老三无所保留地为静秋付出他的一切，从送冰糖、送山楂花、送胶鞋，到在精神上尊重静秋、鼓励静秋、安慰静秋。也许这些简单抽离出来的情节放在今天的偶像剧里也是老套的剧情，但是大多数读者在细读文本时，会因为其中对身体叙事的淡化，因为其中不断出现的让人揪心的细节，更因为它在那个时代里真实地存在过，而选择集体忽视那一段黑色的历史。可以说，是静秋的纯情与老三的痴情成就了《山楂树之恋》的干净，此种干净不是因为对欲望的压抑，而是因为其中不掺杂任何的功利。

其二则是因为小说对凄美的死亡的描写。爱情作为一个古老而神圣的母题，一旦与死亡联系起来，就会产生一种震撼人心的力量。《山楂树之恋》感动人心的地方不仅在于讲述了一段纯洁的爱情，而且在于塑造了一个过早离世的完美情人“老三”的形象。为了让静秋好好地活下去，已经知道自己得了白血病的老三隐瞒病情佯装薄情，他把对静秋的爱都写在日记里。在这里，死亡呈现为一种悖反的双重性，它既夺走了完美的老三，又成就了完美的老三，并在永久的虚无中把爱情推崇到神圣的高度。同样的感情认同与失落，我们在茨威格的《一个陌生女人的来信》中也可以体会到，当年徐静蕾在改编并执导了同名影片后，也带给过国人莫大的感动。这其实暗合了叔本华的一句话：“在人的心理自然趋向上，我们却又常易忘记自己过去的快乐经验，对于痛苦的遭遇却很少能磨灭，这就证明人在根性上原是与痛苦同在的。”可以说，《山楂树之恋》真正的魅力在于，它如昙花，开放得不为人知，凋落得却极为凄美。

“老三是借着艾米的笔，走上网络，才成了风靡艾园以至于风靡原创的一个人物。”这是静秋写在《山楂树之恋》后记中的一句话，如静秋所说，1977年的初稿只是属于她一个人的感动，而艾米质朴清新的叙事则给了它感动无数人的力量。“清水出芙蓉，天然去雕饰。”《山楂树之恋》没有悬念迭起的结构，人物亦不曾大悲大喜，作为故事大背景出现的“文革”也没有被刻意渲染，从头至尾，纯真的感情就这样自然流动。正是这种形式与内容相统一的清淡，让我们在山楂树的唯美意象里重新体会到了中国式的朦胧爱情。我们可以为《罪与罚》精彩绝伦的灵魂挣扎而击掌叫好，也可以为《山楂树之恋》小桥流水般的淡淡忧伤而心有意会，因为优秀的文学作品在抚慰灵魂的路上往往殊途同归。

四、作者自白

老三不是一个完美的人，《山楂树之恋》里的任何人都不是完美的人；我所有故事里的所有人，都不是完美的人；任何人写的任何故事里的人，都不是完美的人。世界上没有完美的人，如果你读故事的时候读到了一个完美的人物，多半是因为你自己把人物完美化了。

——艾米：《欲》，沈阳，万卷出版公司，2010。

在现实生活当中，我们每个人都只能过自己的生活，而没法同时也过别人的生活，那么看看别人的故事，也算一种补偿，可以让我们知道世界上还有这样的人，他们是这样生活的。

——艾米：《同林鸟》，北京，群言出版社，2011。

五、名家点评

在原著中，静秋尽力抗拒老三的爱情攻势，表现出强烈的性压抑，而在影片中则显得更加主动。原著中的静秋的身体外形是“前凸后翘”，富于性感，但内心却又忧郁，对爱情尽力压抑，但影片中的静秋却更瘦小，当然可爱、清纯，对爱情显出了一种向往及接受姿态，后来甚至变得很主动。

——王一川：《双轮革命者的叙事新憾》，载《求是学刊》，2011（1）。

一个时代是可以终结的，但是这个时代所具有的某种真情肯定不会终结，所以人类才会延续到今天。不论50后还是90后，无论什么时代的人，你只要是真情，最终都受感动。

——肖克凡：《山楂树之恋》，载《当代电影》，2010（10）。

六、文献目录

艾米：《山楂树之恋》，南京，江苏文艺出版社，2008。

程惠哲：《〈山楂树之恋〉的爱情观解读》，载《艺术评论》，2010（11）。

傅书华：《山楂树之恋——有毒的甜蜜依恋》，载《粤海风》，2007（1）。

李国聪：《灰色年代的爱情寓言——谈〈山楂树之恋〉的艺术特色》，载《安徽文学》，2011（10）。

过嘉芹：《〈山楂树之恋〉艺术风格赏析》，载《电影评介》，2010（22）。

邵明：《对话的维度：当代意识中的“文革”镜像——评小说/影片〈山楂树之恋〉》，载《电影评介》，2010（24）。

唐铁惠：《纯爱·悲剧·时代——小说及电影〈山楂树之恋〉的主题解读》，载《长江学术》，2011（3）。

袁莉：《〈山楂树之恋〉苍白的精神自慰》，载《艺术广角》，2011（2）。

金陵十三钗

作者：严歌苓
类型：小　说

一、作者简介

严歌苓（1959—　），生于上海，长于安徽。母亲是演员，父亲萧马（严敦勋）是安徽省文联专业作家。1971 年成为文艺兵，1978 年发表处女作《量角器与扑克牌的对话》，1980 年发表电影文学剧本《心弦》，次年由上海电影制片厂拍摄成影片，获得各界好评。此后，严歌苓创作出大量电影文学剧本和多部长中短篇小说，并多次在国内获奖。1989 年，严歌苓考入美国哥伦比亚艺术学院文学写作系就读，获得艺术硕士学位，并获得写作最高 MFA 学位。在赴美留学前，严歌苓即创作了长篇小说《绿血》、《一个女兵的悄悄话》、《雌性的草地》，多以部队生活为背景。出国后更是佳作迭出，有《人寰》、《草鞋权贵》、《扶桑》、《穗子物语》、《第九个寡妇》、《小姨多鹤》、《金陵十三钗》、《铁梨花》、《一个女人的史诗》、《寄居者》等多部作品问世。她的许多作品被改编成影视剧，是当今海外最具影响力的华文作家之一。

二、精彩阅读

金陵十三钗（节选）

为纪念抗日战争胜利 60 周年，严歌苓创作了中篇小说《金陵十三钗》，讲述了南京大屠杀期间一群秦淮河的妓女藏身在一座美国教堂里，最后代替教堂里的女学生去参加日本人所谓的圣诞晚会，以己身救女学生的故事，引起广泛关注。在被张艺谋导演看中并确定要拍成电影之后，严歌苓又对其进行了扩充，2011 年 6 月由陕西师范大学出版社出版了长篇版本的《金陵十三钗》。中篇和长篇《金陵十三钗》在内容上有较大差别，尤其是在表现南京大屠杀这段历史时，长篇《金陵十三钗》更多地渗透进作者对于这段历史的深刻思考。

当英格曼神父从十字架前面站起来，思维和知觉一下子远去，他知道自己处在虚脱的边沿上，疲劳、饥饿、沮丧消耗了一多半的他，而他剩下的生命力几乎不能完成他马上要说的、要做的。他将要说的和做的太残忍了，为了保护一些生命他必得牺牲另一些生命。那些生命之所以被牺牲，是因为她们不够纯，是次一等的生命，不值得受到他英格曼的保护，不值得受到他的教堂和他的上帝的保护。他被迫做出这个选择，把不太纯的、次一等的生命择出来，奉上牺牲祭台，以保有那更纯的、更值得保存的生命。

是这么回事吗？在上帝面前，他有这样的生死抉择权，替上帝做出优和劣的抉择？

…………

他穿过院子，往厨房走去。

他会以"我的孩子"来开始他的"抉择"演说，就像成百上千次他称呼女学生们"我的孩子"那样。难道她们不也是他的孩子们？奇怪得很，他感到一种冲动，想称她们为他的孩子，他甚至不感到造作和勉强。究竟什么时候他对她们改变了看法？当然没有完全改变看法，否则他不会把她们当成牺牲品，供奉出去。他仍然不尊重她们，但不再嫌恶她们。

他要向她们表示痛心：事情只能这样子，日本人带走的只能是她们。只能牺牲她们，才能搭救女孩们。他会对她们说："我的孩子们，牺牲自己搭救别人是使一个人的人格能达到的最神圣境界。通过牺牲，你们将是最圣洁的女人。"但他在走进厨房的门之前，突然感到这一番话非常可笑，非常假模假式，甚至令他自己难为情。

那么说什么好呢？

他甚至希望她们抗拒，跟他翻脸，恶言相向，这样他会产生力量，对她们说："很遗憾，你们必须跟日本人走，立刻离开教堂。"

一秒钟都浪费不起了，可英格曼神父仍在满心火烧火燎地浪费时间。

"神父！"法比从后院跑来："墓园里都是日本兵！他们跳进墙里一直埋伏在那儿！"

英格曼一下推开了厨房的门。他脑子里只剩一闪念：但愿这些女人能像所有的中国良家女子一样，温顺地接受自己的命运。

三、作品简析

《金陵十三钗》是一部以妓女为主要人物的小说。在这部小说中，严歌苓把妓女放到了1937年年底日军南京大屠杀的背景中，一方面在非常态的时空中凸显人性中的善良与高贵，另一方面也通过对南京大屠杀前后历史细节的描写反思中国人懦弱与顺从的民族弱点。

《金陵十三钗》在塑造这些妓女形象时，体现出儒家文化与基督教文化融合共通的特点。小说中以赵玉墨为主的十三位妓女虽然出身卑微、身世凄惨，但是这并不妨碍儒家传统伦理道德对她们的影响，肮脏的环境也没有磨灭她们内心纯良的本性。在最危急的时刻，赵玉墨和她的姐妹们愿意挺身而出，以自己的身体去换取女学生们的清白，一方面是因为她们心中保有知恩图报、舍生取义的传统道德观念，她们希望以自己的牺牲报答教堂对她们的收留，另一方面是因为她们对自己的妓女身份有着深刻认识。虽然她们内心充满悲哀以及对命运不公的抗拒，但是抗拒归抗拒，她们还是心甘情愿地认了命，并且以自己“低贱的命”去为那些“高贵的命”“垫背”。同时，赵玉墨等人的行为又明显带有基督式自我牺牲的色彩，尤其是这种行为发生在一座教堂里。虽然英格曼神父对于要进入这所教堂避难的中国人最初的反应都是极力排斥的，但是当他们真的进来之后，神父又尽一切能力保护他们，给他们提供食物。对于这些，赵玉墨等不可能不看在眼里。神父的行为感化着赵玉墨她们，也就是上帝在感化着她们。耶稣基督为了拯救人类甘愿走向十字架牺牲自己，赵玉墨和她的姐妹们为了救下女学生挺身而出奉献自己。她们通过这种行为在上帝面前完成了自己灵魂的救赎，因此变得高贵而美丽。小说通过这种方式完成了对人物的塑造，凸显出人性的光芒。

这部小说由引子、正文和结尾组成。引子与结尾不仅交代了人物的结局，而且描写了书娟及其后人对那 13 位妓女的寻访等情节。据严歌苓说，她这样做的目的，是“希望借此，提醒大家不要忘记那些为我们献身的人们，即使他们身份低贱，但在国破家亡之际，他们曾作出最伟大的牺牲”。但引子和结尾实际上拓展了小说中的时间和空间，将原本局限于“南京大屠杀”12 天的故事一下子延伸到 1945 年日本战败投降及以后，虽然引子和结局所费笔墨并不多，但是历史的纵深感却在这时空的扩展中得到凸显。这一点非常类似于曹禺剧作《雷雨》的“序幕”和“尾声”，通过这种方式，观众与戏剧情节之间形成一种间离效果，并在情感上获得升华。长篇《金陵十三钗》的引子和结尾强化了那些妓女们的牺牲行为在当事人心中所造成的深远影响，从根本上完成这些女人从妓女到圣女形象的转变。

小说正文部分是以南京大屠杀中发生在一个教堂中的事情为表现对象的，但是作者在这 12 天的线性叙述中通过插叙旁逸斜出，不仅加入了大量的历史史实，比如对南京大屠杀之前国民党军队撤出南京的混乱场面的再现及几千国军被一小队日军诱降并被屠杀的前前后后等历史细节的描摹，而且通过人物回忆交代了不同人物的不同经历，从而使小说时空得到拓展，增加了小说的历史厚重感，并且激发起读者对这一历史事件的强烈愤慨和反思。小说不仅描写了南京大屠杀过程中日军的残酷，还鲜明地表现出在这一事件前后中国人懦弱、顺从等特点。这里不仅有对敌人的痛恨，更为重要的是对于中国国民性的深刻反思。悲剧的酿造在有些时候不是因为敌人的强大，而是自己首先放弃斗争、愿意成为待宰的羔羊。我们在回顾南京大屠杀那段历史时，不能仅仅强调自己是弱者，还应该从根本上反思在南京大屠杀中中国人为什么绝大多数都成不了强者和英雄。

四、作者自白

我又总是瞧不起仅仅讲好听故事的作者。他们使我想起文学的最初级形态：说唱文学。我总是希望我所讲的好听的故事不只是现象；所有现象都能成为读者探向其本质的窗口。所有人物的行为的秘径都只是一条了解此人物的秘径，而条条秘径都该通向一个个深不可测的人格的秘密。

谁都弄不清楚自己的人格中容纳了多少未知的素质——秘密的素质，不到特定环境中它不会苏醒，一跃而现于人的行为表层。正因为人在非常环境中会有层出不穷的意外行为，而所有行为都折射出人格最深处不可看通的秘密……人的多变、反复无常是小说的魅力所在。

于是，我又总在寻找这个“特定环境”，以给我的人物充分的表演空间。将他们从特定环境中摘出，我们或许永远不会有机会发现他们的人格中有那么丰富的潜藏，那么深远、神秘……

——严歌苓：《主流与边缘》，转引自庄园：《女作家严歌苓研究》，汕头，汕头大学出版社，2006。

我觉得离开了虚构我是不诚实的，因为我是个胆小的人，我只有躲在虚构的故事之后才能够展现自己的思想和思考，去进行非常尖锐的追问。这就是为什么我不愿意写散文、杂文这样的东西，因为一到了这个时候我就发现我有编造的痕迹。我有时候写的杂文和散文，我认为是不够诚实的，只有我躲在虚构的背后，我才能够彻底的诚实。因为我可以用我的人物来讲我自己真正想说的话，用我的人物来展现我的思想。

——严歌苓、黄晓洁：《严歌苓谈文学创作》，载《世界文学评论》，2012(2)。

五、名家点评

艺术上的大气主要还不是来自于作家的小说技巧，从严歌苓的小说作品来看，她寄予艺术的自由气韵不仅来自她的创作题材的波澜壮阔、跨越时空，同时还来自她的与生俱来的性情，一种与隐伏在她的创作里的机智、洒脱、幽默等品质和谐相处的大度、宽容以及对人性种种弱点的容忍。

——陈思和：《严歌苓从精致走向大气》，转引自庄园：《女作家严歌苓研究》，汕头，汕头大学出版社，2006。

严歌苓心目中的妓女形象，正源于中国文人对于妓女的文化想象，或者直接说，中国文人的妓女情结。只不过，这一次想象者并非男人，而是置换成了女人。

——李美皆：《关于妓女与女学生的文化想象》，载《山花》，2012（13）。

六、文献目录

贺绍俊：《在血与火中的一次宗教式洗礼——评〈金陵十三钗〉》，载《小说选刊》，2006（1）。

王卉：《历史·女性·救赎》，载《世界华文文学论坛》，2007（3）。

王一波：《时间之流中的创伤再现——通过严歌苓长篇小说〈金陵十三钗〉分析其创作动机与创作心理》，载《宁夏社会科学》，2012（3）。

严歌苓：《金陵十三钗》（中篇），北京，中国工人出版社，2007。

严歌苓：《金陵十三钗》（长篇），西安，陕西师范大学出版社，2011。

严歌苓：《密语者——〈金陵十三钗〉》，北京，台海出版社，2006。

张慧瑜：《〈金陵十三钗〉：从小说到电影》，载《文艺理论与批评》，2012（2）。

我们不善于告别

作者：王　琰

类型：小　说

一、作者简介

王琰（1967—　），女，作家，曾用笔名冰焰，江苏常州市人，现旅居美国。20世纪80年代中期开始文学创作，之后留学美国并取得英美文学硕士学位。主要作品有英文诗集《旅行者之歌》，长篇小说《落日天涯》、《归去来兮》，小说集《双面佳人》，儿童长篇小说《ABC黄小侠》。除了诗歌和小说之外，王琰也做过编剧，写过电影剧本《狂富的恋爱》、《天涯伴侣》等，最新的长篇小说《我们不善于告别》于2012年在中国出版。

二、精彩阅读

我们不善于告别（节选）

王琰一直在文学中编织自己的“异域梦”，而这个梦始终围绕着新移民的婚恋与情感展开，同时，也将中国作为一种抒抒家国情怀的原初据点。下面的选文作为小说的开端，讲述了主人公茹小鸥与去去在美国“9·11”恐怖袭击之后的情感生活，伴随着她们的是宿命、伦理、奋斗、成败等一系列与梦相伴的生存课题。

已经十月份了，去去和她五岁的女儿楚楚仍然音讯渺茫。“漂梦”网络文学社的女诗人云尘，在“漂梦”主页以其独特的、充满诗意的温情呼唤去去：

“去去，每天清晨，当晨曦抚摸你的眼睑，你是否仍然感觉，有丁香摇动，对你倾诉我们的思念?”

第一个上网读到这几行文字的人是茹小鸥，“漂梦”网络文学社成员之一，正在加拿大的伦市攻读文学博士。

这天傍晚，茹小鸥像以往一样匆匆啃完两块自带的三明治，推起清洁车时，一改直奔各教学楼的习惯，先取道去图书馆。她疾步而行的身体带着一阵难以遏止的战栗。九月十一号，只要一闭上眼睛，这个日期便以醒目的黑体横立眼前。窒息感霎时淹没了她，空气中便弥漫起石灰加硝烟那呛人的气味。哦，废墟！她阴郁地抬起眼睑，一群乌鸦掠过树梢，很快似一阵黑雾消散空中。一种奇异的紧张感随之而起，与此同时，脚踩落叶的嚓嚓声、风筛动树叶的窸窣声，都似带上某种阴谋，失去了原有的秋日韵味，显得阴森恐怖起来；再展眼四望，行人神情肃穆而又迷惘。每个人都在疾步往前走，生怕一不小心，意志一松懈，就会身不由己掉进深渊，或被人群挤扁、碾碎。

一阵悲哀几乎将小鸥击倒，她深吸口气，停住脚步，怔怔望着远去的人流。

去去啊，只有你知道在绝望与惊恐中逃命的感觉是什么。你带着楚楚逃出来了么？去去，离异单身，在纽约做房地产生意。"9·11"恐怖袭击时，据文友们猜测，正酣睡在位于世贸大厦后街的公寓。大厦倒塌时，后街的公寓楼群完好无损，只被一层厚厚的、焦炭似的黑灰蒙蔽得轮廓模糊。恐怖袭击后的三天内，居民大都安全返回，唯独去去失踪了。当警察上门调查时，连公寓负责人都以为出事那天屋里只有她一个人。可去去的前夫罗伯特报警证实，五岁的女儿楚楚和去去在一起。那天，本是去去还回女儿的日子。

三、作品简析

王琰历时七年写出的长篇小说《我们不善于告别》力在展现华裔新移民尤其女性的情感生活。小说紧紧抓住了女性人物的"情感"危机和由"情感"所引发的个人生活变迁。因而，爱情在小说中不但成为女性自我身份的一种印证，而且也成为女性命运坎坷的原初所在。小说始终围绕情感的胶着和勾连这一核心展开论述，小说的标题"我们不善于告别"仿佛已经暗示了这一点。这一标题取自苏联现代主义诗人阿赫玛托娃的诗歌。过去的历史是无法"告别"也无法割舍的，而这种历史既包含内在的个人情感，也囊括外在的家国所赋予个人的文化烙印与身份属性，更包含着女性意识的演变历程。

小说在20世纪80年代末的中国这一时空背景中，着重讲述了上海某高校中文写作班的一群文学追梦人的故事。年轻的茹小鸥、去去、云尘是小说主人公，她们裹挟着青春特有的执著或脆弱，懵懂或软弱，在象牙塔里面爱过，恨过，疯狂过，也迷失过。青春对他们来说，留下的不仅仅有笑声，也有哭声，更有许多苍白和无奈。小说沿用了传统的多角恋爱书写模式，又在这一模式中衍生出新的时空结构，牵引出人物在新时代的心理变化与情感诉求。因此，人物、故事、爱情、宿命共同交织成一个网状结构，呈现出这些人物的命运图像。第一对恋人是去去和老楚，他们之间的恋情虽然惊世骇俗，却最终没有结果；第二对恋人茹小鸥和诗人贾涉，前者对于后者的爱慕促成了彼此贪享一时的快活，却也成为引发茹小鸥生命阵痛的导火线。除此之外，小说还描写了肖沉对茹小鸥的暗恋和追求，云尘对贾涉的情感寄托，去去和美国人罗伯特的凄惨婚姻，叶琛与茹小鸥情感中的和谐/对峙、忠诚/背叛等。繁复曲折的情感元素必然造成了小说人物关系的复杂性，因此人物的诸多非理性行为，如因失恋导致的逃跑、失踪、自杀、精神失常、晕厥等也都被作家一一捕捉并将其作为称量人物情感与道德的砝码。很多年后，当三位女性因不同原因邂逅于美国时，她们发现自己的生活和生命里依然是“一半是过去，一半是现在”。她们的命运会走向何方？小说虽没给出固定的答案，却引人深思。

帕斯在《双重火焰》中说：“最原初的火就是性欲（Sexuality），它燃起了情欲（Eroticism）的红色火焰，而情欲继之又燃起另一个摇曳不定的蓝色火焰：爱情（Love）的火焰。情欲与爱情：生命的双重火焰。”情感本身是一种火焰，爱情的排他性、唯一性最能考验男女双方的性格和选择。小说对以贾涉为代表的“负心汉”进行了讽刺，以他最后自我忏悔的形式宣告了青春无法挽回的惨痛真相。而英年早逝的肖沉生前的一句“为爱而生，不是为恨而生”在某种程度上消解了小说的反讽力度，同时也让小说的“爱情至上”这一主题逐渐浮出水面。去去和茹小鸥也都找到了解决个人情感矛盾的方法。小说虽然在一种温暖的近乎团圆式的结尾中，化冲突为和谐，但却掩饰不住浓浓的忧伤氛围，那种对于青春芳华的留恋之于他们每个人来说都依然是“无法告别”的。

在小说结构上，作家别具匠心，她有意援引中外有关情感的诗歌，将其放在每一章的开头，作为一个章的“按语”，为情感叙事定下基调。每一个按语都暗合着人物情感的发展波动，就像乐谱符号一样，预示着情感的走向。此外，小说人物如茹小鸥和诗人贾涉都酷爱诗歌，也正是诗歌牵引着他们走进不同的情感旅程中，这样就形成了诗歌与小说以及小说人物情感三者之间的“互文”指涉。小说采用了多种叙述方法，体现了这部小说较高的艺术水准。

四、作者自白

书写完了，有一句话，我会记住一辈子：那就是书中男主人公肖沉借古希腊悲剧家索福克勒斯福对人类的呼吁：我是为爱而生，不是为恨而生。这句话，不光是本书的主题，也应是我们人类社会的永恒追求。

——王琰：《我们不善于告别》，北京，九州出版社，2012。

是的，人不是为失败而生。人可以受苦受难，可以痛苦流泪，却不能随波逐流、失去生活的目标。茹小鸥和叶琛，这对留学生夫妇在拼搏中看到了自身的力量和潜能，从而感慨："一个完全沉浸在精神世界里的人，做任何事都是快乐的。"

书中三位女主人公的性格和命运，至此已完全脱离初稿窠臼，在朝着另一个我不曾预料的方向发展。茹小鸥的抑郁、去去的逃离以及云尘的宿命，突然像梦魇般追逐着我，使我产生了难以驾驭的恐惧之感。

真正开始动笔，时间已从2000年走到了2007年。七年的酝酿，终于找回了写这本书的感觉和信心，也使我体验到了厚积而薄发的创作享受。

——王琰：《我们不善于告别》，北京，九州出版社，2012。

五、名家点评

的确，情感细腻、内涵丰富是王琰小说中最擅长的一个特点。读她的书，常常在感动之余，不知不觉能体悟到一种思想的力量。除此，她还善用象征、隐喻、梦幻等文学手法。这些细节看似随意，实则独具匠心，从而把笔致置入人物的精神层面，深刻地挖掘性格和环境之间的冲突，记忆婚姻、爱情和性三者之间剪不断、理还乱的错综复杂。

——董焰雯：《信仰和坚守，拯救和宽恕》，转引自王琰：《归去来兮》，南京，江苏文艺出版社，2009。

六、文献目录

王琰：《归去来兮》，南京，江苏文艺出版社，2009。
王琰：《落日天涯》，上海，上海文艺出版社，2006。
王琰：《双面佳人》，北京，九州出版社，2012。

第三部分

世界华文

散文

经典欣赏

撒哈拉的故事

作者：三　毛
类型：散　文

一、作者简介

三毛（1943—1991年），原名陈懋平，又名陈平，生于重庆，祖籍浙江定海。1948年随父母赴台湾，1954年进入台北省立女子中学读书，1964年作为旁听生进入台湾文化大学哲学系读书。1967年，三毛进入西班牙马德里文哲学院学习，期间，认识了她生命中最为重要的爱人荷西。1974年，三毛进入撒哈拉沙漠，同年在沙漠小镇阿尤恩与荷西结婚。她与荷西既浪漫又现实的婚姻生活和原始、美丽的撒哈拉大沙漠的自然风景以及原住民族健康、神秘、独特的人文风俗极大地激发了她的创作激情，至1989年，她推出了《撒哈拉的故事》、《稻草人手记》、《哭泣的骆驼》、《背影》、《梦里花落知多少》、《万水千山走遍》、《送你一匹马》、《我的快乐天堂》、《高原的百合花》等十余种散文、小说集。

同是写域外生活，三毛的散文没有一味地叙述异乡生活的孤独与痛苦，而是极力为我们展现了异域纯净、古朴的自然与人文风景之美。同是写爱情，三毛的散文既不像琼瑶等人的小说那样将笔墨聚焦在男女之间的海誓山盟与缠缠绵绵上，也不像金庸等人的小说那样将爱情写得传奇、曲折、境界高远，三毛散文中的爱情既超凡脱俗又有浓厚的烟火气息。正因如此，三毛的作品在全球华人中产生了广泛的影响。

二、精彩阅读

沙漠中的饭店（节选）

我们喜爱三毛1976年出版的《撒哈拉的故事》，不只是因为它写了三毛为爱而生、为爱而死的性情，也不只是因为她与荷西的那种超尘脱俗的爱，更是因为这样的爱并不是建构在空中楼阁的基础之上的，而是像下面所选的文字中所写的那样，是三毛以自己的真实经历去谱写的最美丽的歌，是三毛以自己诗意的心绘就的夫妻之间柴、米、油、盐、酱、醋、茶等日常生活的画。

反正夫妇生活总是在吃饭，其他时间便是去忙着赚吃饭的钱，实在没多大意思。有天我做了饭卷，就是日本人的“寿司”，用紫菜包饭，里面放些维他肉松。荷西这一下拒吃了。“什么，你居然给我吃印蓝纸、复写纸？”我慢慢问他，“你真不吃？”“不吃，不吃。”好，我大乐，吃了一大堆饭卷。“张开口来我看？”他命令我。“你看，没有蓝色，我是用反面复写纸卷的，不会染到口里去。”反正平日说的是唬人的话，所以常常胡说八道。“你是吹牛大王，虚虚实实，我真恨你，从实招来，是什么嘛？”“你对中国完全不认识，我对我的先生相当失望。”我回答他，又吃一个饭卷。他生气了，用筷子一夹夹了一个，面部大有壮士一去不复返的悲壮表情，咬了半天，吞下去。“是了，是海苔。”我跳起来，大叫：“对了，对了，真聪明！”又要跳，头上吃了他一记老大爆栗。

中国东西快吃完了，我的“中国饭店”也舍不得出菜了，西菜又开始上桌。荷西下班回来，看见我居然在做牛排，很意外，又高兴，大叫：“要半生的。马铃薯也炸了吗？”连给他吃了三天牛排，他却好似没有胃口，切一块就不吃了。“是不是工作太累了？要不要去睡一下再起来吃？”“黄脸婆”有时也温柔。“不是生病，是吃得不好。”我一听呼一下跳起来。“吃得不好？吃得不好？你知道牛排多少钱一斤？”“不是的，太太，想吃‘雨’，还是岳母寄来的菜好。”“好啦，中国饭店一星期开张两次，如何？你要多久下一次‘雨’？”

有一天荷西回来对我说：“了不得，今天大老板叫我去。”“加你薪水？”我眼睛一亮。“不是——”我一把抓住他，指甲掐到他肉里去。“不是？完了，你给开除了？天啊，我们——”“别抓我嘛，神经兮兮的，你听我讲，大老板说，我们公司谁都被请过到我家吃饭，就是他们夫妇不请，他在等你请他吃中国菜——”“大老板要我做菜？不干不干，不请他，请同事工友我都乐意，请上司吃饭未免太没骨气，我这个人啊，还谈些气节，你知道，我——”我正要大大宣扬中国人的所谓骨气，又讲不明白，再一接触到荷西的面部表情，这个骨气只好梗在喉咙里啦！

三、作品简析

三毛说：“我是一个浪子，我喜欢这个花花世界。”三毛一生“衔着”她梦中的橄榄枝流浪过许多地方：西班牙、德国、美国、非洲撒哈拉、加纳利群岛……这其中，最令三毛魂牵梦萦的地方是撒哈拉沙漠。《撒哈拉的故事》就是她在撒哈拉沙漠浪游的结晶。在这部散文集中，她借助于“我”的视野写浪游中追寻爱与自由的艰辛与快乐，表现了自己对原始、神奇、美丽的撒哈拉大沙漠的自然风景以及原住民族健康、自然、神秘、独特的人文风俗的感动与痴迷。

爱是三毛在撒哈拉沙漠浪游的主要目的。三毛说："我的写作生活就是我的爱情生活，我的人生观就是我的爱情观。"中国古代文学中，并不缺乏为爱而生、为爱而死的女人。但由于中国古代社会为女性设定的最为理想的空间是家庭，因而，中国古代文学中女性追求爱情的最为典型的姿态是守望，最为典型的书写内容则是闺怨。而与之相反，三毛为了找寻"梦中的橄榄树"——爱与自由，则勇于冲出家庭，敢于在撒哈拉沙漠浪游。由此，为爱与自由漂泊，成为三毛在撒哈拉沙漠最重要的生命形态和散文集中最为重要的主题。如果说，琼瑶擅长于写男女恋爱中风花雪月的童话故事，那么，三毛擅长写的则是男女婚后既浪漫又现实的真实生活。三毛曾对她的老师江举谦说，她不在乎名和利，"我今生唯一的希望只想和真心相爱的人结婚。我希望到厨房煮菜，希望共同品尝佳肴，然后依偎谈天，然后携手散步。""共同品尝佳肴，然后依偎谈天，然后携手散步"，使三毛与荷西的爱情既有浓厚的生活气息，又充满浪漫色彩。结婚时，没有豪华的家具，没有时尚的服装，新郎荷西以他给新娘三毛的最为简陋的礼物骆驼头骨，新娘三毛以一顶别着嫩香菜的草编的阔边帽子，将他们的婚礼装点得简朴而又美丽（《结婚记》）。做饭是婚姻生活中最为烦琐、最为单调的事情，许多新婚夫妻为此争吵不休，然而，三毛却能将做饭的过程戏剧化，让荷西吃春天下的粉丝做成的"雨"，让荷西的老板夫妇吃"小黄瓜"与"冬菇"做成的"笋片炒冬菇"。一般经济较为困难的夫妻，捉鱼是为了改善家庭生活，而三毛与荷西捉鱼、卖鱼则是为了收获友情与乐趣。第一次捉鱼，三毛与荷西不仅没有以鱼换钱，反而搭上一箱啤酒、半打葡萄酒请荷西的单身同事们大吃了一顿。第二次捉鱼，他们又因为在餐厅巧遇荷西的上司，结果用绝大部分的卖鱼所得请上司大吃了一顿（《素人渔夫》）。一般夫妻工作一天后劳累不堪，不再愿意远游，然而，三毛与荷西却在荷西下班后开车去"来回两百四十多里路"的沙漠深处拣"化石的小乌龟和贝壳"。更为叫绝的是，他们在大漠深处经历了荷西掉进沼泽、三毛被三个沙哈拉威男人袭击的危险事情后，三毛对这种冒险仍然无怨无悔（《荒山之夜》）。三毛的爱情故事，虽然写的都是夫妻之间关于柴、米、油、盐、酱、醋、茶的琐碎小事以及双方举止言行方面的生活细节，既没有金庸的爱情故事那种高远的境界，也没有金庸的爱情故事那种传奇、曲折的情节，然而，金庸的爱情故事只是金庸的武侠故事的点缀，三毛的爱情故事则是她的撒哈拉沙漠故事的主线；金庸的爱情故事中的爱是多元的、开放的，三毛的爱情故事中的爱则是单纯的、至上的。

如果说爱是三毛流浪最为重要的目的，那么，撒哈拉沙漠则是三毛最为理想的流浪空间。作为一个信仰和崇拜自然的人，三毛不愿意像文明世界中的绝大多数人那样，在种种道德规范的束缚下过着循规蹈矩而又没有自我的生活，当她感到外在与内在的生命受到束缚，当她感到有失去自我的危险时，她就毅然从文明世界出走，奔向远离城市喧嚣的天苍苍、野茫茫的撒哈拉沙漠。这个有着空旷、辽阔、美丽的自然风景与神奇、野性、独特的人文风俗的世界，在感动三毛的同时，也在感动着千千万万个读者。与在大都市世界看到的低矮的天不一样，三毛在这里看到的天“是高的”，与在大都市世界看到的逼仄、躁动的地不一样，三毛在这里看到的地“是沉厚雄壮而安静的”，与在大都市世界看到的单调的落日不同，三毛在这里看到的落日可以“将沙漠染成鲜血的红色，凄艳恐怖”（《白手成家》）。与原始、自然的撒哈拉沙漠一样，撒哈拉沙漠人也是纯朴、自然的。在他们生活的地方，有两三年才洗一次澡、一洗洗七天的奇特风俗；有在伊斯兰教开斋的节日“用一种叫做‘黑那’的染料”将妇女的“手掌染成土红色美丽的图案”的奇异风俗；也有信奉人接触了夹着恶毒符咒的物体就会生病的神秘风俗（《死果》）。在这里，所有文明世界的雕饰，在狂野的风吹打下都会露出生命的底色，在血红的烈日炙烤下都会显示人性的本质。在这里，三毛找到了最为原始的自然和最为野性、纯朴的人，找到了自由，找到了安放自我灵魂之处。她成了最为原始、自然的撒哈拉沙漠的一分子，她的生命与它完全融合在了一起。

为爱与自由而去漂泊，为爱与自由而将原始、偏远之地作为自己理想的漂泊空间的中外作家不是没有，艾芜就是这样的作家。然而，艾芜漂泊的目的主要在于自由而不是爱。为爱与自由而去漂泊的女性文学也不是没有，但大部分女性作家的兴趣过于集中在狭小的生活空间中。与这些作家不同，在三毛这里，她去撒哈拉沙漠漂泊，为了自由，更是为了爱。同是以女性视角进行写作，她所写的情感却大开大合，具有一种沛然的生命感和罕见的生命张力。这部散文集中的作品往往由“我”展开叙述，“我”既是作品的叙述者，又是作品的主人公。然而，“我”叙述的又不只是我的故事，而是我与其他人、事物关系的故事。《结婚记》、《白手起家》、《素人渔夫》、《沙漠中的饭店》主要写“我”与荷西的故事，《沙漠观浴记》、《悬壶济世》、《娃娃新娘》、《爱的寻求》、《芳邻》等主要写“我”与沙哈拉威人的故事，《荒山之夜》、《死果》等主要写“我”与撒哈拉沙漠的故事。它们或者书写至死不渝、生死相随的个人之爱，或者展现超国界、超种族的人道主义大爱，或者表现对原始、粗犷的自然的惊叹与崇拜。在这种我与其他人、事物关系的故事书写过程中，三毛以自己的心去感应荷西、沙哈拉威人以及自然万物之心，在心与心的交流、沟通中，三毛超越了世俗的喧闹和个体身体的局限，进入了无限的宇宙世界，精神获得了充分的舒展。

四、作者自白

过去长久的沙漠生活，已使我成了一个极度享受孤独的悠闲乡下人，而今赶场似的吃饭和约会，对我来说，就如同刘姥姥进了大观园，晕头转向，意乱情迷。

每日对着山珍海味，食不下咽，一个吃惯了白薯饼的三毛，对着亲友感情的无数大菜，感动之余，恨不能拿一个大盒子装回北非去，也好在下半年不再开伙。我多么遗憾这些美味的东西要我在短短的时间里全部吃下去啊！

…………

如果朋友们还没有厌倦了这个如我一样的小人物三毛，我愿意不断地做一个说故事的人。我不会讲什么大道理，因为我没有学问，但是，我愿意在将来的日子里，仍做不断的努力，以我的手，写我的口，以我的口，表达我的心声。

——三毛：《回乡小笺》，转引自三毛：《撒哈拉的故事》，哈尔滨，哈尔滨出版社，2003。

从未立志做作家，倒曾下过决心要当画家的妻子。今天的讲题是“我的写作生活”，我实在只是一个家庭主妇，不知从什么时候开始别人把我当作家看，这种改变，使我很不习惯，而且觉得当不起。作家应该是很有学问或是很有才华的人，我呢，做了六年的家庭主妇，不曾是专业作家，以后也不会是。

…………

第一篇《沙漠中的饭店》就是玩做菜，第二篇《结婚记》是如何结婚、扮家家酒，第三篇写在沙漠里替人看病，也是玩，还有一篇很好玩的叫《沙漠观浴记》，看当地的人如何洗澡。这些东西都是在心情很好时，发现自己的生活这么美丽，为什么不把它写出来呢？不知不觉就写出来了，并没有所谓的“使命感”或是“文以载道”，我都没有。

——三毛：《我的写作生活》，转引自三毛：《梦里花落知多少》，北京，中国友谊出版公司，1984。

五、名家点评

我认为三毛的作品之所以动人，不在文字的表面，不在故事的机趣，也不在作者特殊的生活经验，而在这一切背后所蕴藏的作者的那颗爱心。我喜欢她对她所见到的悲苦小人物的那种感同身受的入微观察，我更欣赏她路见不平拔刀相助时对人性恶的一面的鞭笞。这是我们现代散文中所少见的，很少有作品能够给我这样的感受。

——痖弦：《他们说三毛》，转引自三毛：《温柔的夜》，北京，中国友谊出版公司，1988。

三毛不是美女，一个高挑着身子，披着长发，携了书和笔漫游世界的形象，年轻的坚强而又孤独的三毛对于大陆年轻人的魅力，任何局外人作任何想象来估价都是不过分的。许多年里，到处逢人说三毛，我就是那其中的读者，艺术靠征服而存在，我企羡着三毛这位真正的作家。

——贾平凹：《哭三毛》，转引自贾平凹：《混沌——贾平凹散文随笔集》，长沙，湖南文艺出版社，2007。

台湾女作家三毛的自传性散文作品为什么那样脍炙人口？也许她在不经意间写出了客观世界和主体心灵的特殊强度。茫茫的撒哈拉大沙漠，荒凉、原始、险恶、古怪、神秘，它几乎象征着客观世界的全部未开发性；然而，主体心灵更是坚强奋发，女作家以一个婉约的东方女性，主动地选择了这么一个客观环境来体验自己对于世界和人类的炽烈热情，它几乎象征着人——哪怕是从出身地域，从性别和形态，所受教育和所染气质来说都很雅驯秀洁的人，对于一种超越国别、超越文明界限的征战精神。于是，舒卷的文笔也有了金刚钻般的重量和光泽。

——余秋雨：《艺术创造工程》，上海，上海文艺出版社，1987。

1974 年 10 月 6 日《联合报》发表《沙漠中的饭店》使三毛一炮而红，也成为她写作历程的分水岭 。这时候，主编的鼓励、读者的加持，使原本缺乏信心的三毛依循《沙漠中的饭店》风格继续前进 。于是，之后撒哈拉系列都没有“悲哀的事情”，全是幽默、热情、趣味及戏剧性的故事，她原来的忧郁、悲观与阴冷全部收敛在内心深处 。对于创作者来说，被外界主导方向的悲哀正在于此。从此，三毛文章的方向定了格 ：尽量报喜不报忧，主角人格只见阳光面 ；因而，读者乃至她自己才会得到下面的结论 ：

三毛说写《雨季不再来》时期的三毛自恋，在 1976 年心岱访问时，她认为那时她心理已非常健康。它们（指前期作品）苍白、忧郁、迷惘，充满了对生命、真理固执的探索，而撒哈拉的一系列故事，健康、豁达、洒脱不羁。

三毛的个性从小到大乃至一生，其实都没有改变 。她敏感、孤僻、忧郁 ；她自恋、固执、任性 。在笔者看来，她一生的精神都时而健康时而不健康，实际上就是不健康 。

——郑明娳：《阅读三毛》，载《香港文学》，2011 (4)。

六、文献目录

陈嗣庆：《女儿三毛》，长沙，湖南文艺出版社，1993。

古继堂：《评说三毛》，北京，知识出版社，1991。

吕文：《三毛物语》，广州，广东旅游出版社，1990。

陆士清：《三毛传》，南昌，百花洲文艺出版社，1991。

梅子涵：《三毛悄悄对你说》，北京，中国友谊出版公司，1985。
潘向黎：《阅读大地的女人：三毛传奇》，台北，业强出版社，1992。
三毛：《撒哈拉的故事》，北京，十月文艺出版社，2009。
山石：《三毛　三毛》，北京，作家出版社，1991。
司马中原等：《三毛的世界》，北京，中国友谊出版公司，1989。
心岱：《访三毛·写三毛》，北京，中国友谊出版公司，1985。

在月光下砌座小塔

作者：梦　莉

类型：散　文

一、作者简介

梦莉（1935—　），原名徐爱珍，泰名颂诗·聪叻那茵。泰籍华人，现任泰国华文作家协会副会长。出生于泰国曼谷，三岁时随父母迁回中国，抗日战争胜利后随母亲重返曼谷。后在商业及文学领域均有建树，现在泰国永泰发、曼谷航运等公司担任重要职位，并担任泰国中华总商会、泰国国际贸易商会等机构的顾问；同时兼任暨南大学旅泰校友会常务理事、台港海外华文文学研究中心特约研究员及中国社会科学院文学研究所世界华文文学研究中心顾问等职务。她的文学作品也多次在中泰两国获奖并结集出版。梦莉以抒情散文见长，《在月光下砌座小塔》于1991年获《散文》月刊"中华精短散文优秀奖"；另有散文集《烟湖更添一段愁》、《我家的小院长》、《人在天涯》等。其作品既有对童年的回忆和对现世沧桑漂泊的感叹，也有对爱情铭心刻骨的记忆书写，更有对华人离散生活的苦难书写。

二、精彩阅读

在月光下砌座小塔（节选）

《在月光下砌座小塔》是"梦莉体"散文的代表作。这篇散文取材于童年生活，是作者对儿童时期的回忆，属怀旧题材。此处的"小塔"象征着人心中的美好理想，当理想遭遇现实是何般境况？梦莉在此处给予这个问题一个梦幻的答案。

有一次，我的小塔提前被人毁掉了！

不知是哪一个男孩子恶作剧，他拿了几个大鞭炮，丢进我的小塔里，"碰！碰！碰"几声震耳的鞭炮声响起；过后，接着便哗哩哗啦地……啊！我的小塔！

我的小塔大部分骤然倒塌下来了。我噙着满眶眼泪，塔碎了，我的心也碎了！我怨恨那个毁掉我的小塔的男孩子；但是，我没有哭出声，也没有骂出声来，我只痛在心里。一个小孩自己辛辛苦苦砌成的小塔，竟也有人忍心一扬手就把它毁了！

童年的时光过去了。我踏上了迂回曲折、阴霾四布的人生旅程。幸福、欢乐，对我是何等陌生！我在“春风秋月等闲度”中过着一段漫长的岁月！在那段时间里，我怕看到天上的明月，怕它给我带来内心的激荡，尤其是“一年明月今宵多”的中秋月。

天上月圆，而我心中却有几许残缺！我怕见月圆，一见月圆便会勾起很多悲痛的往事……

虽然目前我的心境已经好些了；但对于中秋月，我还是不敢多看……

至于儿时在故乡的中秋月下砌成的小塔被毁的往事，如今回忆起来，倒觉得很有趣。对那个抛掷鞭炮故意毁掉我的小塔的小男孩，我一点也不记恨。

我想，假如有一天我有机会再见到那个男孩（如今该是个中年汉子了吧!)，我们可能会有很多话好谈。倒想问问他：“如果我再砌一座属于我的小塔，你还会把它毁掉吗?”

三、作品简析

“在月光下砌座小塔，砌一座小小的塔，来迎接那圆圆的中秋月。”一句诗意的童话语言拉开了梦莉编织的童年梦境。这个梦境源于梦莉对儿时生活的回忆，潮汕一带有中秋节砌小塔的风俗，孩子们集体协作，寻找砖瓦以砌一座与自己等高的小塔。“小塔”承载着孩子们的美好理想，因此它总是很高很大，塔尖直指天空，期待着月光的滋润。中秋节至，孩子们在塔中生火，火势越旺，火光越大，就好似梦想会变得越灿烂，他们沉浸在这种简单的快乐中。倔强的“我”却总要独自建立一座小塔，因为梦想是专属于自己的。当小塔被火烧得通红，我便“鼓着掌在塔前雀跃，蹦跳”，好强、独立、活泼的潮汕女孩形象顿时清晰起来。

然而，理想总会遭遇现实。一个恶作剧的男孩无情地炸碎了“我”的小塔，理想的幻影总敌不过现实的碰撞，“我”的梦碎了，童年结束了。“我”在成长的路上不得不遭遇现实的残酷、阴霾，童年的生活远去了，象征着幸福、快乐的“小塔”、“圆月”永远被封存在记忆中。历经世事，“我”从小女孩成长为成年人，心态逐渐平和，但关于童年、中秋、小塔的回忆仍能触动“我”的心弦。天上的圆月与心中的残缺相对而存在于“我”的眼中和心中，“我”

只能守着现实中的残缺而遥望着理想中的圆满。这样的差距使“我”长久以来不敢抬头仰望中秋圆月，只能埋头默数岁月给生命留下的伤痛。年华已逝难免令人唏嘘，却也见证了“我”的成长。如今的“我”已将小塔被毁视作童年生活的一件趣事，若是与那男孩再相逢，“我”会轻描淡写地问：“如果我再砌一座属于我的小塔，你还会把它毁掉吗？”历经世事之后的豁达平和、处事不惊，由此可见一斑。

不同于一般的怀旧散文仅观照个体情感体验，梦莉的散文虽篇幅不长、语言温和，却将自己的视阈扩充至社会、人生，启示人们对生活进行思索。当理想遭遇现实，为了不摧毁理想而又不与现实冲突，我们应该选择何种生活态度？如何实现幸福、快乐，以及自我的成长？这种启示扩充了梦莉散文的内涵，赋予其哲理性和隐喻性。在一般散文的感性格调之余，她擅长将文中的事件、事物化作某种象征符号，以承载厚重的人生意义。《在月光下砌座小塔》中，“月光”与“小塔”意象营造了梦莉的“童年”梦境，与“迂回曲折、阴霾四布”的现实处境相对，给了童年时期的潮汕女孩以及现在的梦莉一种眺望理想的可能性。梦莉借此启示读者，遭遇现实的迂回、起伏难免使人心灰意冷，然而真正支撑信念的正是那颗如“月光”般皎洁、如“小塔”般精致的赤子之心。从她的身上，我们看到了日后梦莉的雏形，既有一份商界女强人的倔强、隐忍、果敢，又有一份文人的多思、敏感、开悟。因此，梦莉的散文对于文坛有着特殊的存在意义，其中真挚的感情令人动容，而其哲理性的观照和感悟则引人深思，能为读者带来一种心灵的慰藉。

四、作者自白

在我的经历中，曾经有过一段时期，情绪很低沉，心情陷入了极度苦闷与忧郁之中。后来，我努力把精神寄托在经营事业上，慢慢地一切才逐渐好转。但是，在心灵上总觉得失落了一些什么似的。为了把这些失落了的往事收回来，于是，我在繁杂的商务之余，悄悄地把我在人生道路上，所拾得的、捕捉到的一些零碎见闻，和记忆所及的往事，加上了我的联想，勉力用笔在纸上串出一些篇章来。

——梦莉：《梦莉散文选》，天津，百花文艺出版社，1992。

我在泰国出生，小时回到中国，同苦难的祖国和我们的同胞共同度过苦难的生活，共同迎接了反抗日本帝国主义侵略战争的胜利。后来，又回到了泰国。这么长时间，我从不忘记孕育我成长的故国，故乡。

我深深感受着，我们中华民族的文化传统的美德，是构成我们民族亘古不散的凝聚力！而且也深深体会到，我们在海外的华人与祖国人民有不可分割的命运。

——梦莉：《抹不掉的情思》，转引自梦莉：《相逢犹如在梦中——梦莉散文选》，北京，人民文学出版社，1998。

在我一生中，究竟什么是欢乐？什么是幸福？这些字眼，对我，始终觉得是何等陌生！那么渺茫！你也许不会理解的。——欢乐的曙光不常见，而痛苦的寒潮，却不断地群涌而来。

——梦莉：《寒夜何迢迢》，转引自赵朕：《认同文化的结晶——世界华文文学论评》，曼谷，时代论坛出版社，2002。

五、名家点评

这些作品，依然是来自她的生活，写她对人生的感受和体验：她童年时代心灵所遭受的劫难，青年时期求知的热切和破碎的梦，以及她在亦商亦文人生道路上的屐迹。当中有苦楚，也不无欢乐，是一组苦乐相错的心歌。

梦莉已从她的“梦境”中走出来，走向广阔的社会，走向鲜活跃动、充满无尽矛盾和生命的现实生活，她正面对感知到的各种矛盾，以一种新的心境，用白乙的笔，在实现从现实向艺术精神的新的飞越。作为她的朋友，我为她的这种“飞越”感到格外的高兴。

——饶芃子：《新的飞越——〈在月光下砌座小塔〉序》，载《华文文学》，1992（2）。

她的文字自然是美丽的，但章法上、结构上我并不以为有多么精致、多么新奇，就因为有了真情，这种平实反倒使人读着亲切、纯真。她不是要“表达”、“反映”别人的某种感情，而是自己内心感情的自然流露和宣泄，读她的文章像是听朋友说知心话，像是无意中听到某个人的自白。从而引起使存有这份真情的人共鸣，使这种心情被磨去了的人审视自我，有某种惆怅、追忆，并产生重新获得、把握这珍贵的情感的愿望。

——邓友梅：《梦莉和她砌的小塔》，转引自海华：《茉莉花串：梦莉作品评论集》，北京，中国文联出版公司，1994。

我确信她的散文写得很好，有的读起来像看小说，她的文笔的魅力在于感人。

于朴实中颇见才情。因为她忙于商务，家里也不希望她在“没有用”的文学上多分心；她生性喜静，不爱交际应酬，但既从事动感极强的商业，又哪能全然摆脱商场上的交往。从杯盘宴饮中回到家才能开始她喜欢的写作，所以她写得不算太多，但每一篇她都写得很认真，每一篇都烙印着她的真性情。

——白舒荣：《请送来另一片天》，载《香港文学》，1993（98）。

六、文献目录

海华：《茉莉花串：梦莉作品评论集》，北京，中国文联出版公司，1994。

李润新：《文化之花——梦莉评传》，北京，中国文联出版公司，1997。

[泰] 年腊梅：《泰华写作人剪影》，曼谷，八音出版社，1990。

饶芃子：《世界华文文学的新视野》，北京，中国社会科学出版社，2005。

司马攻：《因为你是梦莉》，曼谷，八音出版社，1989。

翁奕波、郑明标：《近现代潮汕文学·海外篇》，北京，中国戏剧出版社，2006。

张国培：《20世纪泰国华文文学史》，汕头，汕头大学出版社，2007。

赵遐秋、马相武：《海外华文文学综论》，太原，山西教育出版社，1995。

庄园：《重构女性话语》，汕头，汕头大学出版社，2005。

给后花园点灯

作者：董　桥

类型：散　文

一、作者简介

董桥（1942—　），原名董存爵，祖籍福建晋江，在印度尼西亚长大。1964年从台湾成功大学外文系毕业后前往香港，又在英国伦敦大学亚非学院访学多年，先后担任《今日世界》丛书部编辑、BBC中文部新闻制作人、《明报月刊》总编、《读者文摘》主编和《苹果日报》社长，是香港报界的名人。董桥以散文著称，曾为《明报月刊》等刊物撰写了大量时事评论、文化随笔和学术散文，后又在两岸三地结集出版了《双城杂笔》、《另外一种心情》、《在马克思的胡须丛中和胡须丛外》、《小风景》、《白描》、《青玉案》等三十多部文集。自20世纪70年代至今，董桥的散文一直作为香港当代散文的经典而备受推崇。

二、精彩阅读

给后花园点灯（节选）

散文《给后花园点灯》写于20世纪80年代初，后收入董桥的第四本散文集《这一代的事》。对董桥这样一个在南洋长大、台湾求学、香港谋生、伦敦游历的海外游子而言，中国似真似幻，充满了浓郁的文化乡愁。在这篇散文里，他希望中国在追求经济发展与科技进步的同时能够为文人保留一个读书、写作、伤感、怀旧的后花园，用文学之灯照亮游子返乡的路。

其　二

感伤的文学。文绉绉的乡愁。薄暮中漫步敦化南路附近的长街短巷，深深庭院变成摘星的高楼，但是，琼瑶的窗外依稀辨认出琼瑶的窗里：于右任的行草舞出“为万世开太平”的线装文化；金里描红的风铃摇晃出唐诗宋词元曲；仿古红木书桌上的一盆幽兰错错落落勾出墨色太新的笺谱；墙上木架花格里摆着拙朴的陶土茶罐花瓶："心中有道茶即有道"、"和气致祥喜神多瑞"。大厦一扇铁门一开，走出两位小说里的少女：扁扁的黑鞋，扁扁的胸部，扁扁的国语，扁扁的《爱眉小札》，扁扁的初恋，像夹在书里的一片扁扁的枯叶。台北是中国文学的后花园：商业大厦里电脑键盘的劈啪声掩不住中文系荷塘残叶丛中的蛙鸣；裕隆汽车的废气喷不死满树痴情的知了。这里是望乡人的故乡：

松涛涌满八加拉谷
苔苔爬上小筑黄昏
如一袭僧衣那么披着
醒时　一灯一卷一茶盏
睡时　枕下芬芳的泥土
…………

其　四

不会怀旧的社会注定沉闷、堕落。没有文化乡愁的心注定是一口枯井。经济起飞、科技发达纵然不是皇帝的新衣，到底只能御寒。"天寒翠袖薄，日暮倚修竹"的境界还是应该试试去领会的。聪明人太多，世间自然没有"信"之可言了。方瑜说：有小偷光顾台大教授宿舍，教授们灯下开会商量对策，议论半天，最后达成协议。不久，宿舍大门口挂起书法秀丽的一块告示："闲人莫进!"多么无奈的讽刺。多么有力的抗议。经济、科技的大堂固然是中国人必须努力建造的圣殿，可是，在这座大堂的后面，还应该经营出一处后花园：让台静农先生抽烟、喝酒、写字、著述、聊天的后花园。

其　五

鬼节那天，计程车司机说："该到基隆去看。那儿最热闹，善男信女在水上放纸厝，有好多灯!"灯是传下来了，暖暖的，最相思，最怀旧，像红豆，点在后花园里也好看。

三、作品简析

不少人在董桥的散文里读出了英国贵族式的悠闲和风雅，因为他在许多文章里写到了藏书、玩砚、品茶之趣。但其实董桥还有另外一面，那便是他作为海外华人永远割舍不下的中国情怀，散文《给后花园点灯》便是董桥舒展文化乡愁、书写中国情怀的代表作品。

"感伤的文学"、"文绉绉的乡愁"是散文《给后花园点灯》的题眼和主旨。就像淘书、藏书的贵族习气要在伦敦养成，"把中年风湿的背脊压得隐隐酸痛：

止痛片止不住这样舒服的酸痛”这样让董桥欲罢不能、甘愿沉醉其中的文化乡愁也许只有在台北才能找得到，因为在董桥看来，“台北是中国文学的后花园”，“这里是望乡人的故乡”。敦化南路与琼瑶，武昌街与郑愁予，温州街与台静农，最地道的台北酿制了最“文绉绉的乡愁”，也孕育了琼瑶、郑愁予、台静农这些作家笔下最“感伤的文学”。在散文《给后花园点灯》里，我们随着董桥的回忆漫步在台北的街头巷尾，在他对台湾现代文学如数家珍般的叙述中感受着作者郁结已久的文化乡愁。琼瑶小说里走出的“扁扁的”少女，郑愁予为于右任所写的《望乡人》、台静农为林文月在桌上画出的北平故居图……文学与文人、他乡与故乡，中国文人那世代相传、永不磨灭的文化乡愁让董桥深深动容。对于这“感伤的文学”、“文绉绉的乡愁”，董桥不仅痴迷其中，更清醒地意识到：“不曾怀旧的社会注定沉闷、堕落。没有文化乡愁的心注定是一口枯井。经济起飞、科技发达纵然不是皇帝的新衣，到底只能御寒。”在当今经济高速发展、科技突飞猛进的现代化浪潮里，中国实在有必要为我们的民族文化保留一块古典的后花园，让文人在此读书、写作、伤感、怀旧，让文学为漂泊的游子点上温暖的明灯，照亮他们归乡的路途，也照亮民族前行的方向。

从行文风格上看，《给后花园点灯》依旧延续了董桥散文落笔甚宽、布局尤紧的特点。文章从作者在台北、香港两地周转的现实经历写到对台湾文学乡愁书写的绵延回忆，从为文人保留后花园的规劝写到去基隆看灯的经历，时空交错的漫谈随笔看似信马由缰，实则是在将“文化乡愁”的主题层层铺垫、慢慢渲染，在文字的纵横捭阖中收放自如。同时，这篇散文边引边叙，在作者怀旧伤感的叙述里穿插着郑愁予的诗歌、林文月与儿子的对话、台静农和林文月师生情谊的回忆、台大教授贴告示防贼的轶事、计程车司机去基隆看灯的建议……这些出处各异的引文让抽象模糊的文化乡愁生动鲜活起来。与此同时，“后花园”和“灯”的象征意义始终在《给后花园点灯》一文里若隐若现、引人深思。正如董桥所见，中国文人心之向往的“后花园”应该既有荷塘、蛙鸣、夏蝉、风铃，唐诗、宋词、元曲、书法，红木书桌、幽兰笺谱、木架花格、陶罐花瓶这些古色古香、有形可感的中国物件；更要有台湾文人林文月所展现的母子情、师生情那样细腻温馨的无形之物。而那在现代物质社会里照亮中国后花园的“灯”则是秉持中国情怀的文人笔下蘸满浓浓文化乡愁的文字。毫无疑问，董桥立志要做其中的一盏灯，他用这篇散文警示国人，也告诫自己。

四、作者自白

散文须学、须识、须情，合之乃得 Alfred North Whitehead 所谓“深远如哲学之天地，高华如艺术之境界”。年来追求此等造化，明知困难，竟不罢休。

——董桥：《这一代的事》，台北，圆神出版社，1986。

文章如人。人静如梅，其文也静；人动如草，其文也动。豪放之人，其文必放；粗浅之人，其文必浅。难静难动，难放难浅，只得追摹博杂，然后学雅。一旦博雅，则文章仿佛宋元山水，不尚细碎，点染数笔，即成格局，也有意境。

——董桥：《〈黄昏时分的思念〉小序》，转引自陈子善：《董桥文录》，成都，四川文艺出版社，1996。

五、名家点评

董桥的散文不仅证明香港有文学，有精致的文学，香港文学不乏上乘之作，不全是“块块框框”的杂文、散文。他使人想起余光中和陈之藩……他们大约只能算半香港和几分之几的香港吧。董桥可以说就是香港。

——柳苏：《你一定要看董桥》，载《读书》，1989（4）。

浓郁的书卷气，儒雅的文化精神，热情的中国情怀，精致的文字，英国式幽默，成为董桥散文的鲜明标志，构成了独特的“董桥风格”。

——刘登翰：《香港文学史》，北京，人民文学出版社，1999。

董桥的散文渊源有自，他远承晚明小说的遗风，近继“五四”白话散文的传统（他曾多次表示对知堂散文的推崇），又借接英国十八、十九世纪随笔的余绪，在融会贯通的基础上自造新境，从而迥异时流，独出机杼。

——陈子善：《你一定要看董桥》，上海，文汇出版社，1997。

强调“学、识、情”的散文/杂文基础，自然背离大众/流行文学的美学要求。柳苏在《你一定要看董桥》断言：“董桥的散文不仅证明香港有文学，有精致的文学，香港文学不乏上乘之作，不全是‘块块框框’的杂文、散文……董桥可以说就是香港。”“董桥可以说就是香港”或许言之太过，然以“精致文学”而非“大众文学”定位董桥，却是不争的事实。董桥百科全书式的散文，显然是写给“识货”的读者看的。柳苏说“你一定要看董桥”，说他是香港名产，却又为他在香港（此文发表于1989年）没有相应的知名（或是市场反映吧！）叫屈，其实，那正是精致文学在流行文化的必然位置和“正常”现象。

——钟怡雯：《帝国余晖里的拾荒者》，载《香港文学》，2003（227）。

六、文献目录

董桥：《辩证法的黄昏》，台北，合志文化事业公司，1988。

董桥：《旧事月色》，南京，江苏文艺出版社，2003。

杜元明：《〈中华文学通史〉之两节——曾敏之与董桥的散文》，载《香港作家报》，1997（109）。

江弱水：《秾艳一枝细看取——试论董桥的散文》，载《现代中文文学评论》，1994（2）。

刘小新：《董桥散文略论》，载《华侨大学学报》（哲学社会科学版），1997（1）。

孙宝元：《精致文化传统的怀旧者——论董桥散文中的文化乡愁》，载《当代文坛》，1997（1）。

周泽雄：《面对董桥》，载《读书》，2001（1）。

赵小琪、王宁宁：《台港名家名作选读》，北京，中国民主法制出版社，2012。

脚　印

作者：王鼎钧
类型：散　文

一、作者简介

王鼎钧（1925—　），曾用名方以直，山东兰陵人，当代著名华文文学大师。24岁赴台湾，51岁移居美国，一生阅历丰富。自1944年在陕西《安康日报》正式发表第一篇作品《评红豆村人的诗》以来，迄今为止共出版40余部作品，体裁涵盖散文、小说、回忆录、论著等，尤以散文成就最高，代表作有《情人眼》、《碎琉璃》、《左心房漩涡》、《风雨阴晴》等。

二、精彩阅读

脚　印（节选）

这是王鼎钧散文集《左心房漩涡》中的一篇美文。《脚印》主要抒发的是乡愁，但其文风却迥异于当时台湾文坛流行的同类题材作品。《脚印》传达出来的乡愁，因为有着作者对人生独特的诗意领悟与审美观照，而得以铅华洗尽、尽显放达，小我之哀也因此被赋予了大气与圆融的气质。

乡愁是美学，不是经济学。思乡不需要奖赏，也用不着和别人竞赛。我的乡愁是浪漫而略近颓废的，带着像感冒一样的温柔。

你该还记得那个传说：人死了，他的鬼魂要把生前留下的脚印一个一个都捡起来。为了做这件事，他的鬼魂要把生平经过的路再走一遍。车中、船中，桥上、路上，街头、巷尾，脚印永远不灭。纵然桥已坍了，船已沉了，路已翻修上柏油，河岸已变成水坝，一旦鬼魂重到，他的脚印自会一个一个浮上来。

想想看，有朝一日，我们要在密密的树林里，在黄叶底下，拾起自己的脚印，如同当年捡拾坚果；花市灯如昼，长街万头攒动，我们去分开密密的人腿捡起脚印，一如我们当年拾起挤掉的鞋子。想想那个湖！有一天，我们得砸破镜面，撕裂天光云影，到水底去收拾脚印，一如当年采集鹅卵石。在那个供人歌舞跳跃的广场上，你的脚印并不完整，大半只有脚尖或只有脚跟。在你家门外、窗外、后院的墙外，你的灯影所及，你家梧桐的阴影所及，你的脚印是一层铺上一层，春夏秋冬千层万层，一旦全部涌出，恐怕高过你家的房顶。

有时候，我一想起这个传说就激动；有时候，我也一想起这个传说就怀疑。我固然不必担心我的一肩一背能负载多少脚印，一如无须追问一根针尖上能站多少天使。可是这个传说跟别的传说怎样调和呢？末日大限将到的时候，牛头马面不是拿着令牌和锁链在旁等候出窍的灵魂吗？以后是审判，是刑罚，他哪有时间去捡脚印？以后是喝孟婆汤，是投胎转世，他哪有能力去捡脚印？鬼魂怎能如此潇洒、如此淡泊、如此个人主义？好，古圣先贤创设神话，今圣后贤修正神话，我们只有拆开那个森严的故事结构，容纳新的传奇。

三、作品简析

在20世纪80年代两岸“三通”正式实施以前，大陆和台湾地区一直处于完全隔绝的状态，一代人的生命经历就此被拦腰切成了两段，一段是还来不及告别的过去，另一段是总是怀念过去的现在。“还乡”就这样成为一代人的热切愿望。《脚印》便是这样一篇围绕还乡而展开的美文。

在《脚印》中，王鼎钧用书信体的形式诉说着他的乡愁，文中的“你”既可当做是“我”多年未见的故交，也可以理解为作者魂牵梦萦的祖国。在他喃喃呓语式的诉说中，古典诗词的意象跳跃、小说的虚构性叙事、戏剧的无痕迹转折融合得浑然天成。而其超脱于一己之悲，直逼生命感悟深层的智者情怀，更使寻常的题材得以升华。其情其景，虽然忧伤但不至于沦为悲伤，小我的故国之思也因为作者深刻的哲学观照而变为一代人的大无奈与大彻悟。

与单纯怀念故土的乡愁散文不同，《脚印》中的乡愁指涉的不是山河在空间上的阻隔，而是永远都不会再回来的时间。当年兰陵镇上的那个小小少年，在历经大半生漂泊流离之后，在偌大个世界，竟真的找不到故乡了。敏锐的艺术触觉、提升感性的本领和创作上锲而不舍的开拓意识，给予了他把寻常事件升华到对生命深层感悟的能力。所以他把人生与历史寓言式地结合在一起，借一个很小的题材，敷演了一场大气而又唯美的还乡盛宴。因为历史不可逆转，空间里的故乡对他来说也不过是另外一个陌生的异乡，访旧为鬼，物非人是，所以他借“捡脚印”这种特殊的精神旅行回到故乡。在“40岁万籁无声，忽然满耳都是还乡、还乡、还乡”的20世纪80年代，与其说他在逃避故乡，不如说他在努力地记住故乡本来的样子。

刘荒田曾说王鼎钧有三个可以使他成为当之无愧的文学大师的独特之处，宗教情怀便为其中不可或缺之一。少年时在家乡受洗皈依基督的王鼎钧，在历经半世流离之后，选择以博大的胸襟宽容地接纳人生这条河流的曲折与改道。也正是对人生这种宗教式的体悟，赋予了《脚印》平和追忆的旷达味道。虽然“事实在海关人员的眼中”，“访旧半为鬼”，然而“镜花水月，回首都有真在”，“昨日今我一瞬间，时间不容庸人自扰”。正如王鼎钧所说：“这不是大解脱、大轻松，这是大割、大舍、大离、大弃，也是大结束、大开始。”因为王鼎钧的这份释然，“乡愁”这个“一夜征人尽望乡”的题材，在《脚印》里拥有了另外一种表达方式，那就是个体生命在寻找“故乡”的原始冲动中，也找到了另外一条宣泄的途径。

王国维云：“大家之作，其言情也必沁人心脾，其写景也必豁人耳目，其词脱口而出，无矫揉妆束之态。”经历七个国家，接受五种文化、三种制度的人生经历给了王鼎钧洞察世事、看一切云淡风轻的能力，所以在《脚印》中他选择做一个浪漫的鬼魂，从现在出发，顺着时间之流一步步回溯到过去。曾经走过的路，曾经唱过的歌，曾经看过的风景，在他到达的时候，都可以一一浮现。而故乡，这个他在现实中不能再找到的地方也会出现在他回溯的最后一站。而在现实中，当年千山万水不辞远，走出故乡，而现在则只有此心安处是吾乡了。

四、作者自白

诗、散文、小说、剧本，是那棵叫做文学的大树上的四枝，是文学大家族中的四房，并非像动物和矿物截然可分。为了便于观摩学习，必须夸张四者相异之点，寻求它们个别的特色。这以后，层楼更上，作家当然有不落窠臼的自由，兼采众体的自由。

——王鼎钧：《散文》，转引自王鼎钧：《文学种子》，台北，尔雅出版社，2003。

我把心中之情代进外在的事件里，求内心的净化和宁静。叙他人之事，述一己之情，叙事是表，抒情是里，叙事是过程，抒情是遗响。那时，散文还不时兴这个写法，可是我非这样写不可。这样，我走出了泥沼。

——王鼎钧：《情人眼》，台北，尔雅出版社，2003。

五、名家点评

我读王鼎钧读了差不多30年，越看他的东西越觉得他真了不起。我即使不认识他，也要这么讲。海外有两座当代文学的顶峰，写散文的王鼎钧和写新诗的洛夫，两位老人的创作境界都达到前人没达到的海拔。他们著作丰富，写作生命长久；道德上没有大的瑕疵。我认为，王鼎钧的《关山夺路》和《文学江湖》是中国现代纪实文学前所未有的登峰造极之作。遗憾的是，大陆文学界对他仍旧陌生、冷漠，这让我深感悲哀。

——李怀宇：《“旅美四大家”之刘荒田回顾异国写作生活：希将此生画得圆》，载《时代周报》，2011-08-18。

王鼎钧和余光中在散文文坛崛起，他们两人可谓珠联璧合，共同为完成对现代散文传统的革新，奠定了坚实稳固的基石。

——楼肇明：《谈王鼎钧的散文》，转引自王鼎钧：《王鼎钧散文》，杭州，浙江文艺出版社，1999。

他在沟通人生、艺术、宗教三者中呈现的澄澈、宁静，表现出回荡于天地间的中国智慧和精神，这使得王鼎钧散文常有的大开大阖的结构、金戈铁马的气势、疏朗遒劲的文调，都显得更为强劲、深远。

——黄万华：《〈风雨阴晴〉序》，转引自王鼎钧：《风雨阴晴》，济南，山东文艺出版社，2004。

王鼎钧晚年定居美国，曾历经七个国家，看五种文化，但没有变成不思回家的浪子，而是时刻不忘自己是炎黄子孙，其作品具有“令人敬”的中国情结。这种中国情结既是对祖国大好河山的眷恋，对故乡的思念，也是对中华民族的热爱和认同 。这种中国情结，贯穿在他一生颠沛流离之中，深藏在他“血火流光下的幸存者，冰封雪埋下的幸还者”的阅历里 。无论是在大陆还是到台湾，或漂流到纽约，中国情结在他心中愈来愈浓，浓到化不开。为了治疗这种化不开的乡愁，他把祖国锦绣河山的大大小小的照片收藏了许多，可以说是五岳俱全，三江皆备 。每当自己思乡时，便望着这些墙上的风景照发呆，花一个上午读全中国地图。人在异邦的王鼎钧，就这样觉得自己与祖国是如此贴近，他从心底呼喊 ：“中国在我眼底，中国在我墙上。”

——古远清：《既令人敬又令人爱的王鼎钧散文》，载《香港文学》，2009（6）。

六、文献目录

黄雅莉：《王鼎钧的乡愁情结与爱国情怀——以〈左心房漩涡〉为探究中心》，载《海南师范大学学报》（社会科学版），2009（6）。

楼肇明：《〈穿越台湾散文五十年（上）〉序》，载《海南师范大学学报》（社会科学版)，2004（5）。

李晔：《海外著名散文家王鼎钧访谈录》，载《当代文坛》，2006（4）。

倪金华：《庄谐杂出　雅俗共赏——王鼎钧散文艺术论》，载《华侨大学学报》(哲学社会科学版)，1998（2）。

王鼎钧：《大气游虹》，台北，尔雅出版社，2000。

王性初：《心灵在上帝的手套里永生》，载《名作欣赏》，2009（7）。

遇　见

作者：张晓风
类型：散　文

一、作者简介

张晓风（1941—　），台湾著名女作家，笔名晓风、桑科、可叵，祖籍江苏徐州，8岁时随家人迁居台湾。毕业于台湾东吴大学中文系，后在台湾东吴大学、香港浸会学院等台港高校教授国学与中文创作40余年。20世纪60年代中期，张晓风以散文创作一举成名，名列“台湾十大散文家”之席，多次荣获吴三连文学奖等各项文学大奖。最初以散文闻名的张晓风日后成为散文、戏剧、小说三栖作家。小说《潘渡娜》被誉为“当代华文界最早的现代科幻小说”，戏剧《和氏璧》、《武陵人》被列入台湾文学经典，更以《地毯的那一端》、《愁乡石》、《步下红毯之后》、《再生缘》、《我在》等多部畅销散文集而饮誉海内外。

二、精彩阅读

遇　见（节选）

张晓风一生笃信宗教，对自然万物更是怀有宗教般虔诚的心。五月清晨一蓝如洗的天空、夏日午后树木飘散的飞絮，这些在常人眼中可能熟视无睹的风景却总能打动作者，吸引她用清秀灵动的文字记录下对生命、对自然最真诚的敬畏。

我顺着她的手望过去，果真看到那片蓝过千古而仍然年轻的蓝天，一尘不染、令人惊呼的蓝天，一个小女孩在生字本上早已认识却在此刻仍然不觉吓了一跳的蓝天，我也一时愣住了。

于是，我安静地坐在她的旁边，两个人一起看那神迹似的晴空，平常是一个聒噪的小女孩，那天竟也像被震慑住了似的，流露出虔诚的沉默。透过惊讶和几乎不能置信的喜悦，她遇见了天空。她的眸光自小窗口出发，响亮的天蓝从那一端出发，在那个美丽的五月清晨，它们彼此相遇了。那一刻真是神圣，我握着她的小手，感觉到她不再只是从笔画结构上认识“天”，她正在惊讶赞叹中体认了那份宽阔、那份坦荡、那份深邃——她面对面地遇见了蓝天，她长大了。

…………

我感到那云状的种子在我心底强烈地碰撞上什么东西，我不能不被生命豪华的、奢侈的、不计成本的投资所感动。也许在不分昼夜的飘散之余，只有一颗种子足以成树，但造物者乐于做这样惊心动魄的壮举。

我至今仍然常在沉思之际想起那一片柔媚的湖水，不知湖畔那群种子中有哪一颗种子成了小树，至少我知道有一颗已经长成，那颗种子曾遇见了一片土地，在一个过客的心之峡谷里，蔚然成荫，教会她，怎样敬畏生命。

三、作品简析

这是一篇没有太多情节与修饰的散文，文字质朴无华，作者遇见的也不过是雨后放晴的天空和随风飘扬的飞絮这些在常人看来再普通不过的自然景物，但作者却能以一颗细腻敏锐之心体察万物、品味事理，由事缘情，缘情及理，让《遇见》一文读来格外清新宁静、隽永深长。

文章名为《遇见》，是因为写到了两次看似寻常的“遇见”：第一次是小女儿在窗口遇见蓝天的喜悦，第二次是“我”在湖边遇见树木飞絮的震撼。显然，这里的“遇见”不是一般意义上人与人的相遇，而是人与自然的相遇，有着特殊的比拟之义。同时，女儿遇见的蓝天、“我”遇见的树木，都不再只是静待一旁，单纯被人观看、被人欣赏的对象，而是与人一样有精神、有灵魂，并能与人交流、给人以正能量的自然界的主体。因此，文中人与自然的两次“遇见”有着非同寻常的意义。细读全文还会发现，文章对两次遇见分别采取了不同的表现方式。女儿与蓝天的“遇见”主要是以孩子的语言和行为描写来表现，从最初女孩的“忽然尖叫”，到妈妈来后她的“一语不发”、“神秘诡异的笑容”、“不说话”，直到最后揭开谜底时：“用一只肥匀的有着小肉窝的小手，指着窗外”、“秘而不宣地微笑，然后悄悄地透露一个字：‘天’。”在作者充满悬念的层层铺叙下，小女孩遇见蓝天时那喜悦与赞叹的神情跃然纸上。另一次“遇见”的经历则是以心理描写来表现“我”看到飞絮传种的感悟。起先，当“我”在不经意间发现湖边有树木在飞絮时“并不在意”，可是当我发现几个小时、整个下午、整个晚上一直到第二天，那些树依然不停地飞絮时，我的心理开始发生了变化：“简直令人吃惊”、“我感到诧异和震撼”。终于，作者被这原始的生命力彻底地感动和折服：“我感到那云状的种子在我心底强烈地碰撞上什么东西，我不能不被生命豪华的、奢侈的、不计成本的投资所感动”，甚至对生命产生了前所未有的敬畏之心：“满心所感到的是一种折服，一种无以名之的敬畏。”

作者在《遇见》一文中对蓝天和树木不遗余力的礼赞，除了有感动和震撼外，更有反思和追寻。在作者看来，人类有必要与自然万物平等对话，从中体悟天空“那份宽阔，那份坦荡，那份深邃”，学习植物在对待生命时那“豪华的、奢侈的、不计成本的投资”。生命无所谓投资，投资是人类才有的商业行为。文章有意用人类习以为常的商业眼光去看待自然界的生命行为，匠心独运地将自然界的生命行为与人类的商业行为进行了一次意义深刻的对比。“也许在不分昼夜的飘散之余，只有一颗种子足以成树，但造物者乐于做这样惊心动魄的壮举”，相对于自然对生命慷慨无私、不计成败的付出，人类对待生活更像是买卖交易的商业行为，穷于算计、患得患失。两相对照，张晓风在《遇见》里呼唤的正是“人法自然”、“生命至上”这些中国传统价值观念在现代商业社会的回归，而文中作者与自然和谐共处、相互诠释、相互启发的心灵交流更为现代社会中被异化和苦闷缠绕的人们提供了一剂精神解脱的良方。

文章触景生情、由情入理，一切外在的风景都归附于作者内心细腻的情感起伏和对生命意义的思索，并最终化为作者笔下那宁静自然、行云流水的文字，体现了张晓风散文文笔优美、意蕴深厚的美学风格。

四、作者自白

我要的一种风景是我可以看它也可以被它看的那种。我要一片“此山即我，我即此山；此水如我，我如此水”的熟悉世界。

——张晓风：《风景是有性格的》，转引自张晓风：《张晓风散文》，杭州，浙江文艺出版社，2011。

“述而不作”，少年时代不明白孔子何以要作这种没有才气的选择，我却希望作而不述。但岁月流转，我终于明白，述，就是去悲悯、去认同、去解释。有了好的解释，宇宙为之端正，万物由而含情。

——张晓风：《张晓风散文精品文集》，银川，宁夏人民出版社，2000。

五、名家点评

张晓风的散文简洁、清澈与形象美，肯定是汉语文坛最重要的美文作家之一，她扩展了散文的向度，把美文推向更高的艺术层次。

——痖弦：《散文的诗人——张晓风创作世界的四个向度（代序）》，转引自张晓风：《张晓风精选集》，台北，九歌出版社，2004。

张晓风不愧是第三代散文家里腕挟风雷的淋漓健笔，这支笔，能写景也能叙事，能咏物也能传人，扬之有豪气，抑之有秀气，而即使在柔婉的时候也带一点刚劲。

——余光中：《亦秀亦豪的健笔（代序）》，转引自张晓风：《你还没有爱过》，台北，九歌出版社，2007。

张晓风这个名字，容易使人联想到柳永《雨霖铃》的“晓风残月”，进一步把她与婉约阴柔的风格等同起来。张氏的“晓风”却是与新月在一起的，是晓风新月，甚至是清风明月，甚至是和风丽日。她观察明月下、丽日下的人间世事，且经常参与其间，时时使“我在”现场（《我在》是她一本散文集）；她多情善感，作品的题材极其多元。母爱和山水之爱，只是她作品内容的小部分，她写对丈夫、儿女、学生、朋友、花鸟虫鱼、语言文字、历史文化以至国家民族之爱。因为爱荷花，一天，她心血来潮，一下课就从她任教的大学乘出租车直奔荷花池。某年暑假她独自去了一趟日本，以前曾到富士山，知道山中有些湖区，这次下了飞机便直奔美之所在，雇出租车载她绕湖一周。又有一次，她偶见永和桥边有驾训班，觉得那里落日极其美丽，便忍不住参加了。

——黄维梁：《美丽的张世界（代序）》，转引自张晓风：《晓风过处》，香港、新加坡，明报月刊出版社、新加坡青年书局，2009。

六、文献目录

楼肇明：《张晓风散文论》，载《文学评论》，1994（1）。

吴军英：《张晓风散文论》，载《当代文坛》，2002（4）。

赵小琪、王宁宁：《台港名家名作选读》，北京，中国民主法制出版社，2012。

张晓风：《张晓风经典作品》，北京，当代世界出版社，2007。

张清芳、陈爱强：《台湾当代散文艺术流变史》，北京，人民出版社，2011。

张瑞君：《五十年来台湾女性散文·评论篇》，台北，麦田出版股份有限公司，2006。

北纬五度

作者：钟怡雯
类型：散　文

一、作者简介

钟怡雯（1969—　），祖籍广东梅县，生长于马来西亚，先后在台湾师范大学国文系和国文研究所获得了学士、硕士和博士学位，现任台湾元智大学中国语言文学系教授。自20世纪90年代起，钟怡雯先后出版了《河宴》、《垂钓睡眠》、《听说》、《我和我豢养的宇宙》、《岛屿纪事》、《野半岛》等多部散文集，并荣获台湾时报文学奖、台湾《联合报》文学奖、新加坡金狮奖、海外华文文学奖、《星洲日报》"花踪"文学奖、华航航行文学奖、梁实秋文学奖和"中山杯"华侨文学奖等多项华语文学大奖。同时，她还著有《亚洲华文散文的中国图象》、《无尽的追寻：当代散文的诠释与批评》、《内敛的抒情：华文文学论评》等多部学术著作，并主编了《马华当代散文选》、《马华文学读本Ⅰ：赤道形声》、《马华文学读本Ⅱ：赤道回声》、《马华散文史读本》等马华作品选。

二、精彩阅读

北纬五度（节选）

> 《北纬五度》选自钟怡雯在2007年出版的散文集《野半岛》，是作家人到中年，隔着时间和空间的双重距离，在一个岛屿上书写的对另一个岛屿的记忆。从高中时代"我"的离家出走写到父亲对祖父仅有的一次叛逆，从父母连生六女为得一子的家族使命写到钟家代代相传的疯狂基因，作家以漫谈随笔式的自由联想将她对过往时光的回忆和对人世命运的思索娓娓道来。

可是面对时间，赌烂无用。前年我回油棕园和万岭新村去，白头宫女的心情。所有的物都抹上时间的光晕。房子老了，椰子树、红毛丹、芒果、酸仔还在，连油棕树上的蕨类都变少了。树木亦有暮年之人的形色，像祖父祖母大去前那种缺乏润泽的枯竭之感，我因此知道生命会变轻、灵魂会变薄，为了死后便于游荡的缘故。

过往之物是时间的废墟。

油棕园那条唯一的对外道路还是黄泥路，文明的风暴没有扫进这里，也没有扫进万岭新村，相反的，它们跟时间背道而驰，一种被遗弃的落后和老旧。万岭新村甚至连火车站都拆掉了，因为锡矿开采完毕，村民失去生存的依靠，遂成为跟我一样的离乡之人。再没有谁需要坐火车返家了。

过往的世界遗弃了我，我却在文字里重新拾起。World lost，words found，《作家身影》片头说的。那天离开油棕园时，依然是我极为厌恶的久未下雨的场景，黄尘滚滚。父亲的车快速驶离，我的脑海忽然出现一段久违的旋律，当年校车的马来司机最爱播的 Take me home，Country Road。歌词里的 Virginia 州在哪我不知道，最远的外国我只到过新加坡。我用油棕园那条水牛洗澡的溪水想象歌手吐出的 Shenandoah River，同时联想起音乐课唱的印度尼西亚民谣 Bengawan Solo，那梭罗河长什么样有没有两点麻雀？清晨昏暗天色里，听那充满时间质感的沧桑男声在唱：dark and dusty，painted on the sky/misty taste of moonshine，teardrop in my eye，看不见的未来哪。遂有一点欲泪的悲凉。

此刻，我的未来已经慢慢成形，我无泪，反而悠悠地想起另外一段歌词：

I hear her voice in the morning hours she calls me
Radio reminds me of my home far away
And driving down the road I get a feeling
That I should've been home yesterday
仿佛，才昨天，还在北纬五度。

三、作品简析

《北纬五度》出自钟怡雯的第六本散文集《野半岛》，是作家自 19 岁离开马来西亚并在台湾求学定居的第 19 年后，在台湾岛上书写的她对马来半岛的回忆。两个 19 年，两个半岛，在时间与空间的双重距离下，作家终于在重拾过往时光的文字里发现了在过去和现在中重叠的自己，以及自己对故乡、对家人永远无法割舍的牵绊。

这是一篇充满诗意而又略带伤感的回忆性散文。“过往之物是时间的废墟。”作者如是说。离家多年，故乡早已物是人非、时过境迁，而自己也更像是一个被时光彻底遗弃的离乡之人。然而，《北纬五度》除了有时光不再、欲哭无泪的黯然伤感外，更展现了在凡常俗世的因果轮回中质疑人生、于现实世界的时空分离里理性思辨的深度与广度。于是，“我”在时间与空间的双重距离中思考着疏离与创作的关系，“疏离是创作的必要条件”、“过往的世界遗弃了我，我却在文字里重新拾起”；“我”也因此在距离里看清了家人在自己生命中的位置，意识到来自血缘和遗传那难以改变的宿命：“生命的阴影无所不在，即使逃到天涯海角”。父亲向往自由却顺从家族，同时又遗传了家族疯狂的基因，于是他的宿命便是离开老家、自立门户，辛苦养育六女一子。“我”远走他乡、用文字重拾过往，即便如此也依然难逃生命的阴影，“我”对自由、对创作的执著未尝不是家族遗传的宿命？在作者喃喃自语的独白和扪心自问的思辨中，我们与作者一同经历着悠悠心弦跨越时空的共振与共鸣。

初读《北纬五度》，读者可能会被它随笔漫谈式的自由联想所迷惑，分不清是虚构还是写实，是抒情还是论理？而这正是钟怡雯的散文在书写结构上的过人之处，在她看似散漫的叙述里往往包含着一个核心主题，并以此为圆心形成了向其他相关议题放射开去的圆形结构，呈现出一般女性散文少见的雄辩恢弘之风。《北纬五度》开篇便由八年前一位不给自己算命的台湾同事写起，由此提出要让命运在自己眼底现形：“现形的命运跟自由有莫大关系”，“是自由决定了我的命运”。可是接下来，作者笔锋一转，从当下的台湾岛回到了 19 年前的马来半岛：高中时代“我”的离家出走、父亲南下自立门户的叛逆、父母为生儿子连生六女的辛苦、“我”头也不回离家去台湾求学的背影、钟家家族遗传的疯狂基因……这些被遗留在马来半岛的记忆碎片被作者一一拾起、整理、凝视，并被赋予了新的意义。这时，“我”才发现原来自己的命运里除了有向往自由的天性，更有来自血缘和遗传那难以改变的宿命。于是，围绕着“命运”，《北纬五度》将过去与现在、时间与空间、自由与宿命、血缘与遗传、回忆与写作这些复杂深奥的人生命题娓娓道来，其中既有文人的细腻描述，又有哲人的理性沉思，二者水乳交融，达到了散而不乱、言之有物的境界。

四、作者自白

我们相信散文的“真实”，习惯在散文里寻找作家的身影和生活，并要求散文家必须与读者坦诚相对，在某种程度上，也满足了读者藉阅读以偷窥的愉悦。正是这种特质，使它与理论较远，与真实较近。虽然如此，散文应视为生活的折射，而非反射，因为经验和事件必须再加以处理——无论是哪一种技巧——决不能以流水账的形式来记录。

——钟怡雯：《〈天下散文选Ⅱ：1997—2010 台湾〉序言》，转引自邱坤良等：《天下散文选Ⅱ：1997—2010 台湾》，台北，天下远见出版股份有限公司，2010。

活在当下只是肉身的存在，对创作而言，那并不具意义。只有回忆被整理，被凝视，被重新赋予意义时，活过的轨迹才透显出它的价值，痛苦因为书写而变得可以忍耐。这是我对抗痛苦的强壮理由。

——钟怡雯：《我和我豢养的宇宙》，台北，联合文学出版社，2002。

五、名家点评

钟怡雯绮年丽质，为缪斯宠爱之才女，但她的艺术并非纯情的唯美。她对于青春与爱情，着墨无多，更不论友谊。相反地，生老病死之中，她对后三项着墨最多，笔端的沧桑感逼人如暮色。

——余光中：《狸奴的腹语——读钟怡雯的散文》，转引自陈大为、钟怡雯、胡金伦：《马华文学读本Ⅱ：赤道回声》，台北，万卷楼图书有限公司，2004。

10年过去了，钟怡雯的散文让人喜爱有加的，不仅是她的才情灵气，也有她虔诚坦真的心灵和蜕变拓展的视野。置于跟中国大陆、台湾散文一样“公正严苛”的评判标准下，钟怡雯的散文也是形质俱佳的，跟黄锦树、黎紫书等的小说，陈大为、林幸谦等的诗歌一起，足以构成马华新生代超越前辈的创作高峰。

——黄万华：《山水兼得，情思双栖——马华新生代作家钟怡雯散文论》，载《烟台大学学报》（哲学社会科学版），2007（1）。

也许是钟怡雯在描述周遭的事物时惯用比拟（personification），她的笔端天地万物皆有生命和情感，和叙述者互相感应、对话；她总是设定相爱相缠又相怨相斥的两方，使得美丽与哀怨、亲密与疏远缠绵不休。

——焦桐：《想象之狐，拟猫之笔（代序）》，转引自钟怡雯：《垂钓睡眠》，台北，九歌出版社，1998。

六、文献目录

陈慧桦：《她的灵气点亮了她的文字意境——钟怡雯散文的叙述策略》，载《文讯》，1995（114）。

王德威、黄万华：《岛屿纪事》，济南，山东文艺出版社，2007。

徐学：《钟怡雯散文的感性与知性——兼谈台湾女性文学》，载《台湾研究集刊》，2004（4）。

钟怡雯：《野半岛》，台北，天下文化公司，2007。

张锦忠：《南洋论述：马华文学与文化属性》，台北，麦田出版股份有限公司，2003。

张永健、赵小琪：《一本书读懂中国文学》，武汉，长江文艺出版社，2011。

目　送

作者：龙应台
类型：散　文

一、作者简介

龙应台（1952—　），出生于台湾高雄，祖籍湖南衡山。1974 年毕业于台湾成功大学外文系，后赴美国堪萨斯州立大学深造，并获英美文学博士学位。曾先后任教于纽约市立大学、梅西学院、台湾淡江大学、法兰克福大学以及海德堡大学。1985 年出版《野火集》，其后相继有《中国人，你为什么不生气》、《百年思索》等多部作品问世，作品以针砭时事、笔锋凌厉著称。近年来作品风格发生转向，开始书写代际之间的情感体验，如《亲爱的安德烈》、《孩子，你慢慢来》、《目送》等。2012 年，台湾当局任命龙应台为台湾文化建设部门新任负责人。

二、精彩阅读

目　送（节选）

> 这是散文集《目送》中的一篇经典散文，书写父亲与我、我与孩子三代人之间的种种“目送”，文字间满溢着亲情带来的温暖体验，令人联想到了朱自清的《背影》。真挚自然的情感背后，闪烁着作者的哲思光芒，感性观照与理性思考相结合，别有一番韵致。

我慢慢地、慢慢地意识到，我的落寞，仿佛和另一个背影有关。

博士学位读完之后，我回台湾教书。到大学报到第一天，父亲用他那辆运送饲料的廉价小货车长途送我。到了我才发觉，他没开到大学正门口，而是停在侧门的窄巷边。卸下行李之后，他爬回车内，准备回去，明明启动了引擎，却又摇下车窗，头伸出来说：“女儿，爸爸觉得很对不起你，这种车子实在不是送大学教授的车子。”

我看着他的小货车小心地倒车，然后噗噗驶出巷口，留下一团黑烟。直到车子转弯看不见了，我还站在那里，一口皮箱旁。

每个礼拜到医院去看他，是十几年后的时光了。推着他的轮椅散步，他的头低垂到胸口。有一次，发现排泄物淋满了他的裤腿，我蹲下来用自己的手帕帮他擦拭，裙子也沾上了粪便，但是我必须就这样赶回台北上班。护士接过他的轮椅，我拎起皮包，看着轮椅的背影，在自动玻璃门前稍停，然后没入门后。

我总是在暮色沉沉中奔向机场。

火葬场的炉门前，棺木是一只巨大而沉重的抽屉，缓缓往前滑行。没有想到可以站得那么近，距离炉门也不过五公尺。雨丝被风吹斜，飘进长廊内。我掠开雨湿了前额的头发，深深、深深地凝望，希望记得这最后一次的目送。

我慢慢地、慢慢地了解到，所谓父女母子一场，只不过意味着，你和他的缘分就是今生今世不断地在目送他的背影渐行渐远。你站立在小路的这一端，看着他逐渐消失在小路转弯的地方，而且，他用背影默默告诉你：不必追。

三、作品简析

从《目送》中，我们读到了一个全新的龙应台，她不再是《野火集》、《中国人，你为什么不生气》中那个鞭辟入里，对社会现状发起批判的公共知识分子；而是一个迈入中年，对时间、生命、亲情有了新领悟的母亲、女儿。她仍继续着“百年思索”，只不过将思索的对象由社会、政治转向了家庭、人生。

近90年前，朱自清在《背影》中深情写下了父亲的“背影”，那时的“我”，是一个目送者，目送着父亲蹒跚地穿过铁道、爬上月台去为儿子买橘子，这一幕让“我”泪湿了面庞，也感动了无数读者。如今，龙应台也选取了“目送”这一细节来重新诠释亲情和生命，深情的“目送”再次感动了众人。一次次的“目送”，一次次的离别，我们从中感受到了时间的累积给生命与情感带来的重负。儿子入小学第一天，穿梭纷乱的人群无法阻挡母子交织的眼神；十六岁出国的他，为前来送别的母亲只留下一个冷漠的背影；二十一岁的他，与母亲同车，却用耳机将母亲拒绝于他的世界之外。母亲始终站在原地凝视着儿子的背影，而儿子却越来越吝啬回头一瞥母亲期待的眼光，于是，时间在流逝，生命在成长。作为母亲，她不得不独自承受着时间带来的凄凉重负。时间不止留下成长的痕迹，更带来了生死的别离。作为女儿，她从刚工作时目送父亲开着廉价货车消失在一团黑烟中，到目送轮椅中父亲的背影消失在医院的门后，再到在细雨中最后一次目送父亲消失在火葬场的炉火中。站在生命中轴线上的她，看着儿子和父亲的背影渐行渐远，羽翼渐丰的儿子终将独立，历经沧桑的父亲终将离去。韶光易逝，在一次次深情的目送之后，她终于意识到了时间的无情，生命的沉重。她好似一个寂寞的身影，站在生命的中转站，回味着人生的每一次“目送”，无奈地慨叹道：“所谓父女母子一场，只不过意味着，你和他的缘分就是今生今世不断地在目送他的背影渐行渐远。你站立在小路的这一端，看着他逐渐消失在小路转弯的地方，而且，他用背影默默告诉你：不必追。”

在写作艺术上，《目送》采用了对比和细节描写重复叠加的写作方法，全文由对“目送”这一细节的6次描写组成，对儿子的3次“目送”和对父亲的3次“目送”分别构成文章的前后两个部分。横向上，单看对儿子或者对父亲的3次“目送”，岁月的留痕一览无余；纵向上，在双重视角叠加的过程中，作者的身份也被赋予了双重性——为人子女的“我”和为人父母的“我”，双重身份在互相阐释的过程中生成。同时，作为读者，我们亦将感受到双重身份交错衍生的阅读效应，即作者对父亲、儿子的感情之深厚，以及对时间流逝为生命平添一份负担的愁绪。龙应台近年来的文字感人至深，以《目送》为例，她以一种轻柔的口吻将自己对生命的理解娓娓道来，其中包含了自己内心最私密、最深埋的那份对“离别”的伤感和不舍，真挚的情感自然流露，其背后的哲思理性深邃、直指人心。《目送》是感伤的，也是温暖的。龙应台在其中注满了自己的深情，让人眼底泛泪，心头回暖，转而重温与亲人、朋友之间的情谊，细心感悟亲情、友情的含义，珍惜世间的风景与身边的真挚情谊。刚性的龙应台露出了柔情的一面，她的转型无疑是成功的。

四、作者自白

这世间的风景于我的心如此“明白”，何尝在我“心外”？相机，原来不那么重要，它不过是我心的批注，眼的旁白。于是我把相机放进走路的背包里，随时取出，作“看此花时”的心笔记。

每一个被我“看见”的瞬间，都被我采下，而采下的每一个当时，我都感受到一种“美”的逼迫，因为每一个当时，都稍纵即逝；稍纵，即逝。

…………

对于行路的我而言，曾经相信，曾经不相信，今日此刻也仍旧在寻找相信。但是面对时间，你会发现，相信或不相信都不算什么了。因此，整本书，也就是对时间的无言，对生命的目送。

——龙应台：《你来看此花时（代序）》，转引自龙应台：《目送》，北京，三联书店，2009。

父亲的死，迫使我这个一向都在做外在思考（社会问题、人类社群问题）的人，去上“死亡”这一课。其实，死亡就是生命，因为死亡定义了生命。这开启了一个很大的内在宇宙，我才赫然发现，相较于生死这个议题，大部分其他议题其实都是枝微末节。

——柴子文：《她壮怀激烈但也柔性省思》，载《亚洲周刊》，2008（29）。

五、名家点评

烧一把野火的是龙应台，乖乖守着万年以来岩穴中那堆灶火来为孩子烤肉讲故事的也是龙应台。我被她娓娓的故事和垂睫之际的眼神迷住，我不知道她的下一次出击是什么动作，但我知道，此刻，在她为孩子唱起叙事长曲的时候，我是在旁击节打板的一个。

——张晓风：《这一次，她点燃的是一堆灶火》，转引自龙应台：《孩子，你慢慢来》，长沙，湖南文艺出版社，2001。

我喜欢龙应台，是因为在与她十年的交往中，让我感受到身为女性所可能拥有的是多么丰富的内涵。

——席慕蓉：《最好的一部分》，转引自龙应台：《孩子，你慢慢来》，长沙，湖南文艺出版社，2001。

六、文献目录

曹惠民：《台港澳文学教程》，上海，汉语大词典出版社，2000。

黄粱：《龙应台与台湾的文化迷思》，台北，唐山出版社，2004。

刘登翰：《台湾文学史》，福州，海峡文艺出版社，1993。

《南方周末》：《知识分子独白》，北京，北京工业大学出版社，2011。

倪金华：《台湾散文新观察》，福州，海峡文艺出版社，2002。

盛英：《二十世纪中国女性文学史》，天津，天津人民出版社，1995。

苏不缠：《龙应台风暴》，台北，林白出版社，1986。

许晔洁：《全球语境下知识分子的批判意识与使命感——龙应台杂文研究》（硕士学位论文），南京，南京师范大学，2006。

朱双一：《近二十年台湾文学流脉——“战后新世代”文学论》，厦门，厦门大学出版社，1999。

庄若江：《台湾女作家散文论稿》，哈尔滨，北方文艺出版社，1994。

恋爱的光阴

作者：张小娴

类型：散　文

一、作者简介

张小娴（1967—　），香港当代著名的畅销言情小说家之一，出生于香港，祖籍广东开平。她毕业于香港浸会大学传理系，主修的是媒体学。大学时代的张小娴半工半读，兼职电视台行政人员。1995 年，她推出第一部小说《面包树上的女人》，受到广大读者喜爱，从此走红文坛。1995 年 6 月，她的专栏“禁果之味”在《苹果日报》开设。之后，张小娴加入皇冠出版社，于当年出版《三个 A Cup 的女人》一书。1995 年，她辞去电视编辑工作，全身心投入写作。1997 年 5 月，她的《荷包里的单人床》一书出版，荣列香港畅销书排行榜首，随后走红新加坡、马来西亚等华人聚居的国家。之后，她的多部作品相继问世，深受台港澳、大陆及东南亚年轻人的喜爱。1998 年她创办了香港第一本本土女性杂志《AMY》，并任总编辑至今。

二、精彩阅读

恋爱的光阴

《恋爱的光阴》是张小娴散文集《相逢》里的一篇作品，描写了恋爱中的人那种矛盾的心理，连光阴都跟着变得往复，时而希望时光飞逝，时而又希望时光静止。

恋爱的时候，光阴也会变得矛盾。

在所爱的人身边，我们觉得自己年轻，却又害怕年老。

恋爱时，每个人都会变得年轻，仿佛回到无忧无虑的童年时光。恋人之间，会有稚拙的表情、游戏和对话。我们觉得自己好像从头活一次，精力充沛，幸福却又笨笨的。

我还有人爱，证明我多么的年轻。我能爱一个人，也证明我依然年轻。

然而，恋爱的时候，我们却又比以往更害怕年老。

当我年老，这份爱会随着光阴流逝，会在生活里流逝，在身边流逝吗？

当我年老，不再是今天的样子，我爱的人还会那样爱我吗？

当我年老，激情消逝了，还剩下些什么？

即使我爱的人对我始终如一，也不可以改变老去的事实。

老去的时候，死亡会将我们隔绝。

我们会慢慢在彼此身上发现光阴行进的痕迹。我们之中，总有一个人要首先离去。

当我们太爱一个人，害怕失去他的时候，也许我们都渴望他变得年老，老十岁，二十岁，那么，他便是我的，插翅难飞。可是，我们只是想他变老，不是想他枯萎。

每个人的光阴也不一样。时间是客观的，光阴却是一种感知。快乐的光阴是短促的，等待的光阴是漫长的。而恋爱的光阴，是往复不已的，一时年轻，一时年老。

三、作品简析

张小娴是亦舒之后香港当代最受欢迎的言情小说家，她的散文同小说一样为众多读者所推崇。日常生活中的人和事便是张小娴散文题材的来源，她从最本真的人性出发，用简洁朴实的语言将道理诉诸笔下。看似闲话家常中蕴含着人生的哲理，潜移默化中将她独特的见解深植于读者心中，让人觉得亲切真实又感人至深。在张小娴的作品中，爱情扮演着重要的角色，两性关系也是她在文章中经常讨论的问题。在她看来，“当你了解爱情，你也了解人生。”《恋爱的光阴》秉承了她一贯的风格，用朴实的话语细腻地描写了陷入恋爱中的人的矛盾心理，恨不能一夜白头，却又希望时光停留。

爱因斯坦曾说过时间具有相对性。一个人无聊、痛苦地等待时，时间过得很慢，而有人陪伴玩乐时，时间就过得很快。但在恋爱的人身上，时间是变化不定的。爱情使人变得年轻，恋爱时那种种幼稚的行为和对话，都是已经长大的我们本不应做出的，却在恋人面前表现得那么理所当然。爱情又使人害怕年老，自言自语般的设问，将恋人心中的担忧、不安表现得淋漓尽致。对于时间流逝在人身上留下的岁月痕迹，恋人们的想法更是矛盾多变的，既希望时间让恋人老去，不再年轻的他就不会有那么多人喜欢，自己就不用时时担心他被人抢去；又害怕时间让自己老去，爱情也随着时间流逝，恋人不再喜欢失去青春活力的自己。既想时光飞逝，到两人白发苍苍，就能实现“执子之手，与子偕老”的美好愿望；又担心年老带来的各种疾病和死亡，害怕两人阴阳相隔，希望时光能就此停留，这样就可以长长久久地与恋人腻在一起你侬我侬、甜甜蜜蜜。

张小娴用简短的句式，将恋爱中的人对于时间的种种看法一一列出，让人清晰地感受到他们的矛盾。恋爱中的人觉得年轻，是因为还有力量和勇气去爱，这是一种心态上的年轻。但恋爱中的人又格外害怕年老，是因为他们害怕失去，害怕留不住爱情，害怕眼睁睁看着爱情随时间从指缝中溜走。这种对恋爱心理的描写正是张小娴最擅长的，用不多的几句话，就能将那种复杂微妙的心理变化写得细致入微。她独到的见解和细腻的情怀，常常引起读者的共鸣。整篇文章并没有什么高谈大论，只是一些平实的、生活化的语言，却又蕴含着真切的情感，就像密友间的悄悄话，不知不觉就让人放开心防，真切地体会到恋爱中的人对于爱情的那种不安和不确定感。

四、作者自白

在报纸上刊登第一篇散文，完全是偶然。……从来没想过以写作维生的我，要不是当天和那位朋友在车站相逢，我的人生，也许会是另一个故事……我们的生活从蝴蝶效应中冒出。某天的一场对话，错过了一班车，也许就为日后的变动埋下了伏笔。我们当时不知道，一天回首，才恍然明白，所有的相逢，都有奥妙在其中。当你翻阅这一页时，我和你也就在纸上相逢。为什么是此时此刻，而不是彼时彼地？是否我们也曾擦身而过，预告了今天的邂逅？这本书写的，是过去的一些生活点滴。当时的欢愉与感伤，没开过的玩笑与许多天真的想法，都记录下来了。……我一直相信自己是个幸运儿，因缘际会，投身写作，然后发现，这将会是我钟爱一生的事业。

——张小娴：《相逢》，北京，北京十月文艺出版社，2008。

我写的，都是寻常生活的感受。对一个女孩子来说，生活里最可回味的，往往是爱情。对爱情的渴求，我相信是没有疆界的。我先后去过新加坡、马来西亚等国以及台湾举办座谈会和替我的新书做宣传，因此有机会接触我的读者。对于爱情，我们都有许多共鸣。有人说，音乐是全人类共通的语言。爱情又何尝不是一种大家都了解的语言？……虽然没有一段爱情是相同的，但我们对爱情的期盼和体会，我们的喜乐和忧伤，都是可以分享的。我常常收到读者写给我的电子邮件和书信，他们把自己的爱情故事告诉我，然后征求我的意见。成为爱情专家，原非我所想。我只是一个写作的人。我写我相信和我寻找的爱情。……我希望借着我的作品，和大家一起去寻觅一段我们能为之矢志不渝的爱情。

——张小娴：《禁果之味》，北京，知识出版社，2000。

五、名家点评

张小娴的散文大多数写对爱情的思考。她常以自身的感受作为向读者倾诉的内容，语言浅白，句式多短语，也少缥缈的浪漫气，而是贴近生活、平易朴实，多一些烟火气。……张小娴的散文以爱情感悟人生。她以女性的敏感和直觉写爱情生活中的心理，《我的面子很重要》、《我想你爱上我》、《想念你，不找你》、《思念会不会是一种习惯》等都有欲说还休的复杂心理。《替女人找擦香水的方法》、《你是我的凳》则充分表现了爱情中女性渴望被呵护、关爱的心理。

——曹惠民：《台港澳文学教程》，上海，汉语大词典出版社，2000。

六、文献目录

海田、张雪丽：《张小娴：情感专家是这样练成的》，载《杉乡文学》，2006（23）。

沈奇岚：《美女作家张小娴：我们都是丑小鸭》，载《传奇人物选刊》（人物金刊），2006（4）。

叶孝忠：《与美女作家张小娴谈情说爱》，载《伴侣（B版）》，2003（5）。

袁良骏：《从严沁到张小娴》，载《作家》，2006（49）。

钟汶：《张小娴：在婚姻之外感悟爱情》，载《妇女生活》，2009（4）。

钟晓毅：《欢也零星，悲也零星——张小娴笔下的情感轨迹》，载《台湾文学选刊》，1998（3）。

耕耘与收获

作者：刘荒田

类型：散　文

一、作者简介

刘荒田（1948—　），美籍华人，原名刘毓华，出生于广东台山，曾当过知青、乡村教师。1980 年，32 岁的他远赴美国定居，2011 年回国定居广东佛山，现任旧金山“美国华文文艺界协会”会长，《美华文学》杂志主编。1977 年开始创作，初钟情于新诗，后倾力于散文随笔。旅美三十年来，备尝海外游子的飘零之苦和中西文化碰撞中的人生况味，融自我的切身体验，以横贯东西的视角，抒写海外底层华人、华裔、华侨窘迫的生存状态与艰难的心灵蜕变历程，被评论界称为华人中的“草根”作家。先后出版 4 部诗集《北美洲的天空》、《异国的粽子》、《旧金山抒情》、《唐人街的地理》和 2 本散文随笔《刘荒田美国笔记》、《刘荒田美国小品》。2009 年，其散文集《刘荒田美国笔记》获中国首届“中山杯”华侨文学奖散文类金奖。

二、精彩阅读

耕耘与收获（节选）

《耕耘与收获》是刘荒田散文集《刘荒田美国小品》中的代表作。此文一反人们常识中的“一分耕耘一分收获”的认知，反其道而言之，用奇警的语言，对“有耕耘未必有收获”、“无耕耘必无收获”进行阐释，让读者获得独具辩证色彩的哲理启示。

“一分耕耘，一分收获”，“有志者事竟成”，“失败是成功之母”，“艰难困苦，玉汝于成”，这类格言，谁都背得出几句。活了大半辈子后，想想，这些金玉良言，不过是幼儿园里阿姨手里的糖果。“哪个宝贝午睡最守纪律，醒来时就拿到一颗。”甜诚然甜，拿来安抚幼稚的心灵不是不可以，却远远不算颠扑不破的真理。在结人生的账时，你最好忘记这些。

单单看耕耘，地球修理工们埋头苦干，日头的毒，活计的重，种种艰难，捏过一天锄把，都不难体会。可是，在“收成”和“投入”之间，能划等号吗？“学大寨”的年月，累死累活，工分值还是负数，原因在于人祸，这一层不说；老天爷能忽略吗？眼看开镰了，一场十二级台风刮来，希望便告泡汤。一般地说，在“人为”之外，收获的有无、大小，还赖于众多因素，人们总称之为“运气”。“失败”生下的儿女，可能还是和母亲同名；“成功他妈”呢，却往往也叫“成功”。要是谁卧薪尝胆，谁就注定得天下，所有的“薪”和“胆”都会让男人们占去。这样的金言，一不小心，就被人误会为人生的“保单”：以艰难和失败当保费，投保成功。好在，生命活过就算了，没有“退保”这回事。不然，多少人要以“这回不算”当墓志铭。

三、作品简析

刘荒田是具有浓厚平民情怀的作家。大千世界，寻常如一缕炊烟、一地黄花；微小如一张清单、一窗灯光；零碎如一双脚印、一个手势，他总能以其深情的眼、体悟的心、明慧的思、机趣的言，发现人所未见的意趣，发掘人所未思的哲理，言说人所未言的诗情。由此看来，刘荒田其人及其散文创作，真正具备了清代文论家叶燮论述的创作主体所需具备的“才、胆、识、力”和创作客体所需具备的“理、事、情”，在自己的文学田地里独开一片新天地。他的散文代表作《耕耘与收获》就是对人们的习得认知“一分耕耘，一分收获”进行重新思索，阐述出具有辩证色彩的义理。

“一分耕耘，一分收获”本是人们日常生活中司空见惯的经验认识，而刘荒田却一反常理，反其道而言之，独辟新径地发出诘问：“收成”和“投入”之间能划等号吗？并罗列一系列诸如由天灾、人祸、运气、机遇等因素造成的“收入”与“投入”不对等现象，有力地论证了“耕耘未必有收获”的观点；紧接着作者笔锋一转，用奇警的语言，从正反两方面，罗列一些常见的物态事理来证明“无耕耘必无收获”。至此，形成耕耘与收获间既对立又相互生发的、具有无限张力的辩证关系，让人对耕耘与收获之间多元、多角度的辩证关系有了全新的深层次理解和认识，自然而然地，也在无形间获得了一番对世事人生的通达体悟。

刘荒田的文章小而精，短而深，平而奇，深得明清小品的精髓。其“文如万斛泉源，不择地皆可出……”表面看似信口而言，随意挥洒，却被内在的一种思理、精神与感情紧紧牵引。他在《耕耘与收获》中论证“收成”与“投入”之间的不对等时，先是列举一系列人们耳熟能详的名言“一分耕耘，一分收获”，“有志者事竟成”，“失败是成功之母”，“艰难困苦，玉汝于成”等来引出观点“耕耘未必有收获”，然后列举农民种庄稼、学大寨、收割庄稼等例子来进行事实证明，继而又用“失败乃成功之母”、“卧薪尝胆”等名言典故进行理论证明，忽而人生格言、忽而生活片段、忽而历史典故，行文看似天马行空、信马由缰，但却有内在思理的一致性。

随手翻阅刘荒田的散文小品，我们都能感受其迎面扑来的、与明清小品文一脉相通的活泼与灵动、朴实与诙谐、隽永与机智。著名文学评论家陈瑞琳如是评论刘荒田的文章：“其机智，不让于林语堂；其风趣，不让于周作人；其讽刺与自嘲，颇得鲁迅遗韵；其娴雅，有梁实秋之风。”这样新鲜生动的语言，在刘荒田的文章里俯仰皆是，也渗透在《耕耘与收获》的字里行间，韵味无穷。文章开门见山，将人们耳熟能详的名言出其不意地比喻为“幼儿园里阿姨手里的糖果”，来证明其“远远不算颠扑不破的真理”，用极其普通的事理作比，既通俗朴实，又饶有趣味；紧接着又将辛勤耕耘的农民比喻成“地球修理工”、把失败喻为“成功他妈”，用“卧薪尝胆”中“薪”和“胆”喻付出、人生的“保单”，把人之不能承受失败之痛说成“退保”，比喻新颖生动、形象贴切、幽默诙谐，让人在蓦然一笑间有所思考、有所感悟，充满了洞悉人生世事的智慧和通达。

从某种意义上说，此文是融合了作者旅美 30 年的人生体验，重新获得的对汗水与泪水、疏离与汇通、付出与获得、失望与希望、失败与成功等关系的辩证思考。概而括之，这份对人生的通透体悟，也是对广大海外华人、华裔、华侨在异国他乡苦乐参半、悲欣交集的奋斗史和心灵史的智性领悟。

四、作者自白

我要把生命弄成一个圆。我走了一个圈，像是重合，地理的位置相同，但是思想的位置不一定相同。受苦受难，我从来不在乎。回来，我是要皈依家园，这是生我养我的地方，我要重新体验她。要是能够的话，我要表现她；不能够的话，我就默默观察她。离开太久了，我现在仍旧茫茫然，顶多写点浮面的随感；社会的重大问题，我没有发言权。阿 Q 最后的遗憾，是那个圆圈画得不圆，我希望我能够画圆一点。

——李怀宇：《“旅美四大家”之刘荒田回顾异国写作生活：希将此生画得圆》，载《时代周报》，2011－08－18。

至于我的村庄，永远是乡愁的指归，心灵的家园。近于赤贫的而不改其本色的乡亲、炊烟、单车的铃声、蛙鸣、凤尾竹的啸吟，和小儿女在禾堂学步的身影，酿造我最初与最终的诗情。

——崔怡娟：《荒田寻乡梦　妙笔寄平生——访台山籍著名海外散文作家刘荒田》，载《江门日报》，2008-03-27。

五、名家点评

刘荒田长年居住旧金山，他下笔取材也以旧金山为多，他把这个现代大都会的无常“定格”，把许多小人物上升到台面，他对客居地付出的爱心和耐心如此之多，他使旧金山不仅在中国移民史上名称响亮，在中国文学史上也有重要的意义。这年代，旧金山收了这么一个移民，应该已经“值回票价”，旧金山什么地方应该有他一座铜像。

——王鼎钧：《荒田丰收》，转引自刘荒田：《刘荒田美国笔记》，石家庄，河北教育出版社，2008。

荒田行文，说他运用母语倜傥自如，并不为过。当然，这可能是对一个散文作家的最高评价了。

——邵燕祥：《刘荒田：坚硬的华文作家》，载《华人世界》，2006（6）。

其机智，不让于林语堂；其风趣，不让于周作人；其讽刺与自嘲，颇得鲁迅遗韵；其娴雅，有梁实秋之风。

——陈瑞琳：《评刘荒田的“假洋鬼子”系列》，转引自陈瑞琳：《横看成岭侧成峰——北美新移民文学散论》，成都，成都时代出版社，2006。

六、文献目录

邓燕婷：《刘荒田：坚硬的华文作家》，载《华人世界》，2006（6）。

冷慰怀：《隔海相望的中国风筝——〈刘荒田美国笔记〉印象》，载《深圳晚报》，2008-06-23。

唐波：《刘荒田：纵情舞蹈的风筝》，载《南方都市报》，2012-04-28。

听风的声音

作者：朵　拉
类型：散　文

一、作者简介

朵拉（1954—　），原名林月丝，马来西亚槟城出生，祖籍福建惠安。她曾任马来西亚棕榈出版社社长、《蕉风》和《清流》文学双月刊执行编辑，现为浮罗山背艺术学会主席、马来西亚华文作家协会理事、世界华文作家交流协会副秘书长、世界华文微型小说研究会理事。朵拉的创作活动涉及散文、小说、诗歌、广播剧、绘画等领域。出版的作品主要有：散文随笔集《贝壳里有海浪的声音》、《亮了一双眼》、《笨拙的眼睛》、《把快乐留给自己》、《不要忘记拥抱》、《送你一朵玫瑰》、《和春天有约》、《听风的声音》等，短篇小说集《问情》、《寻一把梦的梯子》、《爱情咖啡馆》等，微型小说集《行人道上的镜子》、《半空中的手》、《误会宝蓝色》、《魅力香水》、《掌上情爱》等。她是当今世界华文文坛上最活跃、最多产、知名度最高的马来西亚女作家之一，曾被马来西亚读者推选为国内“十大最受欢迎的作家”之一。

二、精彩阅读

听风的声音（节选）

在都市社会空间中，科学、技术成为一些现代人生活的图腾，他们对大自然的电闪雷鸣、花开花落等现象视若无睹、麻木不仁。与这些现代人不一样，朵拉的感官是极为发达的。出版于2013年的散文集《听风的声音》就是她对自然空间的亲近与拥抱的产物。下面所选的文字，写的是她在面对自然生命时“无听之以耳而听之于心”的过程。经由倾听，朵拉的想象灌入外物之中，外物蕴含的宇宙精神渗入她的心灵。于是，朵拉在与自然共击着一个节拍的同时，进入了人与自然万物融合的无限宁静与舒展的境界。而这种融万物于一体的开放性思维方式的生成，又是与她摒弃了以我观物的方式，转而采用以物观物的方式有关系的。

你听过风的声音吗？

1993年我第一次走进中国，选择到厦门大学学习，是蔡师仁老师告诉我：那是风的声音！

竟是顽皮的风？

让我想破了头的不解之谜，谜底如此简单！

从此我发现，原来，原来风是有声音的!?

不过是一阵一阵路过的风吹，结果让自己怀疑又恐惧很长一段时间，这就是成天胡思乱想并且超爱钻牛角尖的人的思路，企图把单纯的往复杂里去思考。

住在厦门大学留学生宿舍，名蔡清洁楼，早晚听到异常强烈的"蓬蓬蓬！蓬蓬蓬！"甚至午休时间也不例外，仿佛有人在室外敲门，完全不管拖曳着疲惫回到室内的人正准备休息，就是非常用力，极度坚持到底地"蓬蓬蓬！蓬蓬蓬！"。

…………

厦门大学在海边，风从海上吹来，住的宿舍是高楼，声音到楼上丝毫不减锐气，摸不着头脑时，误以为拳头敲门，既粗鲁又无理之极，认识了那是不让拘束的艺术家姿势以后，由心里生出一股温柔。

…………

尽管从不停止吹拂的风吹不走社会上的满满噪音，吹不动人对物质的无穷需求。有时想到户外寻风，日渐增多的车子却让走路的人无所适从，街道上雷动的车声，是表示国家繁荣？城市现代化抑或全民经济提升？

一个可以晃悠地走路，一边吹吹风的散步城市，已成令人怀旧的过往场景。

…………

饱受大城市的节奏折磨的人到处寻觅，总找不到一块清幽之地，让人静静坐下来思考一下生命的意义。

对很多人来说，思考也许并不是缺乏，而是不需要。

生命就是一边往前走，一边不忘努力赚很多钱，物质欲望主宰人的心，等到满足了外在的物欲拥有，发现空虚的心灵和精神有待填补时，已经缺乏能力去探讨生命的内涵。

浮躁的社会把一切都复杂化了。

早上晨光明媚，树上花开，晚上清风吹拂，明月照耀，我们都身体健康，基本衣食住行不缺，生命的最大满足不过于此。正在为赚钱赶路的紊乱不安的脚步，是否愿意偶尔放悠闲放散漫些，听一听风的声音？

听听风的脚步，正朝向太阳升起的地方，它去把初阳叫醒，醒来，阳光照耀大地，沐浴在金光中，听着风声，新的一天开始了。

三、作品简析

随着现代交通工具的日趋发达，人们在不同空间的流动日趋方便与快捷。与之相联系，作家们对空间的感受也日趋敏锐和开放。朵拉的散文集《听风的声音》中的空间就是多元和开放的。在这部散文集中，过去与现实、自然与社会、精神与物质等不同空间相互涵容、相互对抗，构建了一个与众不同的精神空间与美学空间。

在她的这部散文集的许多作品中，当下空间之外往往存在着一个与此相互冲突、相互对照的过去空间，这两个空间在作品中不断并置、不断交叉，生成了一种二极对应的关系，反映着作家复杂而又微妙的思想、情感。故土是一个人生命的起点，也是一个人人性最初显现的空间。因而，故乡对于漂泊者而言，就不仅是地理意义上的故乡，也是精神的栖息之地。四处漂泊的朵拉之所以以极大的耐心和细腻的笔触在《城市的名片》、《回乡的异乡人》、《电车岁月》、《叶子雨》、《心安蓝花楹》、《夏天里过海洋》、《孙中山和槟城》等作品中不断描绘故乡空间中的种种远去的风景，正是一种恢复生命完整性与连续性的思想的表现。在记忆的牵引下，朵拉心灵的羽翼久久盘旋在那片熟悉的故土上，将之与当下的空间进行着对照。"原为英国及欧洲风格的殖民时代款式的古朴老屋，如今只余下灰扑扑的三两间，顽固地错落在设计新颖的高楼大厦之中。"（《回乡的异乡人》）五岁时的槟城："狭窄的柏油马路，汽车不多，偶然有辆载客的三轮车经过，再不多久，一个男人踏着脚车，慢慢踩过女孩面前。"二十年后的槟城："为了过度快速增添的车辆，不得不新设交通灯。"（《电车岁月》）历史留下的古旧建筑、传统的生活空间的印迹，竟然被加速度的时间无情地摧毁成了空间碎片。这种加速度的时间不仅给朵拉带来了陌生和震惊的感觉，而且也带来了她对碎片化的当下空间的不满。由此，散文中过去空间反复不断地出现，就可以视为朵拉与加速度的时间的拔河。它既显现了朵拉对历史空间本身的了解、修复历史空间碎片的努力，也表现了她对生命精神之根的深情守护。

然而，无论朵拉如何留恋过去空间，过去终究如东逝的流水不可挽回。朵拉的聪慧与超常之处在于，她既没有像一些现代主义者那样对历史采取虚无主义态度，也没有像一些现实主义者那样将历史视为确定无疑的事实加以接受，而是立足于现代性的立场对过去空间进行反思。一方面，朵拉对过去空间中美好的一面充满眷念之情；另一方面，她的理性又使她决不轻易地信任和膜拜过去空间。过去的空间，例如故乡，即使真的能够回去，那么，回到的那个空间早已经被时间的风雨改变得面貌全非。于是，作为游子的朵拉可以找到地理空间上的故乡，却找不到记忆中精神上的故乡。她虽然认为自己还是故乡人，但故乡人在心理上已经将她疏远："回乡来，友人已经成为乡人，而思归心切的他乡归人竟变成是远方的来客。"（《回乡的异乡人》）她想在故乡人的群体之中感受到乡党之情的温馨，故乡人的群体则已经视她为一个外来者。由此，过去空间的本真性在朵拉这里就不再是一个名词，而是一个动词，它与其说指涉一个真实的客体对象，不如说指涉的是人的一种随自身经验而不断变化的动态的心理过程。

在现代社会，随着物质生产和商业文化的高速发展，人类以人为中心来看待周围一切的趋势日益强化，人与自然、人与社会的对立也日趋尖锐。这种状况促使许多文人怀恋前现代时期人与自然相互对话、相互尊重、相互融合的光景，许多重建人与自然关系的文学作品由此应运而生。朵拉的散文集《听风的声音》就是这类作品的突出代表。

自然是孕育人类的母胎，是现代人赖以生存的最基本的空间环境，然而，在科学与进步等口号的鼓动下，一些现代人满足于对物质文明的创造，满足于对自然空间的不断征服，却偏偏忘记了人类对自然应该具有一种天经地义的责任意识。"南京市政府计划兴建地铁 3 号线"，竟然准备"砍伐市内六百多棵老树"（《城市的名片》）。香港政府竟然把太平山"占地不大的山顶""变成购物中心"（《赤红的火柱》）。与这些现代人不一样，朵拉对自然有一种非常强烈的敬畏意识。在她看来，自然作为一个"自本自根"的独立的生命体，它的存在、发展与变化遵循的是自然的法则而不是人的主观意志。在这个自然世界里，一切都充满了灵性，一切都充满了活力。"在武河湿地时，轻盈的雾保持沉默，自在水上树丛花间飘游点染，宛若长年纠缠不走徘徊不去的旧梦。"（《雾中临沂》）"黎明前天空一片墨蓝，前后有两颗小星星陪伴的月亮以微笑的唇形给即将开始的一天带来美丽的憧憬。"（《灵魂安居的所在》）"风的脚步正走向太阳升起的地方，去把温暖和光明，带给全世界的人。"（《听风的声音》）自然在这里不再只是人们活动的物质背景，朦胧的淡雾、微笑的月亮、疾走的风等，都被作者赋予了鲜活的生命，拥有了一种沟通人的心意，给人以理性启悟的神秘的力量。在这部散文集中，作者无论是对都市空间的情绪化抵制和理性化反思，还是对自然空间的美学建构和价值坚守，无不具有重要的现实意义和启示性意义。它提醒我们，从自然空间中吸取生命新鲜的内容与发展动力，实现人的自然性与社会性的结合，这不仅是现代人克服生命异化的需要，也是现代人继续发展的需要。一旦现代人实现了对自然空间的真正亲近与拥抱，他就可以在回到世界与生命神秘的源头的同时使自己"诗意的栖居"在这世界上。

四、作者自白

大马没有专业作家，我每天写作，许多人好奇，问我灵感从哪里来。希腊神话里的大力士神，没有人比他更有力量，当他在和敌人打架的时候，一跌在地上，只要摸到土地，力量就回来了。有人把艺术家比喻为大力士神，不离土地，不离生活。这是我的回答。虽然有人以为不写劳动人民，就是离开土地和生活。现实社会有不同层次的生活，不同的作家各自刻画自己了解、熟悉的生活，应该是一种明智的选择，也只有如此，才能创作出符合历史发展规律、反映现实真实的优秀作品。

——朵拉：《不妥协的灵魂》，转引自朵拉：《朵拉微型小说自选集》，上海，上海文艺出版社，2008。

画家说："一幅画，是画者的渴望和灵魂"，对于作家亦如是。文学是人学，也是情学。不断书写情，纵然身边许多亲人，还有爱自己和自己所爱的人，但人毕竟是孤单的。艺术创作者终其一生，始终不停在书写的是心底里的追求和缺憾。书写成为一种追寻和完成的手段，面对自己的追求，作家必须具有一种不妥协的精神和灵魂。更尤其，身在中国之外，用华文写作。

——朵拉：《不妥协的灵魂》，转引自朵拉：《朵拉微型小说自选集》，上海，上海文艺出版社，2008。

每日与文字为伍，益发孤僻，对复杂的人际关系无法处理得当。和人相处表现笨拙，不喜在口舌争锋的嘴巴是木讷的，缺乏热情洋溢的脸平平板板，日子堆高渐渐砌出一道石墙，用以躲避人群，沟通不良的挫折带来更大的恐惧和逃避，只有更深地把头埋进文字里。每天创作，挖掘的是自己的内心。只有最孤独的时刻才能够对自己坦诚，每个人的结局都相同，能够掌握的是生命的过程，每个当下都在用心。到今天，照样有着和自己说话的习惯，未来也不会放弃自言自语。

——朵拉：《和自己说话》，转引自朵拉：《朵拉微型小说自选集》，上海，上海文艺出版社，2008。

五、名家点评

朵拉散文好，好在自成一格。

华人谁没喝过花茶？喝茶时谁不看杯中花、茶与水？别人是看颜色深浅，评判清浊浓淡，品味甘苦香甜。朵拉却看"一朵朵的干花，让热水浸泡后，徐徐缓缓在杯里再次开放"，诱发"仿佛已经死过一次，又重新盛放的惊喜"，享受"茶水盈盈浮动，美好的感受在心里悄悄地游移展现"。她以独特的、超物质的眼光与心地品茶，因而在特定的心境下她还体会到："月光在窗外，温柔地照见，厨房里失眠的人含泪喝下的，是一杯香气的哀愁。"

——邓友梅：《朵拉的散文》，载《文学自由谈》，2000（3）。

要在有限的字数里完成一篇散文，不能平均使用力量，剪裁显得很重要，朵拉深明此理，有些事情点到即止，却不是蜻蜓点水浮光掠影。要做到这点，必须训练自己对事物的敏感度，对生活的感觉更加细致。她常常可以在看起来平平常常的事情中有所发现和感悟，这当然要归功她的"慧眼"，好多事情我们司空见惯，已经趋于麻木，但朵拉捕捉到了，把它化为文字，让人读了悚然一惊，这就是敏感的力量。

——陶然：《不必把话说尽》，转引自朵拉：《自说自话》，台北，酿出版，2011。

一位自然平和却因敏锐多思而内心藏有一个小宇宙的女子，这就是朵拉留给我的印象。在她笔下，你会看到——爱和寂寞、美与伤感、乡土和漂泊、寻找和失落……即使如此的敏感和情深在作家中并不罕见，但是她的表达，总是在纵情和沉静之间、传统和现代之间保持一种平衡，因此具有一种温柔敦厚而清明洒脱的美感，这就是朵拉所独有的了。

——潘向黎语：转引自朵拉：《一朵花的修行》，台北，酿出版，2011。

六、文献目录

曹惠民：《"微"之四维——朵拉微型小说读后》，载《常州工学院学报》，2010（3）。

袁勇麟：《朵拉研究二题》，载《吉林师范大学学报》，2010（4）。

胡德才：《朵拉散文的关键词》，载《世界文学评论》，2007（2）。

刘介民：《朵拉美文的艺术特色——读朵拉精巧的方块〈阳光心情〉》，载《台港与海外华文文学评论和研究》，1997（3）。

苏永延：《澄江一道月分明——论朵拉的散文创作》，转引自朵拉：《不要忘记拥抱》，吉隆坡，嘉阳出版有限公司，2004。

岳玉杰：《小黑、朵拉创作论——东南亚华文夫妇作家的一个取样分析》，载《华侨大学学报》，1995（3）。

张先瑞：《美女情怀——介绍几位马来西亚女作家及其作品》，载《理论与创作》，2000（4）。

第四部分

世界华文

戏剧

经典欣赏

一口箱子

作者：姚一苇
类型：戏　剧

一、作者简介

姚一苇（1922—1997年），原名姚公伟，祖籍江西南昌，是台湾当代著名的剧作家、戏剧理论家和文学理论家，1946年毕业于厦门大学，后赴台湾银行任职。自1965年起，在台北国立剧专等院校讲授戏剧理论和文学理论等课程。他的戏剧创作从内容到形式都给人耳目一新、发人深省之感，在探索与实践的过程中追求中西融合的艺术表现方式，不仅吸取了中国传统戏剧与民间艺术的精华，还大胆借鉴西方各种流派的戏剧创作技巧，成功地创作了许多脍炙人口的优秀作品，如《红鼻子》、《一口箱子》等。此外，姚一苇在戏剧理论方面也颇有成就，其主要理论著作有《戏剧论集》、《艺术的奥秘》等。他和李曼瑰一起为台湾早期戏剧发展做出了巨大贡献。

二、精彩阅读

一口箱子（节选）

《一口箱子》是姚一苇1972年创作的悲剧，两个流浪汉回忆式的无厘头对话不仅将两人矛盾的性格充分展现，还将现代人的迷惑、无根性以及悲剧色彩描绘得淋漓尽致。

[老大与阿三各自陷入自己的记忆之中，变成各说各的。他们的话彼此相关，而又各自独立。]

老大　我欢喜打抱不平，我看不得别人欺负人。别人都说不要管闲事，我要管，我就要管。老子高兴管。

阿三　我不欢喜管别人的闲事。我从来不管别人的闲事。我连自己的事儿都管不好，哪能管别人的。

老大　有一次，有一个高年班的同学欺负一个低年班的同学，他硬说他拿了他的钢笔，要脱下他的裤子来搜，真岂有此理。我走了上去。我说你这是干什么？他说你管得着？我说老子管定了。我一拳就把他的鼻子打坏了，流了好多血。

阿三　我常常给人欺负。我记得，那还是在小学的时候，我穿了一件新衣服上学，有两个小子，他们把泥巴摔在我身上，用水来泼我，我哭了，我应该过去揍他们的，可是我没有，我——我没有。

老大　后来他告到学校。学校把我送回家。我那义父，你知道他怎么样？他也不问个是非曲直。他要我跪在地上，用鞭子鞭我，我不响，我也不哭，我让他打。打得他手都酸了。他说好小子。他在喘气。

阿三　我真窝囊，真他妈的窝囊。有一次我哭了回家，我爸说：你小子哭什么？你真无用，你就会哭。你难道只会挨打，你就不会打他，你长得也不矮呀，你饭吃得也不少呀。

老大　“你说你下次敢不敢。”他扬起鞭子，我一声不响。他的鞭子又打下。我咬着牙。“敢不敢？下次敢不敢？”他的脸涨得通红，他喘着气，吼着。我还是不响。他突然倒在地上。

阿三　我爸跳了起来，他生了很大的气，他吼着：“我是白养你了，我白养了你这个废物。”

…………

老大　是的，是的，是我把他气死的。是我把他气死的！

阿三　你别这样不理我，别这样不理我！

老大　（大声）是我把他气死了，是我把他气死了。

阿三　（细声）别这样不理我，别这样不理我。

老大　（更大声）是我把他气死了，是我把他气死了。

阿三　（更细声）别这样不理我，别这样不理我。

三、作品简析

《一口箱子》是姚一苇于1972年创作的剧本，是一部充满悲剧色彩与象征意味的四幕剧。

从思想上来看，本剧中的悲剧意味浓厚。《一口箱子》的主人公老大和阿三，作为社会底层的小人物，作为刚失业的两个无业人士，作为没有根的流浪汉，其生活状态的盲目性与无根性就注定了其悲剧结局。剧本的第一幕向我们展示了二人无厘头的对话，他们不知道今天是什么日子，不知道他们该去哪里，不知道他们能做什么，只能从一个地方流浪到另一个地方，两人的生活与精神都是漂泊无依的，我们可以深切感受到他们无根的彷徨、精神的空虚及生活的荒谬。所以，老大与阿三对生活与现实的无力、无奈加剧了两人走向毁灭的进程。

从人物表达上来看，作为本剧的主人公，老大和阿三可以看成是一个人性格极端的两面性，老大刚强、毛躁、意气用事，阿三软弱怕事，两个人性格极端的强与弱有摩擦、有矛盾，却又分不开，他们在精神上达到了很好的互补。他们即使处于社会底层，也有各自的坚守，这也是值得人尊重的。老大的坚守表现在他对人格尊严的维护，他的辞工只是因为老板骂他“猪猡”，所以他不再吃那老板的饭，宁可继续流浪也要维护自己的尊严，这种坚守令人敬佩。而阿三的坚守主要表现在坚决不打开箱子以致付出生命的代价。一向软弱的他很难有这么激烈的反抗与这般执拗的坚守，虽然他的这份坚持有点令人发笑，但以生命的终结换取了一个谜团的揭晓又不免让人在震撼的同时感到一丝丝凄凉：为阿三的死，为老大的痛，为食客们的自私。本剧的群众配角——食客们，也是剧情发展不可或缺的，他们可以说是这场悲剧的直接促成者。他们为了奖赏去追逼老大与阿三，当最后看到阿三被逼死，而他的箱子也并不是医生丢的那口时，他们便互相推诿，将阿三逝去的责任推到老大的身上。这样一来，这群看客自私可鄙、愚昧可笑的本质暴露无遗，剧中人物的性格矛盾的张力也因此展开，作者很好地捕捉到了人性的优缺点。

从表现手法上看，一方面，箱子充满了象征意味与怀旧情结。诚如阿三说的，箱子是他父亲交给他的，它不仅是祖父与父亲走过的路的象征，也是童年的回忆，里面装着老旧的衣服、古老的儿童玩具、旧书与奖状，这对于漂泊的阿三而言是一种精神寄托，是缅怀过去的工具。对于生性软弱的他来说，他不愿意从这美好的回忆中走出来直面现实，直接面对社会的畸形与压迫。就像他对老大说的：“摸着这口箱子，那过去的事情就会一点点清晰起来。我仿佛回到了我的老家，回到我那幼年的时代。”这也可看出漂泊之人对家、对根的向往与怀念，也正是他对过去的过分执著才使他一步步走向死亡的悲剧命运。另一方面，老大与阿三的对话是暴露与批判现实的强有力的武器。尤其是两人陷入回忆时那看似无厘头的对话，表面上形成了鸡同鸭讲的混乱局面，但在两人双簧式地推进回忆时，两人的矛盾性格表现得淋漓尽致，而两人“是我把他气死了，是我把他气死了”、“别这样不理我，别这样不理我”的台词也将两人拉回现实，给人一种歇斯底里的绝望与无助之感。这种超越传统的创作模式对现代人来说，既是创新也是启示。

四、作者自白

先看戏剧：现在正风行一时的是所谓的“荒谬的剧场”（Theatre of the Absurd），它正由欧洲传向美国。他们在多方面否定传统；严格地说：在技术上否定传统的地方少，（一个精通欧洲剧场发展史的人便知道有二千五百年历史的戏剧，要创造一种新的技巧或形式是何等不易！只有无知的人才感到一切是新鲜的。）而在基本上否定了“人”的成分多。这儿我要借用郎内的话：“照我的看法，‘荒谬的剧场’在它的失败主义者的空虚与绝望的颂扬上，是我们的时代的作用，虽然他所采取的多方面的技巧与虚无是源于早期的剧场与哲学。那一形式的解体是完全的对于人与人的前途的否定，以及语言的贬低或堕落来作为传达的工具，现在被高呼为‘新’剧场命脉。”实在已慨乎言之。

——姚一苇：《艺术的奥秘》，桂林，漓江出版社，1987。

在这一类的悲剧中，像希腊一样，强调环境的作用甚于个人；然而他们所谓的环境不是希腊人的那一抽象的神的势力，而是这一实体的真实存在，亦即现实世界。人被还原为平凡的个人……人像其他的生物一样受着环境的影响，为自然以及社会法则所支配。于是悲剧英雄不得不自他的宝座跌落，他的崇高与尊严已荡然无存，变成了为环境所支配的可怜虫。

——姚一苇：《欣赏与批评》，台北，远景出版社，1979。

五、名家点评

姚一苇戏剧在艺术上勇于探索，不断创新。他不仅吸取了中国传统艺术中的民间歌舞、皮影、鼓书、弹词、杂耍等形式，而且大胆借鉴西方变形、隐喻、荒诞等戏剧技法，将传统形式与现代技巧有机融合。他的戏剧具有较强的抒情性、象征性和隐喻性，那些作为象征符号的人物和实物，都构成了某种隐喻的载体。如“红鼻子”（《红鼻子》）、“箱子”（《一口箱子》）、“X小姐”（《X小姐》）等，都超越了表层意象而上升为深层的哲理象征。他还善于运用新奇的语言、怪诞的情节、夸张的舞台动作以及梦幻等手法表现深刻的主题。

——张健：《新中国文学史》（上下卷），北京，北京师范大学出版社，2008。

姚一苇的戏剧都是有感而发的，贯注着他对于生活、生命和人性的深刻体验。因为有中外文学及戏剧的深厚根基，他的戏剧可读可演。姚一苇非常注重剧情的结撰和人物的塑造，其戏剧语言基本上是诗的语言。由于中国传统戏曲的影响，姚一苇喜欢在话剧中融入音乐、歌唱和舞蹈，以及鼓书、弹词、杂耍、独角戏等民间艺术。他也尝试过各种现代的戏剧艺术与方法，剧中有超自然和神秘的因素，有象征、表现、荒诞等意味。他擅长融会传统与现代、东方与西方进行新的创造。

——董健、胡星亮：《中国当代戏剧史稿》，北京，中国戏剧出版社，2008。

短短的《后台断想》中提到了不少中、外戏剧作品。确实，另一对姚一苇此后的戏剧生涯具有重要意义的，是有着“加尔各答以东之第一个大学”美誉的厦大，提供了姚一苇接触大量中、外戏剧名作的机会。后来姚一苇回忆道：“我自小爱好戏剧。二十七年进入高中……当时所接触的只是一些国人作品和翻译。三十年进入大学，在图书馆中发现大批英文本西方戏剧，使我眼界大开，只要得暇，就捧着字典读。读得越多，就越着迷……”

——朱双一：《姚一苇学生时代的文学创作和戏剧活动》，载《新文学史料》，2003 (2)。

六、文献目录

林克欢：《台湾剧作选》，北京，中国戏剧出版社，1987。

卢善庆：《艺术形态和文化模式的反思——读（台湾）姚一苇〈戏剧与文学〉》，载《龙岩师专学报》(社会科学版)，1995，13 (2)。

田本相：《姚一苇论》，载《上海戏剧学院学报》，2000 (6)。

我系香港人

作者：杜国威、蔡锡昌

类型：戏剧

一、作者简介

杜国威（1946— ），香港人，1982年毕业于香港中文大学教育学院。1992年获“亚洲文化协会利希慎留美奖学金”前往美国纽约深造。1993年出任香港话剧团驻团编剧，全面投身戏剧创作。他的剧本获奖无数，《聊斋新志》、《南海十三郎》分获第二届、第三届香港舞台剧最佳编剧奖，《人生唯愿多知己》获选香港舞台剧最受欢迎作品，《我和春天有个约会》、《南海十三郎》荣获香港电影金像奖最佳编剧奖。他本人也在1999年获香港特区政府授予的“铜紫荆星章”，成为香港文化界获此殊荣的第一人。

蔡锡昌（1948— ），香港人，毕业于美国西东大学传播艺术系戏剧专业，曾在香港电台教育电视部和香港艺术发展局戏剧委员会任职。他多年来一直致力于香港本土话剧创作的推广和学校戏剧的培训工作，先后在1985年、1993年创办了沙田话剧团和新域话剧团。蔡锡昌集表演、编剧、导演于一身，曾参与《控方证人》、《四季人》、《儿子十七岁》、《马路英雄传》等四十余部剧目的编导。他在1994年荣获香港戏剧协会颁发的“十大杰出成就奖”。

二、精彩阅读

我系香港人（节选）

由杜国威、蔡锡昌联合创作的话剧《我系香港人》是香港“九七”文学浪潮中的精品。这部活报剧式的香港本土话剧以新颖活泼的舞台形式、丰富多样的人物形象、风趣生动的戏剧语言和简洁明快的表演节奏从不同侧面展现了香港社会的历史变迁和数代香港人的命运沉浮。

A （上，面对观众）

题目三：说话语气选择，试指出以下句子的正确读法，A——

E （平淡地）我是香港人。

A B——

B （出场、消极、忧愁地）我是香港人。

A C——

F （充满疑惑地）我是香港人?!

A D——

C （信心十足，大声地朗读）我是——香——港——人!

[音乐起，是《香港歌》。六个演员踏着愉快节奏步伐走出来，在音乐声中轮流说出一些有关香港特征的事物来。]

[以下台词可根据演员性格任意调换。]

A 香港，报纸!

B 香港，1997!

C 香港，Stocks and Shares!

D 香港，No eye see!

E 香港，Want a girl?

F 香港，赶到"甩肺"!

A 香港，（普通话）问题不大!

B 香港，"冧你都傻"!

C 香港，"开嚟礼拜"!

G （独唱）Hey，hey，hey，hey，hey，you must look carefully.

Hey，hey，hey，hey，hey，you must listen carefully now.

众 Pearl of the Orient，Hong Kong.

Pearl of the Orient，Hong Kong!

[音乐淡出。]

C （面对观众）我们的两个导演呀！要我们演一出反映香港、反映香港人感受的话剧。

E 这出戏排演之前，每一位演员都要发表一些自己的意见和感受。

D 我们花了好几个晚上，一起讨论，将香港所发生的一切事物加以分析。

C 还包括了香港的回顾。

D 香港的前瞻。

E 香港人——即是我们的感受。

B 一句话，你可以想到什么就说什么。

C 但是你要正视问题。

A　你的分析要全面，希望可以做到全面。

D　是麻烦！

A　总之是一个刺激的尝试！

三、作品简析

话剧《我系香港人》堪称香港当代戏剧史上的杰作，既有鼓舞社会的现实意义，又有雅俗共赏的艺术品位，代表了20世纪香港本土话剧的最高成就。

从题材上看，话剧《我系香港人》选取的正是20世纪80年代末90年代初全体香港人最为关注的社会议题——九七回归，香港何去何从的问题，艺术地展现了一百多年来香港社会的历史变迁和香港人的命运沉浮，热忱鼓励广大香港同胞勇敢地面对即将到来的“九七”回归。该剧以一场有关香港知识的考试拉开序幕，剧中角色A、B、C、D、E、F分别用平淡、哀愁、疑惑、自信等各种语气用粤语向观众喊出：“我系香港人”，使得这部话剧从一开场便鲜明地彰显出浓厚的香港本土意识。而后，众多生活在香港社会不同历史时期、来自不同阶层的香港人形象在剧中陆续登台，向观众一一讲述他们各自的人生故事和香港情结。这其中有殖民统治时期英国水兵与中国渔民在海边初次相遇的滑稽，有英国官员与华人绅士交际时相互猜度的微妙，更有当代香港市民社会纷繁复杂的芸芸众生相：不满社会结构的蓝领工人、应聘英国公司的香港女孩、已退休却不愿离开香港的英国职员、在美国餐厅做服务生的香港青年、急切为儿子办理留学移民的香港母亲……《我系香港人》用这些片段式的戏剧场面生动刻画了在香港历次历史洪流中顽强生存、乐观上进的香港人形象，处处体现出当代香港人对自我身份的强烈认同。

难能可贵的是，《我系香港人》在主题和题材上的严肃性并未束缚其在艺术形式上对通俗性和娱乐性的追求，香港本土文化和流行文化的融入让这部话剧在深刻的主题和丰富的内涵之余也充分显示出当代香港本土话剧雅俗共赏、寓教于乐的独特魅力。首先，《我系香港人》在戏剧语言的使用上具有浓郁的香港地方特色和本土气息。剧中人物脱口而出的“湾仔”、“大旦地”是土生土长香港人耳熟能详的地名，而“抓银”、“鬼佬”、“大镬了”、“甘把炮”、“赶到甩肺”、“咪你都傻”这些港味十足的粤语方言更是将香港人幽默风趣、乐观开朗的形象刻画得活灵活现。与此同时，《我系香港人》还大胆融入了香港流行文化的时尚元素。如剧中提到的“Enjoy Yourself Tonight”（欢乐今宵）是二十世纪七八十年代香港无线电视的王牌综艺节目，“Fringe Club”（艺穗节）是香港当地一年一度的艺术盛会，披头士的《Michelle》又是当时香港年轻人最喜爱的英文流行歌曲。剧中演员边演边唱的歌曲如《香港之歌》、《HongKong，HongKong》也大大增强了该剧在表演上的观赏性和娱乐性。

作为20世纪80年代香港本土话剧的创新之作，《我系香港人》还借鉴了西方现代史诗剧的叙事模式，在演员表演形式上进行了大胆突破，从而实现了香港本土话剧由写实性叙事向陌生化叙事的现代转型。从演员的表演方式上看，《我系香港人》同时赋予了演员以叙述者和表演者的双重身份。一方面，该剧的所有角色都只由A、B、C、D、E、F、G七个演员来扮演，每个演员在不同场次中饰演多个角色，“不同的导演可以进行不同的角色分配”，甚至剧中角色的台词也“可以任意根据演员性格调换”。但是，另一方面，该剧的演员还同时承担着剧本叙述者的责任，他们要不时跳出所演角色的限制，将剧作者的创作意图和自己的表演感受向观众和盘托出，如：“（面对观众）我们的两个导演呀！要我们演一出反映香港、反映香港人感受的话剧。”这样的表演方式对《我系香港人》在戏剧叙事形式上的创新具有重大意义，使得《我系香港人》既以传统的戏剧性手法演绎了香港社会百年历史变迁中特定的人物故事和历史场景，又通过这种陌生化的间离手法让观众适时地与剧本保持距离并主动参与到对香港未来命运的思考与行动中来。

四、作者自白

我受香港人欢迎的原因，是因为我想出来的东西可以引起香港人的同感。我没有受过西方丝毫的感染，它根本不能感染我。真的，我这个人很感性，很容易投入，可是我却觉得没有一个西方作家或剧作家能令我感动，使我一定要去研究他们的心态。不过，我必须承认，小时候我受日本人心态的影响实在很深，因为我当时看了很多日本电影。

——杜国威语，转引自方梓勋：《香港话剧访谈录》，香港，香港戏剧工程、香港中文大学邵逸夫堂，2000。

本土意识、广东话和翻译剧、戏剧教育，都是香港话剧的特色。它们在不同的角度，反映着香港社会的民情和独特的中西文化糅合的特色。这种种特色都是香港话剧的定义的组成部分，也会继续影响剧坛的发展。

——蔡锡昌、方梓勋：《独具特色的香港话剧——〈香港话剧论文集〉序》，转引自田本相、董健：《中国话剧研究》，北京，文化艺术出版社，1993。

从西方戏剧流入中国不足百年的历史来看，香港舞台剧近三十年的发展是骄人的。促使这个发展的原因与香港蜕变成为国际大都会与社会经济的富裕有直接的关系。在发展的同时，香港舞台剧也备受殖民地文化的无形规范，发展未臻理想。

——蔡锡昌语，转引自方梓勋：《香港话剧访谈录》，香港，香港戏剧工程、香港中文大学邵逸夫堂，2000。

五、名家点评

他是香港剧坛第一个可以把编剧当做职业的人，标志着香港话剧的职业化日趋成熟。杜国威可以说是一个典型的香港剧作家。

——方梓勋：《近二十年香港话剧的发展（1977—1997）》，载《戏剧》，1999（1）。

话剧方面，杜国威和蔡锡昌合写的《我系香港人》，道出了香港人疑惑、忧虑、期望的复杂心情，和余光中《过狮子山隧道》写得相似："时光隧道的神秘/伸过去，伸过去/——向一九九七/迎面而来的默默车轮/那一头是什么景色？"

——黄维梁：《香港文学的发展》，转引自陈学超：《国际汉学论坛（卷二）》，西安，西北大学出版社，1995。

六、文献目录

方梓勋、田本相：《香港话剧选》，北京，文化艺术出版社，1994。

田本相、方梓勋：《香港话剧史稿》，沈阳，辽宁教育出版社，2009。

方梓勋、蔡锡昌：《香港话剧论文集》，九龙，中天制作有限公司，1992。

朱栋霖：《论香港剧作家杜国威》，载《戏剧艺术》，2000（6）。

赵小琪、王宁宁：《台港名家名作选读》，北京，中国民主法制出版社，2012。

暗恋桃花源

作者：赖声川
类型：戏　剧

一、作者简介

赖声川（1954—　），生于美国华盛顿，祖籍江西会昌，其父为外交官。赖声川在美国度过童年，直至1966年才随父母迁居台北。二十世纪七十年代，就读于台湾辅仁大学英语系的赖声川常去台北一家餐馆演唱、演奏民歌。大学毕业后赖声川赴美求学，于1983年获戏剧博士学位后回台工作，被聘为台北艺术大学戏剧学院院长。

赖声川曾编导舞台剧20余部，如《那一夜，我们说相声》、《暗恋桃花源》、《红色的天空》等，而这些剧作大多由他和李立群、李国修于1984年末在台湾共同创建的"表演工作坊"剧团演出。处女作《那一夜，我们说相声》令"表演工作坊"一举成名，而1986年上演的《暗恋桃花源》所引起的轰动更是有过之而无不及。赖声川还曾导演剧场作品22部（包括莫扎特歌剧3部），被《亚洲周刊》誉为"亚洲剧场导演之翘楚"。1988年赖声川荣获"台湾文艺奖"以及"台湾十大杰出青年"称号，1992年又因林青霞主演的电影《暗恋桃花源》而获得"东京国际影展"青年导演银樱奖以及"新加坡影展"最佳导演奖。

二、精彩阅读

暗恋桃花源（节选）

时装悲剧《暗恋》和古装喜剧《桃花源》同台排练，不可避免地会产生视觉、听觉，甚至触觉的干扰。这种相互间的干扰，带给两剧演员的是反感，带给观众的则是欢笑。但是，在演员的反感以及观众的欢笑之余，未免不引人深思。事实上，剧作家赖声川正是试图借此剧反映当时台湾社会的混乱无序，引导观众思考人生的悲与喜，从而进一步地思索人生的意义。

老　陶　我想回去看看，我就死心了！

［江上前，伸手勾轮椅，但轮椅这次位置更远了，他只能伸手。］

白袍男子　不要回去了！你回去想得到什么？我想你是……［顺着情绪一转身，见江欲勾轮椅］你是……［顺嘴说］你抓不到！

［白袍男子发现自己接错台词，立即给自己一嘴巴子。这一巴掌打醒了出神的江太太和护士，二人赶忙去扶江上轮椅。］

江太太　［对江］你要下来，你就说嘛！

老　陶　［接回自己的戏］我还能说什么？

白袍男子　［对陶］没有事，最好不要回去！

江滨柳　［对江太太］这儿没你的事，你回去吧！

江太太　我回去干什么，我留在这里陪陪你嘛。［推江往前走］

老　陶　［没注意，又走过界了］我想回去看看，我就死心了！

江滨柳　［词是对江太太的，但面对陶］没你的事，你回去吧！

［轮椅已经停在老陶和白袍男子中间。］

白袍男子　［对陶，但边瞄着轮椅上的江滨柳］回去会惹事，不要回去！

江滨柳　［对江太太，但边瞄着老陶］你回去吧！

［江太太、老陶互瞄］

江太太　我……

老　陶　我……

白袍男子　［语气由柔和改为凶悍，半针对江滨柳］你不要回去！

江滨柳　［对白袍男子］回去吧！

白袍男子　回去就回不来了！［白袍男子和江滨柳不管自己的戏，借用自己戏中的台词互相对骂，其他人在旁不知如何是好。］

江滨柳　［指白袍男子］我命令你快回去吧！

白袍男子　［指江的鼻子］我警告你不许回去！

江滨柳　［从轮椅上起身］你他妈混蛋！给我赶快滚回去！

白袍男子　［大喊］我看他妈的谁敢动！

［白袍男子脚跨在石头上，江滨柳一脚把石头踢开，害白袍男子摔下。］

三、作品简析

一般认为，解读《暗恋桃花源》一剧的关键在于“混乱无序”和“悲喜交融”二词。前者是间离效果下戏剧结构的混乱无序，也是剧作家创作此剧的直接灵感来源；后者则是传统意义上戏剧内容的悲喜交融，同时又是剧作家创作此剧的深层寓意所在。

《暗恋桃花源》在戏剧结构上的混乱无序表现在该剧由剧中争夺同一个舞台进行排练的《暗恋》和《桃花源》两剧剧组成员构成，这是剧作实写的部分。混乱地争夺舞台本就会造就一场令人捧腹的闹剧，而两剧演员因互相干扰而错接台词则愈发令人捧腹。由此，观众看到的是一场混乱的舞台争夺战，享受到的则是开怀大笑。但是，在欢笑之余，未尝又不令人深思，因为当时台湾的社会生活就是这般的混乱无序，人人都处于被干扰的喧嚣之中。事实上，剧作家创作此剧的直接灵感就来自于他在一次观剧过程中所感受到的潜在的舞台争夺，于是创作此剧以表现当时台湾社会生活的混乱无序。

《暗恋桃花源》悲喜交融的内容又表现在该剧由剧中既悲且喜的《暗恋》和既喜且悲的《桃花源》构成，这是剧作虚写的部分。在时装悲剧《暗恋》中，江滨柳和云之凡这对有情人未能终成眷属，二人分离数十年，同居一城而不得见，而最终的重逢之际却是永别之时。与此相反，在古装喜剧《桃花源》中，武陵渔夫老陶因妻子春花与房东袁老板偷情而愤然出走，误入桃花源后闹出了一系列笑话。不过，江滨柳和云之凡都拥有幸福美满的家庭，二人最终也得以重逢并慨然相别；误入桃花源的老陶一度生活得无忧无虑，但最终难耐思妻之情，返家后又被逼无奈地再度茫然出走。可见，悲中有喜，喜中有悲，从而带给观众以融合悲喜并进而超越悲喜的无限沉思。

除了结构上的混乱无序、内容上的悲喜交融，《暗恋桃花源》还表现出丰富的互文性内涵。首先，剧中剧《桃花源》与陶渊明的《桃花源记》构成明显的文本间互文。二者都讲述了武陵渔夫误入桃花源，后又都因心系尘世而毅然出走桃花源的传奇故事，并共同阐发了一个深刻的人生哲理：世人若不能摆脱尘世间的纷扰，即使得入桃花源也未必能过上幸福生活，而能够摆脱尘世纷扰之人又不必追寻桃花源。其次，同为剧中剧的《桃花源》和《暗恋》又构成含蓄的文本内互文。两剧看似风马牛不相及，却都以一个贯穿全剧的核心人物（即老陶和江滨柳）在两个不同的时空场所（即舞台背景）里的亲身经历来结构全剧，并以核心人物与剧中其他人物间的情感纠葛推动剧情发展，传达了共同的生活哲理：珍惜眼前的人和物而不应得陇望蜀。最后，文学文本《暗恋桃花源》又与社会文本“桃花源情结”互文、互释。《暗恋桃花源》的剧名实际上也可以解释为世人对乌托邦式的“桃花源”的“暗恋”。在剧中，独立于两部剧中剧的“陌生女子”常常出人意料地跑出来，疯狂地寻找着刘子骥，执拗却最终寻而无果。刘子骥恰恰是陶渊明《桃花源记》中寻找桃花源未果之人，而陌生女子寻找刘子骥，从过程到结果又都与刘子骥当年寻找桃花源如出一辙。剧作家每次谈及此剧时便会提及陶渊明、桃花源，思考洞察世事的陶渊明将会如何对待剧作家所生活的混乱的台湾社会。其实，暗恋往往意味着有恋无果，而世人暗恋桃花源也就像剧中女子苦苦追寻莫须有的刘子骥以及《桃花源记》中刘子骥苦苦追寻莫须有的桃花源一般，终究不可能得偿所愿。因此，放弃美好的幻想生活、直面喧嚣的现实社会其实就是《暗恋桃花源》一剧传达给观众的积极声音。

悲喜交融的视听感受，混乱无序的现实生活与安乐美好的幻想生活的对比，恰恰是《暗恋桃花源》广受欢迎并长演不衰的根本原因之所在。

四、作者自白

《暗恋桃花源》的灵感来自于真实的生活。我去看陈玉慧导演的《谢微笑》，下午彩排，晚上首演，中间两个小时还安排了一场毕业典礼。彩排还没排完，小学生都已经坐在台下，他们的钢琴也已经在往舞台上搬了。

——赖声川：《舞台剧〈暗恋桃花源〉的诞生》，转引自鸿鸿、月惠：《我暗恋的桃花源》，石家庄，河北教育出版社，2004。

设定角色有时需花很多时间，因为一个演员要创作一个角色时，在最开始不可以有错误的假设。举例说，《暗恋桃花源》中的江滨柳是金士杰在即兴表演的过程中所创作出来的，而他的创作的起头是我和他坐着商量了好几天的结果。

——赖声川：《无中生有的戏剧——关于“即兴创作”》，载《中国戏剧》，1988（8）。

五、名家点评

他的材料取自于现实生活，用丰富敏锐的众多事件连缀起来，泼洒在舞台上，让观众看到具体的人物，人物在各种状况里由各种情态所引发出来的可笑可哀。

——朱天文：《赖声川的戏剧》，载台北《中国时报》，1985-03-07。

《暗恋桃花源》是赖声川的代表作，该剧由赖声川构思，主持集体即兴创作而成，剧本收入由黄美序主编的《中华现代文学大系·戏剧卷》。《暗恋桃花源》的内容是，《暗恋》和《桃花源》的两个剧团同时在同一舞台上进行排练而纠缠不清，从而展开了两个剧团演员一系列的纠葛。一个演的是时装悲剧，另一个演的是古装喜剧，“戏中套戏”，人物错综，台词误接，闹了不少笑话，因而使得该剧富有情趣。

——田本相：《赖声川：“集体即兴创作”的倡导者》，转引自田本相：《台湾现代戏剧概况》，北京，文化艺术出版社，1996。

六、文献目录

陈雅卿：《现实的对峙：解读〈暗恋桃花源〉戏中戏的映照关系》，载《艺苑》，2010（5）。

李春红：《行走在传统和现代之间——论话剧〈暗恋桃花源〉》，载《文艺争鸣》，2010（24）。

彭耀春：《集体即兴、时空交错与对立互动——论赖声川的戏剧〈暗恋桃花源〉》，载《世界华文文学文坛》，2001（3）。

圣章红：《它们是怎么统一的——谈〈暗恋桃花源〉的大逻辑》，载《戏剧之家》，2008（4）。

王晶：《论赖声川〈暗恋桃花源〉对传统戏剧的突破》，载《盐城师范学院学报》（人文社会科学版），2007（5）。

赵辉：《听赖声川说赖声川——对话台湾先锋戏剧大师赖声川》，载《台声》，2007（3）。

赵小琪、王宁宁：《台港名家名作选读》，北京，中国民主法制出版社，2012。

朱天文：《赖声川的戏》，载《中文自修》，2012（Z1）。

花近高楼

作者：陈尹莹
类型：戏　剧

一、作者简介

陈尹莹（1939—　），出生于广东，后随父母迁居香港。陈尹莹年少时就爱好写作，但迫于父母的压力而最终选择了攻读理科，毕业于崇基学院数学系。大学时期，陈尹莹的数学成绩总是名列前茅，但她还是更倾向于写作，期间曾陆续在《工商日报》上连载过三部万言小说。后来，陈尹莹考入纽约哥伦比亚大学攻读戏剧学，并在七年间先后获得文学硕士、教育学硕士和教育学博士学位。

陈尹莹曾在美国、香港等地从事戏剧工作20余年，并创立了“纽约四海剧社”和“纽约长江剧团”。自1970年以来，陈尹莹曾执导多部戏剧作品，如《帝女花》、《西太后》、《石头记》、《骆驼祥子》、《赤地之恋》等。而在1975年至2002年间，她创作了《洛神》、《花近高楼》、《笑傲江湖》、《紫金城西》、《一家一孩一扇门》等二十多个剧本，《花近高楼》是其代表作。

二、精彩阅读

花近高楼（节选）

1988年首演的《花近高楼》本来是应香港市政局要求为反映港岛五十年来的转变而创作的，但极为真实地表现出了港人浓重的“九七”情结。选文讲的是丁丰为得到房产公司提供的巨额佣金，竭力劝告从小一起长大的知心好友江子留将石屋卖掉。丁丰在谈话中连用数个“不够”并且强调“不够”，其直接目的是希望江子留能够可怜他，帮他顺利获取这笔佣金。其实这些“不够”并非真正的“不够”，但又确实是他发自内心的呼喊，体现的是他对生活的恐惧以及不自信。

丰　　三十二年夫妻！三十二年！能够做的做了，能够省的省了，能够付出的付出了，但是不够，赚了钱拿回家，每餐有饭有菜摆满在桌上不够，把钱给她，由得她穿得体体面面不够，过年过节买金买银任得她收起来不够。本来不是她说不够，是因为四周的人对她说不够，四周的人使她觉得不够，于是不够。

以前我们吃饭，没一顿吃得饱；看着锅里那一点点菜不敢夹，因为围着台子坐满人不够分。那时候知道自己穷。因为有人不用挨饿，不用拉着人家衣裙进戏院看霸王戏，不用等一个礼拜才买几两肉，用报纸卷起来，草绳绑起来，宝贝似的拿回家来。

后来搬上洋楼去住，儿女穿着簇新的校服去上学，不用再上“野鸡”学校。老朋友从外国回来，请他们去中环吃饭，后面站着位小姐对着你职业微笑，旗袍长得及地。依旧觉得自己穷。因为人家的儿女可以出国留学，看过儿女顺便周游列国 Vacation 才回来；不用等有贵客到访，天天就在中环午饭谈生意。于是我们从筲箕湾搬到太古城。进超级市场，看着吃的穿的任你选，打一个咭可以一个月以后慢慢才结账。每顿饭又鱼又肉的摆满桌，儿女不肯下箸因为他们得节食。坐着私家车去找油条买。跟旅行团去欧美游历，缠着别人自己不敢四处溜。站在城名地名底下拍个照带回来，因为恐怕人家不知道自己到过那里。但是依旧觉得自己穷，因为人家坐平治还隔年换一辆，不用住屋村，可以住离岛的花园洋房，到外国投资拿到移民权随时两边跑。

于是我做丈夫不够好，做父亲不够好，做朋友不够好，或者甚至做人都不够好。每天起床觉得抬不起头来；为什么妻子嫌我不够体面，女儿嫌我没见识；儿子看不起我，我给什么他都不肯要。快要去外国了也不肯跟我商量。每到街上走心就放不开，觉得自己不如人。站在一堆人里总觉得人家偏帮别人看不起自己，要跟自己过不去。总觉得心里发毛，要拼命爬拼命搏。自己好还不够，最要紧的是别人倒霉。一定要达到某一点，得到某一样东西，最好别人去不到，得不到，从此以后，心里可以再没有恐惧。（顿，看子留）子留，老朋友，或者你签了这文件，就可以给我一点安宁。

［子留看着他，无语。］

三、作品简析

杜甫《登楼》诗云：“花近高楼伤客心，万方多难此登临。”无论居庙堂之高，还是处江湖之远，诗人的忧国忧民之心一如既往，但山河破碎的无情现实又令诗人万般无奈和感伤。虽说沧海桑田、时过境迁，但剧作家陈尹莹应港府之邀以剧作反映港岛五十年来之变迁时的心境，与当年的杜甫如出一辙，这也正是剧名唤作《花近高楼》的根本原因。当时，关于香港回归的《中英联合声明》已经签署，但港人对于香港的回归盈溢着忧虑甚至恐惧的心理，全港上下都弥漫着复杂的"九七"情结。于是，陈尹莹借题发挥，通过剧中人物表现港人面对港岛过去、现在的复杂心境，进而探寻港人的未来。

从过去到现在，香港发生了翻天覆地的变化，这在剧作中表现为舞台背景的转换和剧中人物的转变。在第一幕中，二十世纪五十年代中期的筲箕湾（香港的缩影）是一个宁静的临海小渔村，屹立百年的古树和石屋随处可见。在第二幕中，七十年代初期的筲箕湾虽然古树和石屋退居台后，新式高楼林立，但透过高楼仍依稀可见青天。但到了第三幕，八十年代末期的筲箕湾已经完全现代化，几乎所有的石屋都被改造成高楼大厦，将天空完全遮蔽，远处还可看见高速公路。同样的，生活在筲箕湾的人们也一直处在变动之中。第一幕中的丁丰两手空空，所拥有的只是信实、道义、忠诚、慷慨、大方以及一颗明白的心。但在第二、三幕中，丁丰卖掉祖居的石屋，搬出筲箕湾，执著地追赶社会发展的潮流，做生意、炒股票、倒房产，通过自己锲而不舍的打拼而小有成就。

如果剧作家只是一味地讴歌香港经济的腾飞、港人生活的巨变，那么《花近高楼》也就不会成为"九七"剧的代表作了。事实上，剧作家还通过剧中长期不变的人——江子留以及剧中长期不变的物——江子留的石屋，与剧中另一人物——丁丰以及剧中的高楼形成对比，进一步揭示出表层物质进步所掩盖着的深层精神蜕化。儿时的江子留是丁丰的好友，同样地贫穷、落后，同样地自尊、自信，同样地知足、开心。后来，丁丰顺势而为，在经济上小有成就，但觉得一切都还不够，而这些"不够"又让他丧失尊严和自信。与此不同，江子留一如既往地坚守信实、道义，不为利益所动，公平公正地为船上人家卖货、办货，同时又始终忠诚、慷慨、大方，不为金钱所困，在发小丁丰毫不知情的情况下，竭尽所能、毫无保留地资助他，数次帮他渡过经济难关，而自己则依然住着破旧的、被高楼所"包围"的石屋。但是，江子留一直都觉得"够"，因而活得自尊、自信。如果说现代化的丁丰以及高楼是"变"与"不够"的象征的话，那么传统化的江子留及其石屋则是"不变"与"够"的象征。现代化"新新人类"的奋斗拼搏虽然在一定程度上满足了自己在物质生活方面的需求，但他们追逐物质利益的执著也使他们不惜放弃一切，进而导致自身在精神生活方面的空虚。旧有的景物被新生的景物所替代虽然意味着社会的发展，但也意味着传统的丧失。两种人物的对比以及两种景物的对比显然就意味着香港的过去和现在是一种矛盾对立的关系，但是作者并没有将二者完全对立起来。最终，丁丰对自己的物欲有所反省，并向传统的淳朴之风回归，而江子留也对自己的偏执有所改变，卖掉祖传石屋开始融入现代化新生活。

通过剧中的人与景，剧作家真实地再现了香港从过去到现在的巨变，同时又揭示出现在与过去的矛盾。但缅怀过去、反思现在并非剧作家全部的创作目的所在，她的意图还在于展望未来。其实，剧作家写在剧本前的按语已坦露其心迹："香港过去五十年克服万难，飞腾发展，得到了什么？失去了什么？面对未来，如何维持尊严，建立自我？"不难看出，剧作家是殷切希望香港和港人改变那些该改变的东西，保留那些不该改变的东西，如此才能更好地界定"够"与"不够"，进而更有信心地面对"九七"回归。

四、作者自白

80年代的香港，已到了天下凡可用钱买得来的东西，都可以在香港买得到的地步，唯一买不到的，是一个可靠的明天。到底这是香港的光荣，还是香港的悲哀？是否在旦夕变更之中，一定要有不可变移的事物？

——陈尹莹：《我写〈花近高楼〉》，转引自方梓勋、田本相：《香港话剧选》，北京，文化艺术出版社，1994。

1984年中英联合声明奠定了香港的未来，回归在望，激发剧作面对香港本土的历史，与祖国关系，面对未来的憧想和彷徨，尤其连根拔起移民他往的抉择，取材都跟民众息息相关。

——陈尹莹：《戏剧艺术与流行文化》，载《戏曲研究》，2000（55）。

五、名家点评

江子留身上寄寓了作者所要寻求的香港的不变与美德，丁丰则代表着香港的变化与功利。值得肯定的是，作者并没有将这两者简单地对立起来，或者进行纯粹的道德评价，而是写出了丁丰追随时代浪潮而变的必然与无奈，同时，也对江子留式的坚守表达了某种难言的伤感与隐忧。这部戏剧突出地显示了香港社会性写实戏剧可贵的现实主义精神。

——董健、胡星亮：《杜国威、陈尹莹等的社会写实性戏剧》，转引自董健、胡星亮：《中国当代戏剧史稿1949—2000》，北京，中国戏剧出版社，2008。

《花近高楼》的结构，是以动和静、变与不变的对立为核心的。由第一幕（50年代）到第三幕（80年代末期），香港经历了巨变，由一个小小的渔港发展成为世界性的大都会。这种历史，在舞台上利用背景的转换来表示。

——田本相、方梓勋：《具有传奇色彩的剧作家——陈尹莹》，转引自田本相、方梓勋：《香港话剧史稿》，沈阳，辽宁教育出版社，2009。

六、文献目录

陈尹莹：《戏剧制作过程与社会建设——从美国剧坛面对的巨变谈起》，载《戏剧艺术》，1997（2）。

方梓勋：《香港话剧与流行文化》，载《戏剧艺术》，2000（1）。

田本相：《一位具有传奇色彩的华文女戏剧家——陈尹莹》，载《戏剧艺术》，2006（4）。

朱栋霖：《香港话剧的本土文化特征——论“港派”与“京派”》，载《戏剧艺术》，1994（3）。

赵小琪、王宁宁：《台港名家名作选读》，北京，中国民主法制出版社，2012。

废墟中环

作者：潘惠森

类型：戏　剧

一、作者简介

潘惠森（1958—　），现任香港新域剧团艺术总监，香港演艺学院戏剧学院教学顾问及客席讲师，香港戏剧协会委员。1982年毕业于美国加州大学圣塔芭芭拉分校，获硕士学位，1985年考取美国密歇根州立大学戏剧博士候选人资格。1985年凭《榕树荫下的森林》获得香港市政局图书馆“中文文学创作奖”剧本组冠军，由此开始他的舞台剧创作之路。早期作品《第一百零一个人》、《废墟中环》等，受西方荒诞派戏剧影响较深，并融合本土经验，自成一格。20世纪90年代中期创作的“水浒传系列”剧本具有强烈的社会批评意识和黑色喜剧风格。1997年开始创作的“昆虫系列”剧本，对社会边缘人物投以人文关怀，并以独特的语言风格、叙事结构和舞台意象获得高度评价。他曾五次荣获“香港舞台剧奖”之“最佳剧本奖”，一次荣获“最佳导演奖”。至今，他创作的戏剧作品已超过50部，其中许多作品由他本人亲自执导。2005年，他还出版了短篇小说集《男人之虎》。

二、精彩阅读

废墟中环（节选）

《废墟中环》是潘惠森1988年回港后创作的首部作品，并于2008年被改编为《在月台邂逅》重新公演。它是公认的受西方荒诞派戏剧影响较深的一部作品。全剧共两幕，描写男甲、女甲两个素不相识的人某天早上乘地铁到中环上班，在地铁中环站出口，突然发现整个中环好像翻了过来，到处都是烂地，好像一个“废墟”，整个情形像是“世界末日”来临。二人被困在地铁站内，由此展开了一段碰撞。下面节选的是第一幕中的一部分。

男甲　请你安静一点好不好？你这样子聒聒噪噪的下去，我会精神分裂的呀！

女甲　（不理会男甲，继续踱步和自言自语）中环，是一个神圣不可侵犯的王国；中环，是一个万民景仰的胜地；中环，是人类的乐土……

男甲　（愈来愈不耐烦）你讲完了没有?!

［静默片刻。］

女甲　（不理会男甲，继续）中环，是一个……

男甲　（愤怒地）是一个坟墓！

［静默片刻。］

女甲　（冷静地）咦！奇怪了。你怎么知道我心里面正想要说的话？

男甲　（有点不好意思）你想讲什么呀？

女甲　就是你刚才说的那一句嘛。我想，很快我们就会被埋葬在这里的了。

［静默片刻。］

男甲　（叹一口气，伤感地）我们会不会被埋葬在这里，现在还言之过早；但是，我可以肯定的就是……我的青春，我的爱情，我的灵魂，我的激情，和我的良知，老早就被埋葬在中环了！

女甲　你也那么惨？

男甲　是的。的确那么惨！（顿）在中环，我的良知被碾碎在电车路轨上！在中环，我的激情被各大银行的冷气所冻结！在中环，我的灵魂被恒生指数所收买！在中环，我的青春被断送在大大小小的会议室里面！在中环，我的爱情……（欲言又止）

女甲　（表示极大的兴趣）你的爱情怎么样呀？

男甲　（定睛看着女甲）我的爱情……在中环……（突然变得激昂）被数之不尽的好像你这样的女人所唾弃，所蹂躏，所糟蹋！

男甲　［边说边向女甲迫近；女甲则胆怯地不断后退。当女甲退无可退的时候，忽然又变得勇敢起来，面对咄咄逼人的男甲。］

女甲　（昂首挺胸）你想怎么样?!

男甲　（站着，但是仍然定睛看着女甲。）

［静默片刻。］

女甲　在中环，有谁的爱情不是垃圾?!在中环，有谁的爱情会被珍惜?!在中环，有谁的爱情得到应有的尊重?!

三、作品简析

《废墟中环》受西方荒诞派戏剧影响较深。荒诞派戏剧在思想上受存在主义哲学影响最大，而存在主义哲学尤其强调人的悲剧性体验及人与人、人与世界的难以沟通，《废墟中环》也延续了这一主题。但是荒诞派戏剧在创作方法上与存在主义戏剧有很大不同，它强调直接用荒诞的手法表现荒诞的生活，而不是用传统的、理性的方式表达思想。这通常表现为：使用非逻辑性、非连贯性的结构、语言或情节；习惯用象征手法；寓悲剧性的严肃主题于诙谐幽默的喜剧氛围之中。《废墟中环》在表现手法上借鉴了荒诞派戏剧的创作技巧，最突出的表现是剧作没有按照普通生活逻辑设置剧本情节以及塑造人物性格，如戏剧人物男甲、女甲一开始就被置于一个封闭的地铁站内，原因也显得荒诞而突兀——中环突然变成一片“废墟”，而废墟中环也成为一个巧妙的舞台象征，内涵丰富。

《废墟中环》从第一幕到第二幕的内容，按照主人公对生活的认知由浅入深、由体验到反思的逻辑进程来安排。

第一幕中，作者主要是借助男甲、女甲这两位主人公来表达在中环生活与工作的人们的主观感受，即对中环的各种体验。中环是繁华的香港社会的象征，但对于在其中工作的人们来说，如男甲和女甲，中环却“是一个坟墓”。因为，中环的繁华是以压抑个体本能、消磨个人幸福为代价的，个体在中环这个繁忙的社会机器中被迫成为一个无休止运转的配件，早已失去了自我。人们凭着惯性生活，人与人之间“相识如同陌路”，冷漠、自私，缺乏真情，缺乏信任，也缺乏安全感，“你的存在，是你自己的事，跟任何人都无关”，更别提有人愿意冒着性命危险去关心一个陌生人了，爱情更是成为奢侈的梦想。而且“在中环，只有商业，没有道德”。这就是主人公所体验到的中环，冷酷、黑暗、压抑，它是人性的荒原。因此，“废墟中环”就具有了一种象征意义，它既是一种现实描摹，即处于施工中的中环，又是一种主观体验，象征着香港社会中正常人性的压抑与失落。女甲在第一幕中呐喊：“我需要阳光！我需要新鲜的空气！我需要工作！我不可以眼巴巴看着我的青春就这样流去——”正是这种主观体验的表达。

第二幕中，作者设置了两个场景来表达个体对自我生存现状的反思。第一个场景是女甲的好友阿ANN通过讲述可怕的梦境来回顾并反思自己的生活。根据弗洛伊德的理论，梦是人的潜意识的反映，阿ANN在梦中最想得到的东西并不是别墅、豪车、贵重首饰，而只是一支棉花糖。阿ANN最终才意识到：“十几年前我想得到的东西，到了今天，我才发现，原来都不是我真正想要的……”在这里，棉花糖也成为一种象征，指向一种有人爱、有人陪伴的简单却温馨的生活。这本来应该是人们生活的常态，但在这部剧作中，这种简单的需求却成为永远无法实现的梦想。阿ANN通过梦境反思了自己之前盲目的生活追求，是对自我价值与人生意义的重新思考。第二个场景是男甲同事周仔因为买橘子时还价被小贩羞辱“不是男人”，因此夜不能寐，第二天上班迟到又被老板骂，而这又被公司里他心仪的女孩听到并被女孩嘲笑。周仔因为难以忍受这一点而跳楼自杀，结果被电线杆挂住没死掉，但是后来行走在路上却被从天而降的棉被吓得心脏病发作而死。这一场景的设计充满荒诞意味，却充分表达了作者对香港社会中个体的生命价值与生存意义尽丧这一客观现实的嘲讽与反思，具有浓厚的象征意味。

另外，这部剧作中的人物，也只是一些“具象的抽象”，作者既没有对他们进行形象描写，也没有个性化语言，“男甲”、“女甲”、阿 ANN、周仔都只是一个代称，是我们生活中无数无意义存在的人物的象征，因此这些人物对生活的体验与反思也就具有广泛的现实意义，能够引发我们对自身生存状态的深刻思考。

四、作者自白

通常写戏时最常出现的，就是作者利用太多的对话去说故事，而欠缺“惊喜”。最好可以时常在戏中出现观众没有预料到的惊喜，做到情理之中，但意料之外。

——黄天恩：《香港名编剧潘惠森谈创作》，载《澳门日报》，2012—12—28。

五、名家点评

香港话剧受西方现代戏剧的影响，戏剧观是多元的，戏剧家的戏剧时空观也反映了港岛中西文化交汇的特点。西方表现主义、象征主义、荒诞派戏剧与布莱希特叙述体戏剧被港岛戏剧家兼收并蓄。

——朱栋霖：《香港话剧的本土文化特征——论“港派”与“京派”》，载《戏剧艺术》，1994（3）。

香港的本土戏剧，表现了香港人的人生思索和奋进精神，这里面虽有情绪的疑虑和感伤，但更多的是意志上的坚韧与刚强。

——田本相：《八十年代以来的香港话剧概观》，载《剧本》，1997（7）。

六、文献目录

董健、胡星亮：《中国当代戏剧史稿 1949—2000》，北京，中国戏剧出版社，2008。

方梓勋、蔡锡昌：《香港话剧论文集》，九龙，中天制作有限公司，1992。

方梓勋、田本相：《香港话剧选》，北京，文化艺术出版社，1994。

胡星亮：《香港实验戏剧与荒诞派》，载《文艺争鸣》，2007（11）。

梁燕丽：《试论香港话剧的本土化特征》，载《复旦学报》，2009（5）。
梁燕丽：《中西文化交汇下的香港话剧》，载《社会科学》，2012（4）。
林克欢：《香港戏剧　戏剧香港》，香港，牛津大学出版社，2007。
潘惠森：《意象和语言》，载《香港戏剧学刊》，2002（3）。
张先：《百川横流　各自寻向——对香港戏剧创作的几点感受》，载《香港戏剧学刊》，2002（3）。

青春版《牡丹亭》

作者：白先勇

类型：戏　剧

一、作者简介

白先勇（1937—　），出生于广西桂林，台湾著名作家，曾用笔名郁金、白黎、肖雷等，在当代台湾文学史上占有重要地位。自 1958 年在《文学杂志》上发表第一篇小说《金大奶奶》以来，他先后创作了一系列文学作品，涉及小说、散文、戏剧三大领域。白先勇对昆曲极为喜爱，认为它体现了中国人的音乐韵律、舞蹈精髓、文学诗性和心灵境界。他自喻为“昆曲传教士”，一直致力于让昆曲在现代舞台上重新焕发生命力，创作的剧本有《游园惊梦二十年》、《玉卿嫂》、《金大班的最后一夜》等，并改编了明代著名剧作家汤显祖的经典之作《牡丹亭》和明代戏曲家高濂的《玉簪记》，为昆曲在当代的复兴与重振做出了极大贡献。

二、精彩阅读

青春版《牡丹亭》（节选）

经过改编后的青春版《牡丹亭》更加深刻地表现了杜丽娘和柳梦梅之间那种“生者可以死，死者可以生”的感天动地之“情”和他们敢于冲破礼教束缚、勇于追求真爱的精神。选文是上本第五出《寻梦》，写杜丽娘再次来到后花园寻梦，园内景物依旧却不见书生，意识到昨日乃梦一场后，她顿觉凄凉冷落，只愿死后能埋于梅树下，守在梅根旁再次与恋人相见。

（杜丽娘上）

【懒画眉】　最撩人春色是今年。少什么低就高来粉画垣，原来春心无处不飞悬。（绊介）哎，睡荼蘼抓住裙衩线，恰便是花似人心好处牵。

杜丽娘　一径行来，但觉情思辗转，园内风物依然。趁此悄的无人，正好寻梦也。

【忒忒令】　那一答可是湖山石边，这一答似牡丹亭畔。嵌雕阑芍药芽儿浅，一丝丝垂杨线，一丢丢榆荚钱。线儿春甚金钱吊转！

杜丽娘　昨日梦里，那书生将柳枝来赠我，要我题咏，强我欢会之时，好不话长也！

【嘉庆子】　是谁家少俊来近远，敢迤逗这香闺去沁园？话到其间腼腆。他捏这眼，奈烦也天；咱啾这口，待酬言。

【尹令】　咱不是前生爱眷，又素乏平生半面。则道来生出现，乍便今生梦见。生就个书生，恰恰生生抱咱去眠。

杜丽娘　我想那书生这些光景，好不动人春意也。

【豆叶黄】　他兴心儿紧咽咽，呜着咱香肩。俺可也慢掂掂做意儿周旋。（重句）等闲间把一个照人儿昏善，那般形现，那般软绵。忑一片撒花心的红影儿吊将来半天。（重句）敢是咱梦魂儿厮缠？

杜丽娘　寻来寻去，都不见了。那牡丹亭，芍药栏，怎生这般凄凉冷落，杳无人迹？好伤感人也！

【玉交枝】　是这等荒凉地面，没多半亭台靠边，敢是咱眯睎色眼寻难见。明放着白日青天，猛教人抓不到魂梦前，霎时间有如活现。打方旋再得俄延，哦！是这答儿压黄金钏匾。

杜丽娘　秀才，秀才（望介）呀，无人之处，忽见大梅树一株，看梅子累累可爱人也。我丽娘死后得葬于此，幸矣！

【江儿水】　偶然间心似缱，梅树边。似这等花花草草由人恋，生生死死随人愿，便酸酸楚楚无人怨。待打并香魂一片，阴雨梅天，啊呀人儿呵，守的个梅根相见。

三、作品简析

被尊称为“百戏之祖”的昆曲是我国的传统曲目，它以细腻的表演、婉转的唱腔、典雅的曲辞著称。明代戏曲家汤显祖的代表作《牡丹亭》就是昆曲的经典曲目之一，为众多昆曲爱好者所推崇。但随着时代变迁，昆曲慢慢淡出人们的视线，不再如以前那般受大众喜爱和广泛流传。为了推广这一古老曲种，让它在现代舞台重新焕发出生命力，白先勇组织改编了原版《牡丹亭》，推出更为符合现代审美趣味、更适合现代舞台演出条件的青春版《牡丹亭》。

"青春"二字是青春版《牡丹亭》不同于原版的特色所在，主要体现在以下几个方面。首先，在演员的选择上，不同于以往《牡丹亭》选用成名多年、具有丰富表演经验的大龄演员，青春版《牡丹亭》大胆启用青春靓丽的青年演员来演绎这段青春的爱情故事。这样一来，既使演员形象更符合剧中人物形象，也在培养年轻演员的过程中完成了传承昆曲的大任。其次，在形象设计和舞台布置上引入现代因素，营造强烈的视觉效果：演员的服饰色彩缤纷、绚丽多姿，且较以往的服装更为凸显演员的身段体态，精致秀丽的扮相、典雅温婉的造型体现出江南水乡特有的"柔美"气质；淡黄、粉红、嫩绿等暖色调的灯光烘托出缠绵温馨的舞台氛围，写意风格的舞台背景好似江南水乡的水墨画，与演员相互映衬，给观众带来视觉享受。最后，在时间安排上考虑到现代舞台演出要求，整部戏分为上、中、下三本，每天演出一本，连续三天演完，避免了以往戏剧演出时间过长所造成的观众审美疲劳。在保证剧情连续性的同时，每出戏各有重点，分"梦中情"、"人鬼情"和"人间情"三个部分，从而将二十多出戏进行得错落有致又有条不紊。

在戏剧形式上，青春版《牡丹亭》的改编以"只删不改"为原则，将原本的五十五出精减为二十七出（另有《标目》和《引子》各一），歌颂了青年男女勇于挣脱封建礼教束缚、大胆追求自由爱情、呼唤个性解放和婚姻自由的精神。在语言风格上，青春版《牡丹亭》最大限度地保留了原著的华美典丽、意境深远。唱词采用抒情诗式的语句，表现出强烈的人物情感；念白则掺杂些许苏白等地方语言，增加剧作的生活气息。在表现手法上，它也保留了昆曲的美学传统，说唱与舞蹈紧密结合，以"戏"抒情；演唱时注重对声音的控制，字声、行腔、节奏都严格遵循规范。

总之，青春版《牡丹亭》用那种美到极致的形式，把爱情推升到化境，将昆曲的古典美学和现代剧场接轨。这一出戏既古典又现代，既合乎现代观众的审美要求，又遵从昆曲的古典精神，给人带来无尽的审美愉悦和恒久的快感，实现了"古老剧种的青春传承"。

四、作者自白

这次《牡丹亭》的演出，我们以"青春版"为号召，其中有几层涵意。首先《牡丹亭》本为一首歌颂青春、歌颂爱情、歌颂生命的赞美诗，男女主角正值花样年华，因此，我们举用青年演员饰演杜丽娘与柳梦梅，符合剧中人物年轻形象。昆曲是有四百多年历史的古老剧种，但昆曲的演出不应老化；昆曲的前途，在于培养年轻的演员，吸引年轻的观众……这也是制作青春版《牡丹亭》的宗旨之一，藉着一出戏的排演，完成世代传承的重要工作……《牡丹亭》这部经典戏曲，“案头”、“场上”同时并举，互相辉映，这是昆曲的光辉，也是台湾的荣耀。我们虔诚期待这次的演出，会对昆曲这项古老的艺术带来青春的喜悦和生命。

——白先勇：《牡丹亭上三生路——制作“青春版”的来龙去脉》，转引自林皎宏：《姹紫嫣红牡丹亭：四百年青春之梦》，桂林，广西师范大学出版社，2004。

我们将《牡丹亭》定调为一则“爱情神话”，所以我们编剧的主轴便完全围绕着一个“情”字在下工夫。一个民族的神话，尤其是爱情神话，往往是代代相传的，杜丽娘出生入死对爱情的追求，其实就是汤显祖“情至”观的一则寓言：但为情故，“生者可以死，死可以生”。

——白先勇：《牡丹还魂圆梦记》，转引自白先勇：《牡丹还魂》，上海，文汇出版社，2004。

五、名家点评

青春版《牡丹亭》对“青春与爱情”主题的提炼，乃是真情、纯情、痴情、至情，是刻骨铭心、生死不渝乃至跨越生死之情……在全球化、现代化的浪潮中，青春版《牡丹亭》的成功就具有了特别的意义，它显示出昆曲作为文化遗产在现代社会的生命力。

——朱栋霖：《青春版〈牡丹亭〉为何受青睐》，载《学习月刊》，2008(11)。

这是我多年来看过最精致完整的一出改良昆曲，在推广昆曲上绝对功不可没……这出青春版《牡丹亭》，虽样样改变。仍是我这几十年来首见最少突兀，最少不协调，而能达到我所说的“精致完整”的改良昆曲。

——李昂：《精致完整的“改良昆曲”》，转引自白先勇：《牡丹还魂》，上海，文汇出版社，2004。

青春版《牡丹亭》现象，在笔者看来，至少有三个特点 ：第一，青春版《牡丹亭》无论是社会演出还是校园演出，都会轰动一时 。第二，青春版《牡丹亭》所体现的传统美学，不仅被社会一般观众所接受，也得到了高文化素质的知识阶层、特别是当代大学生的欣赏和认同 。第三，青春版《牡丹亭》的每次演出，都激起所在地文化界对于复兴和弘扬中华优秀文化传统的思考和探讨 。演出连着座谈、研究或演讲，吸引新闻媒体的广泛注意 。既有新闻媒体的热评，又有学术的深入探讨 ……复旦大学百年校庆当天，学校主体建筑三十二层的光华大楼落成启用，楼内光华大厅第一个讲演的贵宾就是白先勇，讲演的主题即是青春版《牡丹亭》。演出所激起的对于复兴和弘扬中华优秀文化的探讨和思考，其影响比演出本身更为深远。

——陆士清：《不信青春唤不回——白先勇与青春版〈牡丹亭〉现象》，载《香港文学》，2006（255）。

这是一支青春之歌，一支充溢着青春活力的生命之歌；这是一首诗，一首优雅而又忧伤的、感人至深的抒情诗……昆曲是古老的声腔剧种；《牡丹亭》是悠远年代的情歌。陈酒佳酿，尤可动人心魄……此次“青春版”的昆曲演出，对艺术传统着力开掘学习，礼敬有加，故而能充分发扬历代积聚的艺术力量；此外，又调动现代艺术家的精心创新，使古老的艺术勃发了青春生命……如今，我们的昆曲，我们的《牡丹亭》，又得以“梦圆”，就像月落而重生，灯灭而再红。

——叶长海：《古典昆曲的青春之歌》，转引自白先勇：《牡丹还魂》，上海，文汇出版社，2004。

六、文献目录

白先勇：《青春念想》，桂林，广西师范大学出版社，2004。

白先勇：《白先勇说昆曲》，桂林，广西师范大学出版社，2005。

白先勇：《圆梦：白先勇与青春版〈牡丹亭〉》，广州，花城出版社，2006。

曹树钧：《青春版〈牡丹亭〉的崭新创意》，转引自姚扣根、孙福良：《名家谈创意》，上海，学林出版社，2008。

汪班：《再看牡丹：谈白先勇青春版〈牡丹亭〉纽约演出》，载《艺术评论》，2013（1）。

汪世瑜：《青春版〈牡丹亭〉的创作始末》，载《文化艺术研究》，2011（2）。

王雯：《评当代文化语境下的青春版〈牡丹亭〉》，转引自范明华、靳晶：《美学与艺术研究》（第3辑），武汉，武汉大学出版社，2011。

吴越：《青春版〈牡丹亭〉现象的传播学思考》，载《苏州教育学院学报》，2011（3）。

后　记

所谓世界华文文学，指的是中国大陆以外的国家与地区以汉语为写作语言的文学，包括台湾、香港、澳门以及海外的华文文学。

随着全球化趋势的日趋加强，世界上不同区域的华人在政治、经济、文化、文学艺术等各个领域之中的交流日趋频繁。伴随着这一趋势，世界华文文学的写作队伍日趋壮大，跨国界、跨民族、跨语言、跨文化的特点日趋突显，取得的成果也日趋显著。像余光中、洛夫、郑愁予、梁秉钧、张枣的现代诗，金庸、古龙的新武侠小说，钟晓阳、席绢、艾米的言情小说，刘以鬯、陈映真、七等生的现代主义小说，赖声川、白先勇的探索性戏剧，三毛、张晓风、董桥、龙应台、王鼎钧、刘荒田等人的散文，都是兼具深厚博大的“民族性”和宏阔开放的“世界性”的世界华文文学作品中的经典，在华人文化圈和其他文化圈中产生了极大的影响，受到了人们的广泛喜爱。可以说，经过一个多世纪的发展，世界华文文学不仅成为华文文学中一道独特而又亮丽的风景，而且成为世界上全球化文学的独特的文化现象。在文学的全球化语境下，世界华文文学以其混杂性、多元性、开放性、民族性的文化品性一方面促进了全球人类文化的发展，另一方面也促进了不同区域华人的团结，强化了中华文化的国际性影响。

正因如此，近年来世界华文文学日益获得国内外学者的重视，相关的成果也在将人们对世界华文文学的兴趣与研究导向纵深地带。不过，迄今为止，海内外尚无对世界华文文学经典进行系统、整体、具体介绍与赏析的著作出版。鉴于此，我们拟就这一学术界尚未涉及的领域做一探讨，以期抛砖引玉，引发对这一领域的进一步研究。

本书以跨文化的比较视野，侧重于对 20 世纪世界华文文学史上具有独创性、前沿性和审美性的作品进行鉴赏。在鉴赏时，注重知识性与审美性、历史性与现代性、学术性与可读性的结合。一方面，我们注重从世界华文文学经典的主要思想内容入手，去探寻它们对 20 世纪世界华文文学思想体系的生成的意义。另一方面，我们注重从世界华文文学经典的类型、特点及其效应中去阐明它们对中华文学的审美建构和艺术呈现方式的独特性贡献，揭示其在世界文学史中的地位和影响。通过本书的学习，学生和文学爱好者既可以掌握文学鉴赏的基本理论和方法，成为具有较高审美感受和审美鉴赏能力的欣赏主体；也可以从整体格局上把握不同区域华文文学经典对民族共有精神家园的异中有同的历史记忆与文化认同，认识到融合了不同民族、不同国家文化因素的不同区域的华文文学所表现出来的无穷创造力和凝聚力。

本书各篇目均由“作者简介”、“精彩阅读”、“作品简析”、“作者自白”、“名家点评”、“文献目录”六个栏目组成。“作者简介”介绍作家生平及其相关的文学活动，为读者了解世界华文文学作家及其相关作品奠定了基础。“精彩阅读”通过选录作家代表作品的方式，为读者提供原汁原味的阅读体验，同时配以简洁的阅读导言，引导读者阅读。“作品简析”以简短的篇幅、独到的见解阐发作品的文学意义，因而它是全书的核心所在。“作者自白”和“名家点评”是对“作品简析”的一家之言的补充，通过作者对自己作品的自我评述和名家对该作品的点评，多方位地呈现作品的文学意义。“文献目录”则为读者进一步了解该作家及其作品和其他相关文学活动提供了一些较为重要的阅读参考书目。

赵小琪、王宁宁任本书主编。赵小琪负责书稿的纲目拟写、审读、统稿、定稿工作。王宁宁负责书稿的审读、定稿、出版工作。张晶、刘云、徐旭任副主编，协助主编进行书稿的审读、修改、定稿工作。具体撰写分工如下：

赵小琪：《四十的狂徒》、《石室之死亡》、《贝多芬》、《火浴》、《王昭君》、《我爱黑眼珠》、《如果林秀雄》、《金大班的最后一夜》、《笑傲江湖》、《多情剑客无情剑》、《撒哈拉的故事》、《听风的声音》；王娟：《都市之死》。刘云：《陀螺》、《镜中》、《几片碎瓷》、《又见棕榈，又见棕榈》、《我们的歌》、《北京人在纽约》、《曼哈顿的中国女人》、《金陵十三钗》、《废墟中环》；张益伟：《没有影子的》、《昙花》、《蝶》、《地图》、《隔世》、《形象香港》、《有一个昨天》、《痴女阿莲》、《到美国去！到美国去！》、《余震》、《我们不善于告别》；张晶：《楚霸王》、《泡菜早餐》、《曹操》、《一样的天空》、《哀悼乳房》、《给后花园点灯》、《遇见》、《北纬五度》、《我系香港人》；徐旭：《异邦人》、《酒徒》、《暗恋桃花源》、《花近高楼》；粟超：《将军族》；谭燕保：《桑青与桃红》、《刮痧》；张慧佳：《停车暂借问》、《饥饿的女儿》、《在月光下砌座小塔》、《目送》；尹菁华：《我的财富在澳洲》、《恋爱的光阴》、《青春版〈牡丹亭〉》；全洪娟：《上错花轿嫁对郎》；徐莉：《绿卡梦》、《耕耘与收获》；周秀勤：《山楂树之恋》、《脚印》；杨迪：《一口箱子》。

赵小琪　王宁宁

2013.7.9

图书在版编目（CIP）数据

世界华文文学经典欣赏/赵小琪，王宁宁主编．—北京：中国人民大学出版社，2013.12
ISBN 978-7-300-18294-0

Ⅰ.①世… Ⅱ.①赵…②王… Ⅲ.①世界文学-华文文学-文学欣赏 Ⅳ.①I106

中国版本图书馆 CIP 数据核字（2013）第 290219 号

北京开放大学人文教育丛书
总主编　胡晓松
世界华文文学经典欣赏
主　编　赵小琪　王宁宁
副主编　张　晶　刘　云　徐　旭
Shijie Huawen Wenxue Jingdian Xinshang

出版发行	中国人民大学出版社		
社　　址	北京中关村大街 31 号	**邮政编码**	100080
电　　话	010－62511242（总编室）		010－62511770（质管部）
	010－82501766（邮购部）		010－62514148（门市部）
	010－62515195（发行公司）		010－62515275（盗版举报）
网　　址	http://www.crup.com.cn		
经　　销	新华书店		
印　　刷	天津鑫丰华印务有限公司		
开　　本	720 mm×1000 mm　1/16	**版　　次**	2013 年 12 月第 1 版
印　　张	20.5 插页 1	**印　　次**	2024 年 8 月第 2 次印刷
字　　数	389 000	**定　　价**	39.00 元